As Quatro Estações

LAUREL CORONA

AS QUATRO ESTAÇÕES

Tradução de
VERA RIBEIRO

EDITORA RECORD
RIO DE JANEIRO • SÃO PAULO
2011

CIP-BRASIL. CATALOGAÇÃO-NA-FONTE
SINDICATO NACIONAL DOS EDITORES DE LIVROS, RJ

Corona, Laurel, 1949-
C836q As quatro estações / Laurel Corona; tradução de Vera Ribeiro. – Rio de Janeiro: Record, 2011.

Tradução de: The four seasons
ISBN 978-85-01-08488-0

1. Vivaldi, Antonio, 1678-1741. 2. Mulheres – Itália – Ficção. 3. Romance americano. I. Ribeiro, Vera II. Título.

11-2094 CDD: 813
CDU: 821.111(73)-3

Título original em inglês:
The four seasons

Texto revisado segundo o novo Acordo Ortográfico da Língua Portuguesa.

Impresso no Brasil

ISBN: 978-85-01-08488-0

Para Lynn, sem a qual eu não saberia
o que significa ter uma irmã

E para Jim, por praticamente tudo o mais

PRÓLOGO: 1695

AO LONGO DA HORA em que o choro do bebê transitou do sofrimento para a fúria e desta para a exaustão, ninguém pensou em nada senão no quanto Deus havia favorecido Veneza acima de todas as outras cidades. O brilho radiante da Virgem Maria e de todos os santos emanava de um ponto: o balcão acima do altar da capela da Pietà. De lá fluíam bênçãos que se derramavam sobre os nobres de capas pretas sentados nos bancos de madeira arranhada e sobre os trabalhadores esfarrapados que se amontoavam ao fundo. Elas se filtravam pela porta até as pessoas que transbordavam para o passeio, à margem da Riva degli Schiavoni, e as que se esforçavam para ouvir a música em pequenas embarcações espalhadas pela lagoa veneziana.

Durante aquela hora, o céu se abriu e Deus falou. Duas dúzias de mulheres, de vestidos vermelho e branco, foram suas mensageiras. Nenhum contraponto, por mais frenético ou interligado que fosse, escapava à habilidade das musicistas da Pietà, escondidas atrás de uma grade de ferro coberta de filó negro. Nenhuma sutileza da harmonia era negligenciada, nenhuma linha musical dolente se precipitava. Se a música fosse um tecido, a das *figlie di coro* seria um brocado, uma renda diáfana.

E a solista era o fio de ouro.

— "*Qui habitat*" — cantou Michielina — "*in adjutorio altissimi.*" — Cada nota flutuou sobre os ouvintes qual pluma sustentada no ar pelo sopro de anjos. Ainda que muitos dos que escutavam não compreendessem as palavras, aqueles cujas capas debruadas de arminho indicavam uma posição elevada entenderiam o latim, e talvez notassem como o salmo era apropriado. Se havia na Terra um lugar de onde se vislumbrasse a morada do Altíssimo, com certeza era o balcão da Pietà.

Ao se extinguirem as últimas notas, as *figlie di coro* desapareceram nos recônditos secretos da Pietà por uma porta no fundo do balcão. Fechou-se o paraíso e as pessoas começaram a sair para o crepúsculo de outubro.

— A Michielina é melhor do que a Paola, lá das Mendicanti, não acha? — perguntou um jovem nobre, abrindo uma porta lateral da capela. — Tenha a bondade — disse, fazendo um gesto para aguardar a saída de seu companheiro em trajes idênticos.

— Prefiro as Mendicanti — respondeu o amigo. — Mas a Michielina... — E respirou fundo, para mostrar sua apreciação. — Ela é ótima. Talvez um pouco ofegante de vez em quando, mas...

— Ouvi dizer que é feia como um sapo e coxeia de uma perna.

— Ah! — retrucou o primeiro, com um suspiro —, que tragédia! Talvez devamos dar graças por não poder vê-las.

Antes que o segundo homem pudesse responder, sua atenção foi desviada por algo que talvez se confundisse com um saco de trapos, caído sobre um pequeno caixote na soleira de uma porta.

De dentro do caixote, uma inspiração alta foi seguida por uma tosse engasgada e um gemido rouco, exausto.

Quando um deles se aproximou para olhar mais de perto, sua bota encostou na beirada do saco, que se mexeu, e ele viu surgir um bracinho sob uma de suas dobras.

O rapaz abaixou-se e sacudiu o ombro da criança:

— Pequerrucha, você está bem? — perguntou. Ao desvirá-la, ela não se assustou nem acordou, apenas ficou despencada, flácida, como se estivesse morta. O rosto virado para cima era o de uma menina de 3 anos. Seus olhos rolaram sob as pálpebras caídas e a boca se abriu, revelando uma fileira de dentes alvos e perfeitos sobre a língua pendente.

— Láudano. Acho que lhe deram uma dose — comentou o rapaz. Tentou levantar a criança no colo, mas constatou que ela fora amarrada ao caixote pelo grosso cordão de seda da camisola. — Alguém não a queria vagando por aí e se afogando.

Havia também um bebê, encharcado de suor pelos gritos prolongados, mas que agora fungava e recomeçava a dormir. Sob sua cabeça estava um envelope em que fora escrita a palavra "Pietà", com letra meticulosa.

— Competindo com a Michielina para ganhar atenção? — disse o segundo homem. — Não admira que ninguém tenha ouvido você.

Ele ficou de pé e começou a bater à porta.

NUM CANTO DA SALINHA de exames anexa à enfermaria do Ospedale della Pietà, a menina tinha sido despida até ficar apenas com a roupa de baixo e fora sentada no caixote emborcado, enquanto alguém ia buscar uma ama de leite para o bebê numa das casas próximas. Depois que a neném soltou o seio da mulher, saciada, deitaram-na numa mesa comprida de madeira, fizeram sua higiene e a deixaram dormir.

Mesmo à luz mortiça das lamparinas a óleo, pois a noite já tinha caído, a roupa da neném contava a história que sem dúvida devia estar na carta ainda fechada. O xale em que ela fora aninhada era de lã macia, cor de mel, adornado por uma estampa de sóis irradiantes em seda vermelha e dourada.

— Caro — comentou uma das enfermeiras, levantando-o para fazer um exame melhor. Dobrou o xale e o pôs na ponta da mesa. — Vá buscar o livro — ordenou à garota de uns 12 anos que estava parada a seu lado.

A menina foi até um armário, tirou um grande livro de registro encadernado em couro e o pôs junto do xale, voltando ao armário para buscar a pena e o tinteiro.

— E ponha o ferro no fogo — ordenou a enfermeira. Abriu o envelope e, ao puxar a carta, três moedas de ouro caíram das dobras. Ela se aproximou da lamparina para examiná-las melhor, antes de repô-las no envelope.

Virou-se e olhou para a menina.

— Mandei você pôr o ferro no fogo.

Os olhos da garota correram para a criança pequena sentada no caixote, antes de ela se afastar e tirar um objeto metálico de um gancho na parede. Enquanto a enfermeira lia em silêncio, a menina remexeu o fogo com o bastão, deixando-o com a ponta encostada nas brasas.

— Exatamente como eu pensei — comentou a enfermeira, rompendo o silêncio, e passou a ler em voz alta: — "Que Deus me perdoe, mas fui abandonada por meu protetor, que diz que a neném não é dele" — explicava a carta.

Meu parto causou-me danos dos quais nem é decoroso falar, e sequer me atrevo a aparecer diante daqueles que, em certa época, não ansiavam por outra coisa senão uma oportunidade de suplantar esse homem em minhas afeições. Durante três anos consegui manter minha filha escondida e sob os cuidados de minhas criadas, para conservar a aparência de jovem despreocupada que é tão importante para as mulheres de minha profissão. Tencionava fazer o mesmo com a neném, que nasceu há três meses, mas já não sei onde vou morar nem tampouco se terei muito mais tempo de vida, com pouco dinheiro e ninguém a quem recorrer senão os mais grosseiros dentre os homens.

Estou mergulhada num poço de tristeza pela decisão que preciso tomar, e rezo para que compreendais que é somente por não poder proteger minhas filhas que as entrego a vós. Dei à mais velha o nome de Maddalena, em homenagem à santa a quem orei para que intercedesse por meu perdão e me preservasse a alma. Ela já foi batizada com esse nome. A pequenina tem um jeito que me ilumina o coração e, quase desde o instante em que nasceu, seus olhos têm a cor de um céu límpido. Tomei isso como um presságio de felicidade em sua vida, e por essa razão vos rogo que a batizeis com o nome da Virgem e a chameis de Chiaretta.

A enfermeira tomou da pena e escreveu a data na coluna da esquerda do registro.

— Maddalena — disse em voz alta, enquanto escrevia. — E Maria Chiaretta.

Continuou a ler.

Anexei todo o dinheiro de que posso prescindir, para ajudar na despesa de encontrar uma ama de leite que também acolha Maddalena, para que as duas possam permanecer juntas. Confio na infinita misericórdia de Deus, que tudo pode e que ouve as preces dos decaídos, e, embora não mereça ou sequer me atreva a ter a esperança de rever minhas filhas, incluí também uma lembrança, dividida em três pedaços, para que, se algum dia o Senhor permitir que eu volte para elas, eu possa reconhecê-las, e para que elas tenham um meio de conhecer uma à outra, se as circunstâncias as separarem.

— Vá buscar as lembranças — disse a enfermeira à menina. — Preciso descrevê-las no livro.

Segurou os dois pedaços de marfim e se esforçou para discernir os detalhes à luz da lamparina:

— Um pente de marfim, partido em três pedaços. Cada menina tem uma ponta, com uma flor entalhada. O pedaço da mãe se encaixará entre os outros dois, e assim ela provará quem é, se algum dia vier buscá-las.

— E virá? — perguntou a menina.

— Não. Mas algumas precisam dessa esperança — disse a enfermeira. Repôs a carta no envelope, anotou no livro a descrição do xale e do pente partido e entregou a pena à menina, para que a limpasse. — Se você não quer ajudar, vá procurar uma caixa para guardar essas coisas. E aproveite para ir ao refeitório e trazer um pedaço de pão com queijo para ela — ordenou, voltando os olhos para Maddalena. — Está com fome?

A essa altura, a pequena dose de láudano já começara a perder o efeito. Maddalena havia endireitado o corpo, sentada no caixote, e estava esfregando os olhos, zonza demais para responder.

Assim que a jovenzinha saiu do cômodo, às pressas, a enfermeira levantou-se e tirou o ferro da lareira. A ponta luziu, vermelha, quando ela soprou as cinzas. Ela pegou um dos pés de Maddalena com um puxão e a menina caiu de costas no caixote. Espremendo os lábios numa linha fina, a enfermeira encostou a ponta do atiçador em brasa na base do calcanhar de Maddalena e a segurou ali por um instante.

Já havia soltado o pé da menina e estava devolvendo o ferro à lareira quando o susto transformou-se em gritos de dor e traição.

— Pronto, pronto — disse a mulher, voltando com uma gota de bálsamo num dedo. — Já vai passar.

Quando tornou a agarrar o pé de Maddalena, a criança se contorceu e se debateu para se soltar, mas a enfermeira segurou-lhe o tornozelo com tanta firmeza, que ficou com halos brancos nos nós dos dedos. Olhou por um instante para o retângulo escurecido que cercava a letra *P*, antes de pôr unguento na ferida e ir buscar um curativo. Quando o encontrou, os gritos de Maddalena se haviam aquietado em soluços abafados, e a menina a observou, em perplexa confusão, enquanto a enfermeira enrolava uma tira limpa de pano em seu pé.

— Só aceitamos bebês — comentou a mulher, num tom que não guardava rispidez nem ternura, mas era apenas prosaico, como se desse explicações tanto às paredes quanto à menina. — Eles não se lembram disso por mais de um minuto. Para você não foi tão fácil, imagino, mas era inevitável.

Esfregou as mãos no avental de tecido grosseiro, como que para lavá-las de seu envolvimento naquele ato.

— Você irá embora em poucos dias, e é assim que não a perderemos de vista — disse, tirando da lareira o ferro de marcar. — É assim que a traremos de volta.

— Não quero voltar! — exclamou Maddalena. Embora a dor tivesse eliminado os últimos efeitos do láudano, suas palavras saíram abafadas e engroladas, como se ela chorasse durante o sono. — Quero ir pra casa.

— Você vai esquecer — disse a enfermeira, e Maddalena ficou arfante, assustada demais para gritar, enquanto ela tornava a examinar a ponta ardente do ferro; mas dessa vez a mulher andou até a mesa, onde Chiaretta começara a se mexer. Levantou a neném pelo tornozelo e a pendurou de cabeça para baixo.

— Não! — gritou Maddalena, tentando descer do caixote. A enfermeira pressionou o ferro em brasa no calcanhar da nenenzinha, e a sala tornou a se encher dos gritos das crianças e do cheiro de carne queimada.

Parte Um

A MARCA DA PIETÀ

1701–1703

Um

A PROA NEGRA E PRATEADA da gôndola desapareceu na neblina, uma bruma tão densa que chegava a assobiar ao se dividir ao redor do casco. Em volta de cada batida do remo, uma melodia vaga, impossível de captar, rodopiava e se perdia na água.

O gondoleiro se movimentava muito devagar, por não ter certeza de haver chegado à foz do Grande Canal. O ar parecia confinado entre as fachadas dos palacetes grandiosos em que as famílias nobres de Veneza terminavam sua ceia, mas abriu-se à sua frente como um bocejo quando ele entrou na enorme lagoa.

O homem dobrou-se para a frente e espremeu os olhos, inclinando a cabeça para captar os gritos dos outros barqueiros. Uma canção viajava pela água desde as proximidades da basílica de Santa Maria della Salute e, prestando atenção, ele ouviu o som se elevar. E pôde enfim captar as palavras entoadas pelo barqueiro:

No Dia de Todos os Santos, um ano atrás,
Um grupo de nobres damas avistei.

A neblina tragou a resposta do gondoleiro.

Movia-se a da frente com graça especial
E à sua direita parecia estar o Amor.

A outra embarcação havia chegado tão perto que o gondoleiro pôde ouvir a mudança no som da água, antes de eles deslizarem um pelo outro em direções opostas.

Tão pura luz do rosto lhe brotava,
Que decerto era espírito radiante e claro.

As palavras extinguiram-se aos poucos quando as gôndolas se distanciaram. Mas em Veneza, a música estava no ar. Os dois gondoleiros foram cantando juntos por entre as brumas, até estarem longe demais para prosseguir.

Atrevi-me a olhar e então vi em seu rosto,
De verdade, o espírito de um anjo...

Quando a voz do gondoleiro se extinguiu, a cortina do *felce* abriu-se e uma mulher robusta de meia-idade, de capa escura solta e véu, espiou para fora da cabine.

— Mal consigo enxergá-lo — disse. — Onde estamos?

— No Broglio. É onde vou atracar.

— No Broglio? — repetiu ela, elevando a voz com desaprovação. — Era para o senhor nos levar ao cais da Pietà.

— Noite infernal — disse o gondoleiro, à guisa de explicação, pigarreando e dando uma cusparada de muco grosso na lagoa. O barco deu uma pancada no cais e o homem praguejou baixinho, enquanto desembarcava. O movimento abrupto fez a mulher perder o equilíbrio e ela se sentou, resmungando.

— Olhe — disse o gondoleiro, subindo a bordo outra vez para ajudá-la a se erguer. — A senhora poderá andar os cinco minutos que faltam até a Pietà mais depressa do que consigo levá-la pela água. Estou dando esta noite por encerrada.

A mulher soltou um rosnado, como quem dissesse que ele teria muito que ouvir a esse respeito no devido tempo, e tornou a entrar na cabine. Minutos depois, emergiu e pôs uma sacola e um cesto de palha coberto no piso da gôndola.

Virou a cabeça para trás e gritou para o interior do *felce*:

— Sem embromação!

Uma mãozinha descoberta afastou a cortina e um rosto olhou para fora. Uma menina que não parecia ter mais de 6 anos parou ali, imóvel, até levar uma cutucada pelas costas.

— Ande! — disse a voz atrás dela. Em poucos minutos, duas meninas, a outra de uns 9 anos, achavam-se paradas no cais.

A mulher pegou a sacola e o cesto.

— Venham — ordenou, sem olhar para ver se as meninas a seguiam. Atravessou tão depressa a pequena *piazza* que elas quase a perderam na neblina, e parou no ponto em que a fachada cheia de pontas do Palácio do Doge, com seus tijolos em tons vermelho e creme, começou a emergir da bruma. Orientando-se, a mulher virou à direita e recomeçou a andar. As meninas se esforçavam para não ficar mais de um ou dois passos atrás, passando por coluna após coluna de pedra, de uma cor tão parecida com a da névoa que elas mais as sentiam do que viam.

A mulher resmungou ao tropeçar num caixote, largado por um dos mercadores cujas barracas se estendiam até a Riva degli Schiavoni durante o período de festejos que antecedia de pouco o Natal. Vagos odores de palha molhada, assim como do conteúdo dos cestos em que se haviam exposto à venda flores e ervas secas, mexilhões, linguiças de carne de caça e unguentos e tônicos pungentes, elevaram-se dos detritos do dia.

Uma ponte de pedra ergueu-se à frente delas, depois outra, e a mulher entrou abruptamente numa viela. Bateu a grande aldraba de bronze numa das portas e a grade que cobria o postigo deslizou e se abriu.

— Quem é? — perguntou uma voz de mulher.

— Annina. Com as duas meninas.

As três ouviram o destravar de um trinco e o gemer de dobradiças, e a porta se abriu, rangendo. Uma mulher de touca branca, com uma capa igual à de Annina, fez sinal para que elas entrassem.

— Depressa. Está frio — disse, e sua voz ecoou pela passagem do pátio em que as meninas se descobriram. — Vocês dormirão aqui esta noite. Annina ficará com vocês. Não faz sentido perturbar as outras tão tarde.

O cômodo em que ela as deixou estava vazio, a não ser por um *prie-dieu* e uma cama, na qual as meninas se sentaram, rígidas e imóveis. Do lado de fora, as duas mulheres se demoraram, falando em voz baixa.

— Chiaretta, a mais nova, sabe cantar — dizia Annina. — E é muito bonita.

— E a mais velha?

— Maddalena. Quase não fala. Disseram-me que é boa em trabalhos manuais e mais obediente do que a outra, mas não vejo grandes méritos nela.

As duas trocaram um boa-noite com um aceno da cabeça e Annina virou-se para entrar no quarto, enquanto a outra desaparecia na névoa, sem mais uma palavra.

CHIARETTA CHOROU até dormir. O cabelo louro estava despenteado e embaraçado sobre o travesseiro improvisado e cheio de calombos, e o vestido e o casaco serviam de coberta para os braços e as pernas nus. A seu lado, na cama que Annina lhes preparara no chão, estava sua irmã Maddalena, trazida das fímbrias do sono, aos sobressaltos, a cada som desconhecido.

Maddalena ouvia o ressonar de Annina e podia discernir sua forma no catre. Tinha vislumbrado a mulher sem a capa pesada e o capuz por apenas um instante e, deitada no escuro, não conseguia lembrar-se da aparência dela. Annina era tão intimidante que Maddalena havia passado a maior parte dos últimos dois dias olhando para os próprios pés.

Dias antes de Annina chegar à aldeia em que elas moravam, a rotina da família tinha sido tão perturbada, que era como se o próprio doge fosse fazer-lhes uma visita. O galinheiro tivera de ser varrido, para retirar todas as fezes e as penas, e até o cachorro tinha tomado banho e fora escovado. O pai adotivo das meninas também não conseguira escapar, recebendo um corte de cabelo que o deixara com a mesma expressão infeliz de um cordeiro tosquiado.

Maddalena e Chiaretta não tiveram tempo para perseguir as galinhas no quintal depois de recolherem os ovos, nem para conversar com o bode quando ele lhes cutucou o bolso do avental em busca de comida. Foram proibidas de sair de casa para procurar borboletas que se dispusessem a pousar em seus dedos, ou para encontrar buracos de formigueiro em que jogar água, para ver as formigas correrem para o lado de fora, carregando seus reluzentes sacos brancos de ovos. Em vez disso, esfregaram o piso de pedra do chalé e tiraram as teias de aranha do teto baixo com uma vara comprida e um pedaço de pano, enquanto uma garota mais velha, filha dos pais de criação de Chiaretta e

Maddalena, bateu e esfregou os vestidos de todas as meninas para tirar as manchas, e remendou os buracos nas calças dos dois irmãos.

O pai adotivo e os meninos cortaram uma enorme pilha de lenha, enquanto a mãe manteve o fogo aceso durante quase um dia inteiro, preparando não só a polenta e as favas de praxe, mas também bolos de mel e assados da carne de um cordeiro abatido por seu marido, longe dos olhos das duas garotinhas.

Chiaretta e Maddalena nunca tinham visto nada parecido com esses preparativos, exceto uma ou duas vezes por ano, quando todos os moradores da aldeia se aprontavam para uma festa, ou então quando alguém se casava. Chiaretta ficou fora de si de tanta empolgação, achando que a visita devia ser alguém de uma importância incrível. Maddalena quase se paralisou de ansiedade. Das crianças da casa, apenas ela e Chiaretta tinham marcas nos calcanhares. Só elas não eram da família, não faziam parte do grupo, não permaneceriam ali. Um dia, tinham-lhes informado, alguém chegaria para buscá-las.

No dia em que essa visita deveria vir, a mãe de criação deu um banho em Maddalena e Chiaretta, lavou-lhes a cabeça e as ajudou a vestirem suas melhores roupas. Durante várias horas, elas ficaram sentadas descalças, até a visita chegar.

— São essas as meninas? — perguntou Annina, sem esperar pela resposta. — Mande tirarem as meias para que eu veja.

— Mostre-me seu calcanhar — disse a cada uma, sucessivamente. Depois, convencida de que elas eram realmente as pupilas procuradas, não teve mais nada a lhes dizer.

A atenção que a visitante lhes deu bastou para Chiaretta concluir que toda aquela trabalheira tinha sido para uma festa em homenagem a ela. Passou a noite toda puxando os meninos e tirando-os para dançar, enquanto ela cantava, embora ninguém mais estivesse em clima festivo.

— Não é festa — disse uma das meninas. — Por que você não fica quieta?

— É festa, sim — retrucou Chiaretta, fazendo beicinho, baixando a cabeça e desenhando um arco no chão com o pé. — Faz muito tempo que não comemos carne.

Ao ouvir isso, a mãe adotiva levantou-se e marchou em direção a ela:

— Sente-se e fique quieta. Uma vez por semana nós sempre comemos assim.

O olhar de assombro de Chiaretta diante dessa mentira bastou para lhe granjear um forte puxão de orelha e um lugar no chão, num canto, onde ela chorou até ver que todos tencionavam ignorá-la, e logo adormeceu.

Maddalena havia compreendido o que o interesse de Annina pelos calcanhares realmente significava, e mal tinha conseguido engolir uma garfada. Mesmo depois de ter ouvido histórias sobre um dia ir morar num lugar onde moravam muitas garotinhas, um lugar onde as pessoas eram tão felizes que cantavam o tempo todo, ela queria permanecer onde tudo era conhecido. Na aldeia, ela dispunha de seu próprio nome secreto para todos, desde os meninos até os gansos que gingavam pela trilha que levava à margem do rio. Sabia distinguir o cobertor de Chiaretta do seu pelo cheiro da lã e, no pomar, conhecia cada apoio dos pés para alcançar as maçãs penduradas nos galhos mais altos. Mas não estava a seu alcance escolher o lugar onde viver, e ela sabia que nada faria a família mudar de ideia e conservar duas bocas adicionais por cuja alimentação já não seria paga.

E ASSIM, NESSA NOITE, ela se encontrava no lugar das outras meninas e da cantoria que lhe haviam prometido. Chiaretta remexeu-se e virou para o lado, puxando o casaco de Maddalena junto com o seu. Maddalena arrepiou-se e, não conseguindo puxar de volta o casaco, aninhou-se mais perto da irmã, para impedir que o frio se infiltrasse. Afundando o rosto no ombro de Chiaretta, sentiu a cabeça encher-se de dentro para fora com a pressão das lágrimas que havia contido o dia inteiro. Fechou os olhos e, embora as pálpebras inchadas não fossem muito confortáveis, dessa vez ela as deixou fechadas.

Maddalena mal havia dormido quando sentiu Annina sacudi-la.

— Levante — disse a mulher. — Não está ouvindo o sino?

Annina cutucou as costas de Chiaretta. A menina esquivou-se, dizendo "Não!" num tom entre o rosnado e o suspiro, e se levantou de um salto. Correu os olhos pelo quartinho, tentando lembrar-se de onde estava. Maddalena também estava sentada, esfregando os olhos.

— Vistam-se! — ordenou Annina, que se dirigiu ao oratório, ajoelhou-se, fez o sinal da cruz e pôs-se a falar em voz baixa, de olhos fechados. — *Aperi, Domine, os meum* — as meninas a ouviram dizer, baixando a voz até apenas mover os lábios.

As duas ficaram olhando enquanto ela continuava. Depois, Annina tornou a se benzer e se levantou.

— Vocês não rezam? — perguntou, e, quando Maddalena fez que sim com a cabeça, acrescentou: — Pois então, rezem! *Pater noster...*

Maddalena benzeu-se e Chiaretta a imitou.

— *Qui est in caelis, sanctificetur nomen tuum* — emendaram. Murmuram o resto do Pai-Nosso e uma Ave-Maria antes que Annina as mandasse ficarem de pé.

— Vocês terão que aprender como fazemos as coisas aqui — comentou.

— Nós não fizemos direito? — indagou Chiaretta. Ela e Maddalena matraqueavam essas orações desde quando podiam se lembrar.

— Não rezaram depressa o bastante para estarem na capela a tempo das Laudes. Deixem o vestido desamarrado e vistam a capa.

Quando as duas meninas terminaram de calçar os sapatos ainda úmidos da noite anterior, Annina as examinou. Maddalena era muito mais alta que Chiaretta, mais do que seria explicável pelos três anos de diferença que as separavam. Tinha cabelos castanhos, com toques de vermelho e dourado, como as folhas de outono. Seus olhos cor de avelã eram arredondados e o queixo, pontudo, o que fazia seu rosto lembrar um coração. Era um rosto sem defeitos notáveis, mas que não chegava propriamente a formar um todo harmonioso.

O cabelo de Chiaretta tinha o claro tom de palha dos vinhos brancos de Vêneto. Os cachos formavam uma auréola em torno das bochechas ainda avermelhadas pelo frio da viagem da véspera. Mesmo à luz da vela, seus olhos, emoldurados por cílios espessos, tinham o azul cintilante do lápis-lazúli. Nesse momento, porém, a impressão geral era de completo desalinho. Seu cabelo era um emaranhado com o qual não haveria como lidar em tempo hábil para ela ir à capela, a não ser ancorando-o atrás das orelhas, e o vestido estava sujo de alguma coisa que Chiaretta havia derramado na hora da refeição, na véspera.

— Fique quieta — disse Maddalena, estendendo a mão para tirar as migalhas de sono dos cantos dos olhos da caçula. A irmãzinha imobilizou o rosto e empurrou o queixo para a frente, em sinal de obediência, revelando uma fileira de dentinhos perfeitos como um fio de pérolas, emoldurados pelas pétalas de seus lábios.

Quando Annina abriu a porta e fez sinal para que saíssem para o corredor, as duas se viram em meio a meninas, moças e mulheres que iam passando como uma grande onda, às centenas, trajando vestidos que, àquela luz pálida, pareciam ser da cor da lama, e se deslocando pelo pátio sem falar.

A luz mal começara a se filtrar pelo vidro branco leitoso acima da entrada principal da capela, mas nas laterais, obstruídas por outras construções, as janelas ainda estavam escuras. Os vestidos das mulheres que acendiam velas para iluminar o altar haviam adquirido uma rica tonalidade carmesim, sob aventais e capuzes cor de creme fresco.

Quando Maddalena e Chiaretta entraram na capela, Annina as guiou para uma pilastra de mármore.

— Fiquem encostadas aqui — disse.

De mãos dadas, as duas meninas viram a igreja se encher. Quando as últimas pessoas entraram, elas já estavam com as costas grudadas na pilastra e não conseguiam enxergar nada, a não ser os vestidos das mulheres aglomeradas à sua volta.

— *"Domine, labia mea aperies"* — entoou uma mulher num cantochão, exortando o Senhor a lhe abrir os lábios para orar.

Ao redor das meninas, a congregação cantou a resposta:

— *"Et os meum annuntiabit laudem tuam."*

Chiaretta tentou espichar as costas junto à pilastra, para ver quem estava cantando com voz tão cristalina e radiante, a poucos metros de distância, e Annina cutucou-a com o cotovelo para que ficasse quieta.

— Quem é essa? — cochichou Chiaretta.

Annina franziu o cenho e levou um dedo à boca:

— Uma *figlia di coro*.

Filha do coro? Chiaretta não podia perguntar o que ela queria dizer, pelo menos não naquele momento, e por isso desviou o rosto de Annina e sentiu a frieza do mármore encostado em seu rosto, enquanto o ar a seu redor se aquecia e se adensava pela pressão dos corpos. Quando as pessoas recomeçaram a cantar, Chiaretta, em vez de tentar ver a mulher, contemplou o ar diante da voz, tentando compreender como uma coisa invisível podia ser tão linda.

VÁRIOS PANELÕES de água fervilhavam sobre uma grelha numa enorme lareira, perto de uma banheira de metal. Uma moça amarrou um avental largo de trabalho no corpo e começou a verter a água quente na banheira.

Disse às duas meninas para se despirem e se sentarem e, quando Maddalena obedeceu, outra mulher levantou-lhe o cabelo de uma só vez com uma das mãos e, sem nenhum aviso, cortou-o na altura do pescoço, com dois movimentos selvagens da tesoura.

Chiaretta soltou um grito, como se houvessem cortado o pescoço de sua irmã. Correu para a porta e, não conseguindo abri-la, grudou as costas nela, engolindo grandes golfadas soluçantes de ar. A primeira mulher afastou-se da banheira e se agachou diante dela.

— Venha, querida, isso não dói — disse. A voz era suave e com a mão gentil virou o queixo de Chiaretta na direção de Maddalena. — Viu?

Maddalena apalpava as pontas irregulares do cabelo com uma das mãos e estava com o olhar fixo, em choque, enquanto seu pé brincava com as mechas castanho-avermelhadas no chão.

Chiaretta continuou encostada na porta, mas a moça ajoelhada à sua frente parecia boazinha, e Maddalena, apesar de meio atordoada, não parecia machucada. Chiaretta acabou se deixando convencer a voltar para a cadeira.

Depois do corte de cabelo, cada uma recebeu uma versão menor do vestido vermelho usado pelas mulheres. Uma vez que os vestidos tinham sido puxados e alisados no lugar, amarraram-se aventaizinhos brancos na cintura das meninas. Após alguns minutos diante do fogo, despenteando o que lhes restava de cabelo, Maddalena e Chiaretta cobriram a cabeça com uma touca debruada de renda que lhes caía sobre os ombros. As duas mulheres puseram um solidéu branco na cabeça de cada menina, e assim se completou sua transformação em pupilas da Pietà.

RÉSTIAS ANÊMICAS da luz cinzenta do sol hibernal filtraram-se pelas janelas sujas do pavilhão infantil. O carvão nas lareiras das duas extremidades do cômodo fora umedecido até a noite e as lamparinas estavam apagadas, quando as meninas caminharam por entre as fileiras de catres arrumados.

— Onde estão as crianças? — perguntou Chiaretta.

— Estão trabalhando — disse Anzoleta, uma das inspetoras da ala, que apontou para dois catres. — Esses serão os seus catres.

Maddalena sentou-se, sentindo a armação dura por baixo do colchão fino. Olhou para Chiaretta, que se sentara na outra cama e esfregava o cobertor de lã grosseira como se tentasse fazer amizade com ele.

Um sino tocou em algum lugar dentro dos muros da Pietà.

— Está na hora da Sexta — disse Anzoleta, que se ajoelhou e se benzeu. — *Aperi, Domine, os meum...* — começou, mas, antes que Chiaretta e Maddalena tivessem tempo de se ajoelhar, levantou-se e continuou a proferir uma fileira de palavras em latim.

— Vocês logo aprenderão o ofício do dia — acrescentou, interrompendo-se apenas por tempo suficiente para dar essa informação. — Por enquanto, rezem o Pai-Nosso e a Ave-Maria até eu terminar, e então iremos para o almoço.

Chiaretta e Maddalena se apressaram a fazer o sinal da cruz, enquanto Anzoleta retomava suas orações.

O REFEITÓRIO ENCHEU-SE do som do farfalhar de saias e do arrastar de bancos arranhando o piso de pedra, abrindo espaço para todas se sentarem. Da cozinha vinham moças carregando terrinas para cada mesa, e quem estava mais perto de onde estas eram deixadas levantava-se e começava a servir nas tigelas uma sopa grossa de arroz e ervilhas. Outras carregavam cestas de pão, pondo um pedaço cortado em cada prato. Fizeram-se as orações e a refeição começou.

Maddalena e Chiaretta terminaram de comer em segundos, catando da mesa as últimas côdeas de pão com os dedos úmidos. Enquanto a sopa restante era distribuída, uma mulher mais velha, com um vestido de veludo, afastou-se da mesa principal e se dirigiu a um atril. Benzeu-se antes de abrir um livro.

— "Não vos inquieteis convosco; deixai esse cuidado ao Senhor, pois que Ele o terá sempre" — ela leu. Maddalena olhou em volta e notou que algumas das mulheres mais velhas nas outras mesas haviam parado de comer e escutavam de olhos baixos, enquanto outras, sobretudo as jovens, pescavam os últimos restinhos de arroz e ervilhas em suas tigelas e procuravam ver se havia sobrado mais algum pão nas cestas.

Um ou dois minutos depois, Maddalena sentiu o corpo de Chiaretta estremecer, e esticou o braço para impedir que a irmã tombasse para a frente e caísse de cara na tigela de sopa. Os olhos de Chiaretta estavam vermelhos de cansaço e ela parecia à beira das lágrimas. Maddalena envolveu-a com um braço e a caçula apoiou a cabeça em seu ombro.

Em poucos segundos, Maddalena ouviu alguém batendo na mesa com os nós dos dedos.

— Não! — murmurou a mulher à cabeceira, e Maddalena sacudiu Chiaretta para acordá-la.

A mulher do atril fechou o livro. A esse sinal, todas se levantaram, oferecendo em uníssono uma oração de agradecimento, antes de tornarem a se calar e saírem enfileiradas do refeitório, subindo a escada para as diferentes alas.

QUANDO MADDALENA e Chiaretta chegaram ao dormitório, dezenas de meninas de vestido vermelho estavam tirando seus aventais e toucados e desamarrando os sapatos. Chiaretta sentou-se na cama, observando-as se ajoelharem, uma a uma, fazerem o sinal da cruz e uma pequena oração e se deitarem. Acho que também é para eu rezar, pensou. Mas já rezei hoje.

Ela nunca vira tantas orações na vida. A não ser, talvez, pensou com seus botões, quando um menino da aldeia havia caído de cabeça e passado dois dias desacordado, ou quando alguém morria ao ter um bebê, ou quando seu pai de criação fora apanhado numa enchente repentina e passara tanto tempo sem voltar para casa que todos haviam achado que ele se afogara. Nessas ocasiões, as mulheres da aldeia se benziam tanto, que davam a impressão de que iam gastar as pontas dos dedos.

Por que elas estão sempre rezando aqui?, intrigou-se. *Será que acham que vai acontecer alguma coisa horrível?* Virou-se para perguntar a Maddalena, mas viu que a irmã tinha adormecido.

As SOMBRAS DA TARDE desenhavam triângulos escuros nos cantos do dormitório quando as meninas calçaram os sapatos, repuseram os capuzes e marcharam pelos corredores em direção às salas designadas, para duas horas de trabalho ou de aulas. Chiaretta foi conduzida a uma sala de aulas, e Maddalena, a um cômodo em que dezenas de mulheres e meninas estavam sentadas em banquinhos, fazendo renda.

Em menos de uma hora, Maddalena se exercitava fazendo uma fileira simples de nós e torções que Zenobia, a mestra rendeira, lhe ensinara. Aqui e ali, os fios sujos tinham manchas de sangue das espetadelas com a agulha e, na luz esmaecida, os olhos de Maddalena haviam começado a arder. *Será que vai ser sempre assim?*, perguntou-se. *Como elas podem ficar fechadas o dia inteiro? Nunca saem para ver o céu?*

Finalmente, o primeiro dia de Maddalena e Chiaretta terminou. Elas se cumprimentaram apenas com os olhos ao voltarem para suas camas, intimidadas e exaustas demais até mesmo para oferecer um contato tranquilizador das mãos. Depois de estenderem a roupa num *cassone* de madeira aos pés da cama de Maddalena, ficaram paradas junto a seus catres, em meio às meninas pálidas e de ombros estreitos que curvavam a cabeça e entregavam a alma a Deus antes de irem dormir.

Dois

NAS MÃOS DE ZENOBIA e algumas outras, fazer renda era como alquimia para Maddalena. Elas sabiam transformar simples fios em cenas em que anjos ou feras míticas postavam-se em meio a colunas e vasos gregos, ligados por volutas, leques e arabescos. E então, sem nada além de uma olhadela passageira, tiravam os alfinetes do trabalho concluído, colocavam-no numa cesta e começavam outro.

Nos primeiros meses que Maddalena passou na Pietà, um após o outro, seus retalhos cinzentos e ensanguentados eram atirados no fogo, dignos apenas do pequeno espocar de luz que produziam antes de desaparecer, mas ela acabou concluindo um primeiro trabalho que terminou tão branco quanto o fio com que havia começado. Uma simples barra a ser costurada na bainha de uma anágua de menina, sua criação foi rapidamente retirada e jogada na cesta com os outros trabalhos acabados, no final do dia.

— O que vai acontecer com a barra agora? — perguntou ela a Zenobia.

— Como assim? Amanhã você começa outra coisa. Agora que ganhou um dinheirinho, vão abrir uma conta no banco para você. — Zenobia deu de ombros, como se uma coisa tão óbvia e sem importância não merecesse resposta maior.

— Eu só estava pensando em quem vai ficar com a renda que eu fiz.

— Foi só uma pecinha. Pode ser que algum turista a compre.

Maddalena sentiu a cabeça ficar mais lenta, feito creme engrossando na batedeira, enquanto se esforçava para entender:

— Não sei o que é banco — disse —, nem turista.

— É um visitante. Uma pessoa que vem a nossa cidade para ouvir o coro.

Deitada em seu catre naquela noite, Maddalena se deu conta de ter ficado distraída demais para perguntar a Zenobia sobre a outra coisa que ela dissera. *Por que estão me pagando?*, intrigou-se. *E, se nós somos pagas, onde está o dinheiro?* Ela sabia que algumas outras desciam à sala das rendeiras antes da sineta do trabalho, para conversar entre si quando não havia ninguém mandando-as ficar caladas. Adormeceu depois de planejar também ir mais cedo, no dia seguinte, em busca de sua resposta.

— VOCÊ PRECISA TER um emprego, não é? — disse uma rendeira chamada Francesca. — É melhor aqui do que trocando curativos no hospital, ou lavando louça — comentou. As outras *figlie* murmuraram sua concordância.

— E, se temos de passar horas sentadas aqui, devemos ganhar o máximo de dinheiro que pudermos; por isso, quanto mais sofisticada a renda, melhor — acrescentou outra *figlia*, chamada Alegreza.

— Mas por que isso é importante, se não há nada para comprar?

— É claro que há — objetou Francesca. — Talvez não agora, a não ser coisinhas como um rosário de contas bonitas, ou, quem sabe, um par de sapatos melhor. Ou até um missal com desenhos e uma capa bonita. Vocês viram o da Zenobia, não viram?

— Mas o que você cria é tão bonito! Você não se importa?

— Não, na verdade, não me incomodo mais — respondeu Francesca. — Ou só por um segundo, talvez. E além disso, elas nos obrigam a fazer penitência quando ficamos muito orgulhosas do nosso trabalho.

— Mas você terá de fazer muito mais do que aquela barrinha que fez, se quiser ter dinheiro suficiente para comprar alguma coisa — acrescentou uma *figlia* chamada Verônica. — Se a pessoa sabe fazer o acabamento da abertura de uma camisola de noite, ou um corpete de vestido... — as outras murmuraram sua concordância — aí é que o dinheiro começa a aumentar.

— E, mais tarde, ele passa a fazer parte do seu dote — esclareceu Alegreza —, e, se você não se casar, poderá comprar uma cela melhor num convento com as suas economias.

O tom de Alegreza era tão direto, que pareceu a Maddalena que a moça via essas duas alternativas como objetivos excelentes e práticos pelos quais trabalhar, enquanto ela própria não entendia como pensar em se tornar freira ou esposa podia levar os dedos de alguém a correrem com mais agilidade ou melhor.

— Bem — disse Francesca —, não estou planejando nada disso. Quero ficar aqui e ser prioresa, um dia. — E imitou o modo como a prioresa espremia os olhos quando lia depois das refeições, no refeitório, sendo acompanhada pelas outras no riso. — Desse jeito eu poderia dar ordens a todo o mundo. Vestiria o que quisesse e moraria em um lugar que fosse meu.

— Ela mora aqui, não mora? — perguntou Maddalena.

— Mas que menina boba! Não no nosso pavilhão. E as outras que se sentam à mesa dela também não moram aqui. Quando a pessoa continua aqui aos 40 anos, ela se aposenta e recebe seu próprio quarto. Se um dia você entrar no gabinete da prioresa, vai ver como é agradável. E as roupas dela não são nada grosseiras, como as nossas.

— Quer dizer que elas podem comprar o que querem quando ficam velhas?

— Bem, não tudo, eu acho.

— Elas não conseguiriam comprar nem o macaco de estimação do tocador de realejo do Riva. Com aquela sua... coisinha cabeluda — disse Alegreza. Todas as *figlie* deram risinhos disfarçados e Maddalena sentiu um calor lhe subir pelo rosto, como se estivessem fazendo pilhéria à sua custa.

— Ora, vamos — disse Alegreza —, não estávamos rindo de você.

— Depois de algum tempo, elas podem gastar seu dinheiro no que bem quiserem — acrescentou Verônica. — Pelo menos o que sobra, depois de pagarem pela casa e comida durante todos esses anos.

Várias *figlie* suspiraram e se levantaram para buscar suas almofadas de fazer renda. Ao ver a expressão vazia no rosto de Maddalena, Francesca prosseguiu:

— A Congregazione tira a maior parte do que as *figlie* ganham e retém isso como pagamento pela despesa de nos dar casa e comida, mas deixa um pouquinho para nós.

— E as que não ganham dinheiro?

Francesca fez um ar intrigado, como se nunca tivesse considerado essa hipótese.

— Não sei. Acho que elas não pagam.

— Dizem que estamos aprendendo sobre o dinheiro porque talvez precisemos desses conhecimentos — disse Alegreza, que tinha voltado com sua almofada e se sentado. — Zenobia me disse que isso faz parte dos afazeres de uma boa esposa. É quase tão bom quanto estar no coro, para quem quer se casar.

— Mas não se você quiser ganhar dinheiro — retrucou Verônica. — As *figlie di coro* são pagas a cada vez que se apresentam — acrescentou. Revirou os olhos, levantou-se e pôs a mão no peito. Inspirando com ar dramático e com a voz não tão alta que pudesse ser ouvida no corredor, pôs-se a cantar em tom áspero e desafinado. Depois, curvando-se para agradecer os aplausos, ajeitou a saia e se sentou para começar a trabalhar.

— E devem ser pagas mesmo — disse Francesca, num tom gélido de sarcasmo. — As *figlie di coro* são melhores que o resto de nós, vocês sabem. Até Deus sabe disso. Deus, em especial, sabe disso.

O MAL-ESTAR DE Maddalena com essa conversa havia surgido tão subitamente quanto uma dor de cabeça, mas foi diminuindo após a chegada de Zenobia e já estava esquecido no fim da tarde. Ao ouvir sua própria respiração suave ao se curvar sobre o trabalho, Maddalena perdeu a noção da friagem que penetrava pelas janelas e subia pelo tapete esgarçado no piso de pedra. Depois, Zenobia começou a cantarolar e, quando as outras *figlie* se juntaram a ela em sua canção murmurada, alguma coisa nas profundezas de Maddalena respondeu.

O que quer que acontecesse na Pietà — ou na cidade lá fora, ou mesmo na aldeia, agora tão distante — não tinha a menor importância. O começo minúsculo de um novo trabalho que cresceria em suas mãos, junto com a voz da Zenobia, tão calorosa que cortava o frio da lareira agonizante, era o centro de tudo. As outras meninas podiam fazer pilhérias, se quisessem, mas, desse dia em diante, Maddalena iria para a sala das rendeiras quando Zenobia fosse, nem um minuto antes.

QUANDO COMPLETOU 11 anos e Chiaretta, 8, a vida de ambas tinha um padrão tão seguro e previsível quanto cada nó das golas de renda feitas por Maddalena. Elas se levantavam ao alvorecer, se não antes, rezavam enquanto se vestiam e andavam até a capela, ouviam as Laudes, estudavam ou trabalhavam por várias horas durante a manhã, e paravam para rezar na Prima, na Terça e na Sexta, antes da refeição do meio-dia. À tarde, descansavam até a Nona, depois trabalhavam ou estudavam até a hora das Vésperas. A ceia era feita mais ou menos ao pôr do sol, seguida pelas Completas e pela cama.

Tanto quanto as atividades, os sons davam forma a cada dia. Os sinos repicavam e as meninas menores davam risinhos e cantavam ao brincarem com arcos e bolas no pátio durante a hora diária do recreio. As longas horas de silêncio forçado pretendiam manter afastadas as conversas banais, e o dever e a devoção eram as razões principais para se romper o silêncio. Maddalena havia passado a adorar as vozes suaves das mulheres que liam trechos de Santo Agostinho, Catarina de Siena ou Francisco de Assis no refeitório, e o cantochão das meninas ao recitarem suas lições na sala de aulas. Todos esses sons, mais do que a perfeição ensaiada do coro, eram um bálsamo para as espetadelas da agulha, o estômago vazio e o bater do queixo nas auroras hibernais.

Para Chiaretta, nenhum som importava senão os produzidos pelo coro. Tentar chamar a atenção, cantando com grande entusiasmo na capela, não lhe rendeu nada além de uns acenos de aprovação por seu fervor religioso, anulados pelas carrancas e pitos que ela provocava por ficar irrequieta durante o resto dos ofícios. Os sonhos de Chiaretta bailavam no estreito intervalo de seus lábios entreabertos ao ouvir o coro, a cada tarde de domingo e dias santos, no recesso da capela reservado para as *figlie di commun*. Todos os dias ela passava na ponta dos pés pela porta fechada que levava ao balcão do coro, como se tomasse cuidado para não quebrar alguma coisa. *Não ponha a mão*, parecia dizer. *Não se atreva.*

E então, um dia, a porta estava aberta. Era o começo do horário de recreio e as *figlie di coro* vinham descendo a escada e se espalhando pelo corredor quando Chiaretta passou. Ela saiu da frente e esperou uma oportunidade para apenas dar uma olhadela na escada.

E foi então que a ouviu, aquela voz sonora de contralto, como a explosão de uma romã no chão de um pomar, evocando sangue e pedras preciosas.

— *"Filiae maestae Jerusalem"* — cantava a voz, chamando as filhas enlutadas de Jerusalém para contemplarem seu Senhor crucificado.

Hipnotizada pelo som, Chiaretta subiu um, depois dois degraus. Sem que sequer pudesse dizer como havia acontecido, descobriu-se parada na entrada do coro. O aposento tinha a cor do âmbar escuro dos matizes refletidos das pinturas da capela. Réstias granulosas de luz prateada percorriam a distância entre as janelinhas do clerestório e o teclado de um pequeno órgão. Olhando para além de vários atris nas quais havia partituras abertas, Chiaretta viu a grade de ferro do balcão para a qual erguia os olhos com frequência da capela lá embaixo. E viu contra ela a silhueta de uma mulher que envolvia o corpo com os braços e se balançava ao cantar.

Chiaretta chegou mais perto e tropeçou numa pequena pilha de livros deixada no chão. A mulher parou de cantar e se virou.

— Quem é você? — perguntou.

— Eu... Desculpe-me. Por favor, não fique zangada. Eu a ouvi lá de baixo e...

— Você não deveria estar aqui — interrompeu a mulher, e, mesmo não conseguindo enxergá-la direito, Chiaretta pôde discernir por seu tom que ela estava mais surpresa do que aborrecida. — Como é seu nome? — perguntou.

— Ma... Maria Chiaretta — a menina gaguejou. — Mas ninguém me chama assim. Só de Chiaretta.

— Você sabe quem eu sou?

Chiaretta balançou a cabeça. Michielina era uma das *maestre* e, embora estivesse com 30 e tantos anos e cantasse já fazia quase duas décadas, ainda era uma das solistas mais renomadas da Pietà. Toda vez que Chiaretta cruzava com ela no refeitório, mantinha a cabeça baixa, para não fitar nos olhos alguém que tinha em si um esconderijo grande o bastante para conter aquela voz.

Michielina deslocou-se em direção à menina com o andar claudicante de quem nascera com uma deformidade no quadril.

— Venha até a luz para eu ver se a reconheço — disse. À luz da lamparina, examinou o que havia de visível do rosto de Chiaretta sob a touca e o capuz. — Eu a vi no refeitório — ela comentou, sorrindo. — Uma menina muito bonita, de olhos azuis e ótimo apetite.

O rosto de Michielina parecia achatado, como uma cabeça de argila em que houvessem pisado antes de estar completamente seca. Apesar disso, seus olhos eram meigos e o sorriso era tão largo que revelava a falta de um dente num dos lados.

— Você sabe cantar?

— Não... quer dizer, sim, quer dizer... — Chiaretta respirou fundo. — Não sei. Não como a senhora.

Michielina voltou capengando para o gradil do balcão.

— Gostaria de ouvir o som da sua voz cantando daqui?

Chiaretta fez um aceno afirmativo com a cabeça e Michielina gesticulou um convite para que a menina se juntasse a ela no gradil.

— Ande — disse. — *"Agnus Dei, qui tollis peccata mundi"* — cantou.

Embora parecesse um sussurro, sua canção inundou a capela, ao passo que a voz de Chiaretta morreu antes de chegar ao gradil do balcão.

— Respire mais fundo, partindo daqui — instruiu Michielina, circundando a cintura de Chiaretta com as mãos. Afastou-as e deu um passo atrás, com um sinal para que Chiaretta cantasse. — "Cordeiro de Deus, que tirais os pecados do mundo" — repetiu.

Chiaretta esticou-se dos quadris para cima, para inspirar, e sentiu os pulmões se esvaziarem ao entoar as notas:

— "Tende piedade de nós."

Sua voz cresceu e ela enunciou cada palavra com confiança crescente, até ouvir o som repercutir nas paredes da capela, voltando em sua direção.

— *Brava!* — exclamou Michielina, batendo palmas. — E da próxima vez que alguém perguntar se você sabe cantar, diga que sim.

A respiração estranha a deixara zonza, e Chiaretta murmurou:

— Sim, *maestra*.

— E agora você pode me ajudar com essa música na sala de exercícios. Se alguém quiser saber onde esteve, direi que eu lhe pedi para me ajudar. Mas agora — Michielina virou-se para Chiaretta —, tenho que repreendê-la. Você não deve sair perambulando por aí, subindo escadas e o que mais lhe der na veneta. As meninas indisciplinadas podem se descobrir muito infelizes aqui. Compreende o que estou dizendo?

— Sim, *maestra* — respondeu Chiaretta, pensando em como poderia ser verdade o que dizia Michielina. *Estou mais feliz do que nunca, desde que cheguei aqui*, concluiu com seus botões, enquanto descia depressa a escada para procurar a irmã.

Três

A VOZ DE CHIARETTA era a primeira a ser ouvida quando se permitiam conversas e risadas, e ela era das que com mais frequência recebiam a ordem de ficar quieta quando terminava a hora da frivolidade. Se as pessoas não soubessem que ela e Maddalena eram irmãs, às vezes comentavam as inspetoras, as duas seriam as candidatas mais improváveis a esse parentesco.

Não fosse a insistência de Chiaretta, Maddalena seria capaz de passar dias sem falar com ninguém. Devaneava e criava histórias mentalmente, e a clausura e a solidão da Pietà lhe convinham. Ela adorava o jeito de a poeira flutuar na luz dourada da sala das rendeiras, de as aranhas fazerem teias perfeitas num canto do pavilhão das meninas, de as velas da capela oscilarem e soltarem longos caracóis de fumaça no ar, quando o celebrante da missa passava perto delas. Sabia onde ficava cada ninho de pássaro nos beirais do pátio e, sem olhar para cima, sabia quando os filhotes tinham voado.

Mesmo que ela quisesse participar da vida em comunidade da Pietà, os silêncios impostos significavam que a vida das *figlie* voltava-se para dentro, na maior parte do tempo. Era muito melhor, decidiu Maddalena, criar seu próprio mundo satisfatório. Na Pietà, precisar muito dos outros não era sensato, especialmente considerando que, sem ter a voz bonita nem um instrumento para tocar, era improvável que ela despertasse muita atenção.

Na verdade, Maddalena tinha um instrumento para tocar. Como acontecia com as outras *figlie*, uma pequena parte de sua semana era dedicada a aulas de música. Aos 9 anos, ela voltara à Pietà mais tarde do que a maioria das meninas, porém, decorridos um ou dois meses, já havia recebido uma avaliação mediana de sua aptidão musical. Annina tivera razão, concluiu a *maestra*. Maddalena não era nada de especial. Suas mãos eram hábeis, por causa das horas fazendo renda, e ela aprendeu os dedilhados do alaúde sem grande dificuldade, mas se exercitava nele como se isso fosse apenas mais uma forma de trabalho.

Maddalena, concordaram as mulheres mais velhas, vinha-se saindo muito bem. Seria uma boa esposa para alguém, um dia. Era suficientemente bonita, além de saudável, e não era volúvel como a irmã, esta voluntariosa demais para seu próprio bem. Decididamente, voluntariosa demais para seu próprio bem.

NOS MESES ANTERIORES, Chiaretta fora mandada para a oficina de bordados. A tarefa lhe fora atraente por um breve período, quando ela vira os desenhos serpeantes a ouro, em contraste com a luminescente seda vermelha, esmeralda ou verde-água que um dia adornaria corpetes e coletes. No entanto, ao descobrir que não conseguia terminar mais de três a cinco centímetros numa tarde, e que seu trabalho não era suficientemente caprichado e limpo para lhe granjear qualquer elogio, a sala tinha passado a lhe parecer uma prisão.

Dias depois de sua visita a Michielina, Chiaretta teve um alívio. As ajudantes de Michielina cuidavam da música e organizavam os ensaios, mas a *maestra* havia solicitado uma menina que pudesse certificar-se de manter os teclados cobertos, para afastar a poeira, de colocar as partituras em pilhas arrumadinhas para guardar e de conservar os atris limpos. A Pietà estava repleta de jovenzinhas que era preciso manter ocupadas, mas Michielina tinha em mente uma *figlia* em especial — uma que não dava sinais de vir a ser uma grande bordadeira, de qualquer modo.

Desse momento em diante, Chiaretta teve permissão de sair cedo da sala de bordados para ajudar na sala de exercícios e no coro. Michielina estava perto da aposentadoria e começava a perder a visão, após anos e anos copiando partituras sob a luz fraca. Se sua visão havia piorado, ou se, como pensavam algumas, ela simplesmente gostava da companhia de Chiaretta, não se sabia o fato é que em poucos meses a menina foi inteiramente liberada dos bordados e passou a ficar ao lado da *maestra* durante boa parte do dia. Poucos meses depois, já sabia ler as partituras bem o bastante para virar as folhas nos ensaios, cantando junto em voz baixa, enquanto Michielina balançava a cabeça em sinal de aprovação.

— É o cãozinho de estimação da *maestra* — murmuravam entre os dentes algumas meninas. Mas Michielina era benquista e todas sabiam que ela não andava bem. Como quer que fosse, as *figlie di coro* sabiam guardar para si seus pensamentos mais impróprios.

QUANDO UM ESTIRÃO de crescimento anunciou a puberdade incipiente de Maddalena, ela recebeu ordem de recolher seus pertences e se mudar para outra ala.

— Se eu não vir você aqui, não vou vê-la nunca! — exclamou Chiaretta. Embora ela houvesse pretendido sussurrar, suas palavras saíram em soluços roucos, tão altos que a inspetora ameaçou trancá-la na solitária se ela não se aquietasse imediatamente.

O rosto de Maddalena crispou-se em desespero, enquanto ela pegava todos os seus pertences num só braço e os levava para a ala das adolescentes. Ao acordar em seu novo catre, depois do primeiro período de repouso, viu que a mocinha do catre ao lado já estava sentada a contemplá-la.

— Eu queria ver se conseguia fazê-la acordar, só de olhar para você — murmurou ela. — Como é seu nome?

— Maddalena. E você?

— Anna Maria. O que você faz?

— Faço renda.

— Eu estou no coro e sou um prodígio.

Maddalena não sabia o que era *prodígio*, mas não teve dificuldade para adivinhar. Balançando os pés para cima e para baixo, Anna Maria foi contando nos dedos todos os instrumentos que já sabia tocar e os que planejava aprender.

— O que você toca? — perguntou.

— Estou aprendendo alaúde.

— Ah, pergunte se eu posso ser sua professora, por favor! Logo vão me dar uma nova aluna, pelo que me disseram.

O balanceio deslocou-se para um ponto mais alto, pois Anna Maria pôs as mãos junto aos quadris, no catre, e começou a quicar para cima e para baixo.

Ela tem ainda mais energia do que Chiaretta, pensou Maddalena. A lembrança da irmã invadiu-lhe o pensamento com tamanha intensidade que, por um momento, ela não conseguiu respirar. Ouviu-se uma sineta e o pavilhão ficou em silêncio, exceto pelo farfalhar das meninas se curvando para amarrar os sapatos e se reerguendo para alisar os vestidos. Ao pôr a touca, Maddalena a puxou para baixo pela bainha e a manteve assim, de olhos fechados, mas não soube dizer se estava tentando guardar algo em segurança do lado de dentro ou manter outra coisa do lado de fora. Soltou a respiração, abriu os olhos e pôs o solidéu. Anna Maria, a seu lado, acertou o passo com o dela quando as duas saíram do pavilhão.

ESCONDIDAS SOB suas toucas e solidéus, quase todas as meninas da Pietà seriam difíceis de serem identificadas pelo nome. Anna Maria era uma exceção, não por uma beleza ou feiura notáveis, mas pela intensidade dos olhos, sempre tão arregalados que ela parecia estar perpetuamente admirada ou assustada. Quando ela piscava, o que fazia com vigor e frequência, aumentava a impressão de que a mocinha estava em combustão por dentro, como se sua energia viesse de uma estrela oculta.

Anna Maria não parecia ter uma única amiga. Na época em que permanecera ao lado de Chiaretta na ala infantil, Maddalena havia observado com interesse superficial como as outras meninas se aliavam. Sua irmã era a única amiga de que ela precisava, e a Pietà proporcionava pouco tempo para se buscarem outras. Agora, ao ver a aflição de Anna Maria em querer ser sua amiga, o modo como se posicionava no catre para poder vê-la no segundo em que ela entrasse pela porta, Maddalena sentiu pena da menina. Também sentiu pena de si mesma, pois não tinha mais Chiaretta para acordar a seu lado. Em poucos meses, no entanto, suas conversas imaginárias com a irmã, quando ela se deitava na cama, tinham diminuído em favor das conversas reais com a nova amiga.

Anna Maria tinha dois assuntos favoritos — sua música e seu futuro, os quais, para ela, eram a mesma coisa.

— Eu vou ser... — disse ela, um dia, tentando achar a palavra — indispensável.

— Indispensável? — repreendeu-a Maddalena. — Isso não é profissão. Você deve dizer que vai ser freira, ou coisa parecida.

— Bem, eu serei simplesmente indispensável. Eles vão dizer: "Precisamos de uma teorba e de um cravo", e eu estarei lá. Já sei tocar violino e viola, e vou aprender violoncelo e contrabaixo, quando for um pouco mais alta. E órgão, mas ainda não consigo alcançar direito os pedais.

As duas meninas começaram a dar outra volta no pátio em que passavam o recreio e Anna Maria foi tagarelando:

— Vou me tornar *sotto maestra* e talvez até *maestra di coro*. Tomara que seja antes de eu começar a cheirar tão mal quanto uma — acrescentou. Tentou conter o riso, escondendo-o com as mãos, mas, como de hábito, ele escalou para roncos altos, que ecoaram no teto e nas paredes da galeria aberta, rendendo às duas meninas uma carranca da inspetora.

Anna Maria fora designada para dar as primeiras aulas de alaúde a Maddalena, mas as duas tinham concluído em poucos meses que o sonho daquela de que esta ingressasse no coro não se realizaria. Maddalena poderia acompanhar alguém, se a peça não fosse muito complicada, mas seu desempenho no alaúde não parecia destiná-la a mais do que isso.

— Logo logo é provável que elas lhe deem uma flauta de ponta — disse Anna Maria, uma tarde. — Espera-se que aprendamos dois instrumentos antes de... — Não concluiu o pensamento e seu rosto se fechou. As duas se calaram e desviaram os olhos uma da outra, até Maddalena ouvir Anna Maria fungar.

— O que houve? — perguntou.

— Primeiro, não vou passar tanto tempo na sua companhia quando você parar de estudar alaúde — veio a resposta, com a voz embargada. — E depois, não a verei mais, hora nenhuma, quando você for embora.

— Quem disse que eu vou embora?

— Ora, elas a farão ir embora, um dia, dirão para você ser freira ou coisa parecida. Sei lá! — Anna Maria enterrou o rosto nas mãos.

Essa perspectiva deixou-as tão desanimadas que elas começaram a sumir nos horários de recreio para irem praticar na sala vazia.

Mas ainda não foi o bastante.

— Não sei qual é o problema. Você não é como Annetina, que me dá vontade de morrer antes de terminarmos a aula — disse Anna Maria. Tirou o alaúde de Maddalena e o tocou de um jeito que soou como um burro se esforçando para andar sob o peso da carga, e juntou uns acordes mal dedilhados para completar o efeito.

— Não sei por que não toco melhor. Eu bem que me esforço. Vai ver que a distância entre meus dedos e a minha cabeça é grande demais — disse Maddalena. Levantou o alaúde e, inclinando a cabeça até fazer a borda do instrumento roçar seu rosto, tangeu as cordas. — Eu queria conseguir ouvi-lo.

Anna Maria fez uma careta:

— O que quer dizer com não conseguir ouvi-lo? Você é surda?

Maddalena não soube explicar:

— Eu quero dizer ouvi-lo melhor. Talvez ele simplesmente não tenha a altura certa — acrescentou, e pensou por um momento, sem saber ao certo o que pretendera dizer.

Anna Maria encolheu os ombros e lhe devolveu o alaúde.

— Toque de novo aquela parte dos arpejos. O mais alto que puder. Não há mais ninguém aqui.

— Sabe o que eu preferiria? — perguntou Maddalena e, sem esperar a resposta, prosseguiu: — Ouvi-la tocar. Mas não o alaúde.

Anna Maria levantou-se.

— O quê, então? Bandolim? Violino?

Maddalena só tinha ouvido o bandolim uma ou duas vezes e não tinha muita certeza de gostar do seu som, mas os violinos sempre soavam agradáveis na capela.

— Violino — respondeu.

— Estou mesmo cansada dessa droga desse alaúde idiota. Vamos.

Levou Maddalena para outra área de estudos, onde pegou um estojo de violino e o levou para uma salinha com as paredes revestidas de madeira.

— É aqui que as violinistas mais avançadas têm aula particular — disse Anna Maria. — Nunca toquei aqui, mas nunca chegaram propriamente a dizer que não podemos — acrescentou, fechando a porta. — Pode ser que a gente arrume problemas, mas acho que ninguém vai ouvir e quero saber que som a sala tem.

Desde o instante em que Anna Maria começou a tocar o violino, alguma coisa dentro de Maddalena começou a se entregar. Ela se acomodou numa velha poltrona e, mesmo quando o móvel já não tinha como ceder sob o seu peso, veio-lhe a sensação de continuar afundando, e ela mergulhou tão fundo que sentiu um perfeito contentamento. A sala foi inundada por sons que luziam como metal polido, desmanchavam-se como caramelos na boca e faziam arrepiar-se os pelos de seus braços.

Anna Maria parou.

— É melhor você fechar a boca, senão vai babar.

Maddalena levou um susto e se endireitou na cadeira.

— Toque mais — pediu, tão baixo que foi quase um sussurro.

Anna Maria recomeçou. Maddalena pensou ouvir cada fio de crina do arco tanger as cordas. A música rodopiou e flertou com o ar, girando como flocos de neve numa viela.

— Gostou dessa? — perguntou Anna Maria. — Foi só uma invenção minha. E você está de boca aberta outra vez — disse, olhando para Maddalena.

A amiga a fitou por um instante, antes de lhe dar ouvidos e fechar a boca, mordendo o lábio para mantê-la fechada. Por fim, disse:

— Não quero mais tocar alaúde.

Anna Maria deu de ombros.

— Gosto de todos os instrumentos mais ou menos do mesmo jeito. Coloque-o embaixo do queixo — disse, entregando o violino a Maddalena. — Não, assim não... chegue o rosto um pouquinho para trás — instruiu. Curvou os dedos da amiga em volta do braço do instrumento e os colocou em locais específicos. — Fique com eles aí e apenas corra o arco pelas cordas.

Maddalena encolheu-se ao ouvir a rispidez do som.

— Não aperte o arco com tanta força e mantenha o pulso reto.

Maddalena afrouxou a mão e procurou puxar o arco com a mesma delicadeza com que terminava de dar os últimos pontos numa gola. O resultado ficou muito longe dos tons que Anna Maria sabia produzir, aquelas notas sonoras que faziam lembrar o brilho da luz na água, botões de macieira e risos. Nas mãos de Maddalena, o violino soava como o ranger de dobradiças enferrujadas, mas ela não se importou.

Abriu os olhos e deparou com Anna Maria a fitá-la.

— Você gosta mesmo disso — comentou a menina. — Acho que gosta mais do que eu.

Maddalena não soube o que dizer. Não queria olhar para Anna Maria, por medo de revelar alguma coisa antes de ela mesma compreender o que era. Baixou os olhos para as mãos. As unhas estavam lascadas e havia calosidades nas pontas dos dedos, mas, no ano anterior, seus dedos tinham crescido, tornando-se longos e finos. *Talvez tenham sido feitos para isso.* Ela fechou os olhos, a cabeça cheia de música ansiando por ser tocada.

— *SICUT ERAT in principio, et nunc, et semper, et in saecula saeculorum* — ecoou a voz do padre nas paredes da igreja de San Sebastiano, porém Maddalena e Chiaretta mal a escutaram. Paradas na borda do grupo de *figlie* que tinha sido levado para assistir à missa nesse local, as duas haviam inclinado tanto a cabeça para trás que, quando tentaram juntar-se à congregação para dizer "amém", os músculos do pescoço foram repuxados e as deixaram de boca aberta.

— Olhe ali! — murmurou Chiaretta para Maddalena, apontando para o teto. — Quase consigo enxergar a pele sob a camisa daquele homem.

— Vão andando — disse a acompanhante, dando-lhes um empurrão de leve nas costas. Para quebrar a monotonia, seu tom não foi ríspido, porque, afinal, as *figlie* tinham sido autorizadas a sair da Pietà para ver os afrescos de Veronese no teto, retratando a história de Esther.

— *Mea culpa, mea culpa, mea maxima culpa* — uniram-se Maddalena e Chiaretta em coro às outras *figlie*, que batiam no peito, arrependidas de seus pecados, caminhando em direção ao altar.

Chiaretta tornou a olhar para o teto e, sem querer, soltou um gemido de medo. Maddalena segurou-lhe a mão e ambas ergueram os olhos para dois cavalos, um negro e um branco, que, do lugar onde elas se encontravam, pareciam galopar pelo teto em sua direção. A mulher do afresco olhava com olhos temerosos da sacada de um palácio, enquanto três figuras masculinas se esforçavam por conter as feras de olhar desvairado, para que todas as pessoas na igreja não fossem pisoteadas quando os animais se soltassem do gesso e caíssem no piso como um trovão. A cena no alto rodopiava e ameaçava, e Maddalena baixou os olhos. Chiaretta continuou a olhar fixo, e com tamanha intensidade, que teve de se segurar na irmã para manter o equilíbrio. As duas riram quando a caçula cambaleou e se puseram a imitar sua perda de equilíbrio, até os sibilos repreensivos da acompanhante fazerem-nas parar. Apertando a mão uma da outra, elas se obrigaram a prestar atenção à missa.

Mais tarde, as *figlie* reuniram-se na *piazza* em frente à igreja.

— Agora caminharemos até o convento de Santa Maria dei Carmini — informou uma das guias que as acompanhavam. — As freiras nos darão um almoço especial e depois voltaremos para a Pietà.

As meninas foram andando em fila indiana por um *fondamento* estreito, até virarem numa calçada mais larga, paralela a um canal maior. As paredes de tijolos de Santa Maria dei Carmini ergueram-se à direita, enquanto à esquerda uns patos chapinhavam na água e uma gaivota encarapitava-se num poste.

Para as jovens enclausuradas da Pietà, as penas dos patos eram raras como joias, e as acompanhantes pararam para deixar que elas as observassem por um instante.

Pouco depois, Geltruda, a mais velha das duas guias, bateu palmas e disse:

— Vamos andando. As irmãs estão à nossa espera.

Mais adiante, elas avistaram a ponte que levava ao Campo dei Carmini. As meninas tinham estado quase sozinhas no *fondamento*, mas a ponte estava cheia de grupinhos, quase todos de rapazes que conversavam animadamente, em voz alta o bastante para se fazerem ouvir a distância, enquanto passavam depressa.

Uma das acompanhantes, caminhando à frente do grupo, empertigou o corpo e diminuiu o passo. Geltruda veio de trás para falar com ela.

— Está vendo isso? — Maddalena a entreouviu dizer. — Você acha... — E sua voz se extinguiu, enquanto Geltruda parecia concluir seu pensamento com os olhos.

As duas lançaram olhares apreensivos em direção à ponte.

— Eu disse à prioresa que não era boa ideia levá-las para sair nesta época do ano — comentou Geltruda —, e agora, olhe...

— Devemos voltar? Podemos pedir às cozinheiras para darem alguma coisa de comer às meninas na Pietà.

— Voltar de quê? A gôndola só chegará aqui à tarde para nos buscar.

As acompanhantes observaram, retendo as meninas, enquanto as pessoas continuavam a atravessar rapidamente a ponte para o Campo dei Carmini.

— Vamos ficar no convento e esperar a gôndola — Maddalena ouviu Geltruda dizer. — Não é possível voltarmos a pé para a Pietà. Não sabemos o caminho, a não ser pela água. Não vejo que outra alternativa teríamos.

Fez um sinal da cruz apressado antes de se virar para o grupo:

— Andem depressa e fiquem juntas — instruiu, fazendo sinal com a mão para que as pupilas a seguissem.

Os grupos aglomerados não prestaram atenção às meninas. Chiaretta os viu atravessarem em frente à igreja e desaparecerem por uma rua menos movimentada.

— Aonde vocês vão com tanta pressa? — gritou ela, mas ninguém parou para responder.

A seu lado passou um homem de torso nu, cercado por rapazes adolescentes que repetiam seu nome. Um deles usava um peitoral de papelão laminado, decorado com desenhos coloridos.

— Nicolotti! Nicolotti! — entoava.

— Ei, vejam lá o que estão fazendo! — gritou alguém, quando duas crianças, cada uma carregando um pão comprido, passaram aos empurrões. Ao chegarem à orla do Campo dei Carmini, desataram a correr, abanando os pães como se fossem flâmulas de vitória. Atrás delas Chiaretta ouviu uma voz de homem gritar: — Parem aqueles dois! Ladrões!

Enquanto observava a comoção, Chiaretta não notou que ia ficando para trás, longe do grupo. Geltruda segurou-a com força pelos ombros e a empurrou para adiante.

— Bobinha! — disse. — Tenha um pouco de juízo! Entre aí.

Mesmo na penumbra da capela em cujos bancos as *figlie* se haviam reunido, a preocupação no rosto das acompanhantes era evidente.

— Vamos rezar para a Santa Mãe de Deus, para que ela nos livre do perigo — disse uma das freiras que as haviam recebido. Chiaretta e Maddalena se benzeram e baixaram a cabeça.

A freira repetiu a Ave-Maria antes de se dirigir às meninas:

— Há momentos em que o mundo pode ser muito assustador — disse, apontando com a cabeça para a porta e a comoção do lado de fora. — Mas não é uma sorte vocês terem alguém que as ama e as protege? Imaginem, para a Santa Virgem, vocês são tão filhas dela quanto seu Filho! Pode haver honra maior do que essa? — perguntou, franzindo o cenho e esfregando a testa, como se tentasse escavar algo mais para dizer.

Maddalena virou a cabeça e bateu com ela nos entalhes do banco em que estava sentada. Levantando os olhos, à tênue luz das velas, viu criaturas estranhas entalhadas na madeira escura, tão perto que pareciam prestes a sussurrar algo em seu ouvido. Uma sereia de seios desnudos fitou-a com olhos vazios, e um bicho semelhante a um lagarto parecia ter acabado de pular do braço do banco e começado a subir pelo encosto, num movimento sinuoso. Maddalena ficou sentada sem se mexer, como se prestar mais atenção à freira, que àquela altura já passara para o tema do pecado, pudesse fazer os monstros recuarem. Pelo canto do olho viu a madre superiora, que chegara minutos antes, absorta em conversa com as acompanhantes.

A superiora veio colocar-se diante das *figlie*. Seu rosto era um estudo sobre a serenidade, exceto por dois vincos fugazes entre as sobrancelhas, que ela parecia estar tentando eliminar pela força da vontade.

— Meninas — disse —, houve um infausto distúrbio lá fora e lamento que tenham tido que testemunhá-lo.

Respirou fundo, como se pretendesse dizer mais alguma coisa, depois fechou a boca e baixou os olhos:

— É só. Passaremos agora ao refeitório, onde o almoço está servido para vocês.

Dito isso, fez meia-volta e se retirou rapidamente da capela.

Jovens noviças estavam distribuindo bandejas de carne assada com legumes e tigelas de polenta quando as *figlie* entraram no aposento. A madre superiora conduziu o grupo numa prece, dando graças pela refeição, mas, no momento em que se sentou, outra freira entrou no refeitório, andando tão depressa que o hábito se enroscava em seus joelhos. Curvou-se sobre a superiora e disse algo que a fez levantar-se, com um sinal para que Geltruda e a outra guia a acompanhassem. Minutos depois, estavam todas de volta.

— O gondoleiro chegou — Geltruda informou às *figlie* — e deixou claro que é melhor partirmos sem demora. Vocês terão que deixar a refeição para trás, mas podem levar um pedaço de pão.

Em frente a Maddalena e a Chiaretta, uma menina se esticou para pegar com as mãos um grande naco de carne, mas algo nos rostos sombrios das acompanhantes fez o estômago de Maddalena endurecer e ela se afastou da mesa.

Ao ver a menina mastigar a carne, Chiaretta também se aproximou da bandeja, mas Maddalena a segurou pelo braço:

— Pegue um pedaço de pão e vamos!

No pátio, ela viu o gondoleiro andando de um lado para outro e dando espiadas ocasionais por um postigo numa porta externa.

— Escute — disse Chiaretta, apertando mais forte a mão da irmã. Os muros altos e as galerias cobertas do pátio não conseguiam abafar inteiramente os vivas e apupos, os assobios e os gritos, as imprecações e as vaias roucas que vinham do lado de fora.

As acompanhantes se apressaram a conduzir suas pupilas na direção do gondoleiro. Indiferente à possibilidade de que as meninas o ouvissem, o homem começou a falar:

— Estava havendo uma briga na Ponte dei Pugni, mas a polícia chegou para apartar e eles resolveram vir para cá. Estão brigando lá no ponto onde era para eu buscá-las.

— A gôndola está aí fora? — perguntou uma das acompanhantes, com tamanha aflição na voz, que uma das meninas perto de Maddalena começou a choramingar.

— Não. Eu a deixei lá na San Sebastiano. Acho que, se sairmos por aqui, poderemos chegar lá. — Olhou pelo postigo. — A multidão ainda não está muito grande e não há ninguém por estes lados. Mas precisamos sair já!

Sem esperar a resposta das acompanhantes, ele abriu a porta externa e disse às *figlie* que o seguissem.

Maddalena e Chiaretta ficaram na parte traseira do bando de meninas que se precipitou pelas ruas de menos movimento, em direção à igreja de San Sebastiano. Chiaretta tropeçou numa pedra solta e caiu com força na calçada, arranhando os joelhos e torcendo o tornozelo. Maddalena segurou-a pelo braço e a sustentou de pé, enquanto ela dava passinhos dolorosos.

Geltruda pegou o outro braço de Chiaretta:

— Andem depressa. As outras já vão tão mais adiante que mal consigo vê-las.

Nesse exato momento, um bando de dezenas de homens veio correndo a toda pela beira do canal. Geltruda perdeu o equilíbrio e se agarrou às meninas, para impedir que todas fossem empurradas para a água. Antes que elas conseguissem retomar pé, outra leva de pessoas veio correndo, dessa vez uma mescla de homens e mulheres de todas as idades, trocando empurrões e xingando uns aos outros.

Chiaretta deu um grito ao sentir mãos em sua cintura, que a levantaram e a depositaram numa embarcação pequena, de fundo chato. Outro par de mãos agarrou Maddalena e, instantes depois, Geltruda e as duas meninas estavam sentadas na *peota*, junto com um casal e seus dois filhos, um menino e uma menina mais ou menos da idade das *figlie*.

Geltruda engoliu grandes golfadas de ar, enquanto invocava os céus pedindo a proteção dos santos. O homem soltou uma série de imprecações enquanto manobrava pelo canal, a essa altura apinhado de barcos. Chiaretta e Maddalena esconderam o rosto no ombro uma da outra, espiando de vez em quando a cena que as cercava.

— Vocês estão bem? — perguntou a mulher às meninas.

Elas confirmaram que sim com a cabeça, sem dizer palavra.

— Vocês são Nicolotti ou Castellani? — perguntou o menino.

Maddalena ficou olhando.

— Nicolotti ou Castellani? — repetiu ele.

— Não sei o que você quer dizer.

— De que lado você está? — perguntou a filha do casal, irritada com a ignorância de Maddalena.

— Não estou de lado nenhum.

— Ora, deixe-as em paz — disse o pai. — Elas não são daqui.

— Não podíamos deixar vocês lá — disse a mulher a Geltruda. — Vamos desembarcá-las em algum lugar seguro, quando pudermos.

Geltruda assentiu com a cabeça. Agarrou-se a um rosário que havia tirado do bolso, mexendo os lábios enquanto fitava o fundo do barco.

Na calçada eclodiam brigas e, das janelas superiores das casas ao longo do canal, as pessoas que assistiam começaram a atirar lixo e louça quebrada nas aglomerações embaixo. Maddalena viu um homem rastejar pelo telhado de uma construção e soltar uma telha de seu encaixe. Ele a arremessou no canal e por muito pouco não acertou um barco que ia à frente da *peota*.

— Por que estão fazendo isso? — gritou Chiaretta.

— O que, isto aqui? — perguntou a mulher. — Você nunca ouviu falar dos *pugni*, as guerras dos punhos?

— Não — soluçou Chiaretta. — E detesto isso! Mande eles pararem!

As crianças riram.

— Pararem? Só estão começando!

A mãe estendeu a mão e lhes lascou um tapa:

— Seus bandidinhos!

— Mas eu quero uma briga de verdade! — exclamou o menino, gritando a plenos pulmões. — *Frotta! Frotta!*

— Eu também! — reforçou a menina, que espichou a língua para Maddalena e riu.

O homem estivera avançando aos poucos com o barco pelo canal, na tentativa de obter uma visão melhor. À direita deles, dois rapazes pularam do *fondamento* e começaram a engatinhar por cima dos barcos para chegar à outra margem.

— Nicolotti! Nicolotti! — gritou a família, sorrindo e agitando os punhos no ar quando os dois pularam para dentro da embarcação, apenas por tempo suficiente para atravessá-la. O joelho de um deles derrubou a menina, mas, apesar de ter o cenho fechado, ela se recuperou sem chorar e ficou em pé ao lado do irmão, gritando.

Em poucos minutos, a ponte próxima ao convento encheu-se de homens que avançavam aos empurrões para o ponto mais alto, a facção de Nicolotti de um lado, a de Castellani do outro.

Os golpes desferidos pelos punhos iam empurrando alguns deles de volta para o *fondamento*, enquanto porretes socavam os ombros de outros. Perto do alto da ponte, os homens se atracavam e lutavam até um ou ambos despencarem no canal. Um homem ficou boiando, imóvel, no ponto em que caiu, com o sangue tecendo lentas fitas na água a partir de um corte em sua cabeça. Foi puxado para dentro de um barco, onde várias pessoas se debruçaram sobre ele.

— Ele está morto? — gritou a mulher do barco em que estavam Maddalena e Chiaretta.

— Desmaiou, mas está respirando — responderam as pessoas. Os dois filhos do casal deram um resmungo de decepção.

E ENTÃO, DE MANEIRA igualmente súbita, tudo acabou. Um grupo conseguiu chegar à força ao alto da ponte, e não houve esforços da outra parte que conseguissem obrigá-lo a recuar. Irromperam vivas delirantes na margem oposta, enquanto os derrotados se aglomeravam, abanando a cabeça. A multidão foi-se dispersando e o canal não tardou a se esvaziar o bastante para que o barco de Chiaretta e Maddalena começasse a se deslocar.

Passado o perigo, Geltruda voltou à vida, benzendo-se repetidas vezes.

— Vocês de vermelho, vocês são da Pietà, não é? — perguntou o homem. Quando Geltruda fez que sim, ele abriu um sorriso. — Ah, suas cantoras são as melhores de Veneza! — E começou a entoar uma melodia que o coro havia cantado na semana anterior.

Chiaretta e Maddalena o olharam, surpresas:

— O senhor frequenta a nossa igreja? — perguntou a caçula.

— Sempre que posso — foi a resposta. Ele continuou a cantar, mas, em sua versão, Maria era substituída por uma linda donzela de lábios de rubi, e a língua já não era o latim, mas o dialeto veneziano. Sua mulher entrou na harmonia e, pouco depois, da margem do canal, outra voz se juntou à canção, e em seguida mais outra, vinda de uma janela.

Foram remando pelo Rio di Santa Margherita, entoando uma canção após outra, acompanhados por gondoleiros e por pessoas que se achavam na margem. Chiaretta cantou junto em latim, todas as vezes que se lembrou da música, e ignorou as carrancas de Geltruda.

Maddalena foi olhando ao redor, vendo flutuarem no canal boinas perdidas, pedaços de armadura de papelão e um solitário pé de sapato. O lixo atirado das janelas acumulava-se ao longo da margem, contornado por uma cintilação oleosa que captava a luz e parecia um arco-íris. Os patos voltaram e Chiaretta deixou sua mão correr pela água, chamando para que eles chegassem mais perto.

Quando o barco se aproximou do Grande Canal e virou em direção à Pietà, o sol poente transformou as fachadas das mansões em radiantes quadrados de ocre, castanho-avermelhado e cor-de-rosa. As vozes dos gondoleiros misturaram-se aos grasnidos de gaivotas que faziam o último voo do dia — um coral dos esperançosos e satisfeitos, convocando o mundo a esquecer tudo, menos o sublime.

QUANDO O BARQUEIRO as deixou de volta na Pietà, as outras *figlie* já tinham recebido alguma coisa para comer e sido mandadas para seus pavilhões, para se recuperarem. Geltruda e as duas meninas foram acolhidas na porta externa por uma mulher de rosto abatido, que fez o sinal da cruz ao vê-las.

— Ouvimos dizer que seis pessoas morreram — disse ela, com um soluço de alívio brotando do fundo do peito. Tornou a se benzer. — *Ave, Maria, gratia plena, Dominus tecum...* — começou a recitar baixinho, enquanto as conduzia ao gabinete da prioresa.

A superiora precipitou-se para elas, deixando cair o rosário no chão.

— O que aconteceu? — perguntou a Geltruda.

Nem Maddalena nem Chiaretta tinham lembrança de que Geltruda se houvesse portado com tanta valentia quanto na história que contou. Talvez, pensaram ambas, elas simplesmente não tivessem notado com que vigor a acompanhante as tinha defendido.

— E você — disse a prioresa, olhando para Maddalena —, ficou com medo?

As imagens rodopiaram na mente da menina. Os cavalos do teto da igreja estrondeando acima dela, pessoas se empurrando e se acotovelando por todos os lados, com os rostos crispados, e sangue correndo no canal. Maddalena estremeceu e, quando a prioresa pôs um braço em seu ombro, começou a chorar.

Chiaretta estivera examinando o aposento, observando o grande tapete com desenhos em vermelho, azul e ouro e as cortinas de veludo verde na janela, mantidas abertas por cordões dourados com borlas felpudas nas pontas. O fogo crepitava na lareira, derramando um brilho que iluminava o tom quente do couro das poltronas diante dela.

— E você? — perguntou a prioresa pela segunda vez. — Também ficou com medo?

Chiaretta intrigou-se com a pergunta:

— Fiquei assustada em alguns momentos — respondeu. — Mas não em todos.

A prioresa sorriu.

— Deus estava tomando conta de você.

Chiaretta pretendera dizer outra coisa. *Estive lá fora,* pensou. *Vi patos, gente pintada em tetos, e naveguei pelo Grande Canal, não dentro de um* felce, *mas a céu aberto. E cantei com as pessoas do barco. Na maior parte do tempo, não fiquei com medo, e sim feliz.* Respirou fundo, como se quisesse explicar, mas, ao ver os rostos sombrios de Geltruda e da prioresa, concluiu que elas não compreenderiam.

— É — disse. — Deus e a Santíssima Virgem também.

Parte Dois

UM ARCO PARA MADDALENA ROSSA

1703–1709

Quatro

A INFÂNCIA PASSADA mordendo o lábio inferior havia projetado para a frente os dentes de Silvia, a Rata, de modo que agora eles só descansavam comodamente fora da boca. Isso, junto com os olhos castanhos redondos e monocromáticos e com o cabelo castanho indistinto, dava à professora de violino de Maddalena a aparência de roedor que, já fazia muito tempo, havia conduzido a seu apelido pouco lisonjeiro.

Silvia circulava apressada pela sala de exercícios de violino, dando sorrisinhos afetados enquanto executava pequenas tarefas para buscar a aprovação de Luciana, a *maestra dal violino*. Quando Luciana tecia comentários grosseiros e intempestivos sobre outras estudantes, Silvia ficava sorrindo com desdém, até as outras *figlie* desviarem o rosto, enojadas.

A predileção de Luciana nada tinha a ver com o talento de Silvia, que até uma iniciante como Maddalena percebia ser medíocre. Mesmo assim, no mundo enclausurado da Pietà, dar-se bem com as pessoas era essencial, ainda que, no caso de Luciana, isso fosse sinônimo de dar-se bem com ela.

Anna Maria passou vários meses treinando com Maddalena antes de pedir que Luciana a ouvisse tocar. Até a *maestra* teve de admitir que a menina já era melhor do que algumas outras *iniziate* recentes, mas ficou aborrecida por Anna Maria ter usurpado sua prerrogativa, iniciando por conta própria a formação de Maddalena. Enquanto, com qualquer outra *figlia*, Luciana mostrava sua irritação por meio de uma saraivada de críticas, que só parava quando a menina irrompia em lágrimas, Anna Maria parecia estar protegida desse tratamento.

— Ouvi-a dizer que eu estava ficando famosa demais para o meu próprio bem — segredou Anna Maria para Maddalena, certa manhã. — Não é maravilhoso?

A única crítica regular que Anna Maria recebia de Luciana era por seu orgulho.

— Você acha que a Virgem Maria ficaria satisfeita com uma menina tão presunçosa? — Luciana lhe perguntara certa vez, ao que Anna Maria tinha respondido:

— Não, mas acho que ela ficaria satisfeita por me ouvir tocar.

O rosto de Luciana havia enrubescido diante do que se afigurara a mais atrevida das insolências, e Maddalena tremera de medo pela amiga. No entanto, ao ver a expressão solene e franca de Anna Maria, Luciana havia acabado por apenas dar um resmungo e lhe impor o brando castigo de se sentar num canto e tocar as escalas de todos os tons, nota por nota, durante uma hora. Afinal, todas as pessoas na sala, inclusive Luciana, desconfiavam de que o que Anna Maria tinha dito era verdade.

Inversamente, Luciana descontava sua irritação na protegida de Anna Maria, ignorando Maddalena por completo e a encaminhando para Silvia. Esta dava aulas a Maddalena exatamente como as havia recebido, mas, quando a melhor das violinistas tocava, Maddalena via como o corpo, o instrumento e a música fundiam-se em algo íntimo e completo, que as aulas não poderiam explicar. Nessa época, quando ela deslizava o arco pelas cordas, o som era tão melífluo e sonoro, que às vezes ela se esquecia de respirar. Muito depois das aulas, ficava rememorando o modo como seus dedos tinham passado pelas cordas, como parte de algo misterioso e sagrado.

Entretanto, seu prazer por se tornar *iniziata* do coro, logo depois de completar 11 anos, tinha sido abafado, ao longo do ano anterior, pelo fato de ela ter Silvia como professora. Mesmo assim, no entanto, a menina ansiava por cada oportunidade de retirar o violino de sua caixa forrada de cetim, esfregar a resina no arco e entrar num mundo em que não existia nada senão o som do instrumento.

Esse mundo tornou a ser violado, mais uma vez:

— Não, não, não! É assim! — exclamou Silvia, que segurou o pulso de Maddalena e o virou com força para fora.

Fuzilando-a com os olhos, Maddalena encostou o arco nas cordas e tornou a tocar a série de arpejos. Seus olhos se fecharam quando ela resvalou para uma melodia lânguida e, esquecendo Silvia por completo, começou a balançar as costas conforme os contornos da melodia, e a crispação de seu rosto se desfez.

Silvia bateu palmas duas vezes:

— Por que você faz isso?

— Isso o quê?

— Fechar os olhos desse jeito e começar a mexer o corpo.

Maddalena encarou-a por um momento, sem saber direito o que Silvia queria dizer.

— Eu faço isso?

— Faz, e pode parar. Você precisa prestar atenção e parar de fazer o que tem vontade. Isto aqui é uma aula.

Maddalena fechou os olhos.

— Eu sei.

— E depois, você me deixa nervosa quando faz isso. A ideia é você tocar a música, e não ficar... toda sonhadora com ela.

A sineta que chamava para a refeição do meio-dia ainda não havia soado e, até lá, a aula não terminaria, mas Maddalena afrouxou o arco.

— Estou com dor de cabeça — disse. — Farei os exercícios hoje na nossa hora de folga, se a *maestra* Luciana deixar.

O lábio superior de Silvia encolheu-se de desdém, revelando seus dentes da frente ainda mais que de praxe, e ela abanou a cabeça:

— Você nunca vai melhorar se não prestar atenção.

Quinze anos, e você já fala como uma velha coroca, pensou Maddalena. *Minha única dor de cabeça é você.*

Maddalena passou por entre os pares de *figlie* curvadas sobre seus violinos e violas, indo para onde Luciana estava sentada com uma das meninas mais velhas. Ela e as outras sabiam que, apesar da aparência e da conduta atuais, um dia Luciana fora a violinista mais famosa de todos os quatro *ospedali,* e muitas vezes as *figlie* eram advertidas a serem gratas por contarem com ela para lhes dar aulas. A essa altura, a gota lhe havia atacado os pés a tal ponto que ela não podia calçar nada além de chinelos. Qualquer meiguice ou gentileza que um dia tivesse feito parte de sua personalidade havia desaparecido nos anos de sofrimento.

Tal como Michielina, Luciana logo poderia se aposentar e permanecer na Pietà até a morte, num grupo especial de musicistas aposentadas que eram conhecidas como as *giubilate;* entretanto, como não havia mais ninguém que soubesse tirar tanto som de um violino quanto ela, a *maestra* era solicitada a continuar trabalhando, apesar de sua enfermidade. Continuava a aparecer na sala todos os dias, amiúde com tal mau humor que, para Maddalena, no segundo em que Luciana cruzava a porta, era como se a temperatura caísse e o pouco sol que se infiltrava pelas janelas encardidas desaparecesse.

À aproximação de Maddalena, Luciana fez sinal para que a mocinha parasse de tocar um instante.

— Sim? — disse, arqueando as sobrancelhas. — O que você quer?

— Não estou me sentindo bem hoje, *maestra*. Estou com dor de cabeça e gostaria de interromper minha aula.

A bufadela alta de Luciana deixou sua irritação evidente:

— A Congregazione contratou um professor de violino para assumir alguns de meus deveres. Hoje ele está aqui, em reunião com *maestro* Gasparini, e os dois planejam nos fazer uma visita. Ele precisa saber quantas somos e com que empenho trabalhamos — disse. Seus lábios finos abaixaram nos cantos. — O comodismo é sempre impróprio, Maddalena. Você vê o quanto eu sofro, e está pensando numa dorzinha de cabeça? Ache um canto para ficar sentada e vá fazer exercícios até ele chegar.

ERA UM DIA NUBLADO E, embora a luz fosse mais clara perto da janela, a corrente de ar de um dia atipicamente frio de setembro mantivera o canto desocupado. Maddalena estremeceu ao afinar as cordas e apertar o arco. Mas já se sentia melhor, pois não precisava de nada além de fugir de Silvia e tocar sozinha como quisesse, fora do alcance do olhar ferino de Luciana, fora da sala, em algum lugar além da Pietà, um lugar onde a música perfeita provocava e convidava.

A friagem já lhe endurecera os dedos, mas ela não tardou a se esquecer do incômodo ao avançar por sua peça favorita — uma doce cantiga de ninar que a fazia lembrar das árvores balançando do lado de fora do chalé em que havia crescido. Suas pálpebras semicerraram-se enquanto ela tocava, sem as interrupções das palmas de Silvia. Mais para o final, ela chegou a um trecho em que o dedilhado ainda era complexo demais para que conseguisse executá-lo até o fim sem intensa concentração e, de olhos fechados, ela tentou uma vez após outra.

— *Signorina?*

Maddalena ergueu os olhos, assustada ao ouvir o som de uma voz que, apesar de aguda e nasalada, decididamente pertencia a um homem. A primeira coisa que notou nele foi o cabelo. Iluminado por trás pelas nesgas de sol que se infiltravam pela janela, era brilhante como o pôr do sol e flamejava feito labaredas sobre os ombros do negro hábito eclesiástico que ele usava.

O professor de violino, pensou. Pôs-se de pé num salto. Luciana estava parada ali perto, com um membro da Congregazione que usava o manto negro dos nobres venezianos.

O padre de cabelos ruivos tirou o violino de Maddalena.

— Posso? — perguntou, estendendo a mão para pegar o arco. Ajeitou o violino no queixo e improvisou uma introdução ao trecho com que ela estivera lutando. Pensou por um minuto, fez uma segunda tentativa e lhe devolveu o violino.

— Não é tão difícil quanto parece — disse. — Experimente fazer assim. — E segurou os dedos de Maddalena, movendo-os de outra maneira.

Ela tocou até seus dedos se encaixarem facilmente no lugar, depois repetiu mais duas vezes, por puro prazer.

— Muito bem — disse o padre. — Pode tocar o resto da peça para mim?

Maddalena sentiu o rosto enrubescer:

— Agora?

— Certamente, se quiser.

O coração da jovenzinha deu um salto. Apesar de querer tocar da melhor maneira possível para que Luciana a ouvisse, ela tocou uma nota errada após outra. De algum modo, conseguiu rastejar de volta e reassumir o controle no final, mas, ao levantar os olhos, só conseguiu se lembrar dos erros. O rosto de Luciana exibiu um lampejo de reprovação, antes de reassumir sua tarimbada inexpressividade.

O padre fitou Maddalena, intrigado. Seu rosto jovem era redondo, e o queixo se projetava para frente, como que mancomunado com o nariz comprido e fino, para que um dia os dois conseguissem fechar um círculo entre si. O cabelo flamejante e a baixa estatura fizeram a menina lembrar-se das histórias que ouvira sobre gnomos que saíam das florestas para fazer travessuras nas aldeias. Ao contrário deles, porém, o padre não era feio nem repulsivo, e transmitia uma energia vigorosa, que parecia atrair todo o aposento para ele.

Antes que Maddalena pudesse desculpar-se pelo modo como havia tocado, o homem falou:

— Você não tem medo do difícil. E a música — acrescentou, com um tapinha na testa — é o bastante para nos manter humildes, todos nós. Como é seu nome?

— Maddalena — veio a resposta, quase num sussurro.

— Maddalena. Maddalena Rossa — disse ele, puxando o próprio cabelo. — Ruiva. Como eu.

Com um rápido aceno da cabeça, o homem partiu ao encontro de Luciana e dos demais, do outro lado da sala.

Maddalena sentou-se para esperar que os senhores se retirassem e que a bronca que receberia de Luciana não durasse muito tempo. Depois que os visitantes se foram, a *maestra* veio andando em sua direção. Tocou-lhe o ombro, e aquela ternura inesperada enfraqueceu a determinação da menina de não chorar.

— Foi horrível — disse Maddalena, afundando o rosto nas mãos. — Eu queria muito impressionar a senhora, e agora... — Não terminou a frase. *Agora vou ficar eternamente empacada com a Silvia.*

— Você tocou muito mal mesmo — concordou Luciana —, mas ele viu algo em você e quer que receba uma atenção especial. A partir de amanhã você vai estudar comigo. Não é uma promoção, entenda bem, mas, por um acordo especial, eu lhe darei uma hora por semana.

Maddalena ergueu os olhos, perplexa:

— Com a senhora?

— Com quem mais? Você espera receber aulas particulares do próprio dom Antonio Vivaldi? Ele é o melhor violinista de Veneza.

— Não, *maestra* — resmungou Maddalena. Tudo que havia esperado era alguém um pouquinho melhor do que Silvia, e, sem jeito por ter tido sua intenção mal interpretada, ela desviou os olhos de Luciana. Todas as *figlie* da sala observavam, com seus instrumentos na mão. Maddalena cravou os olhos no chão, com medo da impenetrabilidade e daqueles olhares.

SE ELA ESTAVA pensando que seu momento com dom Vivaldi faria milagres com Luciana, não tardou a mudar de ideia. Antes que conseguisse ter sua primeira aula, Luciana havia sofrido um ataque de gota e tivera que ser tratada no hospital da Pietà. Voltara no início de novembro, mais mal-humorada que de hábito, e chamara Maddalena para a primeira lição. Encolhendo-se de dor, havia levantado a bainha do roupão acima dos joelhos.

As veias desenhavam linhas roxas em sua pele macilenta. Os dedões dos pés, que desapareciam dentro dos chinelos, estavam enormes de inchados e tinham as cores do sol poente.

— Você terá que aguentar minha indiscrição — comentou a *maestra*. — Até o contato com a bainha da roupa traz a sensação de que estou pegando fogo.

Maddalena ficou horrorizada não só com a visão dos pés de Luciana, mas também com a intimidade da revelação de suas pernas descobertas até os joelhos.

— Não fique olhando — disse Luciana. — Se quer ser enfermeira, vá para o hospital. Se quiser ser violinista, toque! — E fez um gesto para que a menina pegasse o instrumento. — Não sei o que dom Vivaldi viu em você — acrescentou, encerrando a aula mais cedo. Mandou Maddalena se exercitar sozinha e descartou com um gesto a oferta de ajuda, depois que a jovem a auxiliou a ficar de pé. Em seguida, apoiando-se pesadamente na bengala e fazendo caretas de dor, saiu mancando da sala.

A maestra *já é horrorosa o bastante sem os pés daquele jeito,* pensou Maddalena. Voltou para seu pavilhão perguntando a si mesma que grau de melhora, comparado às aulas com Silvia, aquele arranjo viria a representar.

UMA VEZ POR ANO, na festa da Apresentação da Virgem Maria, os *burchielli* e os *peote*, barcos achatados de tamanhos e formas diversos, alinhavam-se lado a lado em toda a largura do canal, formando pontões sobre os quais se estendia uma ponte provisória. Uma procissão liderada pelo doge ia do palácio, atravessando a ponte, até a basílica de Santa Maria della Salute, para as orações de ação de graças. Durante o dia inteiro e avançando pela noite, milhares de venezianos também atravessavam a ponte para acender velas na igreja pela saúde de seus entes queridos, e os gondoleiros levavam seus remos para receberem as bênçãos de um padre na escadaria da basílica.

Maddalena e Chiaretta foram incluídas entre as *figlie* que fizeram esse trajeto, partindo da Pietà. A manhã nublada trazia um vago odor das queimadas feitas na zona continental depois da colheita, e o ar estava tão frio e seco que elas sopravam as mãos para aquecê-las.

As meninas foram entoando cânticos religiosos ao marcharem pela rua principal, entre a Piazza San Marco e a igreja de Santa Maria del Giglio. Adiante delas, a ponte oscilava e sacudia na água, perturbada pelas dezenas de barcos próximos. Alguns deles estavam cheios de pessoas que davam vivas e acenavam para quem atravessava a ponte, enquanto outros aguardavam sua vez de passar sob um segmento arqueado dela que mal tinha altura e largura suficientes para permitir sequer a passagem de um barquinho. À medida que cada barqueiro deitava o corpo todo e deslizava por baixo do arco, as vozes da multidão abaixavam e tornavam a se elevar, imitando-lhe os movimentos.

Várias meninas tiveram que ser levadas pela mão e convencidas a atravessar a ponte móvel. Maddalena seguiu adiante de Chiaretta, pondo um pé à frente do outro com ar tão resoluto, que em momento algum ergueu os olhos, até chegar do outro lado. Quando o fez, surpreendeu-se ao ver que a irmã não estava atrás dela.

— Ande logo, não tenha medo — disse uma das acompanhantes a Chiaretta, que ficara imóvel no cais. Num dos barcos, uma mulher vestida com o amarelo-claro da luz solar sentava-se em meio a uma coleção de almofadas de tecidos suntuosos. Seu cabelo era quase tão louro quanto o de Chiaretta e a pele era igualmente alva. O homem a seu lado estava colocando uma capa preta sobre os ombros da mulher, que se encostava nele, rindo.

Chiaretta não ouviu a acompanhante chamá-la. *Aquela ali sou eu, no barco,* pensou. *Sou eu com alguém me segurando. Sou eu, rindo.*

— O que há de errado com você? — perguntou a cicerone. — Pare de rir feito um macaco. — Então pegou a mão de Chiaretta, puxando-a pela ponte. Do outro lado, a menina virou-se e olhou para trás, mas a acompanhante deu-lhe um puxão no braço para que continuasse andando.

Na igreja, as guias entregaram uma vela a cada menina e apontaram para a balaustrada de uma capela lateral, onde já ardiam dezenas de velas:

— Acendam suas velas — disse uma delas —, pela saúde do doge e de todas as pessoas da Pietà.

Ao acender sua vela, Maddalena fechou os olhos e murmurou:

— Por favor, Santa Mãe de Deus, ajude-me a tocar violino muito, muito melhor.

Abriu os olhos e já ia voltando para as acompanhantes, quando, lembrando-se das ordens delas, virou-se e tornou a se benzer:

— E abençoe o doge e a Pietà — pediu. Pensou um instante, observando um fiapo de fumaça negra de sua vela alçar-se em espirais para o teto da capela. — E, por favor, abençoe a Chiaretta e a faça ficar bem — acrescentou. Benzeu-se mais uma vez e foi se juntar às outras.

Chiaretta ajoelhou-se diante da balaustrada.

— Por favor, meu Deus — pediu —, faça com que eu seja a moça do barco.

Cinco

CHIARETTA ENCOLHEU-SE enquanto Maddalena lutava para deslizar o pente por seu cabelo. Ele fora cortado curto quando ela estava com 9 anos. Já se passara quase um ano desde então, e, como o cabelo raramente ficava visível, Chiaretta fazia pouco mais do que empurrar as mechas soltas para baixo do capuz, todas as manhãs.

— Se eu chorar, não vou ficar bonita — gemeu.

— Se você não pentear o cabelo, será a única a usar capuz e chapéu — retrucou Maddalena, que parou e olhou para a irmã. — É isso que você prefere?

Chiaretta não disse nada, mas se curvou sobre uma cadeira do vestiário adjacente ao balcão da capela, enrijeceu os ombros e suportou os cuidados da irmã, até seu cabelo brilhar como mel claro derramado nas costas.

— Pronto. Sente-se e me dê os grampos — disse Maddalena. Quando sua irmã se inclinou sobre ela, Chiaretta ouviu sua respiração suave e sentiu no rosto o seu calor. Levantou os olhos para os de Maddalena e sentiu uma onda de amor ao ver a irmã tão perto, mas alheia ao fato de estar sendo observada.

Satisfeita com seu trabalho, Maddalena empurrou seu próprio cabelo para dentro do capuz, preparando-se para o seu dia. Ao contrário do de Chiaretta, ele seria comum.

— Vamos pôr o vestido, e depois terei que descer de novo — disse. Correndo os dedos pela saia de seda, alisou as dobras macias e entregou a roupa a Chiaretta para que ela a vestisse.

As *figlie di coro* mais velhas, com a cabeça descoberta e o cabelo preso num coque recatado na nuca, entraram em fila no vestiário com seu uniforme de concerto — um discreto vestido preto ou vermelho-escuro, que algumas enfeitavam com uma gola de renda branca em forma de V. O vestido de Chiaretta era descasado dos demais, alugado às pressas de um negociante de roupas de segunda mão, no gueto judaico, quando mais uma cantora caíra de cama, gripada, e várias *iniziate* tinham sido informadas de que teriam de substituí-las na missa dominical. Chiaretta estava encantada com o vestido, feito para uma menina rica e próprio para festas. O corpete cor de marfim deixava suas clavículas à mostra, acima de diversas fileiras delicadas de renda franzida. A saia era de um tom combinado de marfim e farfalhava com os rodopios da menina, calçada apenas de meias.

Depois, sua expressão toldou-se:

— Sinto muito por você não estar presente — disse a Maddalena. — Eu achava que você seria a primeira.

O ANO ANTERIOR tinha sido difícil para Maddalena. Depois de anos tocando violino, ela fora informada por Luciana de que o tempo que passava com ele seria reduzido, para que ela pudesse aprender outros instrumentos. Era como se o encontro com Vivaldi nunca houvesse acontecido.

— Seu desempenho no violino é bastante bom, se bem que meio indisciplinado, mas temos muitas *figlie* para tocar instrumentos de corda — dissera Luciana, desviando rapidamente os olhos ao informar Maddalena de sua decisão, como que para fugir da injustiça da avaliação que fazia. — Você pode vir para a sala tocar nas suas horas vagas, se quiser. Isso a ajudaria a manter sua destreza, para o caso de virmos a precisar de você para um *ripieno*, mas não será escolhida como *attiva*.

— Mas eu só tenho uns minutinhos livres por dia... — interrompera Maddalena.

Luciana havia erguido a mão, para impedi-la de terminar.

— Fiz uma oferta generosa, com um instrumento valioso, e estou ouvindo reclamações? Talvez eu deva reconsiderar.

— Desculpe, *maestra*.

— E você deveria se esforçar mais para ser útil. Como sua amiga Anna Maria. Não se trata do que você quer, compreende? O coro é a espinha dorsal da Pietà. Qualquer menina que receba instrução musical será usada como o *maestro* Gasparini julgar necessário.

— Eu compreendo, *maestra* — dissera Maddalena, baixando os olhos.

— E depois, quem sabe? — começara Luciana, abrandando o tom de um jeito tão inesperado, que a jovem erguera os olhos para ela. O cenho da violinista estava franzido, fingindo preocupação, e ela dera um tapinha no braço de Maddalena, num gesto maternal tão falso que fizera a aluna estremecer. — Talvez todas essas prendas um dia lhe tragam uma proposta de casamento.

Maddalena havia precisado de toda a sua força de vontade para não sair correndo da sala, ao ouvir as palavras de Luciana.

Ela preferiria o violino a um casamento, sem pestanejar, escolheria ficar com ele em vez de comer, ficar com ele em vez de ter uma capa para usar no inverno. *Eu o preferiria a Deus,* disse a si mesma, e em seguida expulsou essa ideia, por medo das consequências. *Eu não estava falando sério,* murmurou na manhã seguinte, ao fazer suas orações diárias diante de uma estátua de Maria. *Mas, por favor, não me abandones. Se ouves as nossas preces, escuta a minha.*

Luciana a deixara entregue a uma das moças que tocavam flauta doce, e Maddalena se vira de volta à situação em que estivera com Silvia. Dessa vez parecia até pior, porque antes, pelo menos, ela tivera o violino para se perder, fugindo da implicância da Rata.

Talvez Silvia também tenha tido sonhos e tenha ficado muito mesquinha e amarga por eles lhe escaparem, pensou Maddalena, enquanto manuseava a flauta. Tocar as notas não era o mesmo que tocar a música. Silvia não compreendia isso, pareceu-lhe, ou talvez houvesse simplesmente desistido de se importar com a distinção. Não fazia mal. Maddalena teria que tentar tocar flauta da melhor maneira possível. Mas todo o tempo ficara imaginando um violino e um arco recendendo a resina, descansando numa caixa no escuro, à espera da música.

A única vantagem era que Luciana só era *maestra* dos instrumentos de corda, e, portanto, Maddalena só a veria de passagem. Ela sabia que Luciana se ressentira de oferecer horários de aula a uma *figlia* na fase inicial da formação, simplesmente porque o Padre Vermelho, como muitos o chamavam, passara ventando pela sala, um dia, e por acaso manifestara um interesse passageiro por ela. Maddalena observava como as outras meninas agiam com Luciana, sempre a elogiá-la e a adulá-la, e não conseguia se imaginar fazendo tais palavras saírem de sua boca. Ela nunca havia criado problemas, nunca tinha sido desobediente e raras vezes tirava um minuto do tempo da *mestra*. Tudo o que desejara era conquistá-la com seu bom comportamento, mas, em vez disso, tornara-se invisível. Uma menina sem graça, como certa vez entreouvira Luciana referir-se a ela. Não era como Anna Maria. Não se parecia nem um pouco com ela.

GRAÇAS ÀS AULAS de Michielina, agora a voz de Chiaretta se projetava tão bem que quem a ouvia cantar mal podia crer que uma menininha fosse capaz de produzir tamanha sonoridade. Antes de se aposentar, Michielina cuidara da iniciação de Chiaretta no coro, mas, faltando pouco para os 10 anos, a menina ainda não tivera o estirão de crescimento que a levaria a sua plena estatura. Embora seu rosto ainda aguardasse a hora de assumir a aparência adulta, as *figlie* continuavam a falar como se já estivesse decidido que Chiaretta despertaria a atenção de algum ricaço e sairia da Pietà casada. De momento, porém, não havia como acelerar o tempo que lhe faltava para crescer. A menina fazia aulas de canto e ensaiava com o coro, mas, até aquele dia, nunca havia se apresentado.

Numa mesa perto da porta que levava ao balcão havia uma tigela cheia de flores de romãzeira. Uma solista havia prendido alguns desses botões delicados na orelha, e as outras *figlie di coro* procuravam lugares para colocá-los nos corpetes dos vestidos.

Ágata, uma *figlia* com a voz tão grave que cantava como barítono, pegou um raminho e o espetou no cabelo de Chiaretta.

— Está com medo?

— Não — respondeu a menina, cuja voz saiu rouca como um coaxar. Algumas *figlie* deram risinhos.

— Tussa algumas vezes e tente de novo — disse Ágata. Chiaretta teve de forçar a emissão da voz, como se estivesse pegando um resfriado, mas, afora isso, o som foi quase normal.

— Isso acontece muito quando a pessoa é nova — comentou Ágata, fazendo Chiaretta repassar um de seus solfejos diários, subindo e descendo as escalas duas oitavas abaixo, mudando de tom e acrescentando floreios a cada novo exercício.

A *maestra* bateu uma palma e Chiaretta seguiu Ágata e as outras *figlie*, cruzando uma portinha que levava ao balcão estreito onde, dois anos antes, cantara pela primeira vez com Michielina. Ela inclinou o corpo para a frente, para espiar pela cortina de filó que cobria a grade de ferro. A igreja estava lotada e um silêncio de expectativa elevou-se até o balcão ao se ouvir o som do coral tomando posição em seus lugares.

— *In nomine Patris, et Filii, et Spiritus Sancti* — disse o celebrante, aproximando-se do altar. — *Ad Deum qui laetificat juventutem meam.*

— A Deus, que alegra minha juventude — respondeu o coro. Chiaretta havia entoado suas primeiras notas. Olhou para Ágata, que acenou com a cabeça.

Depois da confissão, veio a hora do Kyrie, a primeira música de verdade para o coro. Dois violinos e um violoncelo deram a introdução, e Chiaretta respirou fundo e se juntou ao coral num explosivo...

— *"Kyrie!"* — todas repetiram a palavra, estendendo cada sílaba por tanto tempo quanto conseguiam de um só fôlego, antes de passarem à palavra seguinte: — *"Eleison"*. — As sílabas foram entoadas em staccato, até as vozes se extinguirem.

Havia uma solista numa das extremidades do balcão. Ela deu um passinho à frente quando o acompanhamento se reduziu a um baixo contínuo, executado por violino e violoncelo. A voz da jovem varou o ar com uma única nota, que ela sustentou como uma joia preciosa antes de continuar a melodia.

Quando a orquestra fez uma nova entrada, Chiaretta olhou para um quadro de Maria do outro lado da capela e tentou imaginar como seria se aquele corpo farto e macio a envolvesse. Depois, o coro recomeçou a cantar e ela mergulhou na onda límpida e pura de som.

— "*Kyrie eleison*. Tende piedade, Senhor" — o coral repetiu, e Chiaretta desejou que sua voz ganhasse asas e voasse pela capela até a Santa Virgem, que ouvia as preces dos fiéis mesmo quando elas se ocultavam no canto de um coral.

SEM SEU VIOLINO, Maddalena ficou com as ideias sombrias. Só tinha vontade de se deitar na cama, sem fazer nada. No domingo seguinte, no qual as *figlie di coro* regulares recuperaram-se o bastante para retomar suas obrigações, o humor de Chiaretta mostrou-se igualmente melancólico quando as duas irmãs passearam pelo pátio na hora do recreio.

— Detesto isto aqui — disse Chiaretta.

— Não, não detesta de verdade. Você só está entediada — retrucou Maddalena. — E me diga, onde preferiria estar, afinal.

Em segundos, Chiaretta passou do abatimento que a encurvava para um rodopio em círculos diante da irmã:

— Eu estaria no palco! Como cantora de ópera!

Maddalena caiu na gargalhada.

— Como você sabe dessas coisas? E que papel haveria para uma menina que ainda nem fez 10 anos?

— Não estou falando de agora — disse Chiaretta. — Quando eu for uma moça crescida. Há uma menina, a Antonia Morosini, que vem ter aulas aqui e vai para casa. Você a conhece?

Maddalena abanou a cabeça.

— O pai dela faz parte da Congregazione e ela mora perto do Grande Canal. Disse que há uma porção de mulheres em Veneza que têm dezenas de vestidos lindos. Algumas cantam no teatro de ópera, e outras... Bem, acho que o trabalho delas é só serem bonitas, para que os homens queiram cuidar delas. Não sei direito como isso funciona.

— Só serem bonitas? Isso não é trabalho.

— Nas óperas há pessoas vestidas como deuses, que são baixadas do teto em nuvens — continuou Chiaretta, ignorando o comentário da irmã. — Antonia vive indo à ópera. Diz que é maravilhoso! — E tornou a rodopiar, cantarolando a última palavra.

— Chiaretta, fique quieta, se quiser ganhar mais do que pão e água no jantar.

— Está bem — resmungou a menina. — Mas se não posso cantar na ópera, então vou me casar com um homem rico.

— Case-se com o doge, pouco me importa, mas, por favor, não arranje encrenca para nós!

Chiaretta suspirou e retomou a caminhada.

— Maddalena — disse, segundos depois. — Você acha que isso vai acontecer? Não quero ficar aqui para sempre.

Maddalena desviou os olhos, mas nada disse. *Se eu não puder tocar violino, não faço ideia do que posso querer*, pensou, fechando os olhos na tentativa de esvaziar a mente. Chiaretta a fitou, à espera de uma resposta para sua pergunta, mas ela não veio.

Em pouco tempo Chiaretta mudou-se para a ala das adolescentes e voltou a dormir ao lado da irmã. Tinha recebido uma pequena soma em dinheiro por sua apresentação com o coral — o bastante, juntando-se aos trocados insignificantes que suas habilidades limitadas na oficina de seda lhe haviam rendido no tempo passado lá, para comprar um caderninho de desenho e alguns lápis, parecidos com os que Maddalena comprara meses antes. Cada um dos bens de Maddalena parecia um modo, por menor que fosse, pelo qual ela havia criado para si uma vida separada da irmã. O caderno de desenho, já cheio até a metade com desenhos de anjos com lindas asas e das flores que cresciam nas ranhuras entre as pedras do pátio, era seu bem mais valioso.

— Como vamos distinguir um do outro? — indagou Chiaretta ao abrir seu embrulho e ver que, tendo sido comprado na mesma loja, seu caderno era indiscernível do da irmã.

Maddalena pôs no seu um marcador de página feito de renda, para reconhecê-lo num relance, mas, no dia seguinte, ainda tirou o caderno errado do *cassone* que as duas dividiam. Sentada na beirada do catre, ela desenhou um esboço do rosto adormecido de Chiaretta em seu caderno, depois escreveu abaixo "Tenho uma ideia", formando cada letra com a lenta deliberação de quem tinha poucas oportunidades de praticar a escrita.

Chiaretta ficou encantada com o desenho. Esquecendo-se das regras, abriu a boca, mas Maddalena levou um dedo aos lábios. Pegou o caderno da irmã, no qual fingiu rabiscar alguma coisa e, com um olhar inquisitivo, pediu permissão para escrever. Chiaretta balançou a cabeça.

— Eu vejo as meninas passarem livros umas para as outras, nas horas em que não podemos conversar. Nós também podemos fazer isso.

Maddalena entregou o caderno à irmã.

Com a pontinha da língua aparecendo entre os dentes, Chiaretta escreveu: "Você é a mais" — riscou uma palavra e tentou soletrá-la outra vez — "maganífica das irmãs. Agora não vou exprodir enquanto não puder lhe contar meus segredo."

CHIARETTA SÓ ESTIVERA no gabinete da prioresa em uma ocasião, no dia da briga na ponte. Dessa vez, foi conduzida até lá por uma *figlia di commun* que a havia buscado na aula. E lá encontrou sentado um homem de meia-idade, que conversava com a superiora e com a professora das vocalistas do coro.

— Encantadora — disse o cavalheiro, quando Chiaretta entrou. — Ainda mais bonita do que me haviam informado. Um belo rosto veneziano, a testa larga e, atrás dela, uma mente igualmente ampla, e olhos capazes de destroçar o coração dos homens. — Fez uma pausa e indagou: — Sabe quem sou eu?

A prioresa se apressou a responder no lugar da menina:

— Ele é um dos Nobili Uomini Deputati. Faz parte da Congregazione. Daqueles pelos quais nós rezamos na hora da ceia — falou, e arqueou as sobrancelhas para transmitir a ideia de que esperava que Chiaretta soubesse o que dizer.

— Nós somos muito gratas aos senhores — disse a pequena, curvando a cabeça. O que era mesmo que ele tinha dito? Alguma coisa sobre uma mente e sobre destroçar o coração dos homens? *Eu só tenho 10 anos*, pensou. *Devo ter entendido mal.*

— Eu a ouvi cantar na capela e me perguntei: quem é aquela menininha que mal consigo enxergar, aquela de vestido branco, fazendo todo esse barulho?

As *figlie* eram punidas quando faziam barulho. Os olhos de Chiaretta correram para a prioresa, alarmados.

— Um lindo barulho, devo dizer — acrescentou o homem, ao ver sua aflição.

A *maestra* não aprovava que enchessem a cabeça das garotinhas de orgulho e disse, franzindo o cenho:

— Ele veio ouvi-la cantar. Cante o Amém que ensaiamos esta semana.

Chiaretta fez uma expressão amuada. Tal como as outras *figlie* em seu estágio de formação, ela era obrigada a seguir as *attive* e a ganhar experiência aprendendo as músicas que elas aprendiam e ensaiando com elas. Quando a *maestra* lhe dissera que, apesar de ela ter feito um bom trabalho de substituição, nem tão cedo voltaria a se apresentar, Chiaretta passara a ficar emburrada e irrequieta nos ensaios e não se dera o trabalho de aprender muito bem nenhuma das músicas. A ameaça de ter a cabeça raspada e passar vários dias em confinamento solitário a repusera na linha, e a expressão da *maestra* nesse momento mostrou que ela se lembrava muito bem do pé em que as coisas haviam ficado entre as duas.

— *Brava!* — exclamou o homem quando ela terminou, batendo palmas. Tirou uma partitura da jaqueta e perguntou: — Sabe fazer leitura à primeira vista?

A *maestra* espinhou-se:

— Todas as nossas meninas sabem. Vossa Excelência por certo está ciente de que essa é uma das aulas regulares delas.

— É claro, mas ela é tão pequena que pensei que, talvez... — disse, estendendo a mão com várias folhas de partitura para Chiaretta. — Poderia experimentar isto?

A *maestra* tirou-lhe as folhas e leu o título.

— Isto é uma ária de ópera — comentou. — Excelência, isto é muito impróprio. Ademais, está em italiano. — E lançou um olhar para a prioresa, em busca de apoio. — As *figlie di coro* só cantam em latim.

— *Maestra*, ela não precisa cantar a letra, afinal. Eu ficaria feliz apenas em ouvi-la vocalizar as notas.

— Mesmo assim, a fonte...

— Faça-me a gentileza.

A *maestra* comprimiu os lábios e entregou a música a Chiaretta.

— Cante de novo — disse o homem, quando ela terminou. — E eu gostaria de ouvi-la com um alaúde.

A prioresa bateu uma palma e a menina que entrou foi instruída a buscar o instrumento na sala.

Chiaretta sabia quando a *maestra* estava zangada, porque a pele de seu pescoço ficava cheia de manchas. Nesse momento, a vermelhidão estava subindo e se espalhando por suas faces. Quando o alaúde chegou, ela o pegou e, sem dizer palavra, começou a tocar um acompanhamento simples, enquanto Chiaretta vocalizava.

— Encantador — disse o homem, aplaudindo, quando as duas terminaram. — E agora, *maestra*, diga-me do que precisa para ser recompensada pelo trabalho que lhe dei.

— Carvão para o fogo — respondeu ela, quase antes de o homem concluir a pergunta, como se já trouxesse uma lista mental pronta para essas ocasiões. — Nunca temos o suficiente para manter aberta a garganta das meninas. E mais óleo de candeeiro para as copistas de música. Sempre pedimos as mesmas coisas, mas nunca recebemos o bastante.

Se ouviu a reprimenda sutil pela sovinice da Congregazione, o homem não o demonstrou.

— Eu mesmo farei o pedido — prometeu. Fez sinal com a cabeça para Chiaretta e acrescentou: — É bom ver o futuro da Pietà tão bem assegurado.

NA HORA DO JANTAR, a *maestra* informara a Chiaretta que ela iria a um piquenique com as *figlie di coro* na ilha de Torcello, na lagoa, dali a duas semanas. Seria melhor que essa honra fosse concedida a uma menina mais merecedora, uma menina bem-comportada, que aprendesse sua música, dissera a *maestra*, mas era óbvio que a Congregazione não compreendia sua opinião. Chiaretta voltaria a usar seu vestido de seda cor de marfim mais cedo do que havia suposto.

Seis

PARA AS *FIGLIE DI COMMUN*, os membros da Congregazione eram um grupo obscuro, cujos nomes elas não sabiam e cujos rostos não conseguiriam reconhecer. Não entravam homens no claustro, a não ser em raríssimas circunstâncias. Ainda assim, esses integrantes ficavam apenas um passo aquém dos santos, em matéria de importância.

Somente as *figlie di coro* os conheciam a todos. Algumas vezes por mês, umas gôndolas iam buscar pequenos grupos no cais, em frente à Pietà, e os levavam para cantar e tocar em recepções nas residências das famílias nobres de Veneza. Chiaretta havia observado com inveja e anseio as *figlie* mais velhas do coro ao voltarem com histórias sobre a beleza das casas e o encanto dos anfitriões, e se queixando de dor na barriga, de tanto comerem.

As melhores histórias trazidas por elas envolviam flertes com os convidados. Chiaretta já ouvira falar de vários casamentos de *figlie* com homens que as tinham ouvido pela primeira vez na capela, e que mais tarde haviam constatado que a beleza e o encanto delas estavam à altura de suas vozes. Para cada uma dessas histórias, porém, havia as de outras jovens cujas chances eram destroçadas por dentes tortos, marcas na pele ou uma perna manca. Muitas nem mesmo eram convidadas para as festas.

A princípio, Chiaretta havia suposto que as *figlie* seriam castigadas por flertarem, mas percebeu que as que eram capazes de agradar dessa maneira recebiam mais convites do que as outras. Por que isso acontecia, ela não sabia ao certo, a não ser pelo fato de as mais velhas falarem, de tempos em tempos, de como um evento em que uma delas causara uma grande impressão havia conduzido à doação de uma vultosa soma pecuniária para o coro.

Na idade em que estava, o que mais interessava a Chiaretta era a comida. Às vezes, quando não havia ninguém olhando, ela apertava a barriga como vira Caterina fazer, murmurava "nunca comi tanto na minha vida" e tentava imaginar como seria essa sensação. E agora, muito antes do que tinha esperado, ela havia recebido o primeiro convite que lhe permitiria verificar se sua fantasia era real.

Na sala onde as cantoras tinham suas aulas, Chiaretta fizera amizade com Antonia Morosini, uma menina veneziana da sua idade. O pai dela era um dos três homens mais importantes para o coro, um membro dos Nobili Uomini Deputati encarregados de supervisionar a programação musical da Pietà.

— Meu pai falou de você a semana inteira! — disse Antonia, tão logo se reencontrou com Chiaretta. Ao notar a expressão intrigada da amiga, prosseguiu: — Você sabe, o homem que a ouviu cantar.

— Aquele era seu pai?

— Boba! É claro que era! Do jeito que ele falou de você, acho que, se já não tivesse duas filhas, ele a levaria lá para casa. Ou, quem sabe, simplesmente nos jogaria no canal e a levaria para lá no nosso lugar.

Antonia riu, mas Chiaretta não conseguiu entender qual era a graça. Mais do que qualquer outra coisa, desejava ser Antonia, queria seus vestidos de seda, a faixa de filigrana de prata que prendia seu cabelo, seu riso confiante e a liberdade de se deslocar pelo mundo.

— É por causa dele que irá conosco a Torcello, na semana que vem — prosseguiu Antonia.

— Você também vai? — surpreendeu-se Chiaretta, que havia suposto que o piquenique seria um evento pequeno, ao qual compareceriam apenas alguns membros da Congregazione, as *figlie di coro* e suas acompanhantes.

— É claro! — disse Antonia, e começou a tagarelar sobre mesas de carnes, frutas, bolos e vinho doce, músicos e jogos, e possibilidades de passear pela trilha ao longo do canal, para caçar borboletas e ouvir os passarinhos.

O que Antonia descreveu era tão alheio à experiência de Chiaretta, que ela quase não conseguiu entender as palavras da amiga. Nos cinco anos de residência na Pietà, ela havia saído umas dez vezes, talvez. Adorava andar nas gôndolas, espiando por entre as cortinas para ver os barcos que levavam peixes, legumes ou até móveis de um lado para outro dos canais. Numa ocasião, ela vira uma gôndola nupcial enfeitada de flores e, em outra, uma embarcação especial para funerais, com o *felce* coberto de preto e um caixão visível lá dentro. O Grande Canal era um mundo de atividade e exposição constantes, ao passo que a vida na Pietà mais se parecia com as cenas do altar entalhado da capela, nas quais dezenas de figuras amontoavam-se por toda a eternidade num mesmo espaço congelado.

A saída mais recente de Chiaretta tinha sido uma visita à igreja dos Frari, para ver o quadro da Assunção da Virgem pintado por Ticiano. No caminho, ela fizera uma parada para observar as cores da barraca de um vendedor de hortaliças. As alcachofras eram púrpura, feito pele machucada, e as ervilhas eram penugentas como lagartas. A acompanhante a havia arrastado para longe dali, antes que o homem da barraca deparasse com o olhar da menina.

— Se você olhar para eles, eles vão encará-la. E não fica bem — dissera a cicerone, sacudindo o dedo. — Comporte-se, Chiaretta, senão não sairá mais.

Essa saída ocorrera vários meses antes. À medida que se aproximavam da puberdade, as *figlie* iam saindo menos e, depois que a atingiam, a não ser que estivessem no coro, raramente punham os pés na rua. Cada vez mais maçante: essa era a avaliação que Chiaretta fazia de sua vida depois do gostinho fugaz de cantar com o coro. A semana anterior tinha sido ainda pior, porque Anna Maria havia permanecido na enfermaria, com um mal-estar na barriga, e a menina sentira falta de se encontrar com ela nas salas de exercícios.

Chiaretta foi para seu pavilhão para o período de repouso e viu que Maddalena estava deitada de costas para ela, parecendo dormir. Deitou-se, mas se levantou assim que lhe deram permissão e começou a escrever um bilhete para a irmã:

> *Hoje falei com Antonia e ela vai na festa. Disse que vai ter jogos e mais comida do que eu já vi na vida toda. Ela vai levá uma rede para nós caçar borboleta. Se puder, trago uma pra você.*

Maddalena mexeu-se e virou de frente. Estava com o rosto cheio de manchas e o cabelo grudado nas bochechas, como se estivesse molhado.

— O que aconteceu? — sussurrou Chiaretta, olhando em volta para ver se a tinham entreouvido.

Maddalena abanou a cabeça, com os olhos marejados. Chiaretta entregou-lhe seu caderno de desenho e seu lápis, afligindo-se enquanto a irmã escrevia, com movimentos violentos:

A Susana quebrou o arco e a Luciana deu a ela o que eu uso. Mandou-a deixá-lo no armário, para eu poder usá-lo também, mas ela não pareceu dar a menor importância a isso.

"A Luciana é um diabbo saído do inferno", escreveu Chiaretta, mostrando as palavras a Maddalena antes de riscá-las, e com tanto vigor que deixou marcas nas duas páginas seguintes.

MADDALENA GRUDOU um sorriso no rosto como se fosse uma máscara, enquanto Chiaretta punha o vestido marfim, na manhã do piquenique. Um novo estirão de crescimento, que de outro modo passaria despercebido, já deixara a cintura uns dois centímetros acima do lugar e a barra da saia curta demais. Maddalena teve de apertar os atilhos com força para fechar o vestido nas costas da irmã, mas Chiaretta estava distraída demais para se importar.

Na quietude que se seguiu à saída da caçula, Maddalena cruzou os braços sobre o peito, para não se desmanchar no vazio. O pequeno período extra de folga aos sábados estendia-se diante dela, menos como uma bênção do que como uma provação. Até então, sua vida e a de Chiaretta haviam parecido entremear-se numa só existência, mas agora ela não podia negar que a da irmã ia seguindo seu rumo próprio, que talvez não a incluísse.

E o rumo dela? Era melhor não pensar muito nisso. O sol ainda não se elevara o bastante para iluminar a *sala dal violino*, e Maddalena foi tateando com as pontas dos dedos o interior do armário em que a *maestra* mandara Susana deixar o arco. Tornou a tamborilar por dentro do armário. Sentiu um calor inundar-lhe o peito e subir pelo pescoço e pelo rosto. *E eu devo fazer o quê? Tocar* pizzicato? Visualizou o rosto vingativo de Luciana e se lembrou das palavras riscadas de Chiaretta. *A Luciana* é mesmo *um diabo saído do inferno*, pensou. E, apesar de todas as suas orações, o diabo estava ganhando.

Uma porta abriu-se com um rangido no outro extremo da sala, e Maddalena deslocou-se para a sombra num canto, para não ser vista. Se fosse Luciana, talvez ela pudesse contar-lhe o que havia acontecido e implorar para que pegasse o arco de volta. Em vez disso, ouviu uma voz de homem:

— *Domine, ad adjuvandum!* — resmungou ele. — Só 30 *zecchini* para o papel? E 5 para a resina usada nos arcos? E o que é que eles entendem disso? *Deus in adjutorium!*

Maddalena ouviu o som de um sapato pesado chutando uma cadeira, que voou longe no piso de pedra. Ela prendeu a respiração, sem saber ao certo se devia revelar sua presença ou torcer para que o homem saísse, antes de saber que ela o ouvira. Reconheceu o tom nasalado e agudo e soube que, mesmo sendo padre, ainda assim ele era homem, e os dois não deveriam ficar juntos a sós num aposento.

Os resmungos prosseguiram e ela o ouviu abrir um estojo de violino, o que foi seguido pelo som do arco deslizando sobre as cordas. Ele parou um segundo para afinar o instrumento e recomeçou a tocar. Seu arco dardejava pelas cordas como uma gaivota-rapineira, subindo e descendo nas correntes de ar sobre a lagoa. O ritmo foi crescendo, até ele atacar o violino com o desvario de um animal aprisionado e ferido. As notas subiam como o voo das sementes de cardos flutuando na brisa de verão, até o arco morder as cordas com força, como um cão abocanhando um estranho. Ora o homem guerreava com as cordas, ora as beijava com o arco, do jeito como, vez por outra, Maddalena julgava lembrar-se do beijo de sua mãe, delicada, que mal lhe roçava a pele e depois afundava o rosto em seu corpinho, beijocando-lhe a barriga e os ombros até ela gritar de tanto rir.

O sol se levantara o bastante para iluminar a sala. Quando os primeiros raios começaram a luzir pela janela, Maddalena viu-o de costas, o cabelo ruivo captando a luz. Depois ela o ouviu gemer e apertar o peito com a mão que segurava o arco. O homem dobrou o corpo e produziu um som estranho, feito um grasnido rouco, como se o estivessem estrangulando. Cambaleou até uma cadeira, na qual depositou o violino e o arco, e se apoiou no espaldar, arfante, tentando recobrar o fôlego.

Maddalena atravessou a sala correndo e o ajudou a sentar-se. O *maestro* estava com os olhos vidrados.

— Vou procurar ajuda — ela anunciou.

— Não — retrucou ele, dissuadindo-a com um aceno da mão. — Daqui a alguns minutos estarei bem.

O coração de Maddalena disparou enquanto ela observava a luta de Vivaldi, mas a dor dele não tardou a diminuir e o mestre empertigou-se na cadeira, pálido e transpirando, mas recuperado.

— Eu a conheço — disse ele, ao respirar mais normalmente. — Você é a mocinha do violino. Maddalena. Maddalena *Rossa* — acrescentou, puxando o próprio cabelo. — O que está fazendo aqui?

— Eu... eu vim estudar, senhor.

— Estudar? — repetiu ele, com um sorriso brincando no canto dos olhos. — A *maestra* não a faz trabalhar o suficiente?

Maddalena baixou os olhos, tentando pensar no que poderia dizer.

— Bem, nesse caso — falou Vivaldi, preenchendo o silêncio —, deixe-me ouvir seu progresso.

— Eu... eu não posso, senhor.

Ela não pretendia dizer mais nada, porém, antes que desse por si, tinha deixado escapar toda a história de Susana e do arco.

— Isso não pode ser — comentou Vivaldi, cujo cenho se franzira ao ouvir o relato. — Tome, toque com o meu.

— Oh, não, senhor, eu não poderia. É valioso demais. E eu não devia mesmo estar aqui.

— Tolice — retrucou ele, com uma piscadela. — Eu sou padre. — E lhe entregou o violino. — Toque.

VIVALDI A OLHAVA fixo quando ela terminou.

— Você escuta primeiro com o coração — disse. — Isso é importante. A maioria das pessoas toca apenas com as mãos. Ou, o que é pior, às vezes toca apenas com a cabeça. — Fez uma pausa. — Por que está chorando?

Maddalena percebeu pela primeira vez que tinha as faces molhadas.

— Estou chorando porque o seu violino é realmente maravilhoso — respondeu, e, embora o instrumento de Vivaldi fosse muito mais cálido e sonoro que o dela, essa não era a única razão. — Agora já é muito raro eu tocar. Elas não precisam de mais violinistas, e sim de alguém que toque flauta doce.

— Também é um belo instrumento — disse ele, sem verdadeiro entusiasmo. — É isso que a *maestra* a tem feito tocar?

Maddalena assentiu com a cabeça.

— E você gosta?

Ela sabia que a resposta deveria ser sim, mas não conseguiu pronunciar a palavra.

O rosto de Vivaldi começou a enrubescer e, por um instante, Maddalena pensou que ele estivesse tendo outro acesso.

— Para eles é só um negócio — resmungou o músico, olhando pela janela. — Sem ouvido. Sem alma — acrescentou. Depois, virou as costas para a menina e mudou de assunto: — É melhor para nós dois irmos saindo agora, para não termos que dar explicações.

Maddalena fez que sim com a cabeça e lhe devolveu o violino.

— O senhor já está bem mesmo?

— Ah, aquilo? Acontece de vez em quando. Priva-me de ter que rezar missas — concluiu Vivaldi com outra piscadela, e Maddalena tapou a boca para esconder o sorriso.

CHIARETTA VOLTOU de Torcello pouco antes da hora de dormir, mas os olhares severos da inspetora deram o sinal de que as histórias desse dia teriam de esperar pela manhã seguinte. Chiaretta tirou o vestido e se sentou na cama ao lado da irmã, que lhe deu um beijo na testa. Seu cabelo cheirava a terra e a pele estava com um gosto salgado, por causa da transpiração já seca e do ar marinho. Maddalena tocou-lhe o ombro e fez sinal com os olhos para que a menina lhe desse as costas, a fim de poder soltar-lhe o cabelo.

No dia seguinte, Chiaretta só queria desenhar flores e libélulas, para mostrar à irmã o que tinha visto.

— Andei mais do que em toda a minha vida — disse, quando as duas se sentaram no pátio, com seus cadernos de desenho na mão. — Devo ter visto uns mil passarinhos.

Levantou os olhos para a irmã e indagou:

— Por que a gente nunca vê os filhotes dos pássaros? No ninho, eles são sempre uns bebezinhos mirrados, mas todos os que vemos voando por aí são sempre adultos.

— Não sei — respondeu Maddalena, que vinha escutando sem muita atenção, enquanto tentava relembrar o som do violino de Vivaldi e recordar a piscadela que ele lhe dera. — Os irmãos de Antonia estavam lá?

— Só um irmão, o Claudio — disse Chiaretta. — A irmã já está no convento. Eles têm recursos suficientes apenas para um dote, e os pais escolheram a Antonia para ser a que vai se casar. Acham que é a mais inteligente e a mais saudável, é por isso.

— O que a irmã dela achou disso?

— Não sei. A Antonia não me contou. Os pais decidiram por ela.

Maddalena sentiu-se enregelar por dentro, enquanto Chiaretta descartava com um dar de ombros o destino de outra pessoa. *O que acontecerá conosco?*, pensou. *Freira toca violino?*

— Você está com frio? — perguntou Chiaretta.

— Não.

— Achei que a tinha visto tremer. Enfim, a maioria das famílias também não pode bancar o casamento de todos os filhos homens, e por isso eles permanecem em seus apartamentos na casa dos pais. É o que o Claudio faz. A Antonia tem outro irmão que já se casou e mora longe daqui, numa cidade com um nome engraçado que não consigo lembrar.

— Bem, se ninguém se casar, como é que vai haver crianças?

— Sei lá! — retrucou Chiaretta. Aborrecida com as perguntas da irmã, ela havia levantado a voz, e Maddalena tratou de pôr os dedos depressa sobre sua boca. Um sino tocou e o gesto dela se tornou desnecessário, porque a Pietà voltou ao silêncio mais uma vez.

CHOVEU QUASE sem parar na semana seguinte ao piquenique, inundando o pátio e empurrando as meninas para dentro do edifício. As páginas do caderno de desenho de Chiaretta começaram a se encher de imagens de barracas e mesas carregadas de frutas e vinhos, carnes e doces, e de campinas com castanheiros e com ovelhas pastando, enquanto ela lutava para não esquecer nem o mais ínfimo detalhe. "Eu não sabia o que eram algumas comidas", escreveu abaixo de um dos desenhos. Ao pé de outros, escreveu: "Passeei numa trilia nessa campina" e "Andei pela margem desse canal e vi um martim-pescador".

Chiaretta havia escondido no *cassonne* um pequeno objeto que trouxera de Torcello, embrulhado num guardanapo. No dia seguinte, apanhou-o.

— A Antonia disse que eu devia guardar isto pra você, pra lhe dar de surpresa num dia feio — informou a Maddalena. — O nome é laranja-de-sangue — explicou, enquanto pegava a fruta redonda e rugosa e a aproximava do nariz, aspirando a fragrância antes de entregá-la à irmã. — Cheire!

Maddalena girou na mão a estranha bola de laranja avermelhada, apalpando a casca dura com as pontas dos dedos antes de encostá-la no nariz. Quando a inspetora virou as costas, e por insistência de Chiaretta, Maddalena deu uma mordida com força na fruta, para arrancar um pedacinho da casca.

Por dentro, a laranja brilhava com os matizes do pôr do sol, da colheita, das auréolas em volta das cabeças dos santos nos vitrais. Filetes do sumo escorreram pelos dedos de Maddalena, filetes finos e rubros. Ela levou os dedos à boca, um por um, saboreando a doçura.

AS SOBRANCELHAS de Luciana se juntaram e sua boca curvou-se para baixo, enquanto ela esperava Maddalena chegar para a aula de flauta doce.

— Chegou um pacote para você, de dom Vivaldi — disse ela, entregando um cilindro fino e comprido, embrulhado em papel simples. — Já tomei a liberdade de ver o que tem dentro. Como foi que o *maestro* teve a impressão de que você precisava de um arco de violino?

Maddalena sentiu o sangue afluir-lhe às faces.

— Eu... eu cheguei para fazer meus estudos no sábado e não consegui encontrá-lo.

— Você devia ter me procurado. Mas, ainda assim, Maddalena, isso está longe de explicar como ele ficou sabendo.

Maddalena manteve os olhos no chão. Jamais poderia descrever como viera a ter uma conversa particular com o professor de violino sem dar a impressão de que todas as regras do decoro tinham sido violadas. Mas tinha que dizer alguma coisa.

— Foi no dia em que o coral foi a Torcello.

Luciana silenciou-a com um aceno da mão.

— Eu sei. Dom Vivaldi me explicou, quando trouxe isto, que tinha se sentido mal e que você ouviu os gritos dele de socorro quando ia passando pelo corredor.

Ele alterou a história, pensou Maddalena, admirada.

— Ele me pediu para tocar e eu não pude, porque não tinha arco. Ele me deixou tocar o violino dele por alguns minutos. Foi só isso.

— E você não aproveitou a oportunidade para se queixar do tratamento que vem recebendo?

— Não, *maestra*. Sei que tenho muita sorte de estar aqui e que sou bem-tratada. Peço desculpas se causei algum constrangimento.

Luciana enrubesceu.

— Constrangimento? A questão está longe de ser essa. Na verdade, como é que a Pietà pode funcionar se as meninas passarem por cima de suas professoras?

— *Maestra,* eu não disse nada a ele.

Luciana ficou com os olhos cravados em Maddalena, como se precisasse decidir se acreditava nela ou não. A menina se manteve firme e ela acabou desviando o olhar.

— Bem, não achei que seria tola a esse ponto — disse.

— *Maestra,* é verdade. Ele passou tão mal que pensei que fosse morrer, e depois me pediu para tocar, quando se sentiu melhor...

O rosto de Maddalena toldou-se e ela perguntou:

— A senhora sabe qual é o problema dele?

Luciana pigarreou:

— Dom Vivaldi tem fama de preguiçoso. Seu querido Padre Vermelho celebrou a missa algumas vezes, depois de ser ordenado, e aí alegou que não podia mais oficiá-la porque tinha muita dificuldade para respirar. — Luciana deu uma bufadela e prosseguiu: — Se quer minha opinião, isso foi desculpa para ficar o tempo todo tocando. Para isso, parece passar bastante bem!

Priva-me de ter que rezar missas, ele dissera. E piscara o olho. Mesmo assim, o acesso tinha sido real. Maddalena não conseguia imaginar como alguém poderia querer livrar-se de uma coisa sofrendo outra tão terrível.

— Você está me ouvindo? — Luciana a repreendeu.

— Desculpe, *maestra*. Ele estava apertando o peito e arquejando, e eu não sabia o que fazer. Sinto muito se fiz alguma coisa errada.

Luciana a ignorou.

— Aparentemente... de acordo com ele, pelo menos, eu cometi um erro ao deixar de lado a sua formação no violino.

O coração de Maddalena deu um salto. *Se ao menos eu pudesse voltar a tocar, trabalharia com tanto afinco que todos os santos do Paraíso lutariam por mim.*

— Ele mesmo quer lhe dar aulas — informou Luciana. — Você vai começar amanhã, uma vez por semana, durante uma hora. Terei que supervisionar os seus exercícios diários e discutir qualquer progresso com ele.

A professora a dispensou com um aceno da mão e começou a separar as partituras. Tornou a erguer os olhos:

— Feche a boca. É muito feio ficar boquiaberta dessa maneira.

Maddalena espremeu os lábios. Ficou segurando o embrulho comprido e fino.

— Onde devo guardar isto?

— Por quê? Está pensando que ele é seu, que vai dormir com ele? Coloque-o no estojo e guarde-o junto com os outros — respondeu Luciana, que levantou a cabeça e viu a hesitação da jovem. — Ninguém vai levá-lo, se é nisso que está pensando. — E soltou outra bufadela. — Não quando ele foi explicitamente comprado para você pelo próprio *maestro*.

Maddalena foi até o armário de música e pegou o estojo conhecido do violino que usava. Tirou o papel em que o arco fora embrulhado e deslizou os dedos pela madeira brilhosa, curvando o polegar por baixo para afagar as pontas soltas da crina. Levantou o arco até os lábios e o beijou, com uma olhadela em volta para ter certeza de não ter sido observada. Saiu da sala pé ante pé e, ao chegar ao corredor, abriu um sorriso e deu um único passo saltitante, antes de se recompor e virar na direção da sala das rendeiras.

Sete

O CARTAZ QUE ANUNCIAVA o concerto estava borrado e em frangalhos, por causa da camada fina de neve que vinha cobrindo Veneza fazia dois dias. Tinha sido retirado e posto de lado na *sala di coro,* até que o tempo melhorasse e fosse possível substituí-lo por outro.

— Você viu a *tavoletta?* — indagou uma das *figlie,* entregando o cartaz a Chiaretta.

A menina o fitou, lendo a lista dos nomes das solistas até chegar ao último.

"Chiaretta — Soprano". Seu coração bateu forte quando ela passou os dedos por cima das duas palavras, alisando as dobras do papel.

— Parabéns. É o seu primeiro, não é?

— Como? — fez Chiaretta, que não ouvira a pergunta.

— Seu primeiro cartaz. Esqueça. Estou vendo que deve ser.

ELA JÁ TINHA dado conta de alguns pequenos trechos de solo, mas nenhum de importância suficiente para merecer a menção numa *tavoletta*. Ainda na semana anterior, quando Maddalena tinha substituído uma flautista doente, ela ouvira a voz de Chiaretta flutuando pela igreja, entoando o *Sanctus* na missa de domingo. Apesar de já ter ouvido a voz da irmã muitas vezes e de saber que não conseguia ser imparcial para determinar se ela era mais bonita que as outras, Maddalena havia percebido, pelos arrepios em sua pele, que tinha vivenciado algo mágico.

Além da simples voz de Chiaretta, algo mais havia sofrido uma transformação. Ela crescera vários centímetros, seu cabelo descia em longas ondas e as primeiras mudanças quase imperceptíveis da puberdade a tinham feito concentrar-se em seu canto. Como resultado, com vários anos de antecedência, ela fora promovida para a segunda etapa da formação, tornando-se uma das *attive* do coro aos 12 anos. Até sua ortografia tinha melhorado, pois ela atacava as lições com o fervor de quem ansiava por aprimorar-se tanto e tão depressa quanto fosse possível.

Para aquecer a voz, ela esticava o palato para cima até os ossos do crânio vibrarem e o muco desprender-se de seus seios nasais. Ele lhe escorria pelo nariz, enquanto goles inteiros lhe entupiam a parte posterior da garganta e tinham de ser cuspidos no lenço. Chiaretta expulsava o ar do diafragma com tamanha ferocidade, que às vezes ficava com náusea e tinha de lutar contra as ânsias de vômito. Em outras ocasiões, arrotos ou flatos altos como uma trovoada lhe escapavam sem aviso prévio, no meio de uma aula.

A voz já não lhe saltava da garganta, mas emanava de suas profundezas. Ainda faltavam um ou dois anos para que Chiaretta atingisse sua estatura plena, que sempre continuaria bem miúda, mas seus solos já conseguiam encher a capela. Do chão já não a reconheciam pelo vestido cor de marfim, mas por seu tom, nítido e modulado como o canto da cotovia, suave e límpido como a bruma no rosto depois de uma chuvarada torrencial.

EMBORA TENHA acontecido muito paulatinamente para que alguém notasse, em algum momento Chiaretta deixou de ser a irmãzinha caçula de Maddalena e se tornou apenas sua irmã. As experiências de ambas eram suficientemente equivalentes para que a diferença de três anos entre elas fosse considerada insignificante. Em matéria de personalidade, porém, a história era outra. Às vezes, Maddalena achava que, se as três fossem observadas por estranhos, eles pensariam que Chiaretta e Anna Maria é que eram parentes, tamanha era a semelhança de seu entusiasmo pela conversa. Nunca havia muito tempo para as ideias de Maddalena, a maioria das quais, de qualquer modo, era particular demais para ser compartilhada.

Na sala de estudos com dom Vivaldi, Maddalena era uma pessoa diferente. Tocava com um destemor que não conseguiria reunir em outras circunstâncias e, quando falava, as palavras lhe saltavam da boca.

— Toque outra vez — dizia ele, no calor das aulas. — De novo! Toque como quem toca para valer! — insistia. Noutras ocasiões, lançava uma palavra: "chuva", dizia, ou "falcão", ou "brasas", ou "alvorecer", e Maddalena tentava dar vida a essa imagem ao tocar.

Uma vez, fazendo o arco saltitar veloz pelas cordas mais agudas, ele perguntou:

— O que isto a lembra?

— Pássaros cantando numa árvore.

Ele concordou com a cabeça.

— E isto? — indagou, tocando uma série mais sombria e agitada de notas.

— Alguma coisa assustou os passarinhos e eles estão voando para longe.

Com o tempo, Maddalena começou a tocar suas próprias imagens musicais para ele. "Neve caindo no meu rosto", dizia, ou então "Sozinha no escuro".

Nos tempos da aldeia, ela costumava correr até se dobrar de dor, arfante e zonza, e depois empertigar-se e ver o horizonte. Concluir uma peça com Vivaldi era assim. Em tais momentos, o silêncio era perfeito, muito diferente da quietude obrigatória da Pietà, que anunciava o proibido, em vez de sugerir o que seria possível.

— Somos almas gêmeas, Maddalena Rossa — disse-lhe Vivaldi uma tarde, usando o nome pelo qual apenas ele a chamava. — Ambos percebemos que a música é poesia.

Maddalena sentiu as faces se aquecerem.

— Mas... — fez ele, reclinando-se na cadeira e fechando os olhos enquanto pensava. Ao abri-los de novo, tinha uma expressão intrigada. Pegou o violino: — Não sei dizer com palavras o que quero.

Levantando-se, começou a tocar uma giga, batendo o pé e balançando a cabeça no compasso. Depois, ainda tocando, partiu pela sala dançando em pequenos movimentos, dobrando os joelhos e meneando os quadris, fazendo a cintura serpear e girando os ombros, tudo com um sorriso desvairado.

— Experimente — ordenou, depois de parar.

Maddalena ficara surpresa demais para fazer qualquer outra coisa além de olhar. *Experimentar?* Sentiu-se pregada na cadeira.

— Eu não quero — respondeu. — Quer dizer, não posso.

— Não pode? Por quê?

— Não... não sei — disse. *Porque não sei usar meu corpo. Porque a frivolidade não é permitida. Porque não gosto de coisas a que não estou acostumada. Porque o senhor me assusta.*

Vivaldi aproximou-se e sentou em frente a ela. Sua respiração chiava, mas ele tinha as faces rosadas e os olhos brilhantes.

— Maddalena, você sabe sentir-se feliz? De um jeito que dá vontade de ficar de pé e gritar? Vontade de levantar a saia e sair rodopiando em círculos, simplesmente porque é gostoso?

— Eu...

— Eu achei que não. Esse tipo de felicidade não é aprovado pela Pietà — comentou. Pegou a mão dela. — Agora, escute o que estou dizendo. Você toca lindamente. Eu ouço os melhores músicos de Veneza, de toda a Itália, e alguns deles não dão à música metade do significado que você a faz ter, embora tenham uma técnica superior. E é para ser superior. Afinal, a maioria deles toca há mais tempo do que você tem de vida.

Vivaldi notou que ainda estava segurando a mão dela, mas, em vez de soltá-la e se afastar, apertou-a:

— Mas eu nunca ouvi uma nota feliz em você. A poesia que há na sua cabeça é... É o quê? Triste? Solitária?

Vivaldi retirou a mão e Maddalena cruzou as suas, torcendo-as:

— Não sei falar desse jeito.

— Pois tente! Encontre uma palavra para o que as suas imagens significam. Uma ave no céu? Uma folha caindo? Uma vela bruxuleante? O que essas coisas dizem sobre você?

Era como segurar um punhado de cinzas. Os pensamentos de Maddalena escapuliam, recusavam-se a tomar forma. E então, ela murmurou algo.

— Não consegui ouvi-la — disse Vivaldi.

— Pequena — repetiu Maddalena. — Eu me sinto pequena, só isso.

— Assim é melhor. Agora então começaremos a trabalhar para fazê-la se sentir maior — disse ele, e se levantou. — Quer me conceder esta dança?

O estômago de Maddalena parecia uma panela d'água prestes a entrar em ebulição.

— Eu não sei dançar.

— Nem eu. Descobri que desse jeito é muito melhor.

Vivaldi a puxou, fazendo-a levantar, e pôs as mãos da aluna nas suas. Em seguida, começou a cantarolar, e Maddalena se apanhou mexendo os pés, meio sem jeito, mas acompanhando os passos dele. Na terceira repetição da melodia, ela se pôs na ponta dos pés e começou a cantarolar junto com o *maestro*, que estava tão perto que se podiam ver os filetes de suor que lhe deixavam o cabelo ruivo das têmporas meio marrom e os salpicos de verde em seus olhos cinzentos — olhos que perscrutavam os dela, desafiando-a, pedindo algo que ela não compreendia muito bem. E então, ele se afastou.

— Ó céus! — exclamou, sentando-se e enxugando a testa.

Arfante, Maddalena desabou numa cadeira e fechou os olhos. *Passei a vida inteira esperando que me acontecesse uma coisa assim. A vida inteira eu quis que alguém olhasse para uma sala cheia de meninas de vestido vermelho e touca branca e me visse. Você... não, você aí no canto. A do cabelo castanho-avermelhado. Venha cá. Sei quem você é. Sei do que você precisa.*

Quando o sangue parou de pulsar em seus ouvidos, ela ouviu cochichos no corredor e o som de risinhos abafados, contidos por mãos, enquanto o farfalhar de saias ia desaparecendo na distância.

— O senhor ouviu isso? — perguntou a Vivaldi.

— Da próxima vez, devemos pedir que elas se juntem a nós — fez ele, ainda sorridente.

O momento havia passado. *Estou em maus lençóis*, pensou Maddalena, torcendo loucamente para estar enganada.

— VOCÊ DANÇOU COM ELE? — perguntou Anna Maria, com a expressão carregada. — E o que isso tem a ver com a música?

Maddalena encarou-a, perplexa.

— As pessoas dançam ao som da música.

— Não as pessoas que estão ali para tocar.

Chiaretta não estava prestando atenção:

— Eu queria que ele dançasse comigo. Bem, não ele, talvez, mas alguém. Um homem bonito — disse. Virou-se de lado e deu uns passinhos miúdos e saltitantes, enquanto as três se dirigiam às salas de estudos, na manhã seguinte à aula de Maddalena. — Foi assim?

— Chiaretta, não posso lhe mostrar. Todo mundo está olhando para mim.

Maddalena se apavorava a cada passo em direção à *sala dal violino*, onde sabia que Luciana estaria à sua espera, furiosa mas exultante. Era fatal que ela tivesse sabido, porque os mexericos circulavam num piscar de olhos pelas escadarias e corredores, de uma oficina de trabalho para outra, até chegarem a todas as alas da Pietà. Poucas horas depois da aula com Vivaldi, as *figlie* da oficina de renda haviam silenciado à entrada dela, e

Maddalena as vira trocarem olhadelas de troça a tarde inteira. Anna Maria e Chiaretta tinham ouvido a história dos violinistas dançarinos antes que Maddalena tivesse a menor chance de lhes falar do assunto, à noitinha. Para seu alívio, o que as duas tinham escutado não fora muito enfeitado pela narrativa, mas a verdade já era suficientemente embaraçosa.

Luciana fingiu não vê-la quando ela entrou e Maddalena abriu o estojo do violino bem devagar, com os dentes cerrados numa careta, como se o menor rangido pudesse traí-la. No momento em que ia tirando o arco, ouviu a *maestra* dar uma batidinha na mesa:

— Antes de começarmos hoje, há um assunto de que é preciso cuidar.

— Ah, não — murmurou Anna Maria.

Luciana fitava Maddalena com tamanha intensidade, que as outras *figlie* se viraram para olhá-la.

— Está claro — disse ela, dirigindo-se a todas — que algumas de vocês não compreendem o trabalho aqui.

Maddalena sentiu as têmporas latejarem. Anna Maria aproximou-se tanto que chegou a roçar nela, enquanto Luciana prosseguia:

— Isto aqui não é uma sala de solistas. Vocês são componentes de uma orquestra. Sua tarefa é tocar a música colocada à sua frente, é ensaiar a música que tiverem sido designadas para executar.

Luciana tornou a olhar para Maddalena:

— As *sotto maestre* sabem qual é a melhor maneira de ajudá-las a se aperfeiçoarem e estão a par dos nossos modos de agir. É por isso que sempre achei que devemos empregar o mínimo possível de professores externos. Todas vocês estão aqui há tempo suficiente para reconhecer qualquer coisa fora do comum, mas é óbvio que algumas não conseguem percebê-lo, e, nessas questões, quando falta discernimento, tanto no professor quanto na aluna... — sua voz reduziu-se a um rosnado quando ela voltou a se dirigir ao grupo — ... vocês prejudicam o coro. Prejudicam a Pietà. E quem sabe o que pode advir disso?

Não disse mais nada, deixando todas as possibilidades ao alcance da imaginação, enquanto arrastava os pés até sua cadeira e se sentava. Fez sinal para que sua pupila viesse sentar-se e deu as costas para o lugar onde Maddalena ficara parada. As outras *figlie* dirigiram-se o mais rápido possível para seus lugares designados, intimidadas demais até mesmo para se entreolharem.

— É melhor você falar com ela — cochichou Anna Maria.

— Eu sei — disse Maddalena, sem se mexer.

— Agora, antes que ela comece — insistiu Anna. Deu-lhe um empurrãozinho nas costas e Maddalena se arrastou pela sala até a professora.

— Pois não? — fez Luciana, erguendo os olhos.

— Eu só queria dizer que sinto muito. Ele estava tentando me ensinar... — *Estava tentando me ensinar a não me sentir pequena.*

— Não me interessa. Você sabe que nunca aprovei esse arranjozinho especial — disse Luciana, cuja bufadela ecoou pela sala, alta como a de um cavalo. — Ao que parece, como tenho certeza de que você ficará feliz em saber, *maestro* Vivaldi conseguiu explicar-se com a prioresa e com a Congregazione. Em seu juízo superior, eles não consideraram necessário demiti-lo nem suspender suas aulas atuais. E decidiram que a culpa não foi sua, e que dois dias a pão e água serão um castigo apropriado.

Maddalena sentiu um estremecimento de alívio perpassar-lhe o corpo.

— Mas ele recebeu a mais severa admoestação — continuou Luciana —, e você, Maddalena, deve considerar que lhe aconteceu o mesmo. — Abanou a cabeça e torceu o nariz. — Dançando! — exclamou, virando o rosto, enojada. — E agora vá, por favor.

As *figlie* tinham prestado atenção a cada palavra de Luciana, exatamente como era intenção dela. Quando Maddalena virou-se para voltar para sua cadeira, todas se debruçaram sobre suas partituras, lançando-lhe olhares furtivos à sua passagem. Ela mal as notou. Pão e água não eram nada. Sua vida não tinha acabado, afinal.

Foi um Vivaldi abatido que cumprimentou Maddalena na semana seguinte:

— Devo ter-lhe causado um enorme constrangimento.

Maddalena desviou os olhos, passando o dedo pelas cordas de seu arco.

— A Congregazione não achou meu estilo pedagógico divertido... Peculiar, acho que foi assim que o chamaram. Eu lhes assegurei que aquele não era meu estilo, foi apenas uma ideia que tive naquele momento.

— E o senhor lamenta ter tido essa ideia? — indagou Maddalena, em tom quase inaudível, enquanto continuava a brincar com o arco.

— Eu disse repetidas vezes o quanto lamentava. Mas não falei uma só palavra a sério — respondeu Vivaldi, abafando o que parecia ser o começo de uma risada. — Eles me disseram para não tomar mais nenhuma liberdade em relação a você... — corrigiu-se — em relação às *figlie di coro*.

O senhor se arrependeu de ter dançado comigo? Maddalena temeu demais a resposta para fazer a pergunta. Vivaldi já havia tirado seu violino do estojo e tinha a cabeça curvada sobre as cordas, enquanto testava uma delas. Deu um suspiro e, descansando o violino no estojo, dirigiu-se à estufa, dando as costas à aluna.

— O coro é... muito competente. Mas onde está aquele lampejo de brilhantismo? Eu disse a eles que, se não estivessem interessados nisso, eu não tinha interesse em estar aqui — afirmou. Deu um risinho com seus botões e se virou. — É claro que eu estava blefando. Não posso me dar ao luxo de perder este emprego.

Voltou a se aproximar de Maddalena, que continuava a deslizar as cordas frouxas do arco entre os dedos:

— Você está muito quieta. O que houve?

O senhor se arrependeu de ter dançado comigo?

Quando ela não respondeu, Vivaldi continuou:

— Eles falaram sem parar do quanto respeitavam meu julgamento sobre o potencial das *figlie* e de como vinham sendo liberais por me deixarem passar fosse o tempo que fosse com você. Ao mesmo tempo, disseram-me que devo prepará-la para ser a terceira violinista. Pareço ser a única pessoa que vê uma incoerência nisso, mas, como tantos grandes homens de Veneza poderiam estar errados?

Vivaldi torceu o nariz.

— Devo despertar o brilhantismo entre as primeiras violinistas... quer elas o tenham, quer não. E transformar meninas como você em terceiras violinistas — concluiu. Pegou seu violino e recomeçou a afiná-lo. — Assim, faremos uma abordagem diferente... Isto, bem entendido, se algum dia você decidir olhar para mim.

Maddalena levantou os olhos.

— *Diferente* quer dizer "sem nada de especial"?

— O que está acontecendo? Por que está tão triste? É claro que será especial. Não deixarei que fique desanimada. E não vou deixar que você se torne comum, não se eu puder evitar. Nem que tenha de fazê-lo aos poucos — disse, inclinando a cabeça e lhe dando um sorriso cúmplice.

— O senhor se arrependeu de ter dançado comigo?

Pronto, enfim estava feita a pergunta.

— Só lamento não poder dançar de novo — respondeu ele simplesmente, dando de ombros. — Ademais, pensei no assunto e eles têm razão. Sua imaginação não a está ajudando a se tornar uma *attiva*. Você toca para se comprazer, e isso não tem muito valor por aqui.

— Quero agradar ao senhor — disse Maddalena, seus olhos se enchendo de lágrimas.

Ele soltou a respiração devagar por entre os lábios franzidos, o que fez uma mecha de seu cabelo levantar-se da testa:

— Você não está entendendo. Se você não fosse pupila da Pietà e eu não fosse padre, e se morássemos em algum lugar de Veneza, poderíamos sacar nossos violinos e tocar para alegrar o coração. — A voz de Vivaldi foi ficando mais tensa: — Mas nada disso é verdade. A Pietà não me paga nem a está criando para comprazermos um ao outro.

Se morássemos em algum lugar de Veneza? As imagens rodopiavam pela cabeça de Maddalena. Uma sala de estar. Uma lareira. Violinos. Dança.

Vivaldi a olhava com ar intrigado:

— Você está entendendo?

A visão se dissipou e Maddalena voltou à sala de estudos. Sentiu o frio invadindo o ambiente e estremeceu.

— Sim.

— E, se você não ocupar logo a cadeira de terceira violinista...

Não precisou terminar. A Congregazione não continuaria a sustentar eternamente uma violinista fracassada.

Maddalena cravou os olhos no chão:

— Acho que, se eu não tivesse a música... — Nem conseguiu concluir o pensamento.

— Você morreria? Acho que não tem como saber quão bem a compreendo — disse ele, e fez uma pausa. — Eu gostaria de levantar seu rosto, mas estou proibido. Quero lhe contar um segredo, mas terá de olhar para mim.

Ao obedecer, Maddalena viu a tensão nos olhos do músico.

— Não me lembro de ter escolhido ser padre — começou ele. — Meu pai é um barbeiro que toca violino na orquestra de San Marco. Preocupava-se com meu futuro... — Sua voz foi morrendo, enquanto ele fitava o outro lado da sala. — Nunca fui sadio, nunca pude respirar bem e meu coração dói. Meus pais pensaram que eu fosse morrer antes mesmo de completar um mês de vida. Quando cheguei aos 15 anos, empurraram-me para o sacerdócio. Não posso dizer que eu tenha feito grandes objeções... afinal, sempre estaria empregado. E todos achamos que isso me conviria. Carrego um breviário comigo desde pequeno. A oração me tranquiliza e, quase todos os dias, acompanho o ofício divino, tanto quanto me é possível.

Ele era adulto, padre, homem e, por mais que Maddalena quisesse conhecer sua história, por mais que quisesse ser aquela a quem ele a contaria, sentiu-se constrangida ao ouvi-la. Mesmo assim, deixou-o prosseguir.

Vivaldi abanou a cabeça com força, como que para afastar um pensamento indesejado.

— Depois da ordenação, fiquei muito infeliz. Rezava a missa, ouvia confissões, assistia os enfermos e sepultava os mortos, mas, na verdade, não prestava atenção. Não me entenda mal, por favor: não era por falta de amor a Deus nem por achar que o trabalho não era importante, mas porque eu tinha todas aquelas melodias entrando e saindo da minha cabeça. Era como tentar segurar um bando de pássaros com as mãos. Quando eu tinha a oportunidade de escrevê-las, elas já haviam escapado. Um dia, eu estava celebrando a missa e, pouco antes da elevação da hóstia, veio-me à cabeça a mais gloriosa das músicas. Juro ter achado que minha vida dependia de eu a escrever, antes que ela se perdesse. Fiquei sem fôlego, como se fosse desmaiar, e assim, entreguei a hóstia da comunhão ao outro padre e saí correndo do altar. Sentei-me na sacristia e escrevi a música.

— E o que aconteceu depois? Isso lhe criou problemas?

— É claro — disse ele, rindo baixinho. — É estranho dizer que é sorte eu ter uma doença que me causa tanta dor... receio que você tenha visto isso; mas o fato é que pude usar minha falta de ar como desculpa, e então me dei conta de que ela poderia ser um modo de eu deixar por completo de ser o pároco. Que Deus me castigue se estou mentindo, mas não consigo deixar de crer que Ele prefere ouvir minha música a escutar meus resmungos no altar.

Vivaldi percebeu a expressão intrigada no rosto da aluna:

— Será que a ofendi, Maddalena Rossa? Imagino que nunca tenha ouvido um padre falar dessa maneira.

Ela abanou a cabeça.

— Não é isso. Ninguém, pelo menos nenhum adulto, jamais falou assim comigo. Quero dizer, eles falam muitas coisas, como ao me mandarem parar de sonhar acordada e prestar atenção, ou tirar os fiapos da minha saia. — Baixou os olhos, passando a mão pela saia, embora não houvesse nada ali. — Não é que eu queira me queixar, mas aqui, quando as pessoas nos encaram ou nos chamam pelo nome, em geral é por estarem zangadas, ou para darem alguma ordem.

— Reclame o quanto quiser. Não contarei a ninguém — disse Vivaldi, com uma piscadela. — Devemos começar a aula. Seria uma péssima ideia eu não lhe ensinar nada hoje.

O mestre não tardou a se perder em seu aquecimento, já não prestando atenção a Maddalena, mas estava sentado tão perto, que ela ouvia o assobiozinho em sua garganta, ali onde o fôlego lhe faltara, e via as mechas soltas do cabelo ruivo espalhadas pelos ombros do roupão. Não se atreveu a lhe alisar o cabelo, como fazia com o de Chiaretta, mas, por um segundo, foi o que suas mãos desejaram fazer. Depois, o mundo da Pietà tornou a se fechar em volta dela e a jovem pegou o violino.

No horário de descanso, nessa tarde, a barriga de Maddalena começou a doer e ela teve consciência do próprio corpo, no ponto em que as coxas se juntavam ao ventre. Durante a vida inteira, tinham-lhe dito que não deixasse seus dedos vagarem para esse lugar, mas a sensação foi tão desconhecida que a mão foi parar lá, sem que ela o quisesse. Os dedos ficaram escorregadios e a menina os levantou diante do rosto, fitando o sangue.

Manter a privacidade desses episódios num pavilhão aberto era impossível, e Chiaretta horrorizou-se ante o que supôs ser um ferimento nas entranhas do corpo da irmã. No entanto, quando as meninas maiores falaram do assunto, ela entendeu que, se não sangrasse, seus seios não cresceriam. Seus mamilos tinham ficado inchados e grandes, mas era só isso, e Chiaretta estava cansada de não ter nada que chamasse atenção, enquanto as outras *figlie di coro* tinham morrinhos tão lindos e macios projetando-se do corpete dos vestidos. Chiaretta queria ter algo para exibir, nem que fosse preciso aceitar o sangramento para consegui-lo.

— Você pode fingir — disse-lhe uma das *figlie*, quando meia dúzia de integrantes do coro se preparava para ir ao que seria a primeira festa de Chiaretta numa casa veneziana. — Você pega dois lenços e os põe assim. — E enfiou os dedos por baixo do corpete. Seu seio era tão volumoso que o mamilo saltou. Sem graça, ela o empurrou para dentro.

Chiaretta baixou os olhos para seu peito achatado:

— Não tenho nada para levantar — comentou.

— Eu também não tinha — disse a menina, puxando o corpete para esticá-lo. — Mas experimente. Você se surpreenderá.

CHIARETTA CONTEMPLOU aquelas protuberâncias minúsculas, empurradas para cima até a borda do corpete, e saiu da escuridão úmida do beco ao lado da Pietà. A luz do sol refletia-se nas pedras leves da Riva degli Schiavoni e cintilava na lagoa. Esquecendo o constrangimento, a menina piscou diante das cores vivas das roupas e das máscaras dos transeuntes, que comemoravam uma das muitas festas anuais do calendário veneziano. Uma grande gôndola negra, tão lustrada que brilhava como uma obsidiana, estava amarrada no cais. O *felce* tinha cortinas de veludo azul-claro, bordadas com o brasão da família de Antonia Morosini. O gondoleiro usava uma jaqueta de brocado no mesmo tom de azul e tinha a cabeça coberta por um tricórnio preto. Ao ver as *figlie* saírem da Pietà, levantou-se de um salto para ajudá-las a embarcar.

Chiaretta saboreou cada passo, fingindo que embarcava em sua gôndola particular para retornar a seu *palazzo*, depois de fazer uma visita. Sua fantasia foi interrompida por uma comoção no cais. Alguém gritava para uma das solistas:

— Agostina! Agostina! *Bravissima*!

Em seguida, outra pessoa retomou o refrão, só que dessa vez para Cecília.

E então ela ouviu: "Chiaretta!" Virou-se e viu uma aglomeração que parecia saber quem ela era. As pessoas haviam tirado as máscaras e sorriam, acenando. Uma flor caiu num dos pés dos sapatos de Chiaretta, saída de um buquê que alguém desfizera a fim de jogá-lo para as *figlie*, e foi seguida por uma máscara azul e rosa em formato de pássaro, que caiu tilintando no chão à frente dela. A menina curvou-se para pegá-la, mas a acompanhante segurou-a pelo braço e a fez avançar às pressas, estalando a língua.

Ao subir na gôndola, Chiaretta não soube ao certo se era o balanço da embarcação ou se tinha sido a aclamação inesperada que a deixara tonta, a ponto de ela ter que estender a mão para o gondoleiro para se manter de pé. Ao se afastarem do cais, ela virou para trás e contemplou o embarcadouro. Um casal acenou, embora não pudesse vê-la dentro do *felce*, e, apesar de o som ser quase inaudível, Chiaretta teve certeza de ouvi-lo chamar seu nome.

AO CHEGAREM, as *figlie di coro* foram conduzidas pela majestosa escadaria da residência dos Morosini até o *piano nobile*. O piso de mármore do *portego*, o salão de recepções que ocupava, ininterrupto, toda a largura da casa, refletia a luz solar que entrava pelos dois extremos do corredor, vinda da *loggia* voltada para o Grande Canal e das janelas que se abriam para um pátio na outra extremidade. Imensos espelhos de moldura dourada, pendurados nas paredes, transmitiam a luz de um lado para outro, banhando todo o aposento numa claridade perolada. Havia mesas de banquete postas num dos cantos e cadeiras estofadas em damasco dourado, espalhadas junto às paredes.

Minúsculas pedras preciosas em fios dourados cintilavam no cabelo de Antonia, parada junto à mãe quase no centro do cômodo. Seu vestido tinha um corpete de damasco rebordado e saia de seda lilás, que farfalhou e reluziu quando ela correu em direção às meninas.

Antonia puxou Chiaretta de lado, e seu hálito cheirava a balas de gengibre quando ela sussurrou no ouvido da amiga:

— Há um homem cuja família está falando em casamento com a minha.

— Casamento? Você tem 13 anos!

— Psssiu! — fez Antonia, olhando em volta para ver se alguém as entreouvira. — Não é agora, é daqui a uns anos. Os meus pais acham que é melhor providenciar alguma coisa logo.

Ela fez um sinal para trás do ombro:

— Olhe lá no canto; ele está de colete vermelho.

Chiaretta não viu rapaz algum e continuou a vasculhar a plateia.

— Não seja tão óbvia — repreendeu-a Antonia. — Ele é o da bolsa preta com debrum dourado, conversando com meu irmão Claudio.

— Ele é muito velho! — disse Chiaretta, sem refletir. — Você quer se casar com ele?

A expressão de Antonia ficou impassível:

— Suponho que sim. Meus pais acham que é um bom casamento. Poderia ser pior. Ele é bem bonito, não acha?

Chiaretta teve de admitir que a ideia de casamento era empolgante, uma vez que as mulheres casadas viviam em casas como essa em que ela estava, e ofereciam recepções em que usavam joias. Tornou a olhar para o homem, tentando imaginar Antonia como esposa dele.

— Acho que sim — disse.

Bernardo Morosini afastou-se de seus convidados e foi cumprimentá-las:

— Chiaretta, querida, que ótimo revê-la! Seja bem-vinda à minha casa. Está com a voz perfeita hoje?

— Sim, senhor — respondeu ela —, e estivemos ensaiando um presente especial para o senhor.

— Ora, que pena que terei de esperar até depois de jantarmos. Mas você tornou a perspectiva tão encantadora que não esperarei nem mais um minuto! — disse. Elevando a voz, pediu a atenção dos convidados: — Por favor, senhoras e senhores, estas belas jovens me disseram que não se apresentarão enquanto eu não as alimentar.

Os convidados riram e começaram a se encaminhar para a mesa, conversando uns com os outros. Chiaretta deixou-se ficar para trás, sem saber ao certo o que fazer, mas Antonia a pegou pela mão.

— Você vai se sentar ao meu lado. Foi a minha mãe que disse.

Antonia a conduziu até um lugar a uma grande mesa, que reluzia por causa dos muitos anos de polimento vigoroso. Havia velas acesas no centro, captando o brilho de três fruteiras de prata espaçadas ao longo do comprimento, nas quais se empilhava um variado sortimento de frutas.

— Primeiro comeremos ostras, depois a sopa — disse Antonia. Chiaretta sentiu-se desolada. *Não sei o que é ostra,* pensou sombriamente, *mas sopa eu tomo todo dia. Se é só isso que há para comer, andaram mentindo para mim.*

Surgiram criados com decantadores de vinho, que foi servido em taças de cristal de Murano. Chiaretta notou que até as taças das *figlie* estavam sendo servidas e cutucou Antonia:

— Nós vamos tomar vinho?

— Meia taça — respondeu a amiga, franzindo o nariz. — Eu não gosto mesmo de vinho. Eles podem servir um pouco de água nele, se você pedir.

Entraram mais criados, carregando travessas com arranjos de conchas.

— Para as *signorine*? — perguntou um deles, sorrindo, enquanto depositava duas ostras no prato de cada uma.

A massa amorfa dentro da concha era da cor da comida semidigerida que as grandes aves marinhas deixavam em borrões caídos na Riva, e tinha o mesmo aspecto gosmento.

— Isso se come? — perguntou Chiaretta a Antonia.

— É ostra! É uma delícia — disse a menina, que levantou uma delas e a levou à boca. — Tem um sabor limpo, igual ao oceano.

Se o oceano era parecido com os canais, com certeza não era limpo. Chiaretta cutucou o grumo cinzento e o viu estremecer, enquanto Antonia engolia a segunda ostra.

— Não mastigue, só engula — disse uma voz que vinha do outro lado. Chiaretta pôs a ostra na boca, prendeu-a por um momento, fechou os olhos e engoliu. Engasgou-se. Era parecido com o muco que deslizava pela garganta quando ela se aquecia para cantar. Seus olhos lacrimejaram e uma golfada de saliva lhe causou uma pontada na mandíbula.

— Pronto — disse a voz, e ela sentiu um guardanapo roçar sua boca. Levantou os olhos e viu o irmão de Antonia, Claudio.

— Imagino que seja meio chocante que as pessoas comam uma coisa tão feia — comentou ele.

— E tem um gosto feio também — disse Chiaretta. — Desculpe, acho que isso não foi muito educado.

— Mas foi sincero — retrucou ele, olhando-a como se quisesse dizer mais alguma coisa. Porém, a mulher que estava sentada do outro lado de Claudio começou a falar com ele. Ele pediu licença e se virou para ela.

A sopa foi servida e, embora estivesse deliciosa, com pedacinhos de carne e legumes, o humor de Chiaretta foi piorando ainda mais. Uma tigela de caldo e aquele bolo nojento em seu estômago não eram o que ela havia esperado.

E então as tigelas foram recolhidas e os criados foram trazendo uma bandeja atrás da outra — faisão, fígado de bezerro, vitela —, e voltavam seguidamente para perguntar se ela queria mais isto ou mais aquilo. Colocavam montinhos coloridos de legumes em seu prato e serviam um molho sobre uma iguaria, outro sobre algo mais.

Chiaretta comeu até os pratos pararem de ser servidos, e terminou a última garfada quando Bernardo Morosini se pôs de pé.

— Temos um doce para vocês — disse —, mas proponho que o deixemos para depois e passemos agora para o outro lado do *portego*. Por mim, já esperei demais para ouvir nossas convidadas se apresentarem. Será que isso lhes parece aceitável? — indagou, com uma olhadela superficial pela mesa, mas os convivas já estavam empurrando as cadeiras.

Claudio foi dos primeiros a se levantarem:

— *Signorina* — disse, puxando a cadeira de Chiaretta. Ela queria levantar-se graciosamente e agradecer, mas estava com o estômago do tamanho da cabeça. Sentiu um arroto subindo pelo peito, mas, por sorte, Claudio já tinha ido ajudar outra pessoa e a eructação escapou para as mãos da menina sem ser ouvida.

As *figlie* estavam se reunindo e Chiaretta e Antonia foram juntar-se ao grupo. Cantar com a barriga tão cheia não era tão agradável quanto a menina havia pensado que seria. Ela estava meio sonolenta e com medo de respirar muito fundo, pois a inspiração poderia explodir num arroto. Mas, ao ecoar nos pisos de mármore, a música teve um som tão rico e diferente do que produzia no balcão da capela, e a expressão no rosto dos convidados foi de tamanha aprovação, que, em poucos minutos, Chiaretta sentiu a voz irradiar de seu peito como o calor da lenha em brasa.

Chegou a hora da surpresa. Antonia tinha dito à *maestra* quais eram as canções favoritas de seu pai, e a regente escolhera uma que não fosse impudica demais para ser cantada pelas *figlie*.

Após uma pequena introdução do alaúde, Chiaretta iniciou seu solo:

Vi uma pomba descer do céu
E pousar em meu jardim
No peito, as asas dobradas,
Na boca, um botão em flor...

Antonia e as outras meninas juntaram-se a ela e suas vozes encheram o portego.

Queres sentir o perfume do amor?
Um aroma perfeito de uma flor tão miúda.

O pai de Antonia enxugou de leve os olhos quando as jovens terminaram. Chiaretta olhou em volta, deslumbrada com o som dos aplausos. Tentou ver se era Claudio quem batia palmas, porém não conseguiu encontrá-lo e, em vez disso, seu olhar caiu sobre o pretendente de Antonia. Nos olhos dele, viu uma expressão diferente, um olhar semicerrado que não pôde compreender. Sem saber por quê, sentiu-se cônscia dos lenços que lhe pressionavam as costelas. Desviou o rosto e não tornou a levantar a cabeça até os aplausos cessarem.

Caía a noite quando as *figlie di coro* desceram a escada e embarcaram na gôndola, a caminho de casa. Vários convidados as acompanharam na volta, entre eles Claudio e o pretendente de Antonia. Os homens sentaram-se ao ar livre, enquanto as moças se aglomeraram dentro do *felce*, tremendo de frio com a umidade.

Chiaretta estava cansada demais para falar e, assim, encostou a cabeça no ombro de outra menina e ficou escutando a conversa. Fechando os olhos, retomou as ideias de ser rainha de uma casa como aquela e de ter um marido que fosse uma versão mais jovem do pai de Antonia, tão gentil e generoso. Ela usaria pérolas no cabelo e botões de flores no decote...

Deve ter pegado no sono, porque, quando deu por si, notou a batida da gôndola no cais. Quando saiu do *felce*, viu que os homens que as haviam escoltado tinham vestido capas e chapéus pretos e coberto o rosto com uma máscara branca. Claudio estava no cais, ainda com a máscara na mão, instruindo os gondoleiros a retornarem sem eles.

Quando Chiaretta passou por cima da grade para descer da gôndola, um dos mascarados segurou sua mão. No que ele a levantou, a menina sentiu a mão do homem deslizar sob sua anágua, roçar-lhe o joelho por trás e os dedos subirem pela parte interna da coxa quase até em cima. Assustada, ela se debateu para se soltar da mão dele e só se virou quando já estava no cais. Olhou para o homem e viu o colete vermelho despontando por baixo da capa e o debrum dourado de uma bolsa preta, criando reflexos à luz das tochas.

Oito

CHIARETTA NÃO CONTOU a ninguém, nem mesmo a Maddalena, o que o homem tinha feito. Nas vezes seguintes em que Antonia foi à aula, ela a evitou, sentindo-se culpada, de algum modo, pelo que havia acontecido. Com o passar dos meses, o incidente esmaeceu em sua lembrança. E então, o assunto do casamento desse homem com Antonia foi abruptamente encerrado. O pai dela ficara com raiva e a mãe, nervosa, mas disseram à filha apenas que os detalhes não eram apropriados para os ouvidos de uma jovenzinha.

Chiaretta deu um suspiro de alívio ao saber que a amiga não se casaria com ele. O riso zombeteiro e cristalizado da máscara branca vinha-lhe à cabeça de vez em quando, sem ser chamado, como que para dizer que, com tal disfarce, ninguém jamais seria culpado por coisa alguma, e o silêncio seria o preço da manutenção de seu pudor.

CHIARETTA LOGO se viu às voltas com os preparativos de um oratório que, segundo foi dito às *figlie*, talvez fosse o último de Francesco Gasparini para a Pietà.

— Ele está morrendo? — perguntou Chiaretta à menina parada ao seu lado. Só pusera os olhos no *maestro di coro* umas duas ou três vezes, pois tamanha era a fama dele que o homem só costumava aparecer para ensaiar e reger as estreias de suas novas obras. Mesmo assim, algo na maneira como se modificava a voz de todas as pessoas quando o nome dele vinha à baila fazia-o parecer quase tão importante quanto o doge.

— Não, dizem que ele vai se aposentar — respondeu a menina.

— De novo — zombou uma *figlia* mais velha a seu lado.

Chiaretta não entendeu a piada, mas Anna Maria sim:

— Já não há ninguém muito satisfeito com ele — informou a menina a Maddalena e a Chiaretta, mais tarde. — Dizem que ele deveria vir aqui com mais frequência e que a música que ele manda é um amontoado de rearranjos, nada de original.

— Como você sabe de tantas coisas? — indagou Maddalena.

— Eu só fico perto das *maestre* e escuto coisas.

Chiaretta pensou um instante e comentou:

— Ouvi uma das *maestre* dizer algo parecido com "isso de novo, não", ao examinar uma partitura, mas presumi que eu tinha ouvido mal.

— Qual delas?

— A Fioruccia.

— Ora, é claro — disse Anna Maria. — Ela odeia o Gasparini. Bem, odiar talvez seja demais. Ela está sempre rezando, toda vez que a vejo fora da sala, por isso acho que não deve odiar ninguém. Mas eu a ouvi falar com uma das outras *maestre* de como ele vinha trazendo música de prostitutas...

— O quê? — exclamaram Chiaretta e Maddalena, em uníssono.

— Ele põe letras em latim em melodias que escreve para cantoras de ópera, e depois nós as cantamos. A Fioruccia disse que a plateia reconhece a música e imagina cenas de amor, enquanto estamos cantando sobre Deus. Como aquele dueto do *Gloria* na semana passada...

— Adorei aquilo! — disse Chiaretta. — Gostaria que o solo tivesse sido meu.

— É claro que sim — brincou Anna Maria, que levantou as mãos e puxou a touca de Chiaretta para baixo, até lhe cobrir os olhos. — Menininha ávida por atenção! Mas acho que era disso que ela estava falando. Peças refinadas o bastante para nos deixar orgulhosas. Vocês sabem, o tipo de música que a Virgem não quer ouvir.

COMO PODERIA a Virgem não querer ouvi-la cantar com o que nela havia de melhor?, perguntou-se Chiaretta. Mesmo assim, supôs que, pelo tanto que Fioruccia rezava, talvez ela soubesse melhor o que deixava as pessoas do paraíso infelizes. Chiaretta começou a rezar com um pouquinho mais de fervor diante de uma estátua da Virgem, num nicho existente num dos corredores da Pietà. Observando o rosto de Maria em busca de sinais de desaprovação, ela concluiu, após algumas semanas, que os olhos de pedra da escultura tinham abrandado. Interpretou isso no sentido de que talvez a Virgem lhe desse um espacinho para suas notas agudas e seus trinados, desde que depois ela não se esquecesse de rezar. Ainda assim, após cada apresentação, ela dava uma olhadela furtiva em volta, para ter certeza de que não precisaria passar muito perto de Fioruccia.

Maddalena não pensou mais em Fioruccia, especialmente quando a Congregazione contratou Vivaldi como compositor, para compensar as deficiências da música de Gasparini. A jovem preocupou-se com a aparência abatida que o padre exibia e com a chiadeira constante de sua respiração durante as aulas, mas ele lhe assegurou que nunca se sentira melhor na vida.

— Talvez o senhor seja o próximo Gasparini — disse ela, uma tarde.

Vivaldi abanou a cabeça:

— Isso jamais acontecerá. Nunca houve um *maestro di coro*, em nenhum dos *ospedali*, que não tocasse órgão. Além disso, não tenho certeza de que eu quereria esse emprego.

— Por quê?

— Pela mesma razão que o Gasparini parece estar perdendo o interesse. É difícil gastar tanta energia com alunas que não têm futuro.

— Não têm futuro? O que quer dizer com isso? A Pietà sempre estará aqui.

— Mas não você nem sua irmã, nem a Anna Maria. — Ele suspirou. — Pense bem, Maddalena. Uma menina aprende a cantar ou tocar tão lindamente, que fica com a cidade inteira a seus pés. Apresenta-se durante alguns anos, e depois cede seu lugar, para que aquelas a quem ela ensinou possam ter sua vez. Ou então, entra num convento, onde as autoridades da Igreja oscilam de um lado para outro na questão de a música ser desvirtuadora ou enobrecedora para os ouvidos das mulheres. Assim, nuns anos ela toca sua música, noutros não, ou, o que é mais provável, fica se escondendo pelos cantos, fazendo música secretamente e se sentindo uma pecadora.

Maddalena pensou por um momento:

— Chiaretta quer ser cantora de ópera. O que acha?

Vivaldi riu.

— Ela pode esquecer isso.

— Por quê? Não é boa o bastante?

Os olhos do compositor assumiram um ar distante, como se ele relembrasse a voz de Chiaretta.

— Não, não é isso. Sua irmã nasceu para cantar óperas — declarou. Levantou-se e foi até a janela, pensando por um minuto antes de se virar de novo para Maddalena. — Sabe, na ópera se ganha dinheiro, e eu sou um padre sem paróquia. Não posso viver do que ganho dando aulas de violino. Este lugar — abriu os braços em todas as direções, para indicar a Pietà — adora a música e mata seus compositores de fome.

Tornou a se sentar e esfregou a testa, fechando e espremendo os olhos.

— Está... sentindo alguma dor? Quer que eu faça alguma coisa?

— Não. Eu só estava pensando nas cantoras de ópera com quem trabalho. Eu daria tudo para ter alguém como Chiaretta. Não se trata apenas da voz dela nem de quão bonita ela é. É que ela tem tamanho senso de dramaticidade, tanta alma...

Maddalena ficou confusa:

— Bem, mas então...?

— A Pietà jamais o permitirá — disse Vivaldi, correndo a mão pelo ar à sua frente como se o cortasse pela metade. — Jamais. As *putte* são anjos. Anjos virginais. Sem isso, seriam apenas musicistas. Uma placa no balcão diz: "Quem fica aqui são mulheres que contam com a proteção especial de Deus." Então, você acha que algum dia a Congregazione admitiria a percepção de que as *figlie* fazem formação para se tornarem mulheres maquiadas, que se deitam em gôndolas e jogam no Ridotto?

Maddalena olhou para suas mãos cruzadas no colo e não disse nada.

— Para a maioria dos homens, aquilo que vocês não podem ser é muito mais excitante do que aquilo que podem — disse o *maestro*, sua voz quase reduzida a um sussurro.

O coração de Maddalena estava pesado demais para que ela tentasse pensar no que o compositor queria dizer.

— Ela pode se casar — arriscou, num tom que reconhecia a derrota.

— Sim, isso é verdade. Mas você sabia que os maridos têm que assinar um juramento de que as noivas saídas de um dos *ospedali* jamais cantarão ou tocarão instrumentos fora de casa? E sabe que eles também têm de pagar uma enorme fiança, à qual perdem o direito se elas o fizerem? Assim, alguma criança de sorte será ninada para dormir pela mais bela voz de Veneza, e um marido será entretido por um alaúde ou uma harpa em sua sala de visitas, mas é só isso que resulta de anos de formação.

Maddalena permaneceu imóvel, absorvendo a mensagem.

Vivaldi interrompeu seus pensamentos lúgubres:

— Certamente você não imagina que a educação musical que recebe seja estritamente para a glória de Deus.

— Não — disse a jovem, surpresa com o tremor em sua voz. — Elas nos dizem isso, mas sabemos que também é para nos tornar mais fáceis de casar.

— E as torna. Mas a maioria de vocês não se casa, não é verdade?

Em seus anos na Pietà, Maddalena tinha visto mais *figlie* acabarem em conventos do que em qualquer outro lugar.

— Não é? — insistiu ele, e a jovem assentiu.

— *Carissima*, talvez eu esteja sendo cético demais, e talvez não devesse dizer mais nada, mas acho que você não entende o que vem a ser a Pietà.

Carissima? Ela tentou concentrar-se no que Vivaldi dizia, mas seu coração estava em disparada por ter sido chamada de "querida".

— Quantas são agora: oitocentas, mil garotas na Pietà, sem sequer contar as pacientes do hospital? Você pode imaginar quanto custa instalar até mesmo uma lareira minúscula em... quantos? Cem quartos, talvez? E o pão e um pouquinho de sopa em cada estômago? A Congregazione não visa o lucro de modo geral, mas isso não significa que não tente ganhar dinheiro sempre que possível. Eles não são bobos. Vocês aparecem atrás de uma grade e levam a plateia à loucura. Não são freiras, de modo que podem ser compradas pelo casamento, ou pelo menos emprestadas para servir de entretenimento nas recepções deles. Não há fantasia mais deliciosa em Veneza do que a de ficar com uma de vocês para eles, e os que podem arcar com o preço pagam caro pelo privilégio da companhia de vocês, nem que seja por uma hora. Sem vocês, a Pietà não se pagaria. Quanto a isso não há dúvida.

— O senhor faz tudo parecer tão calculista, como se não fôssemos nada além de... — ela lutou para encontrar a palavra — gado.

— Não, não. Não é isso. Acho que vocês usam uns aos outros — disse ele, sorrindo. — Onde estaria Maddalena Rossa sem a Pietà?

Onde eu estaria? Maddalena não conseguiu formar uma única ideia clara.

Vivaldi preencheu o silêncio:

— É terrível nascer para fazer algo que nunca se terá permissão de fazer. Especialmente quando a pessoa se vê passar pela vida fazendo outra coisa completamente diferente.

Ele fez uma pausa e acrescentou, quase sussurrando:

— Eu sei. Acredite em mim, eu sei.

O NOVO TÍTULO de Vivaldi, *maestro dei concerti*, trouxe pouco poder sobre o mundo das *maestre* e do coro. As *figlie* trabalhavam para subir de posto, sendo promovidas por meio de audições da terceira para a segunda e a primeira cadeiras, e não se abriria nenhuma exceção pelo simples fato de uma pessoa de fora — especialmente uma que talvez estivesse apenas de passagem — querer que fosse assim.

Mas Vivaldi teve outra ideia. Numa das aulas dos dois, entregou a Maddalena uma partitura e ficou balançando o corpo de impaciência, enquanto ela a folheava.

— Um concerto em fá maior — disse a jovem. — Mas com cinco movimentos, em vez de três?

— São três, com pontes entre eles. Toque a segunda ponte. É a que está marcada "adágio".

Maddalena fixou os olhos na música, ainda sem conseguir compreender o que estava vendo. O primeiro e o segundo violinos tocavam um *ostinato*, nada além de uma simples frase repetida.

— Toque a parte do terceiro violino — disse Vivaldi. — Eu tocarei a primeira.

No começo, as notas dela se conformavam às tocadas por Vivaldi, mas, ao final de cada frase, a parte dela subia e descia, flutuando em graciosos arcos e borboleteios.

Durou menos de um minuto, e eles voltaram a tocar o trecho repetidas vezes. Maddalena se demorava em cada nota, antes de ligá-la à seguinte, sem levantar os dedos por medo de que a música lhe escapasse das mãos.

— Parecem folhas caindo — comentou, ao terminar.

— Ou flocos de neve. — Vivaldi sorriu. — Escrevi a parte do terceiro violino só para você, Maddalena Rossa. Para a minha pequena poeta. Hoje você está lutando por seu lugar no coro, mas, quando ficar mais velha, será aquela a quem eles pedirão que permaneça aqui pelo resto da vida, se é isso que você quer.

— Quero estar aqui, se o senhor estiver — foi a resposta. A música ainda pairava na cabeça da jovem e tornou sua voz distante e sonhadora.

Vivaldi desviou o rosto e sua expressão se toldou:

— Isso eu não posso prometer, e, ademais, você será a professora e não precisará de mim.

— Não consigo imaginar isso.

Ele a olhou com ar intrigado:

— Minha pequena, não estou indo embora amanhã. Mas sabe que as ideias da Congregazione são bem mercenárias e, se ela achar que tem uma boa reserva de músicas e violinistas satisfatoriamente formadas, talvez considere que pode prescindir de mim, ao menos por algum tempo.

A sensação de felicidade que a música trouxera a Maddalena deixou-a num instante. Ela brincou com os dedos, tentando afastar com toda a força de vontade o medo repentino que tinha feito seu coração palpitar. *Talvez a Congregazione possa prescindir dele, mas acho que eu não.*

— Em que está pensando? — disse a voz de Vivaldi, suavizada quase num murmúrio.

— Estou pensando que eu não sei o que faria se o senhor fosse embora — soltou ela, de chofre. *Não fale mais nada,* disse a si mesma. *Não fale feito uma garotinha tola.* — Mas agora o senhor é o *maestro dei concerti* — disse, por fim. — Isso não significa nada?

— Pouca coisa, e é mais uma razão para eles se livrarem de mim, porque têm de me pagar mais. E, é claro, se e quando o Gasparini voltar, talvez eu pareça uma verdadeira extravagância.

Vivaldi estendeu a mão e segurou a da mocinha.

— Eu a deixei nervosa.

Maddalena fez que sim e mordeu o lábio, para impedi-lo de tremer. Ouviu a respiração do compositor, que nada disse, e teve medo de enfrentar seu olhar.

— Você precisa me ouvir, Maddalena Rossa — disse ele, rompendo o silêncio. — Não controlo o que a Congregazione faz, mas, enquanto eu estiver aqui, será sempre protegida.

Vivaldi ainda estava segurando uma das mãos dela. Curvando a cabeça, Maddalena pôs a outra na testa, para que ele não visse suas lágrimas.

— Ninguém, a não ser a Chiaretta e a Anna Maria, se importa de verdade comigo — declarou a jovem. — Quero dizer, além do senhor.

— Eu me importo mesmo. Talvez mais do que você imagina.

Ele tinha aproximado mais a cadeira e estendeu um braço para puxar Maddalena para si. Ela afundou o rosto em seu peito e, por mais que quisesse controlar as inspirações ruidosas e o sacudir dos ombros, que revelariam ao *maestro* que ela estava chorando, não conseguiu. Sentiu os lábios dele pressionarem sua nuca uma primeira vez, depois outra.

O susto fez as lágrimas cessarem. Somente os círculos da respiração morna na camisa de Vivaldi diziam a Maddalena que ela não havia parado de respirar por completo. A moça quis levantar o rosto, mas, apavorada por tê-lo tão perto do dele, permaneceu rígida, encostada no peito do compositor.

— Já chorou o bastante? — perguntou ele, afastando-se.

— Acho que sim — foi a resposta. Maddalena fitou-o nesse momento e viu os olhos de Vivaldi moverem-se céleres por seu rosto, para absorver todos os detalhes. Sem jeito, enxugou as faces molhadas com as mãos.

A boca do *maestro* aproximou-se até quase tocar a sua, e ela sentiu um aperto no peito que lhe subiu até a garganta.

Vivaldi recuou.

— Não — disse. — Desculpe-me.

Levantou-se e, fazendo depressa o sinal da cruz, murmurou alguma coisa entre dentes.

Maddalena teve a sensação de que suas entranhas lhe eram arrancadas, como se de algum modo estivessem ligadas a Vivaldi e só lhe fosse possível recuperá-las se ele tornasse a abraçá-la e se a beijasse. *Ele é padre,* disse a si mesma, benzendo-se com rapidez.

— Ave Maria, cheia de graça — murmurou. — O Senhor é convosco...

Teve súbita consciência do próprio corpo, embaixo do uniforme. *Sou uma mulher, não uma garotinha,* pensou.

— ...Mãe de Deus, rogai por nós, pecadores — sussurrou, com uma urgência que nunca sentira antes. *É pecado até mesmo querer beijá-lo, mas eu quero.* — Agora e na hora de nossa morte, amém.

Ergueu os olhos ao terminar a oração, mas ele a observava com tamanha intensidade, que Maddalena teve de desviar o rosto e recomeçar a oração, dessa vez mentalmente e em silêncio, para impedir que seus pensamentos se perdessem.

Vivaldi pegou seu violino e o pôs no estojo. Por um momento, Maddalena imaginou fugir da Pietà com ele, fugir de Veneza, viver com ele como homem e mulher. Apoiou a cabeça nas mãos para deter as ideias que a faziam girar em círculos.

Ele fechou o estojo.

— Por favor, perdoe-me, mas não devo ficar aqui nem mais um minuto.

Maddalena voltou a ter a sensação de que seu corpo se fechava sobre si mesmo.

— Fique, por favor — disse, buscando uma razão que parecesse sensata. — Nem de longe ensaiamos o concerto o suficiente — propôs. Ao ver a expressão perplexa no rosto de Vivaldi, acrescentou: — O que o senhor escreveu para mim.

O chiado na respiração dele foi ficando mais alto.

— Talvez isso tenha sido um erro — disse ele, com a voz quase inaudível e o rosto desviado, e Maddalena não soube ao certo se fora sua intenção que ela o ouvisse. — Ensaie sem mim — pediu o *maestro*, retirando-se às pressas da sala.

MADDALENA PERMANECEU onde estava, repassando mentalmente o que acabara de acontecer, concentrada ora num detalhe, ora em outro, até chegar a um ponto em que não tinha a menor certeza do que havia sucedido.

Seu primeiro beijo seria um evento portentoso, mas, como não tinha ocorrido, ela não sabia o que pensar.

— Não aconteceu nada — disse em voz alta, mas não acreditou. Até os móveis da sala pareciam diferentes. E, se aquele fora apenas um momento comum para Vivaldi, por que ele havia começado a ofegar de repente, e por que tinha fugido?

Maddalena flertou com a ideia de que ele a desejava do modo que, segundo seu vago entendimento, os homens desejavam as mulheres. Talvez tivesse experimentado algo parecido com as breves sensações que se haviam agitado no corpo dela, e soubesse melhor como interpretá-las e como reagir. Ela não sabia ao certo se queria que algo semelhante àquilo tornasse a acontecer, uma vez que a deixara tão completamente confusa. Mas, ao relembrar o doce despertar de algo que ela nem sequer imaginava trazer vivo dentro de si, soube que não rejeitaria a oportunidade de sentir aquilo de novo.

Algo importante havia acontecido, concluiu Maddalena, mesmo que ela não tivesse sido beijada. E sempre que acontecia alguma coisa, seu primeiro pensamento era dividi-la com a irmã. Assim, repôs o estojo com o violino dentro do armário. Ainda faltavam horas para se encontrar com Chiaretta, e isso lhe daria tempo para descobrir o que dizer.

No caminho de volta para a sala das rendeiras, parou por um instante num oratório encaixado num canto de corredor. A imagem pintada de Maria, segurando o menino Jesus, pousou os olhos nela. Maddalena concentrou a atenção nesses olhos, na esperança de ler neles algum tipo de mensagem. A Madonna a encarou.

Será que ela está zangada comigo? Acha que fiz uma coisa que só é feita por mulheres que não prestam? Era uma ideia tão estranha que a teria feito rir, se o pecado não fosse um assunto tão sério.

— Desculpe-me — murmurou. — Tive pensamentos que não deveria ter tido. Não os terei de novo.

Antes de chegar à sala das rendeiras, porém, ela parou no corredor para evocar mais uma vez a sensação dos lábios de Vivaldi em sua nuca e o calor do hálito dele em seu rosto.

Quando chegou a hora de se encontrar com a irmã, nessa noite, Maddalena já havia decidido não lhe contar nada. A estátua de Maria não lhe oferecera consolo algum, e ela temia que a reação de Chiaretta a fizesse sentir-se pior, e ainda mais confusa.

Sempre contei a Chiaretta tudo que era realmente importante, pensou. *Se não conhecêssemos os segredos uma da outra, seríamos como qualquer outra pessoa.* Em todo o trajeto de volta para seu pavilhão, Maddalena racionalizou a decisão de esconder da irmã seu primeiro grande segredo. Afinal, pensando bem, o que havia para contar? Que história haveria em não ter sido beijada?

MADDALENA LOGO descobriu como podia ser difícil esconder alguma coisa de Chiaretta. Talvez tivesse mencionado Vivaldi em demasia, mais ou menos na semana seguinte, ou talvez o tivesse mencionado muito pouco, mas sua irmã intuiu que havia algo diferente.

Uma tarde, Maddalena e Anna Maria foram à *sala dal violino* estudar no horário de folga, e Chiaretta foi junto. Quando Maddalena comentou que Vivaldi tinha mais dificuldade para respirar quando as janelas ficavam fechadas e a lareira, acesa, pensou ter mantido um tom relaxado, até indiferente, mas Chiaretta agarrou suas palavras de um salto.

— Você parece mãe dele! Não, não, parece mulher dele!

— Não pareço! — retrucou Maddalena, meio ríspida demais. Chiaretta fez um muxoxo e barulhos de beijinhos no ar.

— Você está sendo horrorosa! — censurou Maddalena.

Chiaretta levantou as sobrancelhas, como se percebesse haver tropeçado em algo interessante.

— Bem? — disse, curvando a voz para cima.

— Bem o quê? — rosnou Maddalena. — Eu só teci um simples comentário, e você o está transformando numa coisa horrível, como se eu estivesse... — Não conseguiu terminar.

— Como se vocês estivessem se beijando na sala de estudos?

Chiaretta raramente continuava a implicar com a irmã quando percebia haver tocado num ponto nevrálgico, mas, por algum motivo, não pôde parar.

Maddalena ficou rubra.

— Como... — começou a dizer. *Como você soube?* Mas viu os olhos enormes de Anna Maria e Chiaretta e as mãos de ambas tapando a boca, e compreendeu que elas não sabiam coisa alguma.

— Ah, meu Deus. Foi ruim o que eu disse? — perguntou Chiaretta.

— Não. Eu só gostaria que você soubesse um pouquinho melhor quando calar a boca — retrucou Maddalena em tom seco, e, mesmo vendo que a rispidez de sua voz tinha magoado a irmã, não sentiu pressa de se desculpar, pelo menos dessa vez.

— Desculpe — disse Chiaretta. — Não tive a intenção...

A cor de Maddalena foi voltando ao normal, porém a caçula percebeu que a irmã evitava olhá-la. Havia acontecido alguma coisa, e Chiaretta tinha que saber o que era.

— Ele não fez isso, fez? — perguntou.

Os olhos de Maddalena faiscaram de raiva.

— Não! — sibilou ela, feliz por ser verdade.

— O QUE É ISSO? — indagou Pellegrina, a primeira violinista, apontando para a partitura. — Por que não chama uma iniciante para tocar?

Luciana deu de ombros.

— O *maestro* Vivaldi a escreveu assim, e é assim que vamos tocá-la.

Maddalena levantou os olhos do chão ante a rispidez da voz da *maestra* ao ordenar que Pellegrina parasse de reclamar e tocasse. Pellegrina ficou ainda mais insatisfeita ao término da primeira passagem. Começou a mover o arco no violino feito um serrote, fazendo-se de estrábica.

— Deve haver um engano — choramingou. — Quando o *maestro* Gasparini volta?

Pellegrina estava demonstrando voluntariosidade e vaidade, e a melhor maneira desses traços no coro era usando-os como exemplo, de vez em quando. Seu rosto empalideceu quando Luciana se encaminhou para ela. Todas ficaram imóveis. Luciana ia se aposentar em cerca de uma semana e talvez quisesse deixar um presente de despedida. Arrancou a touca de renda e o capuz da cabeça de Pellegrina e a agarrou pelos cabelos. As *figlie* reconheceram o gesto e prenderam a respiração.

Antes que Luciana pudesse se mexer, Pellegrina já havia começado a balbuciar pedidos de desculpas. E então se ouviu uma voz masculina pigarreando no vão da porta.

— *Maestro* Vivaldi! — exclamou uma das meninas.

— É para tocar assim — disse ele, arrancando o instrumento das mãos de Pellegrina. Deslizou o arco pelas cordas de um modo que libertou todas as notas, enchendo-as da melancolia e do pesar que Pellegrina não se interessara em captar. O rosto dele estava de perfil, visto de onde Maddalena se sentava, e a jovem não conseguiu parar de contemplá-lo. Quando o compositor fechou os olhos, saboreando algo escondido nas profundezas da música, ela sentiu que era a única pessoa no mundo capaz de ouvi-lo também.

Vivaldi cancelara a última aula dela, e Maddalena não o via desde a tarde em que o padre quase a tinha beijado. Ao entrar, ele olhara apenas para Pellegrina, e Maddalena não tinha certeza de que ele sabia de sua presença. Mas, como poderia não senti-la, se o espaço entre os dois parecia tão eletrizado quanto o ar antes da queda de um raio?

O violino de Maddalena parecia grudado em seu colo, mas as outras *figlie* tinham pegado seus instrumentos e já tocavam com o *maestro*. Por fim, o dela foi sozinho para o lugar e seu arco começou a correr pelas cordas. Estava chegando o ponto em que teria início o seu primeiro solo, e Maddalena sentiu o coração se elevar. Suas primeiras notas seriam uma saudação a ele, pensou, e Vivaldi se viraria e lhe daria um sorriso ao vê-la tocar. Mas, de repente, o *maestro* tirou o arco das cordas e, poucas notas depois, a sala tinha voltado ao silêncio.

— Acha que consegue? — rosnou ele, devolvendo o violino a Pellegrina sem olhar na direção de Maddalena.

— Sim, senhor — respondeu a menina, e, embora seus olhos cintilassem de raiva, suas faces pálidas demonstraram o alívio de ter sido poupada da tesoura e da vergonha.

— Ótimo — disse Vivaldi, e se retirou da sala.

POR UMA JANELA, Maddalena e Chiaretta ficaram vendo a neve cair por entre os telhados do prédio na viela que passava ao lado da Pietà. O dia de Natal tinha sido luminoso e cálido, mas, nos dias anteriores, um vento frio chegara, trazendo a neve.

A *maestra* bateu palmas para que as *figlie* ocupassem seus lugares no balcão. Abaixo delas, as pessoas batiam os pés para tirar dos sapatos a lama misturada com neve, arranhavam o piso de pedra com as banquetas alugadas e agitavam seus programas, fazendo-os farfalhar.

Maddalena parou junto ao gradil, captando a cena antes de se sentar em sua nova posição, como terceiro violino. Surgiu uma comoção em torno de um homem de máscara carnavalesca que acabara de entrar na igreja. Um criado sacudia a neve de sua capa, enquanto desocupavam um lugar para ele no ponto da capela de onde se tinha a melhor visão.

Vivaldi não estava no balcão, pois só teria um solo no concerto posterior à missa, mas, quando apareceu inesperadamente, estava trêmulo.

— Sabe quem é aquele? — perguntou à *sotto maestra*, que estava longe o bastante de Maddalena para que a pergunta fosse quase inaudível. — O rei da Dinamarca. Está viajando incógnito e veio nos ouvir.

Vivaldi saiu tão depressa quanto havia chegado e, minutos depois, do balcão, Maddalena o viu aproximar-se do séquito real. Ela já sabia que esse seria um dia incomum, pois era o do seu primeiro solo, mas, de repente, a data havia se transformado em algo maior do que ela seria capaz de imaginar. Estava olhando para o rei da Dinamarca e para seu mentor, que meneava a cabeça e fazia mesuras ao lado do monarca.

Maddalena sorriu. O *maestro* estava emocionado, sem dúvida, mas ela não tinha dificuldade de adivinhar o que mais ele tinha em mente. Enquanto proferia palavras de saudação, Vivaldi por certo também estava calculando quantas músicas teria prontas para vender ao rei, no intervalo de alguns dias.

Maddalena se perguntou se também conseguiria fazer-se presente no pensamento do compositor. Enquanto o fitava, torceu para que ele levantasse os olhos e a visse, mas, em vez de corresponder, ele deslocou o peso do corpo de um modo que o deixou de costas para o balcão e para ela. A jovem sentiu a mesma pontada de rejeição experimentada no dia da punição de Pellegrina, quando ele saíra da sala num rompante, sem se dar conta de sua presença.

A mágoa fora tão funda que ela nem sequer tinha querido ir a sua aula seguinte. Vivaldi se mostrara nervoso à entrada dela e levara alguns minutos para reconhecer que a moça também não estava se portando como de costume. Os dois tinham tocado pouco nesse dia, perdendo a noção da hora, sentados para conversar. Ele não tivera intenção de magoá-la. Na verdade, havia suposto estar sendo gentil com Maddalena ao ignorá-la, tentando mostrar-lhe que dali em diante teria uma conduta totalmente profissional e que ela não precisaria preocupar-se com seus atos. Explicou que havia parado abruptamente antes do solo do terceiro violino porque, ao perceber que se aproximava esse momento, achara que talvez ela não quisesse tocá-lo, depois de tudo que havia acontecido.

— Mas eu sabia que você estava lá — ele lhe dissera. — Acredite, sei quando você está num aposento.

Vivaldi se importava com ela — Maddalena sabia disso — e estava agindo como mais convinha aos dois. Era padre, e ela, uma jovem enclausurada. Para preservar o que tinham, eles precisavam ser vistos como se não tivessem nada de especial entre si. O *maestro* certamente perderia o cargo se alguém soubesse que havia beijado uma *figlia di coro*. Se perdesse o emprego, ambos perderiam a possibilidade não apenas de tocar violino juntos, mas também de conversar, o que era igualmente importante. Desde então, Maddalena havia modificado seu modo de pensar, concluindo que não tratá-la como especial era uma das maneiras de Vivaldi lhe dizer que ela realmente o era.

Ela era sua musa — o próprio *maestro* o havia insinuado —, mas, ainda assim, o laço entre os dois nunca poderia ser revelado em público, e teria de ser sustentado, quando estivessem a sós, apenas pelos meios mais sutis — um ar de ternura na voz, um sorriso, um toque mais demorado quando ele lhe corrigia a técnica. Esses momentos tinham ficado carregados de uma delicadeza e de uma profundidade excruciantes para Maddalena, porque eram tudo o que ela possuía.

— Estou aqui —murmurou ela do balcão, enquanto Vivaldi conversava com o rei. — Olhe para cima.

O *maestro* girou o corpo, gesticulando na direção do balcão. Apontou para vários lugares, como se descrevesse para o monarca a disposição do coro, e Maddalena achou, embora não pudesse ter certeza, que o dedo dele se detivera, nem que fosse por um instante fugaz, diretamente sobre ela.

Será que o fiz fazer isso? Vivaldi continuava a conversar com o rei, mas deu as costas para o balcão e ela não pôde mais ver seu rosto.

A essa altura, o coro já se havia posicionado, e Maddalena afastou-se do gradil para ocupar seu lugar. Tentou perder-se na música, mas o solo que se aproximava avultou diante dela, fazendo-a entrar tão adiantada em alguns compassos, que Pellegrina fez uma expressão carrancuda e lhe mostrou a língua quando os violinos pararam.

E então chegou o momento. Ela não precisava ter sentido medo. Como que hipnotizada, sua mão acariciou o arco e tangeu as cordas e, embora uma terceira violinista provavelmente não viesse a ser notada pela plateia, Maddalena tocou o adágio que Vivaldi lhe escrevera como se nele estivessem contidas todas as mágoas da história humana. Em seguida, ela e as outras instrumentistas explodiram no animado movimento final, como se a tristeza pudesse ser posta de lado, porque, afinal, a vida era muito boa.

E assim foi. Maddalena segurou e apertou a mão de Chiaretta quando as duas deixaram o balcão.

AS *FIGLIE* ZUMBIAM de agitação quando a prioresa as conduziu por um corredor estreito e as fez cruzar uma porta, que ligava o parlatório ao claustro.

— Vou conhecer um rei! — murmurou Chiaretta consigo mesma, incrédula.

No lado das *figlie*, diante da grade que dividia o aposento, havia uma fileira de bancos, enquanto, do lado oposto, o rei e sua comitiva sentavam-se em cadeiras perto da lareira. O coro deixou-se ficar mais atrás, vendo o rei se levantar para cumprimentar a prioresa na grade.

— Que costume curioso — comentou ele, indicando a barreira de ferro batido. — Podemos vê-las, mas não podemos circular entre elas?

— Não, Majestade, não neste momento — disse a superiora. — É a nossa maneira. Mas, se Vossa Majestade desejar algo mais íntimo, temos uma salinha para concertos privados e estou certa de que poderíamos providenciá-la.

Vivaldi entrou no parlatório pelo lado do público e o rei se voltou para ele e o aplaudiu.

— Bravo! A fama da Pietà é decididamente merecida. Uma festa para os ouvidos e os olhos — disse, tornando a olhar para as *figlie*.

O tom do monarca foi solene, sendo impossível dizer se ele realmente havia apreciado a música, mas isso não vinha ao caso. Apesar de tudo, ele era rei, e estava a uma distância tão curta que quase se podia tocá-lo. Vivaldi pediu primeiro às cantoras, depois à orquestra, que se aproximassem da grade. O rei estendeu a mão e a moveu num longo movimento ondular à frente do corpo, enquanto seus olhos passavam alternadamente por cada uma das jovens.

— *Bravissime* — comentou. — Creio que é essa a palavra, não?

Vivaldi confirmou com a cabeça e olhou para as musicistas. Seu olhar pousou por um momento em Maddalena e ele lhe fez um aceno quase imperceptível, antes de se voltar de novo para o soberano. A jovem desviou o rosto, mas Chiaretta tocou em seu ombro por trás, para fazê-la saber que também havia notado.

A RÁPIDA GARANTIA da prioresa de que o rei poderia ter um concerto particular revelou-se um dilema para os Nobili Uomini Deputati. Eles haviam providenciado para um novo benfeitor potencial uma apresentação das *figlie* numa recepção na residência deste, na única noite em que o rei estaria disponível. A Dinamarca ficava muito longe e o rei não fizera qualquer menção a um pagamento, de modo que a Congregazione havia concordado que alterar os planos seria uma imprudência.

Para enfrentar a situação da maneira mais conveniente, os Nobili Uomini Deputati informaram ao rei que ele teria o prazer de assistir a uma apresentação especial do grande prodígio da Pietà, Anna Maria, ao lado das célebres irmãs Maddalena e Chiaretta, que, aos 16 e 13 anos, eram estrelas em ascensão. Uma das maiores musicistas da época, a *maestra* Luciana também sairia da aposentadoria para o concerto em homenagem ao soberano. Chiaretta interpretaria todos os números vocais, Maddalena tocaria violino e Anna Maria tocaria o que mais fosse necessário. Elas teriam três dias para se preparar.

Escreveu-se uma lista das peças de Gasparini que eram suficientemente familiares a Luciana para não exigirem mais do que uma repassada rápida em seus aposentos. Maddalena, Chiaretta e Anna Maria foram dispensadas de outros trabalhos, inclusive das orações na capela, para ensaiar.

Vivaldi ficou transtornado ao ver o programa:

— Que benefício isso me trará, se o rei ouvir a música de Gasparini?

— É uma bela música, mesmo que não seja a sua — sugeriu Maddalena —, e, num prazo tão curto, é compreensível.

— Compreensível? — bufou o *maestro*. — Não é essa a questão. Um belo concerto não paga o aluguel — acrescentou. Jogou algumas partituras no aparador da sala de estudos. Quase todas se espalharam pelo chão, e Vivaldi agarrou os cabelos: — Ah! *In te, Domine, speravi, non confundar in aeternum* — disse entre dentes, ao se abaixar, ainda rezando, para recolher os papéis espalhados.

Ignorando-o, Maddalena pôs em ordem as páginas do que viu ser um Nisi Dominus para contralto e orquestra. Começou a cantarolar os primeiros compassos e, em segundos, Vivaldi estava postado a seu lado, pegando a música.

— Acha que poderia tocar isso se eu o reescrevesse para você? Um violino em vez da orquestra, uma soprano em vez de uma contralto, e a Anna Maria no *continuo*? Ao violoncelo... sim, isso é bom, isso é bom — disse, sem esperar resposta.

Na manhã seguinte, ele havia reescrito todo o moteto e foi até a sala onde as três jovens estavam ensaiando, passando apenas alguns minutos com elas, antes de sair novamente às carreiras.

— Tenho que ir para casa e começar a escrever — disse. — Se eu receber uma encomenda, preciso estar pronto. Ouvi dizer que a estada do rei não será longa.

O CETICISMO ESTIVERA estampado no rosto pálido de Maddalena antes de Vivaldi chegar, e continuou lá depois que ele se foi.

— É para um rei! — exclamou Chiaretta, exultante. — Por que você não está mais entusiasmada?

Não era o rei que estava na cabeça de Maddalena. Luciana, com quem ela tocaria um dos duetos de Gasparini, ainda tinha o poder de deixar seus nervos em frangalhos.

— Agora você pode mostrar-lhe como toca bem — disse Chiaretta. — Ela é só um diabo saído do inferno. Lembra-se?

Anna Maria não compreendeu a piada, mas entrou na conversa:

— Ela é uma bruxa velha e feia, e agora você sabe tocar tão bem quanto ela — disse, fitando Maddalena com seus olhos sérios e penetrantes.

A jovem pegou o violino.

— É, acho que vamos ver.

Chiaretta e Anna Maria aplaudiram.

AS TRÊS TIVERAM pouco tempo para ensaiar as peças de Vivaldi, pois estavam muito empenhadas em preparar Maddalena para sua apresentação com Luciana. No íntimo, a jovem se inquietava com a ideia de não estar pronta, mas não disse nada. Mais ou menos durante o ano anterior, Chiaretta desenvolvera um jeito de olhar de esguelha, ou até de apenas mudar de posição, que fazia Maddalena saber que algo a estava incomodando. Às vezes ela dizia "Hmmm" num tom particular, e Maddalena sentia seu desagrado, especialmente quando as duas falavam de Vivaldi. Embora a relação com a irmã ainda fosse estreita e de uma lealdade feroz, havia sofrido um pouco desde aquele dia na *sala dal violino*, quando Chiaretta intuíra que Maddalena não lhe contara tudo sobre ter ou não ter sido beijada pelo *maestro*.

O resultado era que qualquer referência a ele provocava todo o repertório de respostas reprovadoras de Chiaretta. Ela jamais acreditaria que Maddalena só estava preocupada em ensaiar as peças de Vivaldi por querer tocá-las bem. Achava que a irmã estava se alvoroçando por causa de um homem — e pior, um homem que ela jamais poderia ter. Melhor seria, resolveu Maddalena, nem mencionar o nome dele.

No dia da apresentação, Luciana içou seu corpo escada acima, alguns passos atrás de Maddalena, enchendo o lugar com o som de sua respiração arfante. Ao chegarem ao alto da escada, elas se descobriram num espaço que mal chegava a ser maior que um parapeito de janela, capaz de acomodar um punhado de músicos somente se eles permanecessem de pé durante toda a apresentação. Luciana soltou um resmungo e desabou na cadeira que lhe haviam arranjado, apesar do espaço diminuto, enquanto as duas irmãs e Anna Maria espiavam pela tela a sala embaixo.

Querubins dourados, com um sorriso travesso no rosto, levantavam de lado as grossas cortinas de brocado da sala do nível inferior. Espalhadas pelo assoalho de pedra polida havia poltronas com assentos macios de veludo, de aparência tão confortável que Maddalena não se surpreendeu ao ver que o rei já começara a arriar o corpo numa delas. Vivaldi e um integrante da comitiva real conversavam num canto. Outros querubins de estuque tocavam instrumentos musicais nos quatro cantos do teto, olhando para os convidados embaixo.

Maddalena sentiu o coração sobressaltar-se ao ver Vivaldi, pelo medo repentino de que sua execução da peça o decepcionasse. Mas não restava nada senão ir em frente e esperar pelo melhor. Quando as quatro se acomodaram, ela introduziu Chiaretta em seu primeiro solo com um galope de três notas, respondido pelo insistente *ostinato* em duas notas que Anna Maria tocava no violoncelo.

— *"Nisi, nisi Dominus"* — começou Chiaretta, e a música fluiu. Enquanto ela passava para o trecho seguinte, as três meninas trocaram sorrisos a respeito da letra que Chiaretta cantava. Era uma tolice levantar antes da aurora, dissera o salmista, e esse sentimento as fizera cair na gargalhada durante os ensaios, pois elas se haviam levantado antes do alvorecer em todos os dias de sua vida. — *"Surgite, surgite"* — fez a voz de Chiaretta, saltitando de empolgação e convocando o mundo a se levantar com a urgência de quem tivesse saído da cama e descoberto a casa em chamas.

O acompanhamento de Maddalena e Anna Maria foi tão preciso e suave, que não ocorreu a Chiaretta fazer outra coisa senão tentar preencher a sala com sua voz. As pequenas dimensões do cômodo amplificaram a música, e ela se perdeu no que dava a sensação de ser um envoltório sonoro. Quase ao fim do moteto, ela olhou de relance para a irmã e viu algo tão inesperado que abafou um arquejo e teve de improvisar algumas notas para recobrar o controle da música.

Luciana estava debruçada sobre Maddalena, virando as páginas de sua partitura. Tinha visto a jovem lutar com dificuldades e, sem dizer palavra, pusera-se de pé para ajudá-la. Chiaretta olhou para Anna Maria, que deixou o queixo cair em sinal de assombro.

Luciana voltou a se sentar durante o resto do concerto, e os violinos e o violoncelo tocaram uma das composições de Gasparini. Maddalena manteve os olhos desviados durante o primeiro movimento, porém, no trecho mais difícil, levantou a cabeça para trabalhar com sua parceira, como Vivaldi lhe havia ensinado, e viu que Luciana já a fitava. Mais tarde, quando ela tornou a olhar, Luciana havia fechado os olhos e seu rosto se abrandara de um modo que a jovem nunca tinha visto. *Era assim que ela devia ser quando moça*, pensou Maddalena. *Também tinha coração naquela época.*

Quando subiram os aplausos vindos da pequena plateia, Maddalena sentiu uma timidez repentina e rompeu o silêncio entre elas com a única palavra em que pôde pensar:

— Obrigada.

— Não. Eu é que agradeço — disse Luciana, mas, à luz tênue, Maddalena não pôde ler sua expressão. A velha *maestra* virou-se e pediu a Anna Maria que a ajudasse a voltar para seu quarto, e, sem mais uma palavra, foi embora.

MADDALENA CANTAROLOU enquanto ela e a irmã calçavam os sapatos para descerem à sala de ensaios depois do repouso do meio-dia. Chiaretta sentiu-se inundar por um pouco da mesma alegria, como se pudesse enroscar-se de novo na cama e começar a ronronar feito os gatos de rua que viviam entrando nos pátios da Pietà, e que se esfregavam nas pernas de uma *figlia* após outra.

O bom humor de Maddalena não havia diminuído nos dois meses sombrios decorridos desde a visita do rei. Ela e Chiaretta tiveram várias apresentações semanais durante a temporada do *Carnevale*, muitas em recepções suntuosas fora da Pietà. Vivaldi conseguira sua encomenda do rei. Suas óperas davam lucro, e o único problema era que o vinham mantendo tão ocupado, que muitas vezes ele tinha de cancelar as aulas de Maddalena. Mesmo assim, ela se sentia mais perto dele do que nunca, após o sucesso do concerto especial para o rei, uma vitória pela qual Vivaldi lhe dissera que ela era responsável, em grande parte. Tão perto que o sentia parado atrás de sua cadeira toda vez que se apresentava.

Maddalena e Chiaretta chegaram à sala de estudos com antecedência suficiente para olhar pela janela para a Riva degli Schiavoni e assistir à evolução do espetáculo do *Carnevale*. Abaixo delas, mímicos e palhaços acrobáticos procuravam cair nas graças de mascarados de capas pretas. As damas, disfarçadas sob máscaras cintilantes em formato de rostos de gatos, pássaros ou criaturas míticas, desfilavam cobertas de plumas e joias. Mercadores ambulantes vendiam bolos, limões, brinquedos, flores e elixires para toda sorte de males.

Para além do alarido de suas vozes, o som de gaitas de fole e tambores misturava-se aos pregões dos mercadores em suas barracas, que se espalhavam pelo Broglio e ao longo da Riva até a Pietà. Num vaivém pelo Grande Canal, uma procissão regular de gôndolas levava grupos de foliões até o cais de San Marco e voltava trazendo outros. Homens deitavam-se com as pernas esparramadas sobre mulheres no fundo das gôndolas.

Outros erguiam-se arqueados para urinar na lagoa, segurados pelos joelhos para não emborcarem na água. Mulheres jogavam confetes e flores, enquanto homens de pernas trôpegas atiravam garrafas vazias de vinho no canal. Chatas repletas de músicos deslizavam pelas águas para um lado e o outro, fazendo sua música flutuar até as janelas à margem dos canais.

Para as moradoras da Pietà, não havia como se arriscarem nas ruas, a não ser sob estreita vigilância, para ir e voltar de apresentações especiais, como um magnífico concerto anual que se realizaria nos salões do doge dali a alguns dias. Maddalena e Chiaretta foram tomar seus lugares em meio às outras componentes do coro para aguardar o início do último ensaio. As janelas foram fechadas, para protegê-las do frio, mas o estalar dos fogos de artifício e as vozes altas das pessoas na rua continuaram a ser ouvidos.

O *maestro* Vivaldi não havia chegado. Após vinte minutos de espera, as *figlie* foram se dispersando para olhar pelas janelas, ou começaram a tocar suas partes em suas cadeiras. Então a porta se abriu e Prudenzia, a nova *maestra dal violino*, entrou segurando um pedaço de papel, que depositou no atril.

— Meninas, vamos começar — disse. — Hoje eu as conduzirei.

Nas duas horas seguintes, Maddalena observou a porta, mas Vivaldi não apareceu. Por fim, Prudenzia as dispensou. Recolheu a partitura de seu atril e a pôs num armário:

— Façam suas orações amanhã de manhã e se vistam. Faremos a apresentação para o doge ao meio-dia — informou. Sua voz tinha um tom seco e ela não disse mais nada.

Maddalena tornou a se sentar, fingindo praticar um trecho difícil, enquanto esperava as outras saírem. Ao se ver sozinha, foi até o armário e começou a folhear as partituras, para ver se Prudenzia teria deixado ali o tal papel.

Encontrou-o quase na base da pilha, um pedacinho de papel dobrado, assinado por Bernardo Morosini, o pai de Antonia. "Venho informar-lhes que dom Antonio Vivaldi foi dispensado de suas funções na Pietà. Tenham a bondade de preparar as meninas para o concerto do doge, que se realizará conforme planejado."

Maddalena releu as palavras repetidas vezes, antes de repor o bilhete entre as partituras. *Ele se foi. Assim, simplesmente.* Pôs as duas mãos no rosto e comprimiu os olhos fechados até eles doerem.

Gemeu sem querer. O gemido ecoou pela sala vazia, misturando-se com uma estrídula risada de mulher que subia da rua. Era como se dois violinos fossem tocados com gravetos ásperos em vez de arcos — os guinchos da mulher na rua e os gritos na cabeça de Maddalena.

Nove

MADDALENA CHEGOU ao término do concerto do doge de olhos fechados, para não notar a ausência de Vivaldi. Chiaretta foi suficientemente sedutora pelas duas, ao serem apresentadas a Alvise Mocenigo, o doge de Veneza. Após a apresentação, pretextando uma dor de cabeça, Maddalena conseguiu fugir para a Pietà, antes que ficasse presa por horas a uma mesa de banquete.

Ao voltar, Chiaretta sentou-se na cama ao lado da irmã, na esperança de que o movimento a acordasse. Quando ela não se mexeu, a caçula levantou-se com um suspiro e foi procurar outra pessoa que a ajudasse a despir o vestido. Maddalena abriu os olhos, para ver se a irmã se fora. Pela primeira vez desde que as duas haviam chegado à Pietà, ela quis que Chiaretta fosse embora, quis que tudo desaparecesse, quis, mais que qualquer outra coisa, não ter de enfrentar o mundo.

Chiaretta voltou pé ante pé e se deitou em sua cama. Maddalena a ouviu afundar a cabeça no travesseiro e virar de lado sobre o ombro e o quadril, enquanto a respiração ia ficando pesada com o sono. Aos quase 14 anos, Chiaretta parecia flutuar de apresentação em apresentação, com tão pouco esforço quanto um confete voejando na brisa. Já o peso que oprimia Maddalena naquele momento era tão esmagador, que ela chegou até a se perguntar como conseguiria levantar o arco do violino no ensaio seguinte. Um simples bilhete de Vivaldi — até umas palavras rabiscadas — teria sido suficiente. Em sua imaginação, ela abria uma carta com seu nome grafado em lindas letras grandes no alto. Vivaldi começava por lhe falar da tristeza em seu coração, e em seguida contava com que vigor tinha lutado para ficar. Encerrava dizendo que regressaria, nem que fosse por só se sentir completo quando tocava com ela. Por um momento, Maddalena não soube ao certo como ele assinaria a carta. "Do seu amigo Vivaldi" era uma possibilidade, ou talvez ele usasse apenas as iniciais.

Não, ela decidiu. Ele assinaria "Antonio".

Apenas dois dias tinham-se passado desde sua leitura do bilhete de Prudenzia. Talvez ele ainda estivesse em Veneza e não houvesse encontrado tempo para escrever. Essa ideia bastou para relaxar os músculos de Maddalena e acalmar sua mente. Puxando o cobertor e prendendo-o em volta do pescoço, para afastar a friagem, ela fechou os olhos e adormeceu.

COMO NÃO CHEGASSE carta alguma, Maddalena resignou-se à conclusão de que Vivaldi tinha coisas mais importantes em que pensar do que ela. Parecia não apenas ter sido demitido da Pietà, mas também ter desaparecido por completo de Veneza. Um dia, ao entreouvir os mexericos das *maestre*, a jovem teve certeza de escutar o nome de Vivaldi e achou que elas lhe estavam lançando olhares.

O que estariam segredando? Será que a culpavam pela demissão dele? Talvez estivessem discutindo o arco do violino, a dança, o solo da terceira violinista, as aulas especiais — poderiam ser inúmeras coisas. Chiaretta tinha razão ao franzir o cenho quando Maddalena falava dele. Realmente parecia impróprio. O homem era padre, afinal, e ela era uma jovem mulher, beirando os 17 anos.

E se o favoritismo com que ele a tratara lhe tivesse custado o emprego? Era uma ideia tão aflitiva, que Maddalena nem suportava comer. Brincava com a comida no prato e pensava: *Eu tenho o que comer, mas será que ele tem?* Cada garfada à sua frente parecia uma traição ao *maestro*, e a jovem não podia engolir uma dentada sequer.

Só conseguia acalmar os sentimentos tumultuados ao dizer a si mesma que fora melhor assim. Talvez ela estivesse errada a respeito de um dia ter sido importante para Vivaldi. Fora uma tola por pensar de outro modo, mas agora compreendia melhor. Dizer a si mesma que o assunto estava encerrado permitia que sua mente se esvaziasse, o que lhe trazia alguns momentos de sossego. No entanto, quando ela menos esperava e contrariando sua vontade, sua mente voltava outra vez à vida.

O que era mesmo que ele tinha dito? Que para haver alguma coisa especial entre os dois, era preciso parecer que não havia absolutamente nada, não é? Isso fizera sentido na época, mas, olhando para trás, Maddalena se perguntou se ele não lhe prestara mais atenção por ela ser especial, ou realmente por não ser. Em algum ponto do caminho, Vivaldi tinha parado de se importar, e ela não notara isso porque nada se havia modificado na conduta dele. Desde o dia em que lhe dera o solo para terceiro violino e por pouco não a beijara, ele a havia ignorado quase por completo, apesar do esforço que ela fazia para agradá-lo. *Chiaretta tinha razão. Agi como uma esposinha perfeita, e ele deixou isso acontecer.*

Com o passar dos meses, ela teve menos certeza de que deveria ressentir-se dele ou ser grata pelo que ele lhe havia oferecido, ainda que por um curto período. Às vezes essas duas emoções tornavam-se uma só, e Maddalena o desprezava por ter-lhe dado o gostinho de algo que sabia que ela quereria muito, mas não poderia ter. Só a pessoa mais cruel do mundo faria uma coisa dessas. Incapaz de conciliar o sono à noite, a jovem se deparava com perguntas e respostas que giravam repetidamente em sua cabeça, na esperança de que dessa vez pudesse erguer o corpo na cama e dizer "É isso!", e fosse mesmo, e então ela não precisaria mais pensar. Ao contrário, porém, a cada relato repetido e a cada reinterpretação, Maddalena mergulhava mais fundo na tristeza.

Quando Prudenzia sugeriu que procurasse dominar outro instrumento, ela deixou o violino de lado sem protestar e se atirou no aprendizado do violoncelo. As notas graves e dolentes do instrumento puxavam seu corpo para baixo, até ela mal conseguir manter a cabeça de pé, e Maddalena pediu para ser totalmente dispensada das cordas. *Pode ser que chegar ao fim de cada dia já seja o suficiente,* pensou, recordando Silvia e a desanimação de suas aulas, e voltou a estudar flauta doce.

Silvia, a Rata. Agora o apelido lhe parecia muito cruel. Apesar de todos os seus modos afetados com Luciana e de toda a exagerada autopromoção, Silvia acabara sendo alcançada pela óbvia insuficiência de seu talento. Pouco depois da partida de Vivaldi — pois era assim que Maddalena media o tempo —, Silvia fora informada de que não teria novas promoções no coro e de que lhe haviam arranjado vaga num convento do outro lado da cidade. Maddalena ouvira os gritos da moça ecoarem pelo corredor.

— Deus, Deus, nada além de Deus! — ouvira Silvia gritar, até que um revelador som estalado e um grito de dor tinham reverberado pelo salão, indicando que a moça fora esbofeteada, e com força, para parar com aquilo. — Eu quero morrer! — foram as últimas palavras ouvidas por Maddalena, antes de uma porta bater e Silvia ser deixada sozinha para contemplar seu destino.

Talvez o mais sensato seja não dar muita importância a coisa alguma, pensou Maddalena. *Talvez a música seja só mais uma das coisas as quais não é seguro amar.*

AO COMPLETAR 17 ANOS, Maddalena tinha ficado tão magra que os ossos saltavam da pele e os olhos se tornaram baços. Chiaretta, aos 14, era mais baixa do que a irmã, mas superava seu peso em mais de quatro quilos. Melancolia: foi esse o diagnóstico da enfermeira-chefe do hospital, que estalou a língua ao ver a cor da urina de Maddalena e a tratou com aloé e borago, para purgar de seu corpo o excesso de bile negra.

Nem mesmo a irmã caçula de Maddalena conseguia se aproximar dela. Após uma apresentação na posse de Giovanni Corner como o novo doge, em 1709, Chiaretta tentou descrever a multidão, as cores, a comida, mas percebeu que a irmã não a ouvia. E Anna Maria já não dormia na cama ao lado das delas. Precocemente promovida a *sotto maestra* ao completar 20 anos, fazia algum tempo que ela se mudara do pavilhão das duas irmãs.

No trajeto para um concerto, Chiaretta tinha visto o gondoleiro empurrar com o remo uma gaivota morta. Vira seu corpo encharcado e sujo receber o impacto e continuar a flutuar nas cristas e depressões das ondulações do canal. Algo no jeito de Maddalena dar de ombros fez Chiaretta arrepiar-se à lembrança dessa ave.

Quando a Congregazione ofereceu a oportunidade de ir com um grupo de *figlie di coro* passar uma semana numa casa de veraneio fora de Veneza, à margem do Canal Brenta, Chiaretta a recusou.

"Não quero deixá-la aqui sozinha", escreveu no caderno de desenho.

"Você deve ir, se quiser", foi a resposta escrita de Maddalena. "Terá Anna Maria para lhe fazer companhia."

"Você não se importa com o que eu faço?"

"É claro que me importo."

Chiaretta olhou para a resposta desinteressada da irmã e sua impaciência fervilhou, em meio à preocupação. "Nesse caso, eu irei", escreveu. "Você não se importa com coisa alguma. Já nem compartilha uma única ideia comigo." Seu rosto crispou-se e ela começou a chorar. "Você está me assustando", acrescentou, e devolveu o caderno à irmã.

As lágrimas de Chiaretta sempre haviam despertado a atenção de Maddalena. Nesse momento, ela se deu conta de que nem se lembrava da última vez que tinha visto a irmã caçula chorar. Mesmo assim, não teve energia suficiente para tentar melhorar a situação entre elas. "Você tem sua vida, e eu, a minha", escreveu. "Vá viver a sua. Apenas me deixe em paz."

— Mas você não tem vida alguma — sussurrou Chiaretta, sem se importar se a inspetora ouviria ou não. — Você nem ao menos tenta viver. Não me lembro como é o seu sorriso!

— Bem, mas é assim que as coisas são — retrucou Maddalena, também num sussurro. Inclinou-se para a frente, com os olhos bem abertos e abanando a cabeça, como que para deixar claro que Chiaretta não estava enxergando uma coisa óbvia. — Essa *é* a minha vida. Olhe para aquela maçã murcha que é a Luciana. Quantos anos ela tem, e por quanto tempo terá de continuar capengando por aí, tendo por pernas aqueles troncos de árvore podres? E a Michielina, que cambaleia cega pelos cantos, de tanto copiar partituras no escuro?

Sua voz se elevara a tal ponto que a inspetora sibilou um pito para fazê-la calar-se.

Maddalena pegou o caderno e desenhou o esboço de uma velha encarquilhada. Abaixo dele, escreveu: "Maddalena, daqui a alguns anos."

Levantou-se e sacudiu a frente da saia, como se tivesse algum lugar para ir, depois tornou a se sentar.

Chiaretta pôs o caderno de lado.

— Está bem — murmurou. — Se é isso que você quer. — E sua voz se extinguiu, deixando seu ultimato vago e incompleto.

CHIARETTA PASSOU a semana no solar à margem do Canal Brenta, torcendo para que ela acabasse. O trabalho era mínimo — um pequeno concerto para o anfitrião e seus convidados todas as noites — e os dias se alongavam diante dela, sem nada além de horas intermináveis em que se preocupar com a irmã. Todas as noites, ela sorria na hora do jantar, curvando a cabeça e olhando para cima por entre os cílios, como lhe tinham dito que fazia as meninas parecerem atraentemente tímidas. Depois do jantar, obrigava-se a se desligar de tudo enquanto cantava e, terminado o concerto, tão logo a boa educação o permitia, pedia licença aos anfitriões e ia se deitar.

— Mais cinco dias — dizia a si mesma, deitada no escuro. Depois, quatro, três.

Anna Maria insistia em arrastá-la para o ar livre diariamente, ora para um passeio pelo caminho ao longo do canal, ora para uma volta de barco. Ao regressarem, Chiaretta forçava um sorriso e dizia à amiga o quanto se sentia melhor. Quando restavam mais dois dias, Anna Maria providenciou para que elas tomassem uma charrete até a zona rural e lá fizessem um piquenique. O cavalariço que as levara estendeu um cobertor à sombra de uma árvore grande, junto a um pomar de cerejeiras, e serviu a refeição composta de frango frio, um pedaço generoso de queijo branco e macio, um pão e uma garrafa de água, a ser misturada com uma pequena quantidade de vinho. Cumprido seu dever, ele voltou para a charrete e adormeceu longe do sol.

Ao terminarem o almoço, Anna Maria e Chiaretta deitaram-se, com o chapéu sobre o rosto para protegê-lo dos raios de sol que se infiltravam por entre as folhas. Após alguns minutos, Chiaretta deitou-se de lado, de frente para a amiga. Apoiando-se num cotovelo, descansou a cabeça na mão.

— Não sei o que fazer com Maddalena — disse.

— Você ficou tão calada que pensei que estivesse dormindo — retrucou Anna Maria, virando-se para ela. — Eu estava com medo de tocar nesse assunto. Não queria fazê-la se lembrar dele.

— Você não teria como me fazer lembrar. Eu não o esqueci nem por um minuto.

— Ela quer que Vivaldi volte, é só isso.

Chiaretta calou-se, escarafunchando uma manchinha no vestido para tirar algo que havia secado ali.

Anna Maria chegou mais perto e balançou a mão diante dos olhos da amiga.

— Eu disse que ela quer que Vivaldi volte.

— Eu sei. Eu ouvi — disse Chiaretta. — O que você acha disso?

— Bem, ele não se parece com nenhum outro padre que eu tenha conhecido. Está sempre cuidando dos seus interesses. Acho que não se espera que os padres façam isso — respondeu Anna Maria. Observou uma joaninha andar pela saia de Chiaretta e a atraiu para seu dedo, ao vê-la ao alcance da mão. — Você se lembra daquele ensaio em que a Caterina estava com febre e acabou desmaiando?

Chiaretta torceu o nariz:

— Vivaldi ficou com raiva, porque ela perturbou os horários programados. Saiu sacolejando e pulando de um lado para outro, daquele jeito dele, e resmungando palavras em latim entre os dentes — recordou. Sentiu-se tomar por uma onda de cansaço, e continuar a conversa pareceu um esforço excessivo. — Quer uma cereja?

Anna Maria levantou-se e deu o braço à amiga.

— Ela pensa demais nele — disse Chiaretta, enquanto as duas davam os poucos passos que as separavam do pomar.

— E pode culpá-la? Ela ainda nem era *attiva* e passou a ter aulas particulares.

— E se tornou alvo de comentários em toda a Pietà. Ele apenas a usou, para não ficar entediado. Não precisava dela. — Chiaretta abanou a cabeça, enojada. — Foi embora sem se despedir, e ela continua lá sentada, sofrendo. Ele é de um egoísmo inimaginável. Vai voltar se e quando quiser, e ela estará esperando, obedientemente.

Anna Maria colheu duas cerejas e entregou uma a Chiaretta.

— Acho que não está sendo justa com ele. Algum dia você ouviu Maddalena tocar? Ouviu de verdade? Ela era melhor do que qualquer outra no coro. Melhor do que eu, com certeza. Sabia deslizar o arco pelas cordas de um jeito que me dava vontade de dizer: "Tome, leve meu coração". — Anna Maria encostou um punho fechado no peito. — Ela não aprendeu isso sozinha. Foi Vivaldi quem fez isso vir à tona. E é o que está faltando agora. É isso que ela quer.

Chiaretta estendeu a mão para a árvore e acrescentou mais algumas cerejas à que ainda segurava. *É isso que ela quer.* Finalmente compreendeu. Olhou para as frutas em sua mão, sem saber direito como tinham ido parar ali. Pôs uma cereja na boca e mastigou sem sentir o gosto, enquanto as outras caíam no chão.

— Obrigada. Mas não tenho certeza do quanto isso ajuda em alguma coisa — disse a Anna Maria. Começou a voltar para o cobertor, mas parou e se virou para a amiga. — Em algum momento você sofre de verdade pela sua música, entrega-se a ela como a Maddalena?

Anna Maria deu-lhe um sorriso irônico.

— Vivo ocupada demais sendo o prodígio deles. Não tenho tempo para isso. Nem temperamento.

— Nem eu — admitiu Chiaretta. — Acho que eu devia ficar contente por ele a haver preparado, mas eu a vejo murchando, agora que ele foi embora, e... — Enterrou o rosto nas mãos e começou a chorar.

Anna Maria abraçou-a.

— Chore. É a primeira vez que você relaxa numa semana inteira.

Chiaretta ficou encostada no peito da amiga pelo que pareceu uma eternidade, antes de se afastar.

— Estou me sentindo melhor — disse.

— De verdade, ou ainda está fingindo, como fez a semana toda?

— De verdade.

— Ótimo. Uma última coisa, e depois não teremos mais que falar disso. Maddalena tem que encontrar seu próprio caminho, mesmo que lhe pareça que ela não está tentando fazer isso. Mesmo que, em certos momentos, você tenha vontade de sacudi-la para dizer que pare com essa autocomiseração.

Chiaretta fitou-a, depois se ajoelhou para recolher as sobras do piquenique.

— Está tudo coberto de formigas. Devemos deixar para elas?

Anna Maria fez que sim, pegando uns ossos com as pontas dos dedos e atirando-os na grama.

— Deixem! Deixem que eu cuido disso! — gritou o cavalariço, que vinha correndo.

— Quer colher mais algumas cerejas? — perguntou Chiaretta.

— É melhor você chegar lá antes que eu coma todas — respondeu Anna Maria, partindo à frente dela.

CHIARETTA VOLTOU das férias com uma determinação renovada de fazer as pazes com a irmã. Chegou quando era servido o almoço, mas, ao ver Maddalena olhando fixo para o prato de comida, seu plano se desfez numa onda de medo. Talvez seu período de afastamento houvesse destacado a aparência macilenta da irmã, ou talvez algo terrível houvesse acontecido em sua ausência. Qualquer que fosse a causa, Maddalena parecia tão abatida que Chiaretta correu para ela. Sentou-se a seu lado e tocou-lhe o joelho, mas a irmã não retribuiu o gesto.

— Agora não — murmurou.

A refeição foi interminável, mas finalmente as duas voltaram para sua ala. Chiaretta sentou-se na cama, olhando para a irmã.

— O Vivaldi morreu? — indagou. Haveria alguma outra coisa capaz de dar aquela aparência a Maddalena?

A outra abanou a cabeça, mas, a essa altura, a inspetora se postara junto às camas das irmãs, que se deitaram e ficaram olhando para o teto, esperando passar um tempo suficiente para poderem levantar-se e pegar os cadernos de desenho.

"A prioresa me disse que não posso permanecer aqui por mais de um ano", escreveu Maddalena. "Tenho que virar freira ou me casar."

"O QUÊ?", veio a resposta de Chiaretta, que ocupou um quarto de página.

"Prudenzia disse que eu não tenho mais serventia para o coro. Disse que, na minha idade, a pessoa sabe se uma moça tem talento."

"Você era a melhor dentre elas quando dom Vivaldi estava aqui."

A expressão de Maddalena toldou-se:

"Ela me perguntou se algum dia ele..." Parou de escrever por um momento e Chiaretta pegou o caderno.

"Ele o quê?"

— Se ele me tocou — murmurou Maddalena. — Você sabe.

Chiaretta recordou aquele dia, na gôndola, em que o homem deslizara a mão pela sua coxa.

— Ele não a tocou, não é?

Maddalena pegou o caderno de volta. "É CLARO QUE NÃO!" O roçar dos lábios de Vivaldi em sua nuca tinha sido um gesto tão pequeno, e a expressão no rosto de Chiaretta era tão terrível, que Maddalena teve certeza de que a irmã devia estar pensando em atos muito mais graves. Fazia tanto tempo, que falar alguma coisa agora sobre aquilo seria aflitivo.

Chiaretta viu o rubor no rosto da irmã.

— Ele nunca a tocou aqui — inclinou-se para a frente e cochichou, passando a mão pelo corpete da outra — nem aqui? — Empurrou a mão pelas dobras da saia de Maddalena.

— Não! Ele é padre! — fez Maddalena, e traçou duas linhas em cruz, para enfatizar a afirmação de um modo que dissesse que o assunto estava encerrado.

Afastou o caderno. Chiaretta deixou-se cair em seu catre e Maddalena fez o mesmo, inundada por uma solidão tão física que a fez estremecer — tão perdida quanto uma ave marinha grasnindo nas brumas da noite. *Onde é que ela pousa?*, pensou. *Onde pouso eu?*

A PERSPECTIVA DE MADDALENA ir embora para sempre era tão assustadora, que Chiaretta não conseguiu pensar em mais nada, a não ser em como ir com ela. Noite após noite, ficou acordada, tramando planos desvairados. Elas podiam fugir, mas para onde iriam? Teriam que se disfarçar de homens? E, se assim fosse, onde arranjariam as roupas? Poderiam tentar descobrir o caminho de volta para a aldeia de sua primeira infância, mas será que teriam de se casar com homens de lá para poderem permanecer no local? Chiaretta tinha apenas 6 anos na época em que havia partido, mas ainda lembrava que todos os homens eram maltrapilhos, e que às vezes seu pai adotivo chegava em casa coberto de terra e cheirando tão mal que ela espirrava e seus olhos lacrimejavam.

Poderíamos nos tornar freiras juntas, pensou, certa noite. Isso era ao menos possível, e finalmente lhe permitiu adormecer.

A PRIORESA ESTAVA sentada diante da escrivaninha quando Chiaretta foi introduzida em seu gabinete.

— Eu soube pela inspetora que você disse que quer ser freira, não é? — indagou ela, inclinando a cabeça com ar de reprovação. — Isso é muito inesperado, Chiaretta, vindo de uma das *attive* do coro.

— Sim, senhora, eu sei, mas pensei muito no assunto — respondeu a mocinha. — Quero fazer os votos junto com minha irmã.

— Chiaretta, minha querida menina. A dedicação de vocês uma à outra é bastante óbvia, mas você acha que tem alguma vocação? — perguntou a prioresa, que arqueou as sobrancelhas e a olhou fixo.

Parecia uma pergunta bastante simples e apropriada, mas algo nela atingiu Chiaretta com a força de um *burchiello* se chocando com o cais. Ela fitou a prioresa e viu a falsidade do sorriso, a preocupação fingida na voz. *A senhora perguntou à Maddalena se ela tem essa vocação?*

O projeto, que à noite parecera tão sensato, começou a se desarticular. Chiaretta abriu a boca para dizer à superiora que não queria ser freira, que lamentava tê-la incomodado e que só queria que ela deixasse Maddalena ficar. Antes que pudesse fazê-lo, porém, a criada da prioresa abriu a porta do gabinete:

— O *signore* Bembo está aqui para vê-la, senhora. Devo dizer-lhe para esperar?

— Não, não, traga-o aqui. Eu gostaria que ele ouvisse isso.

Antonio Bembo usava a capa preta exigida de todos os patrícios em Veneza, e Chiaretta o reconheceu como um dos Nobili Uomini Deputati.

— *Signore* Bembo, o senhor chegou numa hora extremamente oportuna. Chiaretta, diga a ele o que me disse — instruiu a prioresa.

A menina ia deixando escapar que tudo tinha sido um grande engano, mas parou ao ver a expressão no rosto da religiosa. Ela parecia grudada à cadeira, movendo o corpo como se estivesse nervosa e tentasse não o demonstrar.

Nesse momento, uma voz pareceu surgir de um recesso oculto da mente de Chiaretta, dizendo-lhe que, embora ela fosse apenas uma mocinha de 14 anos e não se achasse à altura da sagacidade do *signore* Bembo ou da prioresa, se tivesse coragem para levar adiante o que havia começado, ela não acabaria por ter seu destino ligado a um convento, e talvez tampouco sua irmã.

Respirou fundo:

— Eu disse à *madonna* que quero ser freira.

A expressão afável com que o *signore* Bembo a havia cumprimentado desapareceu.

Os vestidos feitos sob medida, os convites para o campo e para as residências de luxo no Grande Canal, o nome dela nas *tavolette*... Tudo fazia sentido. *Eles têm planos para mim.*

Deslocou o olhar do *signore* Bembo para a prioresa.

— Quero servir a Nosso Senhor — disse-lhe, admirada por sua voz poder soar tão firme, quando dizia uma mentira. Fez uma oração rápida e silenciosa, pedindo perdão, e acrescentou isso, que julgava ser uma blasfêmia, à lista das coisas que não deveria se esquecer de confessar. *Mas é da minha irmã que eu estou falando. Mais tarde eu explico a Deus.*

Quando abriu os olhos, viu que a calma retornara ao rosto da prioresa.

— Há muitas maneiras de fazer isso, minha querida. Você o faz com a sua voz, toda semana. Não apenas Deus a escuta, como também, o que é igualmente importante, você leva outras pessoas a se aproximarem mais d'Ele.

O *signore* Bembo concordou, com um aceno da cabeça.

Eu digo que quero ir embora e ela tenta me dissuadir. A Maddalena lhe diz que quer ficar e ela não dá ouvidos. Não preciso ser franca. Ela não merece. Só preciso vencer.

— Talvez eu esteja apenas sendo egoísta, *madonna,* mas estou mais interessada na minha própria alma — disse, e se virou para o *signore* Bembo, olhando-o por entre os cílios, com o rosto abaixado, tal como havia praticado na casa de veraneio.

— Mas que mácula poderia existir na sua alma? — explodiu a voz do homem, cheia de incredulidade.

O olhar de inocência frágil tinha funcionado.

— É a música — disse Chiaretta, cruzando as mãos no peito e tornando a fazer pose com os cílios. — Às vezes eu canto apenas para me ouvir, e fico tão orgulhosa que, não raro, sou capaz de atravessar uma missa inteira sem voltar um só pensamento para Deus — explicou. *Por favor, meu Deus, não me deixe morrer antes da minha próxima confissão,* rezou em silêncio. Mas os rostos do *signore* Bembo e da prioresa exibiam uma expressão tão grave, que a fizeram sentir-se inquieta. — Acho que talvez eu nunca mais deva cantar.

O *signore* Bembo deu um risinho e Chiaretta sentiu um pânico repentino. *Se este plano der errado, eu me afogo no canal.*

— É para isso que serve a confissão, Chiaretta — disse ele. — Tudo o que Deus lhe pede é que reconheça suas falhas e peça a ajuda d'Ele para superá-las.

A prioresa assentiu com a cabeça:

— A solução, minha cara, é aprender a cantar com menos orgulho, e não parar de cantar.

Chiaretta calou-se. Não conseguiu pensar em nada com que retrucar. *Não vou conseguir o que quero, e agora perderei minha irmã, ou também acabarei num convento.*

— Maddalena não tem vocação. Não quero que ela vá embora — disse. Cobriu o rosto com as mãos e procurou não chorar.

O rosto da prioresa toldou-se ao ver Chiaretta desintegrar-se diante de seus olhos.

— Faz quase vinte anos que sou a prioresa desta casa, e vejo com frequência o que a chegada à idade adulta faz com as mocinhas. Deixa-as instáveis ou, vez por outra, simplesmente preguiçosas e difíceis de controlar. Chiaretta, olhe para mim.

A menina tirou as mãos do rosto e aceitou o lenço que o *signore* Bembo lhe entregou.

— A prioresa nos manteve informados sobre sua irmã — comentou ele. — Essa jovem parecia promissora como musicista, mas...

A religiosa o interrompeu:

— Talvez você não saiba, mas a Congregazione envolve-se muito no progresso de todas as meninas. Foram eles que promoveram você anteriormente, e são também eles que decidem quem fica e quem sai. Se você fizer os votos, será unicamente porque eles o permitiram. Seu futuro não lhe pertence.

Chiaretta não gostou de ouvir que outras pessoas tomariam esse tipo de decisão por ela, mas, nesse caso, precisava da ajuda da Congregazione para sair da enrascada em que se metera. Virou-se para o *signore* Bembo:

— Por favor, não mande minha irmã embora. Eu lhe imploro, meu senhor. — Fez uma pausa e as lágrimas tornaram a lhe encher os olhos, dessa vez sem um pingo de insinceridade. — Eu lhe suplico.

— Nossa política é observar e aguardar, para ver se as jovens do coro conseguem superar os problemas associados à sua... — o *signore* Bembo parou para buscar a palavra mais delicada — feminilidade adulta, no prazo de um ou dois anos, e voltar a ser úteis. Já se vão vários anos desde que sua irmã fez algo de valor para o coro.

Não é por isso!, Chiaretta teve vontade de gritar, porém, mais do que qualquer outra coisa, não queria deixá-lo com raiva.

— Será difícil para mim, *signore*, se ela não estiver aqui. Estou estudando para meus primeiros grandes papéis. Nunca vivi sem ela.

— Não existem planos para mandá-la embora de imediato — disse a prioresa, num tom que pareceu um pouco mais solidário.

— Eu sei que Maddalena tem tido dificuldades — prosseguiu Chiaretta. — Alguma coisa dentro dela está diferente. Não compreendo o que é, e acho que ela também não. Mas, por favor, não a joguem fora desse jeito.

— Estou longe de pensar... — começou a prioresa, mas o *signore* Bembo fez-lhe um sinal para que ela se calasse.

— O lugar dela não é no convento — ponderou Chiaretta. — Não podem aplicar-lhe uma sangria? Será que não existe um tônico? — indagou. E então lhe ocorreu outra ideia: — Talvez, se ela tivesse uma aluna, isso lhe desse algo que ela gostasse de fazer. Talvez isso ajudasse.

— Minha cara, ninguém senão as *giubilate* pode ganhar dinheiro aceitando estudantes externas — disse a prioresa. — Com certeza, não pode ser assim, como você está sugerindo.

— Talvez ela pudesse ajudá-las de algum modo, não? — disse Chiaretta, gostando mais e mais da ideia. — Maddalena é muito paciente e generosa, sei que seria uma boa professora. Ela não pediria dinheiro.

— Com a permissão do *signore* Bembo — disse a prioresa, olhando para ele —, vou conversar com a *maestra* Luciana sobre a possibilidade de empregar a Maddalena como assistente para ajudá-la com seus alunos, está bem?

Luciana! Chiaretta não havia pensado nisso. *Maddalena preferiria ser freira.*

— A *maestra* Luciana é uma musicista muito talentosa — disse a jovem —, mas não reconheceu o talento de minha irmã, por razões que não compreendo.

Gostou do próprio jeito de falar — o de uma mulher madura, tratando de negócios importantes —, embora não soubesse muito bem de onde tinham vindo aquela voz e aquele estilo. E acrescentou:

— Não creio que a *maestra* concorde, e mesmo que ela o faça, e não acho que dará qualquer ajuda para fazer isso funcionar.

A prioresa olhou para Chiaretta com ar inquisitivo. Inspirou como quem estivesse prestes a dizer alguma coisa, mas mudou de ideia.

— Pois muito bem — declarou, levantando-se da escrivaninha, para informar a Chiaretta que a reunião estava encerrada.

Parte Três

CHIARETTA TRIUMPHANS

1710–1716

Dez

ELIZABETA CONTARINI era tão pálida que se podia ver o rendilhado de veias azuis sob a pele de suas mãos. O cabelo era fino demais para reter os grampos que o mantinham afastado do rosto, e pequenas mechas caíam sobre a têmpora e a face direita, quando ela inclinava o pescoço sobre o violino. Concentrada, a menina mordia o lábio inferior, mostrando as pontas dos incisivos miúdos e ligeiramente tortos. A boca era uma réplica quase perfeita, em miniatura, do formato de coração de seu rosto.

— É muito difícil — comentou ela, numa vozinha miúda de criança.

— É, sim — concordou Maddalena. — Tente de novo, e lembre-se de não deixar a mão girar para fora quando estiver dedilhando.

A riqueza da família de Elizabeta transparecia no brocado de seda de seus vestidos e nos prendedores de ouro e pérolas no cabelo. A importância de seu pai como membro da Congregazione causava alvoroço nas salas de estudos quando ela chegava, uma vez por semana, para suas aulas de canto e violino.

Fazia quase um ano que Maddalena era sua professora particular de violino, após ter começado como assistente de Luciana. Nos primeiros meses, Chiaretta havia interceptado a menina de 11 anos quando ela ia e voltava das aulas de canto. Seduzindo-a, a princípio, com o ensino da mesma técnica de respiração que Michielina lhe ensinara anos antes, no balcão, Chiaretta havia tocado no assunto Luciana com ar displicente. Como suspeitara, Elizabeta tinha pavor da *maestra*, tanto que, em mais de seis meses, quase não obtivera progressos no violino. No decorrer de algumas semanas, Chiaretta a induzira a fazer seu pai pedir que Maddalena fosse sua professora, em vez de Luciana, que era deformada e malcheirosa e que, segundo ela, era a fonte dos pesadelos que, de repente, Elizabeta começara a ter.

Com Luciana fora do cenário, Maddalena havia descoberto que Elizabeta nada tinha de tímida. Na verdade, parecia tão desesperada por ter alguém com quem conversar, que muitas vezes a professora tinha que lhe dizer para se concentrar na música. Na primeira vez que falara da família, a menina tinha ficado perplexa por Maddalena não saber que havia entre seus ancestrais seis doges de Veneza, o primeiro dos quais tinha governado nos idos do século XI, enquanto o mais recente exercera o cargo até morrer, menos de trinta anos antes. No universo de Elizabeta, todo mundo simplesmente sabia.

Quando seus pais determinaram que, por questões de temperamento, sua irmã mais velha não se prestava para o matrimônio, decidiram que Elizabeta se casaria em seu lugar. A família dispunha de poucos anos para transformá-la numa joia para um nobre, e as aulas na Pietà faziam parte da preparação. Elizabeta contou tudo isso a Maddalena com ar desprendido. Os pais escolhiam pelas filhas, e as filhas obedeciam sem formar opinião própria.

Elizabeta não tinha uma aptidão especial para o violino, mas adorava as aulas.

— Vamos fazer aquela brincadeira — pedia, depois de lutar com a música por algum tempo.

— Pétalas caindo num pomar de macieiras — dizia Maddalena, enquanto ia improvisando. Ou: — Abelhas zumbindo em volta da colmeia — ou — brisa ondulando as águas da lagoa. — A menina batia palmas, encantada.

Com o tempo, a cor voltou ao rosto de Maddalena e um pouquinho de peso começou a se acumular em seus quadris. Ela tornou a ser incluída nos convites para festas e, mais importante, retornou ao balcão da Pietà.

Chiaretta sentia-se triunfante em silêncio. Maddalena sabia que sua irmã havia procurado a prioresa e conseguido que esta lhe concedesse ao menos um adiamento temporário, mas a caçula nunca partilhara os detalhes. Com o passar do tempo, o sucesso de sua ida ao gabinete da superiora tinha ficado claro. O tema do convento nunca mais voltou à baila.

ASSIM QUE O CALOR de agosto começou a se acomodar nos cômodos da Pietà, Maddalena e Chiaretta fizeram as malas para subir o Canal Brenta com um grupinho de *attive* e passar alguns dias numa quinta no interior. Chiaretta, que até então só havia conseguido contar a Maddalena sobre esses passeios, ficou radiante de empolgação com o fato de sua irmã, aos 18 anos, estar fazendo sua primeira viagem.

— Talvez você arranje um admirador — disse-lhe Chiaretta. — Você é tão bonita, com certeza fará sucesso.

Embora Maddalena não fosse uma grande beldade, seu cabelo era de um sedoso castanho-avermelhado, e o rosto anguloso, de maçãs altas, dava-lhe uma aparência singular, que alguns chamariam de atraente ou até marcante, se bem que não exatamente bela no sentido convencional. Em algumas famílias, aliás, ela poderia ser considerada atraente, mas, perto de Chiaretta, qualquer uma ficava num distante segundo lugar.

As *figlie* seguiram de gôndola até Fusina, onde foram transferidas para uma balsa particular, rebocada por cavalos de tiro pelo caminho ao longo do canal até a Villa Foscari, a primeira das majestosas mansões à margem do canal. Chiaretta e as outras queriam proteger-se do sol e do calor, e por isso Maddalena ficou no convés sozinha. Fazia quase dez anos que saíra da casa dos pais de criação, na zona rural — dez anos sem ver vacas pastando, ou uma trilha de terra atravessando um campo, ou o céu não obstruído por telhados —, e ela não conseguiu voltar para a parte coberta, apesar dos avisos da acompanhante de que o excesso de sol lhe faria mal.

O grupo finalmente chegou à quinta, que deu a Maddalena a impressão de um palácio que alguém construíra nos fundos de um templo grego. O telhado plano do palacete era rompido por quatro majestosas chaminés brancas e um pequeno sótão triangular com janelas na empena. Uma varanda toda de colunas e coberta por um telhado inclinado projetava-se da parte superior da fachada da casa, obtendo-se acesso a ela por duas escadarias iguais, de mármore branco, que subiam da alameda que cruzava o jardim.

A balsa parou junto a um pequeno cais e vários homens de libré surgiram do térreo, abaixo da sacada, e correram ao cais para ajudar as jovens a desembarcar e levar seus pertences para dentro de casa. Chiaretta foi uma das últimas a sair da balsa e Maddalena se deteve para esperá-la, observando a fileira de *figlie* que se estendia pela alameda, como uma orla vermelha contrastando com o verde da relva.

Ao entrar, Maddalena passeou pelo *portego*, que se estendia de uma ponta à outra da casa. Ali, nenhum santo torturado nem virgens de ar tristonho conspiravam para fazê-la sentir-se humilde, e nenhuma imagem de recompensas celestiais sugeria o que a obediência poderia lhe granjear. As paredes de afrescos mostravam mesas de banquete carregadas de frutas e assados, ao redor das quais pessoas com roupas confortáveis tinham sido captadas no momento em que contavam um segredo, trocavam um beijo furtivo ou até brincavam com um cão. Janelas em *trompe-l'oeil* tinham cortinas que pareciam esvoaçar para dentro do cômodo e portas pintadas se abriam para aposentos inexistentes. O espaço inteiro era um convite a se apreciar a vida, e Maddalena jamais vira nada parecido.

Chiaretta tocou no cotovelo da irmã:

— Precisamos subir para descansar, antes que os convidados cheguem.

Guiou Maddalena por uma porta até uma alcova no extremo oposto do cômodo. No alto de uma escada havia um outro *portego*, do qual saíam os quartos reservados para as *figlie*. As duas irmãs se acomodaram num dos quartos, e nele havia uma plataforma que se elevava alguns palmos acima do chão. A cama ocupava quase todo o espaço do cômodo escassamente decorado, a não ser por um baú embaixo da janela, onde elas encontraram uma colcha extra, bordada com uma guirlanda de flores e folhas.

Maddalena cobriu as duas com a colcha e se virou para a irmã:

— Obrigada — disse.

— Obrigada por quê?

Ela brincou com uma mecha do cabelo de Chiaretta, não tanto porque estivesse fora do lugar, mas por ter sentido uma onda repentina de amor, que lhe trouxe a necessidade de tocar na irmã.

— Por tudo — respondeu, afundando a cabeça no travesseiro e fechando os olhos.

A FAMÍLIA FOSCARI convidara por volta de uma dúzia de pessoas para jantar, além das *figlie*, o que elevou a população na sala a pouco menos de trinta convidados. Na primeira noite, o concerto precedeu a refeição, para fazer uma gentileza às *figlie*, que estavam cansadas da viagem. Antes mesmo de os instrumentos serem guardados, os criados tinham acendido tochas nas paredes para iluminar uma mesa coberta por um brocado dourado e verde. Carnes de caça e peixes, trazidos no mesmo dia de rios e campos vizinhos, empilhavam-se em bandejas com legumes da horta e arroz salpicado de especiarias do Levante. Depois do jantar, uma bebida inebriante, doce como calda de caramelo, foi servida em copinhos, acompanhada por *panna cotta* com cobertura de frutinhas silvestres da floresta situada nos arredores da propriedade.

Após todos declararem que o jantar fora magnífico e se afastarem da mesa, a maioria dos convivas foi para o lado de fora desfrutar do ar fresco da noite. Risadas e melodias soavam pelo jardim, vindas de barquinhos cujas lanternas deixavam rastros lentos na água do canal à sua passagem.

Maddalena ficou observando meia dúzia de pessoas desembarcar de um barco e vir avançando pela alameda. Uma das mulheres soltava gritinhos enquanto um homem corria atrás dela. Outro homem a segurou no momento em que ela tropeçou na bainha da saia, e, quando a moça caiu em seus braços, ele enfiou a mão em seu corpete para lhe acariciar o seio. Outro casal deixou-se ficar mais atrás dos outros. O homem segurava uma garrafa de vinho numa das mãos e inclinou o corpo para beijar a mulher.

Maddalena esgueirou-se depressa para trás de uma pilastra, para não ser vista. Quando o grupo chegou ao alto da escadaria, um dos homens notou as mocinhas com seus vestidos de concerto.

— Vejam só o que temos aqui! — exclamou, erguendo as sobrancelhas com ar de aprovação.

A esposa de Alvise Foscari chegou à sacada e o homem voltou sua atenção para a dona da casa, beijando-lhe a mão antes de acompanhá-la ao interior da residência.

— Pode sair agora. É seguro — disse a voz de outro convidado, que tinha assistido ao espetáculo.

— É melhor eu ir embora — retrucou Maddalena, subitamente desarmada.

— Fique, por favor. Não é comum eu ter a oportunidade de conversar com uma de vocês.

Maddalena não fazia ideia do que deveria dizer, mas não pareceu ter importância, porque o homem se encarregou de quase toda a fala. Seu nome era Marco Valiero e ele estava ali para uma visita noturna, vindo da mansão da família, situada nas imediações. Era bonito, com aquela beleza conferida à aparência comum pelo aprumo impecável e pelas roupas bem talhadas e de alta qualidade, mas, julgado por qualquer outro critério, era um homem de 20 e tantos anos ligeiramente acima do peso, de estatura mediana e rosto sem maiores atrativos. Ainda assim, tinha modos elegantes e, em poucos minutos, Maddalena relaxou o bastante para concluir que estava gostando da companhia.

— As pessoas são sempre assim aqui? — perguntou ao interlocutor.

— Como aquelas? Creio que sim. De outra maneira, morreríamos de tédio. Quero dizer, nós nos visitamos, mas nem todos agimos daquele modo — disse Valiero. Fez um gesto largo e se curvou como se cumprimentasse uma princesa. — Alguns de nós nos portamos muito melhor.

Maddalena sorriu.

— Que bom! — disse ele. — Eu já me perguntava se você tinha dentes. Até aqui, ficou com a boca tão travada que eu não sabia ao certo.

Ela tornou a sorrir.

— Melhor ainda! — exclamou o rapaz, segurando e beijando a mão dela.

Uma das acompanhantes surgiu do nada, ao lado de Maddalena, para lhe dizer que as *figlie* estavam subindo para seus quartos para dormir.

— Foi um prazer — disse Marco, no momento em que ela se virava para se retirar, mas Maddalena foi conduzida para longe antes que pudesse responder.

ANINHADAS NA CAMA, com as cortinas cerradas, ela e Chiaretta cochicharam sobre seu dia.

— Quem eram aquelas mulheres? — perguntou Maddalena.

— As que chegaram no barco? Eram cortesãs.

Maddalena visualizou mentalmente a mão dentro do corpete e o beijo indiscreto na alameda. Seus anos ouvindo mexericos na Pietà haviam-na exposto ao conhecimento do que se passava entre homens e mulheres, assim como a um esboço geral do que certas mulheres faziam por dinheiro, mas ela nunca tinha visto nada daquilo desdobrar-se diante de seus olhos.

— Quem era o homem com quem você estava falando? — indagou Chiaretta.

Maddalena falou-lhe da conversa, mas, quando chegou à parte sobre o beijo na mão, sentiu a irmã enrijecer.

— Maddalena, eu me sinto como uma das acompanhantes, pronta para balançar um dedo de advertência. Mas você tem que ter cuidado — disse Chiaretta, sentando-se na cama e olhando para a irmã. — Quase todos esses homens são casados, e alguns estão noivos. Isso não significa que não procurem companhia feminina, só que nós não devemos prover essa companhia. A maioria dos homens solteiros não tem recursos para se casar e só fica à procura de distração.

— Mas eu não entendo. Pensei que todo o atrativo estivesse no fato de sermos virgens.

— E a maioria dos homens não quer ninguém pensando que eles desrespeitam isso — retrucou Chiaretta, que relembrou a mão acariciando sua coxa, muitos anos antes, e estremeceu. — Mas nem todos. Para alguns, suponho, nós somos uma forma de esporte.

A essa altura, Maddalena também já estava sentada na cama.

— Você faz tudo parecer muito sórdido.

— Não tem que ser, se tivermos juízo. Lembra-se da história daquela soprano, Zanetta, há alguns anos? A que foi apanhada com um homem numa dessas viagens?

Maddalena fez que sim. O escândalo havia acontecido antes da época de ambas, e ela sabia apenas que Zanetta havia insistido em que só quisera conhecer o interior de um mirante que se via da casa principal, mas sentira medo de ir lá sozinha. O homem deu sua palavra de honra de que não a havia tocado, mas, assim mesmo, os dois tinham estado longe dos olhos dos demais, num local em que a moça não tinha permissão para ir. Pouco depois de regressar à Pietà, com um cabelo que não chegava a ter dois dedos de comprimento, ela fora mandada para um convento.

Maddalena segurou a mão da irmã, como que para se proteger das implicações da história de Zanetta.

— Não estou metida numa encrenca, estou?

— Não, mas trate de não falar com nenhum homem por mais de alguns minutos, exceto em grupo. Quando eu flerto, flerto com todo mundo — disse Chiaretta, apertando a mão da irmã. — Vou me levantar e apagar a vela, para podermos dormir.

Maddalena já havia deitado a cabeça no travesseiro.

— Você precisa ter muito cuidado — recomendou Chiaretta, ajeitando a coberta em volta da irmã no cômodo escuro. — É muito fácil virar alvo de boatos. No seu lugar, se o homem voltar amanhã, eu não falaria com ele a sós.

Ele não voltou, mas, ouvindo as conversas à sua volta na noite seguinte, Maddalena soube que Marco Valiero tinha uma esposa, que lhe dera um herdeiro no ano anterior. Ela estava esperando outro filho para o fim do verão e confinada em sua *villa*, enquanto aguardava o parto Fora tudo uma diversão de uma noite.

Não é divertido para mim, pensou ela, deitada acordada depois do concerto, relembrando a facilidade com que a irmã lidava com as atenções. *Eu preferia estar na Pietà.*

ALVISE FOSCARI FOI ATÉ o cais despedir-se das meninas na manhã seguinte, fazendo-as prometer que voltariam. O céu estava escuro e, no momento em que elas partiram, começou a chover. Embora Maddalena olhasse pelas janelas do barco em todo o trajeto de retorno a Fusina, a magia que ela sentira na viagem de ida perdeu-se na chuvarada e no gosto amargo deixado por sua interação com Marco Valiero. O grupo chegou de gôndola ao cais da Pietà à tarde, e foi para o dormitório fazer uma sesta antes do jantar.

Assim que Maddalena e Chiaretta despencaram em suas camas, Anna Maria entrou para cumprimentá-las, sem o menor indício de sorriso:

— Vocês souberam da novidade? — cochichou.

Vivaldi. Teria acontecido alguma coisa com Vivaldi?

— A *maestra* Luciana morreu ontem à noite, enquanto dormia.

Chiaretta soltou um grito empolgado, depois tapou a boca. Por um breve instante, censurou-se por sua alegria, mas depois cedeu a ela. Sua irmã sempre vira Luciana com resignação, mas, para Chiaretta, a mulher era uma víbora.

— Deus está abrindo um caminho para você — murmurou ela, mas Maddalena não teve tanta certeza.

A MORTE DE LUCIANA não teve um impacto real na vida de Maddalena. A jovem continuou a praticar sua música todos os dias e a dar aula a Elizabeta uma vez por semana. E então, quando as primeiras folhas começaram a amarelar, as aulas de Elizabeta foram canceladas. Ela havia adoecido. No começo de setembro, Maddalena recebeu um bilhete da prioresa, dizendo-lhe que a menina não voltaria. A doença a deixara tão enfraquecida, que levara seus pais a acharem que seria melhor ela não ter que enfrentar as agruras do parto, que seriam um dos componentes da vida de esposa. Eles tinham resolvido colocá-la num dos conventos mais luxuosos de Veneza e casar sua terceira filha. O violino não seria uma habilidade necessária a Elizabeta, afinal, como explicou a prioresa, e ela passaria melhor seu tempo recobrando as forças em casa.

— Você pode arranjar outra aluna — comentou Chiaretta, num raro momento de equívoco sobre a tristeza da irmã.

— Posso arranjar uma aluna — retrucou Maddalena, pensando na menina meiga a quem tanto se afeiçoara. — Mas onde vou arranjar outra Elizabeta?

Maddalena nunca soubera o que Elizabeta achava da ideia de se casar. Ser esposa não era fácil, nem mesmo para as ricas. Isso ela já tinha visto, pelo número de vezes em que participara de missas para mulheres que tinham morrido de parto, antes de ficarem muito mais velhas do que ela própria. Mesmo assim, Maddalena sentia dificuldade de imaginar Elizabeta, ou qualquer outra pessoa, dispondo-se a ingressar no que seria pouco mais do que uma prisão pelo resto da vida. Sentia um aperto no peito toda vez que imaginava Elizabeta saindo de casa, de olhos baixos e sem dizer palavra, mas talvez alimentando ideias de um desespero e traição tão grandes, que desejaria cair morta antes que as portas do convento se fechassem às suas costas.

Nas horas de folga, Maddalena fez um marcador de livros que ela mesma desenhou, com um motivo de pássaros em fuga nas bordas e um *P* no centro, copiado da cicatriz que ela trazia no pé. Enviou-o a Elizabeta com um bilhete, para que a menina se lembrasse dela e da Pietà. Depois, tornou a pegar sua almofada de renda de bilro e fez outro marcador igual para Silvia. "De sua amiga Maddalena", escreveu. "Espero que você esteja bem."

A PRIMEIRA ONDA do frio outonal atingiu Veneza semanas depois, e a cidade começou a se preparar para outra rodada anual do *Carnevale*. As noites se alongaram e, com um medo crescente, Maddalena sentiu a aproximação de outro inverno. Tirou a capa quente do baú e passou a mantê-la em volta do corpo, muito antes que sua irmã apanhasse a dela. Chiaretta a observou com angústia cada vez maior, vendo Maddalena tornar a ficar calada e com passos mais lentos.

E então, no fim de setembro, ao entrar na sala do coro, Chiaretta sentiu um alvoroço no ar.

— O que está havendo? — perguntou, mas, antes que conseguisse obter uma resposta, a porta no outro extremo da sala se abriu. O corpo da *maestra* bloqueou parcialmente a figura no umbral atrás dela, mas não havia como confundir de quem se tratava. Ninguém mais tinha aquele cabelo vermelho.

— A maioria de vocês já conhece dom Vivaldi — disse a *maestra*. — Para as que não o conhecem, ele é nosso antigo e, a partir de agora, nosso atual *maestro dei concerti* — explicou, meneando a cabeça em direção ao padre.

Mas Chiaretta não ouviu nada disso. Embora viesse a ser punida com uma dieta de pão e água durante uma semana, por ter saído do ensaio sem permissão, já tinha disparado da sala para procurar a irmã.

A PARTIDA DE Vivaldi da Pietà, sem lhe dizer uma só palavra, ainda doía em Maddalena quando ela pensava no assunto, mas essas ideias haviam rareado com o tempo. Fazia muito que a jovem sabia que aquilo não tivera nada a ver com ela. A

Congregazione não estava insatisfeita com Vivaldi, mas, tal como ele havia esperado, julgava seu salário uma extravagância desnecessária. Nos últimos tempos porém, alguns rumores sobre uma censura contundente ao coro tinham chegado aos ouvidos da prioresa. Num concerto realizado durante o *Carnevale*, uma das *maestre* entreouvira um membro do Conselho dos Dez dizer que o coro da Pietà, naquele momento, era o menos talentoso dos que havia nos quatro *ospedali*. E pior, as outras pessoas que o acompanhavam tinham concordado. Como já se havia concedido mais uma licença a Gasparini, a Congregazione agiu depressa. Aparentemente, os serviços de Vivaldi eram necessários, afinal.

As lembranças de Maddalena tinham sido guardadas como um maço de cartas atado com uma fita, para não se perderem. Vivaldi a havia arrancado do que se afigurava um destino desolador e a encaminhara para se tornar uma *attiva* no coro. Ela se sentia grata por isso, porém devia mais a Chiaretta por tudo o que havia acontecido desde então. Na verdade, não tinha certeza de que devesse atribuir nada a Vivaldi, exceto sua habilidade num instrumento que ela raramente chegava a tocar. As *maestre* aposentadas continuavam a exercer enorme influência nas promoções e nas posições no coro e, mesmo depois do concerto para o rei da Dinamarca, Luciana nunca lhe dera uma oportunidade. Apesar de Maddalena ter dado aulas de violino a Elizabeta e de praticá-lo sozinha, ainda tocava flauta doce nos concertos.

E agora, Luciana estava morta e ele havia regressado. Maddalena desejou poder atribuir sua empolgação unicamente à possibilidade de voltar a tocar violino no coro. Desejou não se importar com ele, porém, por mais que quisesse controlar a imaginação a respeito do que significaria o retorno do *maestro*, não conseguiu. Permitiu-se relembrar as aulas dos dois, as piscadelas dele, seu toque e os gestos de carinho, e pôs de lado as mágoas, não ansiando por outra coisa senão tê-lo de novo em sua vida.

A DECEPÇÃO SE INSTALOU quando ela não foi incluída entre as violinistas chamadas por Vivaldi para uma audição particular. Como ele comporia muitas músicas novas para o coro e queria adequá-las às musicistas e cantoras de que dispunha, seu primeiro passo foi ouvir pessoalmente cada *attiva*. Já havia passado por toda a sessão de cordas e chegado às madeiras, quando Maddalena recebeu a notícia de que era sua vez de tocar para ele.

"Você foi a primeira que ele chamou entre as flautistas", escreveu Chiaretta, e, embora pretendesse animar a irmã, aquilo pareceu vazio até para ela mesma.

"Ele não notou que eu não estava na lista dos violinos", escreveu Maddalena. "Eu queria não ter que vê-lo, de jeito nenhum."

"Agora ele está aqui e está na direção", escreveu Chiaretta. "Você vai levar um violino?"

"Para quê? Já foi decidido, não foi?"

Chiaretta circundou a palavra *decidido* e puxou uma linha até a margem: "*Você* decidiu? Você tem que dizer o que quer, e às vezes é preciso lutar. Se quiser isso de verdade. Talvez não o queira."

Maddalena tirou um canivete de um estojo de couro no *cassone* e, enquanto absorvia o comentário de Chiaretta, apontou o lápis.

"Achei que eu poderia contar o que aconteceu, se ele perguntasse", escreveu.

"Não adianta esperar que as pessoas notem. Em geral, isso não acontece."

Chiaretta inclinou-se para a frente:

— Leve o violino! — sussurrou.

QUANDO MADDALENA entrou na sala, viu os olhos de Prudenzia, a nova *maestra*, correrem para o estojo do instrumento que ela segurava, e sentiu o rosto arder ante a sensação de que, de algum modo, a havia traído. O rosto de Vivaldi pareceu colorir-se um pouco quando ele viu o estojo, mas a jovem não teve certeza, porque seu constrangimento era tão grande que ela desviou o olhar.

Vivaldi a cumprimentou com o ar distante de um anfitrião imparcial. Ouviu-a tocar a flauta e, quando ela terminou, estava com o cenho franzido:

— Você é muito boa — disse. — Muito proficiente na técnica. Mas estou confuso. Seu nome não estava na lista dos violinos, mas estou vendo o estojo que trouxe.

Maddalena experimentou uma sensação de cócegas, causada pelo suor em suas axilas. E então, recordando as palavras de Chiaretta, mergulhou fundo:

— Disseram-me que há *figlie dal violino* em número suficiente e que precisam de mim na flauta — explicou, lutando para erguer os olhos e fitá-lo. — Mas eu adoro o violino.

Vivaldi manteve os olhos pousados nela por alguns segundos, inclinando de leve a cabeça, como se tentasse descobrir nos olhos de Maddalena o que mais ela queria dizer. Virou-se para a *maestra*:

— Eu gostaria de ouvir Maddalena tocar violino.

Maddalena abriu o estojo, com as mãos tão trêmulas que teve dificuldade de esticar o arco. Iniciou por uma das peças favoritas de Elizabeta, subindo até as notas ficarem tão agudas que escaparam para longe, antes de tornarem a descer voejando.

Parou.

— Desculpe — disse. — Eu estava com tanta pressa que receio que meu instrumento não esteja bem afinado. Posso recomeçar, se o senhor quiser, depois de...

Os olhos de Vivaldi brilhavam e havia um sorriso brincando num canto de sua boca.

— Não, não será necessário. Eu pensei que a flauta... que talvez tivesse dado preferência a ela, e não quis me impor.

Virou-se para Prudenzia:

— Espero que não fique muito aborrecida por perdê-la, mas creio que os serviços dela são mais necessários entre os violinos — declarou, com um breve aceno de cabeça para Maddalena, a quem disse: — É só isso.

Virou-se novamente para a *maestra* e indagou:

— Há mais alguém para eu ouvir hoje?

Enquanto eu estiver aqui, você será sempre protegida.

Maddalena parou num nicho, no caminho de volta para a sala de ensaios. "Obrigada", murmurou para a estátua da Virgem. *Eu devia ter escutado a Chiaretta,* pensou. *Deus estava abrindo um caminho para mim, afinal.*

— Obrigada — tornou a murmurar, tocando o frio manto de pedra de Maria com as pontas dos dedos. — Obrigada, obrigada, obrigada.

Onze

A PARTITURA COMEÇAVA por um violino que oscilava feito gangorra entre algumas notas. Um segundo violino retomava a mesma melodia, conduzida por uma repetição pulsante, que depois se alongava e ficava mais lenta, até a música se assemelhar ao balanço de um barco numa noite serena.

Maddalena estava sentada na sala de exercícios, no começo de sua aula com Vivaldi, virando as páginas e imaginando os sons.

— *Laudate pueri Dominum* — disse, correndo os dedos pelas palavras escritas no alto da partitura. — Isso parece lindo.

— É meu primeiro moteto para soprano e violino, escrito especificamente para a Pietà. É uma surpresa para sua irmã — disse Vivaldi. Fez uma pausa. — E para você.

— Isso é para um primeiro violino.

Ele sorriu, divertindo-se com a confusão da jovem.

— Você não entendeu? Você foi promovida. Tem que ser o primeiro violino. Ninguém mais é capaz de tocar minha música com o som que quero que ela tenha.

— Mas vai parecer...

— Favoritismo? — ele interrompeu. — Pois que pareça. Prudenzia concorda comigo a seu respeito e, desde que a *maestra dal violino* aprove, quem poderia discutir? Especialmente agora que Luciana não está aqui para assustar a pobre mulher, impedindo-a de fazer seu trabalho — acrescentou, risonho. — Não sou apenas um professor de violino, como antes. Agora estou realmente no controle. E isso significa que as coisas vão mudar para você.

Passadas algumas semanas, Maddalena sentou-se no balcão da capela e encostou o violino no queixo. A animação cresceu na orquestra quando a contrabaixista lançou-se nas notas, fazendo a grade do balcão reverberar. As cordas pulsaram alto e depois mais baixo, repetidas vezes, preparando a entrada de Chiaretta.

A voz dela soltou-se, cheia e rica como gotas de néctar exsudadas de uma fruta madura.

— "Crianças, louvai o Senhor" — cantou ela em latim, trocando de tom e ornamentando a voz para manter a melodia deslumbrante e nova. Após uma sequência de notas agudas, ela repisou a letra, antes de mergulhar no limite grave de sua extensão vocal e se fundir com a retomada dos instrumentos em staccato.

Nas mãos de Vivaldi, aquilo não era um texto bíblico árido. O compositor se precipitava, se esgueirava, saltitava e explodia através das palavras do salmo.

— "*Sit nomen Domini*" — entoou Chiaretta, com a doçura de uma mãe que ajuda o filho sonolento a terminar suas orações antes de dormir. — "*Suscitans, suscitans!*" — clamou, arfante, como se a chegada de Deus fosse tão iminente quanto um relâmpago num negro céu de verão, antes de sua voz decolar num voejar de notas que dançavam de alegria.

O fim do moteto começou por algumas notas lentas e melancólicas nas cordas graves do violino de Maddalena, acompanhado por um violoncelo e um *pizzicato* suave nas outras cordas.

— "*Gloria Patri, et Filio...*" — começou Chiaretta. Quando elas chegaram às palavras seguintes da doxologia — "*et Spiritu Sancto.*" — Chiaretta prolongou a última nota, deixando Maddalena retomar o começo da melodia antes de sua voz se extinguir. Depois, Maddalena chegou ao mesmo ponto e sustentou a nota final, enquanto Chiaretta retomava a melodia da mesma forma, as duas fazendo uma alternância impecável entre voz e violino, por cima, por baixo, em volta, como uma trama tecida por uma mão invisível. A voz de Chiaretta subiu a um tom mais agudo e Maddalena a acompanhou como um eco. Depois, as duas se juntaram outra vez, terminando em uníssono, sua música subindo e descendo como o som da respiração de Deus.

Após a aclamação do *Laudate pueri,* Vivaldi atirou-se ao trabalho com tamanha ferocidade, que, muitas vezes, tinha que interromper o ensaio e desabar numa cadeira para lutar pela respiração seguinte. Mantinham-se essências aromáticas em todas as salas em que o *maestro* trabalhava, e o hospital despachava enfermeiras com toalhas fumegantes e bálsamos quando os ataques se prolongavam. Não se podia fazer muito mais que isso e, embora qualquer integrante do coro pudesse segurar um sachê junto ao rosto de Vivaldi, o entendimento mudo era que Maddalena o faria, se estivesse presente.

Menos de um ano depois de ela e Chiaretta apresentarem o *Laudate pueri,* Maddalena foi promovida a *sotto maestra dal violino,* dividindo essa função com Anna Maria. Embora algumas sobrancelhas se erguessem diante de sua ascensão rápida, a discussão se extinguiu quando Vivaldi foi privilegiando as integrantes do coro uma a uma, alternadamente, sem escrever mais nada para Maddalena durante vários meses e produzindo novas peças para flauta, bandolim, alaúde, viola e violoncelo, assim como para todos os naipes de vozes.

Nomeada *sotto maestra*, Maddalena deixou para sempre a sala das rendeiras. Mesmo com o tempo adicional que ganhou por não fazer renda todos os dias, a demora de Vivaldi em iniciar outra peça para ela foi um alívio, porque sua nova carga de trabalho era esmagadora. Agora ela era responsável pela supervisão das aulas das *iniziate* e lecionava pessoalmente para duas alunas de nível avançado. Além disso, esperava-se que todas as *sotto maestre* providenciassem para que as partituras fossem copiadas corretamente e em tempo hábil, cuidassem da manutenção dos instrumentos, assistissem às audições, ensaiassem o coro e se encarregassem da regência, na ausência das *maestre*.

E então, quando as primeiras folhas começavam a se enroscar e a amarelar nas pontas, chegou para as copistas a partitura de uma *Salve Regina*. Maddalena foi a primeira a vê-la. No canto superior esquerdo, acima do título, Vivaldi escrevera dois nomes: "Maddalena Rossa — violino" e "Chiaretta — soprano".

Maddalena correu os dedos por todas as páginas, como se tocasse algo sagrado. No início do terceiro movimento, parou. Acima do primeiro compasso, Vivaldi escrevera uma única palavra. "Dança."

A OUSADIA DE SEU Salve Regina anunciou-se algumas semanas depois, quando as primeiras notas flutuaram pela capela. A orquestra se manteve em silêncio durante todo o primeiro movimento. Maddalena tocou uma melodia suave e fluente antes da entrada de Chiaretta, repetindo-a uma oitava acima. Elas dividiram a música para lá e para cá, como se bebessem de uma mesma taça, demorando-se no final com a relutância de quem soubesse que a taça não voltaria a se encher.

Após uma breve abertura orquestral, Chiaretta lançou-se na segunda parte:

— *"Ad te, ad te clamamus, exsules filii Hevae"* — cantou ela — "a ti, a ti clamamos, os degredados filhos de Eva."

Apenas meio de brincadeira, nos ensaios, ela havia acusado Vivaldi de torturá-la, fazendo-a cantar simultaneamente por todos os filhos degredados. O compositor ficara satisfeito:

— Você compreendeu perfeitamente. Você *é* o clamor. Tem que fazer isso com sua voz.

As sílabas ligeiras, os melismas apertados, as vocalizações prolongadas que se desfaziam em cascatas de som, tudo isso era estafante, e Chiaretta fazia sinal para que Maddalena a deixasse respirar algumas vezes ao concluir, para se recuperar.

Então balançava a cabeça, e estava na hora da dança.

Maddalena havia ensaiado o coro para a *Salve Regina* e, no primeiro dia, dissera às *figlie* que pusessem seus instrumentos de lado. Entregando-lhes as partituras, mandara as jovens solfejarem seus respectivos trechos. Suas vozes tinham saído finas de constrangimento e o ritmo fora caindo, até a última delas desistir e se calar.

— Experimentem balançar a cabeça para frente e para trás —instruíra ela. — Agora, tentem balançar de um lado para outro.

Puxando uma cadeira entre duas *figlie*, Maddalena pusera os braços sobre os ombros das duas e começara a empurrá-las para frente e para trás, conforme o ritmo:

— Lá, lá, lá, lá, agora continuem a se mexer, mas tentem solfejar — dissera, e as *figlie* haviam cantado, esbarrando nos ombros umas das outras, até se desfazerem em risinhos. — Muito bem — dissera Maddalena —, agora peguem seus instrumentos outra vez.

Na apresentação, as *figlie* sorriam. As violoncelistas e contrabaixistas balançaram a cabeça ao tangerem as cordas e as outras *figlie* gingaram para frente e para trás, ao som do ritmo animado. E então, a música tornou a ficar séria. Na última parte, os violinos iniciaram uma melodia sibilante, como uma cantiga de ninar executada na gaita de foles de um pastor. Depois, todos silenciaram, com exceção do violino de Maddalena e de uma teorba ao fundo.

— *"Et Jesum benedictum"* — começou Chiaretta, envolvendo o corpo com os braços ao se desfazer na beleza da melodia simples. — *"O clemens, O pia, O dulcis Virgo Maria."*

A mais sincera canção de amor à Virgem Maria inundou a capela, embora não parecesse mais alta que um suspiro, e, no fim, a música simplesmente evaporou.

Chiaretta sentiu as gotas de suor lhe escorrerem pelas costas até a cintura, ao abrir os olhos. A nota final desvanecente de uma composição sempre sugava algo do ar da capela, criando um vácuo momentâneo, antes que a música desaparecesse por completo e o mundo comum se restabelecesse. Dessa vez, porém, não houve esse vazio sonoro. Subindo do térreo da capela não veio o som do arrastar de pés, de pigarros ou de comentários de aprovação murmurados, num local em que não se permitiam aplausos. Chiaretta olhou pela grade e viu a congregação inteira de pé, aplaudindo.

Maddalena levantou-se e abraçou a irmã:

— Você foi perfeita. Olhe para eles!

— Você também — disse Chiaretta, com a voz rouca de emoção. Juntas, as duas saíram do balcão, enquanto a plateia, havendo recuperado o decoro, observou em silêncio as silhuetas das jovens desaparecerem.

Entre os que foram afetados pela maneira de Chiaretta cantar o *Salve Regina* estava Claudio Morosini. Ele voltara cedo da mansão da família no Canal de Brenta para resolver alguns assuntos em Veneza no calor abafado do verão, e tinha resolvido tirar o melhor proveito possível de uma situação desagradável indo à missa e ao concerto da Pietà.

Nas duas semanas seguintes, foi ao parlatório nos horários de visita, mas Chiaretta não estava. A prioresa acabou por orientá-la a ir até lá, dizendo que agora a sua reputação era tal que os convidados ficavam na esperança de uma oportunidade de vê-la e falar com ela. A partir daí, Chiaretta obedeceu todas as semanas, descendo ao parlatório com as outras *figlie* e se postando diante da grade. Travou conversas a esmo e ofereceu parcas guloseimas e bebidas aos convidados, sem notar o jovem que entrava e saía sem falar com ninguém.

Um mês depois, Chiaretta foi chamada pela prioresa:

— Você tem um admirador — disse ela. — A família começou a discutir a conveniência de um casamento.

— Casamento? — repetiu Chiaretta, recostando-se na cadeira. — Quem é?

— Um homem de uma das antigas casas nobiliárquicas de Veneza. Sua família tem participado da Congregazione há gerações. Creio que você conhece a irmã dele, Antonia.

— Claudio?

Ele me deu seu guardanapo depois que engoli minha primeira ostra, pensou, *e puxou minha cadeira como se eu fosse uma dama.* E então, a lembrança se modificou e ela se viu descendo da gôndola, enquanto o companheiro de Claudio lhe passava a mão na coxa.

Levou a mão à boca.

— Prioresa... — Não soube como prosseguir. — Ele é um bom homem? — indagou, quase num sussurro. — Quero dizer, parece ser, mas...

A religiosa riu.

— O pai dele me garante que sim, mas quem não dirá isso sobre o próprio filho? — veio a resposta, com um olhar intrigado para a jovem. — Essa sua reação é curiosa. De vez em quando, as meninas ficam perturbadas, mas, na maioria dos casos, tamanha é a sua empolgação que elas se esquecem de fazer qualquer pergunta. A não ser quantos anos e quanto dinheiro tem o pretendente... e se é bonito, é claro.

— Eu já sei essas coisas.

— Sim, é claro. Respondendo à sua pergunta, ele recebeu uma boa educação. Vem de uma boa família, uma família notável, na verdade, mas isso, é claro, não é garantia do caráter. Pelo menos posso acrescentar que ele não é um daqueles nobres que gastam o dinheiro da família sem repô-lo por esforço pessoal. É bom, creio eu, quando os homens ricos encontram um uso produtivo para seu tempo.

— Ele tem um emprego?

— Não exatamente. É dono de uma firma que vende quadros de Veneza. Tem um estúdio para os pintores e uma lojinha perto da Ponte Rialto. E é investidor de um dos teatros de ópera, o Sant'Angelo, se não me engano.

A prioresa fez um gesto para a parede oposta de seu gabinete e disse:

— Aquela é uma *veduta*: é assim que são chamados esses quadros. Foi presente do pai dele à Pietà. Gostaria de vê-la?

Enquanto as duas se aproximavam do quadro, a prioresa continuou:

— É bem pequeno, mas o *signore* Morosini me disse que a maioria das *vedute* é assim. Parece que a ideia é essa — acrescentou. As duas estavam paradas diante do quadro e a prioresa correu o dedo pela base da moldura, sem propriamente tocar a superfície. — O encanto está nos detalhes: pequeníssimos, mas muito nítidos, muito vívidos.

Chiaretta inclinou-se para a frente.

— É o cais da Pietà.

— É. E você viu a gôndola? — perguntou a superiora. Ali, não maior do que formigas pintadas, estava um grupo de *figlie* sendo ajudado a embarcar. A prioresa sorriu. — Está olhando para ver se o quadro incluiu você?

— Elas são pequenas demais para ser qualquer pessoa — murmurou Chiaretta, observando o trecho da Riva degli Schiavoni dos dois lados da Pietà, o chapeleiro, o boticário, o açougueiro, tal como na vida real, e a lagoa repleta de dezenas de embarcações. Acima dos prédios, o céu era imenso e ameaçador, preparando-se para desabar e fazer todas as pessoas correrem em busca de abrigo.

A prioresa afastou-se, como que para continuar a conversa, mas Chiaretta não notou. Seus olhos se aprofundavam mais no exame minucioso da pintura, na tentativa de forçá-la a revelar o que aconteceria com a menina minúscula, de uniforme vermelho e branco, que estava pegando a mão do gondoleiro, enquanto o mundo girava ao seu redor.

Ficou tão concentrada no quadro que, quando ergueu os olhos, achou por um instante que ia desmaiar.

— Eu... — disse, estendendo a mão para se equilibrar no espaldar de uma cadeira.

A prioresa segurou-lhe o braço e a reconduziu ao lugar onde ambas tinham estado sentadas, dizendo:

— Sei que é um choque e tanto.

Chiaretta fez que sim:

— Posso sentar e pensar um minuto?

— É claro.

A jovem fechou os olhos e ficou ouvindo o estalar do fogo na lareira, o farfalhar das folhas viradas num livro de registro, o tilintar de uma pena que batia num tinteiro, a respiração suave da prioresa. A mente se encheu de imagens de arcas repletas de lindos vestidos e de criados pairando ao seu redor. Ela teria sua própria gôndola e faria visitas à Pietà...

Visitas. A ideia a fez estancar, enregelada. Ela teria que deixar sua irmã. E o canto. Ainda de olhos fechados e com a voz tão baixa e distante que não parecia ter saído de sua própria garganta, perguntou:

— É verdade que eu não posso cantar mais, se me casar?

Ouviu o farfalhar da saia da prioresa quando ela se levantou para ir sentar-se a seu lado:

— Você poderá cantar em casa, para sua família, mas as aparições públicas serão impossíveis. Se a família pode ou não incluir outros convidados, é uma questão de interpretação, e o máximo que posso dizer é que, às vezes, a imposição dessa norma tem sido muito rigorosa. Volta e meia surgem problemas, quando um marido tenta explorar a esposa, transformando a casa num salão privado de concertos, coisa que ninguém quer.

Mas, em outras ocasiões, nossas noivas já cantaram ou tocaram em recepções em suas casas, desde que não haja nenhum indício de que alguém ganhe dinheiro com os esforços delas.

Chiaretta abrira os olhos e estava observando a prioresa, com a expressão perturbada.

— Minha menina, a decisão é sua — disse a religiosa. — Mas você já está com quase 20 anos, não é? E sabe tão bem quanto eu o que acontece ao completar 22.

Chiaretta balançou a cabeça. Na Pietà, as musicistas tinham que sobreviver a duas promoções. A primeira era aos 16 anos, quando as meninas que não tinham um futuro promissor eram encaminhadas para outras tarefas ou mandadas para conventos. Ela e Maddalena tinham estado entre as promovidas para o nível seguinte, que envolvia mais seis anos de formação e apresentações. Cerca de um ano antes, Maddalena chegara aos 22 anos e fora solicitada a assinar um juramento de que permaneceria a serviço do coro por mais dez anos, em troca do investimento que a Pietà fizera nela. Mesmo que tivesse um pretendente e desejasse casar-se, agora ela teria de esperar até terminar de cumprir essa obrigação.

— Seria uma pena se você se fosse — prosseguiu a prioresa —, porque você tem muitos anos bons pela frente: seus melhores anos, imagino, pois só agora sua voz está chegando à plenitude. E a Pietà também sairá perdendo, mas existem outras para ocupar seu lugar. Sempre existem outras. Neste momento, estamos muito ricas em matéria de vozes: Caterina, Barbara, Anastasia...

Caterina. Era quase uma razão suficiente para ficar, só de pirraça. Às vezes, Chiaretta precisava de tudo o que tinha dentro de si só para cantar ao lado da outra. Embora Vivaldi houvesse escrito várias peças para ela, escrevera outras tantas para a voz sedosa e grave de Caterina, e, mesmo depois do sucesso da *Salve Regina*, em várias ocasiões o nome da rival ocupara um lugar mais alto que o de Chiaretta nas *tavolette*... Para piorar as coisas, Caterina e Barbara pareciam gostar de insinuar que era uma sorte Chiaretta ser bonita, porque sua voz era esganiçada e seu repertório, estreito, e, se não fosse o relacionamento de Maddalena com Vivaldi, ela ainda estaria no coro.

"Elas só estão com inveja", escrevera Maddalena no caderno de desenho. "E nem elas acreditam nisso."

Mas aquilo incomodava Chiaretta, em especial o modo como Caterina e Barbara nunca falavam de Vivaldi sem mencionar Maddalena, e nunca citavam Maddalena sem incluir Vivaldi, dando risinhos de mofa como se os dois fossem um casal, com tudo o que isso podia implicar.

Era verdade que, no passado, ela sentira medo de que Vivaldi estivesse tirando proveito da ingenuidade e da lealdade de sua irmã, porém, desde seu regresso e da promoção de Maddalena, a relação entre os dois parecia ser estritamente profissional. As aulas particulares, que tinham sido a causa da maior parte dos risinhos de troça, não eram mais frequentes que as de qualquer outra instrumentista que se preparasse para um solo difícil.

A voz da prioresa trouxe Chiaretta de volta para o assunto em pauta:

— Você é uma jovem bonita e tem um admirador que não tenderá a esperar. Não seria preciso casar-se de imediato. Na verdade, poderia permanecer aqui por um ano ou mais, porque a Congregazione provavelmente insistirá em que fique, para beneficiar a Pietà mais um pouco.

— Eles podem recusar?

— Recusar-se a permitir que você se case? É claro. E é o que fariam, se o pretendente não fosse apropriado — riu-se a prioresa. — Claudio Morosini é filho de um dos Nobili Uomini Deputati. Creio que será apenas uma questão do preço que a família dele terá que pagar para convencer a Congregazione de que a Pietà não sofrerá um prejuízo muito grande nesse episódio. Mas, se você se dispuser a se encontrar com ele, terá uma oportunidade de conversar aqui, no meu gabinete, e, se concordar com o início das negociações...

— Negociações?

— Seu dote e a doação da família ao coro, para compensar a perda de seus serviços.

— Mas eu não tenho dote. Tenho meia dúzia de coisas num *cassone*.

— Nossas pupilas não são miseráveis. Orgulhamo-nos quando elas fazem um bom casamento e damos a todas um dote.

As têmporas de Chiaretta latejavam.

— Posso pensar mais um pouco?

— É claro, mas a família ficaria muito surpresa se soubesse que há alguma moça em Veneza que não aceitaria prontamente uma proposta de Claudio Morosini. Eu gostaria, pelo menos, de poder dizer que você concordou em que ele passe aqui para uma visita rápida.

— Está bem... então, sim.

Chiaretta balançou a cabeça, em parte porque a ideia a atraiu, e em parte porque isso poria fim a uma conversa que a havia deixado exausta. Ter o poder de decidir era uma sensação agradável, mas estava muito longe de lhe perguntarem quais eram seus desejos. *Meu desejo é cantar onde e quando eu quiser, e pelo tempo que eu quiser,* pensou. *E não quero deixar minha irmã.* Todavia, num mundo em que muito do que ela desejava não era possível, talvez ela houvesse tomado a decisão certa ao concordar em receber o rapaz.

E talvez não. Chiaretta estremeceu. *Não quero pensar nisso,* disse a si mesma. Mas, enquanto voltava para o dormitório, não pensou em outra coisa.

Doze

CHIARETTA BAIXOU a agulha e deu um suspiro. O sino tocaria a qualquer momento para a Sexta, e então seria hora da refeição do meio-dia.

— Por que eles não chegaram?

— Talvez venham à tarde — respondeu Maddalena, levantando os olhos de seu próprio trabalho para a irmã. As duas haviam recebido permissão de passar a manhã numa salinha próxima ao gabinete da prioresa. Chiaretta havia esfregado o rosto e o pescoço com um pedaço de tecido grosso, e beliscara as bochechas até a pele brilhar. Tinham-lhe dito para usar seu uniforme preto de concerto, enfeitado por uma gola de renda que Maddalena lhe fizera anos antes. A irmã mais velha havia escovado seu cabelo até deixá-lo brilhando junto ao rosto, e o havia prendido num bonito coque na nuca.

— Tem certeza de que está bem? — perguntou Chiaretta à irmã.

— Eu é que devia estar fazendo essa pergunta! — respondeu Maddalena, rindo.

— Não. Você sabe o que eu quero dizer.

Poucos anos antes, Chiaretta havia implorado à prioresa que não mandasse Maddalena embora, e agora parecia que ela é que ia partir. Minutos depois de ter dado seu consentimento a um encontro com Claudio, ela se vira atormentada pela angústia, e por pouco não voltara à presença da prioresa para cancelar o encontro.

Mais tarde, sentada em sua cama, havia desenhado um esboço de autorretrato, com lágrimas a lhe escorrer pelas faces.

"Fiz todo aquele alvoroço para deixarem você ficar, porque precisava de você, e agora... que espécie de irmã sou eu para deixá-la?", tinha escrito, antes de ir esperar em silêncio do lado de fora dos aposentos das *maestre*, onde agora Maddalena morava. Quando a irmã saiu, entregou-lhe o caderno de desenho.

Maddalena apontou para o dormitório de Chiaretta e as duas foram sentar-se na cama dela.

"É diferente. Eu estou satisfeita aqui", escreveu Maddalena em resposta. "E você não."

"Mas você vai ficar sozinha!"

"Sozinha na Pietà? Às vezes eu bem que gostaria! E eu sempre soube que você iria embora." Maddalena desenhou uma borboleta e lhe deu o nome da caçula, "Chiaretta". "Você não pode passar a vida inteira numa flor só", escreveu logo abaixo. "Estaria desperdiçando sua verdadeira vida, se permanecesse aqui."

— Desperdiçando minha vida? — foi a resposta. As duas olharam em volta, para ver se a inspetora do dormitório teria ouvido, mas não conseguiram vê-la no cômodo. — Maddalena, você ouviu os aplausos! — sussurrou Chiaretta. — Você viu todas as recepções a que eu vou. O doge me cumprimenta pelo nome! Eu me saí muito bem.

— Eu disse "a sua verdadeira vida". Há inúmeras outras coisas de que você gosta, além da música. Não seria bem ter liberdade para circular pela cidade inteira? Ser a dona da casa, com a sua própria cama grande e seu quarto particular? Ter filhos lindos e vê-los crescer?

Isso, Chiaretta sabia, era exatamente o que ela desejava.

E assim, as duas haviam chegado a um acordo. Chiaretta se encontraria com Claudio com a mente aberta e, se gostasse do rapaz, casaria com ele.

E agora, só lhe restava esperar.

O SINO TOCOU. As duas irmãs se benzeram e começaram a rezar. Antes de soar o último repique, uma menina do gabinete da prioresa foi buscar Chiaretta.

— A prioresa lhe deu permissão para saltar a Sexta. Há visitas à sua espera.

Chiaretta virou-se para Maddalena, que estendeu os braços para abraçá-la e, após um momento, recuou e olhou para a irmã.

— Vá! — disse-lhe.

Chiaretta enrubesceu, alvoroçada, mas o medo fez seus olhos correrem de um lado para outro e ela não esboçou nenhum movimento para sair.

— Vá! — repetiu Maddalena, que levou os dedos aos lábios e os encostou no rosto de Chiaretta. — Faça-o amar você tanto quanto eu a amo.

APESAR DE TÊ-LO visto em diversas ocasiões, Chiaretta só se lembrava que Claudio tinha o cabelo castanho e estatura mediana. O que viu no gabinete da prioresa foi um homem robusto de cerca de 30 anos, rosto largo e pele lisa, barbeada até ganhar um brilho avermelhado. As sobrancelhas eram grossas, mas bem-desenhadas, e os dentes eram alinhados e saudáveis. Os olhos tinham o tom marrom quente dos castanheiros, com uma leve inchação por baixo, que reforçava sua expressão calorosa. Eram olhos bondosos, concluiu Chiaretta, e as ruguinhas dos cantos eram viradas para cima, de um jeito que sugeria que ele encontrava muitos motivos para sorrir.

Ele tem a voz suave, pensou consigo mesma, depois de Claudio falar. Não seria ruim ouvir aquela voz todos os dias. Mas, ainda que ele não fosse tão atraente, esse encontro não era apenas com um homem, mas com o mundo que ele representava — uma vida fora da Pietà. O que mais agradava Chiaretta ao cantar era chamar do balcão as pessoas do mundo lá fora, e Claudio tinha ouvido.

Às suas costas, no gabinete da prioresa, ela sentiu a presença do quadro das *figlie* no cais. Dessa vez, ela não era a menina hesitante da pintura, entrando na gôndola. Era aquela que o artista não havia pintado, a que escapara do olhar da acompanhante e já ia se dirigindo ao embarcadouro para ver o que a vida tinha a oferecer. E assim, quando a prioresa mandou chamá-la no dia seguinte e perguntou se ela já tinha uma resposta para Claudio Morosini, foi apenas com ligeira hesitação que Chiaretta consentiu em se casar com ele. *Que comece a vida,* pensou. *Que o meu próprio quadro possa começar.*

DURANTE VÁRIAS SEMANAS, Chiaretta não teve outro contato com Claudio. A prioresa disse-lhe apenas que as conversas vinham ocorrendo, conversas que não a envolviam, e que, até se concluírem, não se poderia anunciar o noivado. Chiaretta foi ficando mais preocupada a cada dia que passava, e respondeu a uma convocação ao gabinete da prioresa com uma inquietação tão grande que, ao chegar lá, estava em prantos.

Bem no meio do piso havia um grande *cassone* de madeira. Na lateral e no topo, em relevo dourado, via-se o brasão da família Morosini.

— É um presente para você — disse a prioresa. — Um presente de noivado.

Chiaretta tampou a boca com as mãos.

— Isso quer dizer...?

— Sim.

A jovem despencou numa cadeira.

— *Virgo Dei genitrix* — disse, fazendo o sinal da cruz. A prioresa fez o mesmo, curvando a cabeça e orando junto com a pupila. Ao terminarem, Chiaretta abriu os olhos e fitou a religiosa. — Vou me casar — disse, experimentando essa ideia.

A prioresa sorriu.

— Claudio andou com muito medo de você achar que ele não tinha sido sincero, já que as negociações foram tão demoradas, mas agora tenho a permissão dele para lhe explicar o que houve. Os termos de sua saída da Pietà foram, de longe, a menor das dificuldades, embora a Congregazione vá receber uma bela soma, eu lhe asseguro. Mas é que Claudio é membro de uma das famílias da nobreza, e qualquer casamento que envolva um deles só pode ocorrer depois de o noivado ser registrado pelos Avvogadori di Commun. Quando o noivo e a noiva não são ambos de famílias nobres, o registro raramente é feito.

— A senhora quer dizer que poderia não ter dado certo? Por que não me contou isso antes? — disse a jovem, sentindo o calor aquecer aos poucos as faces. — Foi... —... *uma tortura,* pensou com seus botões, mas conteve a raiva.

— Porque, para Claudio, o desfecho nunca foi motivo de dúvida. Os membros dos Avvogadori mudam todo ano, e este ano a família dele tem muitos defensores. Só demorou um pouco para contornar as regras — disse a prioresa, que se sentou diante de Chiaretta e se inclinou para a frente, para dar mais ênfase. — Mesmo assim, foi uma grande proeza. O casamento registrado significa que seus filhos serão reconhecidos. Seus filhos varões farão parte do Senado e suas filhas poderão fazer bons casamentos. Sem isso —acrescentou ela, dando de ombros —, seria muito simples. Nós não permitiríamos que você fosse embora, e ele não a pediria em casamento.

A prioresa fitou os olhos de Chiaretta:

— Claudio é um bom homem, será um belo marido. Você enfrentará dificuldades, tenho certeza, por parte de pessoas que acham que ele deveria ter escolhido uma de suas filhas. E ouvi dizer que a mãe dele não está convencida. Você terá de ser forte, mas eu sei que o é. Vi isso durante sua vida inteira.

Levantou-se e foi até o *cassone*:

— Apenas vá relembrando a si mesma que o registro encerra esse assunto. Se os Avvogadori di Commun dizem que você é boa o bastante para Claudio Morosini, você é — afirmou ela. Curvou-se e introduziu uma chave na fechadura. — Quer dar uma olhada?

Dentro da arca, tudo que Chiaretta conseguiu ver foi uma capa e um véu pretos, sobre os quais tinha sido depositado um livro de orações com uma elegante capa de couro trabalhado.

— Isso é para uma noiva? — perguntou ela. — Mais parece que eu vou ser freira.

— Seu vestido branco de casamento virá depois — disse a prioresa. Afastou o capa e o véu, revelando um vestido preto no fundo da arca. — Pegue-o. Vamos dar uma espiada.

O vestido tinha uma saia pesada de veludo, e corpete e mangas de damasco bordados em preto, com toques de dourado. A abertura no meio do corpete era feita de seda branca dobrada para dentro e debruada de renda, estendendo-se até as clavículas.

— É lindo — murmurou Chiaretta, levantando-o diante de si. — É meu?

— Claro que sim — riu-se a prioresa. — É adequado para que um noivo orgulhoso a apresente à família. Ele virá buscá-la amanhã para sua festa de noivado. Você precisará cobrir-se com isto — instruiu, levantando a capa — e, até ter um ano de casada, também usará isto. — E a prioresa pegou o véu e o pôs na cabeça de Chiaretta. Ao retirá-lo, viu que o rosto da jovem estava enrubescido.

— É tudo muito estranho — disse Chiaretta, cobrindo o rosto com as mãos e sentindo seu hálito banhá-las.

— Agora, vamos — fez a prioresa. — Vamos experimentar esse vestido. Isso deve deixar qualquer bela noivinha feliz.

A ALEGRIA DE CLAUDIO transpareceu em seu rosto quando ele entrou no gabinete da prioresa, na tarde seguinte, e viu Chiaretta parada em frente à lareira, à sua espera. Antonia, casada há pouco tempo, chegara naquela manhã com loções e óleos, tendo-os friccionado em cada pedacinho visível de pele, até Chiaretta brilhar e recender a algo entre uma floresta e um arranjo de flores. Depois disso, escovara o cabelo da amiga, prendendo-o dos lados com enfeites que trouxera de casa, e a seguir pusera um leve toque de cor nos lábios e nas faces dela, ajudando-a a pôr o vestido.

Dessa vez, a gôndola realmente veio só para ela. Um pequeno lampião a óleo iluminava as almofadas coloridas e os panos estampados que Claudio mandara pôr no *felce* para eles se manterem aquecidos. Sentados lá dentro, os dois guardaram uma distância nervosa um do outro, enquanto Antonia, tagarelando com entusiasmo, falou sem parar da sorte que tinha em transformar em irmã a sua melhor amiga.

Quando eles chegaram ao cais do Palazzo Morosini, havia tochas acesas, embora as sombras do anoitecer mal começassem a se aprofundar. No *piano nobile*, o brilho refletido de candelabros nas mesinhas reluzia nos espelhos atrás delas. Criados moviam-se por entre os convidados com pequenas taças de vinho, enquanto um trio masculino de músicos, sentado onde Chiaretta se apresentara muitas vezes, tocava uma música de fundo.

— Ei-los aqui! — exclamou Bernardo Morosini, com seu vozeirão. — Onde está minha mulher?

Uma mulher corpulenta, com um colo carnudo que se derramava sobre as bordas do corpete, veio atravessando o salão em direção a eles. O cabelo, de um louro claro, formava um rufo ao redor do rosto. Os fios de ouro do brocado verde das mangas e do reforço superposto do corpete captaram a luz das tochas num ângulo estranho, enquanto ela se aproximava, criando um brilho ácido que só desapareceu quando a mulher parou diante deles.

— Giustina, apresento-lhe sua nova filha — disse Bernardo.

— Eu a ouvi cantar — disse Giustina Morosini, num tom desprovido de emoção.

— Obrigada — disse Chiaretta, só se dando conta depois de que as palavras da mulher não tinham sido propriamente um elogio claro.

— Diga-me, minha cara, já há uma data certa para o casamento? Eu me sinto muito mal informada! — indagou Giustina, lançando um olhar frio para Bernardo.

Claudio interceptou a pergunta:

— A Congregazione insiste em que esperemos um ano. Tenho certeza de ter lhe dito isso.

Quer Giustina a houvesse percebido, quer não, Chiaretta ouviu a irritação de Claudio e essa ideia a animou consideravelmente.

— Ah, então temos muito tempo. Tenho certeza de que descobrirá que há muito a aprender — retrucou a mulher. Seu sorriso parecia mais calcado na prática do que na sinceridade e foi seguido por uma retirada rápida para cumprimentar um convidado que chegava; mesmo assim, Chiaretta concluiu que, no cômputo geral, o primeiro contato não fora tão ruim quanto poderia ter sido. Bernardo segurou-a pelo braço e, dizendo a Claudio que ia sequestrar a noiva, conduziu-a pelo salão para apresentá-la a alguns dos convidados.

Passados alguns minutos, Claudio foi dizer ao pai que o jantar estava pronto para ser servido.

— Mas não se preocupe — disse a Chiaretta. — Minha única contribuição para o cardápio foi me certificar de que não houvesse ostras.

Claudio foi até os músicos pedir-lhes ajuda para chamar a atenção dos convidados:

— Antes de nos sentarmos, eu gostaria de compartilhar um momento com todos vocês — disse, fazendo sinal para que Chiaretta se juntasse a ele.

Quando os convidados se calaram, Claudio sorriu.

— Sou um homem muito feliz. Vou me casar com um anjo — disse, beijando Chiaretta na face. — E, embora haja muitos costumes que deixaremos de lado, existe um que é importante demais para ser esquecido.

Enquanto ele falava, Antonia aproximou-se e lhe estendeu um estojo comprido e chato, que ele abriu para revelar um fio de pérolas.

— Para minha noiva — disse.

Com a surpresa, a mão de Chiaretta voou para a boca, enquanto Antonia se aproximava dela.

— Não são lindas? Coloque-as! Você vai usá-las desde agora até seu primeiro aniversário de casamento, como as minhas — disse, levando a mão ao fio de pérolas em seu próprio pescoço.

Claudio parou diante de Chiaretta, depois colocou-se de lado, para os convidados poderem enxergar melhor.

— Permite-me?

Chiaretta fez que sim e o noivo pôs-lhe o colar, travando o fecho. Enquanto os convivas aplaudiam, ela levantou a mão para afagar as pérolas, enfileiradas uma após outra, contornando seu pescoço, pesadas, perfeitas e frias.

AO VOLTAR PARA A PIETÀ naquela noite, Chiaretta foi interceptada à porta por uma *figlia di commun*, que lhe disse que não fosse para o dormitório, mas se apresentasse nos aposentos da prioresa.

Encontrou-a usando um robe de lã, com o cabelo frouxamente preso na nuca para dormir.

— Mandei retirar suas coisas do dormitório — disse a superiora. — Para as outras *figlie*, é um convite aos devaneios vê-la entrar e sair com essas roupas. E à inveja também. Enquanto estiver aqui, precisará usar seu uniforme e cumprir seus horários habituais.

A prioresa apontou para as pérolas.

— São lindas. Você mesma pode guardá-las, se quiser, ou pode deixá-las comigo para pô-las no cofre.

Chiaretta já tinha levado as mãos à nuca. Desacostumada com o peso, seu pescoço tinha ficado duro ao longo da noite:

— Eu gostaria que a senhora as guardasse aqui — disse à prioresa, com os olhos ardendo de cansaço, e tentou abafar um bocejo. — Posso me deitar? — perguntou, olhando em volta, para ver se sua nova cama estaria em algum canto do gabinete.

— Desculpe-me — disse a prioresa. — Já está tarde. Vou levá-la até lá.

Ao saírem pela porta, a religiosa virou na direção oposta à do dormitório que tinha sido a casa de Chiaretta, levando-a para outra ala.

— Há vários quartos vazios neste corredor — explicou. — Este era o da Luciana. Você ficará aqui até seu casamento.

Grande, mesmo tendo apenas metade do tamanho do gabinete da prioresa, o quarto continha uma cama feita com todo o cuidado, encostada numa parede, e uma área de estar com uma cadeira e uma mesa no centro. Em outro canto havia diversos armários e uma pequena escrivaninha. Logo adiante ficava um *prie-dieu*, centrado sob um nicho em que havia uma pequena estátua da Virgem, com as mãos cruzadas sobre o coração e os olhos voltados para o céu.

— Vou acender o lampião e ajudá-la com o vestido — disse a prioresa. — E amanhã, instruirei as *figlie di commun* que atendem às *giubilate* a darem uma olhada em você e verem se precisa de alguma coisa.

A religiosa se retirou e Chiaretta enroscou-se na cama e adormeceu. Ao acordar, mais tarde, o óleo do lampião havia acabado e o quarto estava escuro. Ela deu um grito de pavor e saiu da cama tateando até a porta. No corredor, a lua brilhava pelas janelas, fazendo os móveis parecerem animais ferozes. Chiaretta fechou a porta, tornou a se deitar, cobriu a cabeça com as cobertas e ficou acordada até amanhecer.

ELA IMPLOROU permissão para voltar ao dormitório, mas a prioresa foi firme:

— Não são só as roupas, ou os horários que terá. As *figlie* não desconhecem esses assuntos inteiramente, mas não é saudável que fiquem concentradas... — procurou as palavras certas — no que significa o casamento — completou. Deu um suspiro e prosseguiu: — Sinto muito dizê-lo, mas, embora você ainda seja virgem, há uma espécie de... — levantou as mãos e expirou com força, frustrada ante as limitações da linguagem — mácula. Acho que essa é a melhor palavra que há. Portanto, por mais que eu me solidarize, voltar para o dormitório está fora de cogitação.

— Então, por favor, deixe Maddalena vir ficar comigo! Nunca dormi sozinha. Talvez ela possa deixar suas coisas lá onde estão e vir apenas à noite. Há muito espaço para outra cama.

ANTES DE TERMINADO o dia, Chiaretta descobriu que seu apelo fora atendido.

— De outra forma, provavelmente eu nunca veria você — disse Maddalena à noite, ao se deitar na cama que fora levada para o quarto da irmã.

Só que ela viu Chiaretta quase com a mesma frequência de antes. Os compromissos diários da caçula foram menos afetados do que elas esperavam nos primeiros meses de noivado. A temporada do *Carnevale* teve início na primeira semana de outubro, com uma breve interrupção de duas semanas antes do Natal, e depois se intensificou nas semanas que precediam a Quarta-Feira de Cinzas e o começo da Quaresma. O *Carnevale* era um período de devassidão e excessos sancionados, totalmente impróprio para as internas da Pietà, inclusive as noivas. Os convites feitos a Chiaretta eram minuciosamente examinados, e a mais ínfima sugestão de que ela seria exposta a coisas moralmente ofensivas significava não sair para lugar nenhum.

A maioria dos convites aprovados era para os conclaves vespertinos das mulheres da família Morosini e suas amigas. Claudio raramente aparecia e era comum Chiaretta passar dias sem vê-lo. Antonia não ficava nem um pouco apreensiva ou surpresa com a ausência do irmão:

— Ele vai se casar — disse, um dia —, mas continua querendo receber comissões pelos quadros, de todas as pessoas que põem os pés em Veneza para o *Carnevale*, e fala como se o Teatro Sant'Angelo e a Pietà estivessem sempre a dez ducados da bancarrota. E você não faz ideia de como dá trabalho esta República de Veneza. Todos os homens da cidade passam metade do tempo em que estão acordados numa ou noutra reunião — declarou, revirando os olhos. — Além disso, essas festas ficam tão infestadas de velhotas mexeriqueiras que qualquer homem com um mínimo de cérebro fingiria estar ocupado, mesmo que só tivesse um compromisso com o alfaiate.

Nem Claudio nem Antonia conseguiam compreender como essas visitas eram aflitivas para Chiaretta. As conversas lhe escapavam. Ela não conhecia nenhuma das pessoas sobre as quais se mexericava e, muitas vezes, não conseguia compreender o que elas teriam feito para merecer tantas discussões. Uma tinha ido a uma recepção com estrangeiros. Outro era visto com demasiada frequência, em público, na companhia de sua esposa.

Um terceiro estivera tão bêbado que havia caído da escada do Ridotto. Chiaretta detestava ainda mais a falsa afeição.

— É impossível a nossa querida Chiaretta saber o que estamos querendo dizer — comentavam as mulheres, de vez em quando. O sentido era claro. A jovem não era uma delas.

Uma tarde, na casa de Antonia, Giustina e várias outras pediram licença para ir a outro andar examinar amostras de tecido da empresa de exportações de Piero, o marido de Antonia. Chiaretta e sua anfitriã foram até os aposentos desta para uma conversa em particular.

— Ele é um Morosini, e você nem tem sobrenome — disse Antonia, quando as duas conversavam sobre mais uma afronta. — O que você esperava? Não é só uma questão de você se acostumar com elas. A coisa também funciona no sentido inverso.

Antonia tinha razão. Chegada a hora de Chiaretta voltar à Pietà, ela disse à amiga que queria encontrar as outras mulheres para se despedir. No andar inferior, ouviram as vozes de Giustina e suas amigas, que vazavam para o *portego* por uma porta entreaberta.

— Que decepção! — comentava uma delas.

— E, é claro, tantas de nós havíamos esperado...

Antonia reteve Chiaretta.

— Eu sei — disse a voz de Giustina. — Tantas filhas de boas famílias para escolher, em idade de casar. E, é claro, Bernardo estava tão empenhado em lisonjeá-la que não ajudou em nada.

— Vamos — murmurou Antonia.

Chiaretta abanou a cabeça e resistiu ao puxão no braço.

— Claudio é muito obstinado. Suponho que seja por isso que é tão bom negociante — disse outra mulher. — E, na verdade, eu a acho um encanto. Talvez ela surpreenda vocês.

— Minha tia — sussurrou Antonia. Aliviada por ter ao menos algum apoio, Chiaretta chegou mais perto da porta.

— Ela é muito recatada, e não é mimada, com certeza — prosseguiu a tia. — Elas são bem educadas lá.

— Para se casar com açougueiros, talvez — disse Giustina, e várias delas riram.

Chiaretta deu um passo atrás, como quem se esquiva de uma bordoada. Antonia puxou-a rapidamente de volta a seu quarto, para lhe dar uma chance de se recompor.

— Por que a sua mãe é tão má? — soluçou Chiaretta. — Eu não posso deixar de ser quem sou.

— Minha mãe é uma loba. Eu mal podia esperar para me casar e sair de casa. Tudo a ofende.

— Por que não me contou sobre isso?

— Contar o quê? — indagou Antonia, perplexa. — E que diferença isso faria? Você ia dizer ao Claudio que "Não, não posso me casar com você, porque a sua mãe é uma bruxa que fica mexendo um caldeirão no inferno"?

— Terei de morar na mesma casa que ela.

— A casa é grande. E não se preocupe. Deixe comigo e com o Claudio. Temos prática nessa matéria. Anos de prática — riu-se Antonia, mas depois franziu o cenho e se calou.

— Chiaretta, você sabe alguma coisa sobre seus pais? — acabou perguntando.

— Nada. Por quê?

— Bem, é só uma observação, mas todos sabem que muitos bebês abandonados são filhos de algum de nossos ilustres fidalgos venezianos — respondeu Antonia, dando de ombros. — Lamento dizê-lo, mas até notei algumas meninas na Pietà que se pareciam muito com umas pessoas de minha família. — Ela franziu a testa alta e larga. — A testa dos Morosini, você sabe.

Chiaretta a olhou, intrigada, e Antonia prosseguiu:

— O que eu quero dizer é que há uma boa chance de que você, de que muitas de vocês sejam filhas de nobres. Talvez tenha sido por isso que Claudio conseguiu fazer os Avvogadori concordarem com o casamento. Talvez tenha havido uma troca secreta de informações. Ou talvez não, mas é uma possibilidade.

Na Pietà, as *figlie* não sabiam o bastante sobre sua ascendência para fazer disso um tema de reflexão, e Chiaretta não havia considerado a possibilidade de que seus pais, ou pelo menos um deles, estivessem entre as pessoas por quem ela havia passado no canal, ou até para as quais havia cantado.

— Olhe — disse Antonia —, não deixe seu coração se entristecer por causa de minha mãe. Da próxima vez que a vir, simplesmente diga a si mesma que talvez você não saiba dizer o nome de seu pai e de seu avô, e sabe Deus de quantas gerações antes deles, mas há uma boa probabilidade de que eles tenham sido tão nobres quanto os dela.

CHIARETTA REFLETIU sobre o que Antonia lhe dissera quando a gôndola dos Morosini a reconduziu à Pietà. Ao chegar ao gabinete da prioresa para deixar suas pérolas, pediu-lhe alguns minutos de seu tempo.

— Eu gostaria de saber quais são os registros que existem a meu respeito. Sobre como eu vim parar aqui.

A prioresa deu-lhe um sorriso fugaz, como se houvesse suspeitado de que essa pergunta poderia surgir, e disse:

— Normalmente, nós rejeitamos esses pedidos. Esse conhecimento não tem nenhuma influência na vida das *figlie* aqui, e pode fazer mais mal do que bem. Mas desconfio de que sei por que está perguntando. Não posso prometer que venha a compartilhar tudo com você, mas talvez eu consiga descobrir alguma coisa.

Dias depois, Chiaretta recebeu sua resposta:

— Sua mãe parece ter sido cortesã e, pelo estado em que deixou vocês, provavelmente vivia muito bem. Penso que daí podemos concluir que o protetor dela... seu pai, presumivelmente, era um nobre ou um comerciante rico, mas meu palpite seria o primeiro. Ela ficou doente e soube que não poderia criar você e sua irmã. Li a carta que ela deixou e posso lhe dizer, com certeza, que ela amava vocês.

As lágrimas assomaram aos olhos de Chiaretta:

— Ela deixou uma carta?

— Sim, uma linda carta, cheia de preocupação com você e sua irmã. O dinheiro que ela deixou permitiu que vocês permanecessem juntas. Caso contrário, imagino que as duas estariam aqui e nem sequer saberiam que eram irmãs.

Chiaretta estava emocionada demais para falar.

A prioresa apanhou um saquinho bordado na escrivaninha.

— Tomei a decisão de não lhe mostrar a carta neste momento. Um dia, talvez. Mas tenho outra coisa que talvez queira ver — disse. Tirou do saquinho dois objetos de cor creme e os pôs na mão de Chiaretta.

A jovem deslizou os dedos pela flor entalhada em cada um e comentou:

— Não estou entendendo.

— Estavam entre as coisas que sua mãe deixou. Ela partiu um pente em três, para ter um modo de provar que era realmente sua mãe, se um dia voltasse para buscá-las. Um pedaço para cada uma.

Chiaretta alisou as bordas lascadas do marfim, tentando compreender. *Minha mãe quebrou isto com as próprias mãos.* Sua mãe sempre fora uma abstração até ali, mas, naquele momento, tornou-se uma presença viva no gabinete. Chiaretta ergueu os olhos, como que para flagrar o fantasma materno antes que ele sumisse, e se surpreendeu ao ver que o cômodo continuava o mesmo e que apenas a prioresa estava diante dela.

— Preferimos que as *figlie* não saibam da existência de objetos como esse — disse a superiora. — Na situação atual, provavelmente eu poderia deixá-la ficar com o seu, mas não vejo como possamos dar à Maddalena o pedaço dela.

Chiaretta não parara de chorar desde que a religiosa lhe falara de sua mãe, nem tampouco parara de afagar os dois pedaços de marfim desde o instante em que os segurara na mão. *Quero meu pedaço. Quero saber que isto está guardado em algum lugar. Quero saber que minha mãe está comigo.*

A prioresa ainda estava falando:

— Pensei em não deixá-la ver isso, por causa do problema da Maddalena, mas achei que talvez pudesse convencê-la a não lhe mostrar essas coisas nem lhe falar desse assunto.

Não posso fazer isso, pensou Chiaretta. Repôs as flores de marfim no saquinho e o devolveu à prioresa, dizendo:

— Obrigada, mas não concordarei em guardar segredo da Maddalena sobre isto, de modo que a senhora deve ficar com os dois pedaços, se não se importa.

Chiaretta não tirou os olhos da prioresa, enquanto um tempo inquietantemente longo se passava.

— Está bem — disse enfim a superiora, cujo sorriso iniciado nos cantos dos olhos espalhou-se pelo rosto inteiro. — Você sempre sustentou com firmeza suas convicções, desde pequena. Tenho pena de qualquer pessoa fora da Pietà que tente levá-la a fazer alguma coisa que você não queira.

Devolveu o saquinho a Chiaretta e acrescentou:

— Tenho certeza de que você os guardará em segurança.

— E posso mostrá-los a minha irmã?

— Pode, mas só se ela concordar em não discutir o assunto com mais ninguém. E acho melhor você guardar consigo o pedaço dela. Está disposta a me prometer isso?

Chiaretta assentiu e guardou o saquinho no bolso do avental:

— Prefiro ficar com isto a ficar com minhas pérolas — disse, dando um tapinha no volume criado pelos objetos.

Virou-se para ir embora, mas a prioresa a deteve:

— Há mais uma coisa que eu quero dizer. Minha querida menina, se você está se perguntando se sua origem lhe dá algum motivo para se envergonhar, com certeza não é verdade. A Pietà existe porque Veneza tem um problema, e a culpa não é sua. As pessoas que a magoaram, suponho, são aquelas cujos filhos e irmãos continuam a criar novas pupilas para nós, todos os anos, por não conseguirem encontrar ninguém com quem tenham permissão ou recursos para se casar.

Ela fez uma pausa, fechou os olhos e prosseguiu:

— Às vezes acho que a Mãe de Deus deve chorar por nós, e pelo modo como nossa cidade destruiu os laços entre pais e filhos e pelo orgulho de uns poucos que só se interessam por conservar sua posição elevada.

Ao chegar o feriado natalino, Chiaretta começou a se encontrar com Claudio com mais frequência. Na véspera do Natal, eles compareceram ao ofício religioso sob as cúpulas douradas da basílica de São Marcos e, mais tarde, passearam pela Piazza San Marco.

— Nunca vi ninguém rezar com tanta intensidade quanto você — disse Claudio quando os dois saíram da igreja e pararam para admirar as fileiras de velas nas janelas ao redor da praça.

— O que esperava? Com todo o silêncio da Pietà, Deus e a Virgem são aqueles com quem é mais fácil falar — riu-se Chiaretta, mas logo ficou séria. — Quer saber para que eu estava rezando?

— Seria uma honra para mim.

— Para que a sua mãe me aceite.

— O que a faz pensar que ela não a aceita?

Ela disse que eu deveria me casar com um açougueiro.

— Pensei que fosse óbvio. Antonia só está esperando eu lhe dizer que ela pode discutir o problema com você.

— Ah, céus, eu ficaria surpreso se me sobrasse alguma orelha, depois de ela acabar com as duas, de tanto falar — disse Claudio, que sorriu até ver o rosto abatido de Chiaretta. — Foi só uma tentativa de ser engraçado, meu amor. Bastante precária, admito.

Recomeçaram a caminhar pela *piazza* e Claudio prosseguiu:

— Antonia é uma das pessoas mais francas que eu conheço. Muito brusca, às vezes, mas prefiro a honestidade à sutileza, de qualquer modo — afirmou. Tornou a parar e puxou Chiaretta para junto de si: — Você está tremendo. Está com frio, ou com medo de alguma coisa?

— Um pouquinho dos dois.

— Vou levá-la de volta agora, para se aquecer. E cuidarei de minha mãe, eu juro.

RECOMEÇADO O *Carnevale*, *Chiaretta* aceitou com alívio sua renovada reclusão na Pietà, atirando-se a sua música e valorizando o que sabia serem seus últimos meses de convívio com a irmã. E então, o feriado acabou e as últimas rodadas de festas e passeios se intensificaram, antes que se instalasse o calor do verão e os nobres tornassem a fugir da cidade.

Em maio, Chiaretta recebeu permissão para ir com Claudio e o pai dele, na gôndola da família, participar do Dia da Ascensão de Nosso Senhor, conhecido em Veneza como a Sensa. Esse dia, no qual o doge fazia seu trajeto anual do palácio até a entrada da lagoa, era a maior festa anual da cidade, mas, até esse ano, Chiaretta sempre havia ficado nas janelas superiores da Pietà para ver, com o resto do coro, a passagem do navio oficial do doge, o *Bucintoro*. Neste ano, ela estaria numa das centenas de embarcações que lotavam a laguna, para seguir o *Bucintoro* até a junção com o oceano e assistir à cerimônia de lançamento de uma aliança de ouro na água, para simbolizar as núpcias da República de Veneza com o mar.

A gôndola dos Morosini fora polida até a laca reluzir. Havia almofadas de seda bordada jogadas nos assentos e mantas e tapeçarias decorando o *felce*. Claudio havia comprado uma sombrinha para a noiva e a segurou acima da cabeça dela quando todos se acomodaram e partiram do cais da Pietà. Chiaretta acenou para Maddalena, Anna Maria e a outras *figlie di coro*, ao vê-las na janela. Ao retribuírem o aceno, elas chamaram a atenção de uma mulher de vestido de seda cor-de-rosa e máscara de *Carnevale*, sentada numa gôndola ao lado de um homem que a beijava no pescoço. Ao ver as mocinhas, a mulher jogou beijos e o homem se levantou e acenou para elas, no exato momento em que o som dos canhões irrompeu perto do Palácio do Doge.

— Está vendo? — perguntou Claudio, apontando na direção do Broglio, a algumas centenas de metros de distância, subindo o Grande Canal. Levantou Chiaretta e a segurou pela cintura, para que ela pudesse ver melhor o *Bucintoro*. Com as dimensões de um palácio flutuante, o navio tinha vários andares e era pintado de vermelho vivo e decorado a ouro. Imensas bandeiras vermelhas, bordadas com os emblemas do doge, pendiam de um gurupés dourado que se projetava no ar. As figuras de proa, um par de querubins de ouro de uns seis metros de altura e várias toneladas de peso, espiavam por trás das bandeiras que tremulavam na brisa.

— Já ouço a fanfarra — comentou Bernardo. — Estão trazendo o doge para fora do palácio. Vão levantar âncora a qualquer momento.

Os fogos de artifício explodiram e gritos irromperam das embarcações próximas, quando 42 remos gigantescos, acionados por remadores ocultos no *Bucintoro,* começaram a bater em uníssono. No momento em que o navio começou a deslizar pelo canal, homens de capas pretas e máscaras carnavalescas e mulheres cujos vestidos cintilavam ao sol levantaram-se para olhar. Famílias deram vivas, acomodadas em *peote* e *burchielli* de fundo chato que, ainda na véspera, tinham sido bem-lavados, para ficarem livres das cabeças de peixe, folhas de alface ou restos de todas as outras coisas que elas compravam e vendiam para ganhar a vida, e que agora estavam enfeitados com bandeiras de cores vivas e guirlandas de flores. Pequenas balsas que levavam orquestras de câmara balançaram na esteira deixada pela passagem do *Bucintoro.*

As gôndolas dos embaixadores estrangeiros e do núncio papal eram as únicas não sujeitas à exigência de serem negras. Verdadeiras aparições douradas de mais de 15 metros de comprimento, elas eram enfeitadas da proa à popa com emaranhados de espirais, rendilhados e tranças. Suas cabines tinham a forma de templos gregos, adornados com entalhes de deuses e deusas, golfinhos e lendárias criaturas marinhas. Cortinas de damasco com bordados e franjas de ouro criavam sombra e privacidade para os passageiros em seu interior.

Uma vida inteira de participação na Sensa deixara Bernardo indiferente ao espetáculo.

— Não sei quanto a vocês, mas acho que está fazendo um calor infernal aqui fora. Vou entrar — disse ele. Tropeçou um pouco, pelo efeito do vinho que estivera bebendo desde a partida do cais, e completou: — Se eu pegar no sono, não me acordem por causa da aliança. Já a vi.

— Tenho certeza de que a Pietà não se impressionaria bem com o acompanhante que designou, mas eu estou encantado — disse Claudio a Chiaretta. Puxou-a para si, movendo os lábios por seu queixo em direção à boca. — Posso? — perguntou.

— O gondoleiro — murmurou ela.

— Não se preocupe com ele. O trabalho desses homens é não notar nada, porém, ainda mais importante, é não contar o que viram. — Claudio levantou os olhos para o gondoleiro, que se esforçava para mantê-los em águas desimpedidas, longe dos outros barcos. — Diga-lhe, Biasio. Conte a ela sobre seu remo.

O gondoleiro riu:

— Não se preocupe comigo, *signorina*. Se eu vir, que não me lembre, e que eu morra se contar.

— É verdade — confirmou Claudio. — Se eles não fossem de absoluta confiança, não teriam emprego. Qualquer um que revelar o que vê ou ouve tende a aparecer boiando no canal, com a garganta cortada por outros gondoleiros.

Chiaretta estremeceu.

— Que coisa terrível.

— Dentro de poucos anos, você dirá "que maravilha". Mesmo assim, para você, um pouco de privacidade — disse ele. Inclinou a sombrinha para que ela os escondesse da visão do gondoleiro. Aproximou o rosto da noiva, que virou a cabeça e deixou os lábios de Claudio roçarem os seus. Ele já a beijara várias vezes, e Chiaretta sentiu o que vinha se transformando numa doce e conhecida pontada que lhe descia do queixo às costelas e tornava difícil respirar fundo. Os lábios dele pressionaram os seus e a pontada transformou-se numa dor prazerosa. Uma das mãos de Claudio envolveu-lhe os ombros e a outra desceu até a cintura, enquanto ele a puxava para si.

Ouviu-se um clamor tão alto, que ele recuou e afastou a sombrinha.

— Olhe — disse, fazendo-a levantar. — O doge está jogando a aliança na água. É para deixar o mar feliz o bastante para nos trazer um ano de clima sereno.

— Clima sereno. Tomara que sim — disse Chiaretta, erguendo a mão para afagar o rosto do noivo. Virou-se para o gondoleiro, que sorriu e cobriu os olhos com a mão.

Treze

EM MEADOS DO VERÃO, as famílias ricas de Veneza fugiam para o interior, no evento anual conhecido como *villegiatura*. Embora as correntes de maré limpassem o Grande Canal da maior parte das águas poluídas, quem permanecia na cidade tinha que suportar o cheiro de enxofre e lixo apodrecido que subia dos canais mais estreitos e das praças. Situada à beira da lagoa, a Pietà ficava livre da pior parte da fetidez, mas, ainda assim, as *figlie* derretiam no calor escaldante, tentando refugiar-se como podiam nas sombras criadas no pátio pelas projeções dos telhados, ou em cômodos em que a brisa penetrava.

Apesar daquele torpor, Maddalena nunca vira Vivaldi tão agitado. As camisas de seda branca a cujo uso ele se reduzia diante do espesso ar marinho ficavam transparentes de suor, deixando entrever a pele alva de seu peito e suas costas. Ele batia os pés de frustração ante o tempo desperdiçado com as flautas que se partiam e as cordas arrebentadas nos ensaios, e proferia uma enxurrada de palavras em latim cujo tom mais lembrava xingamentos do que orações.

As piores explosões surgiam quando ele estava longe dos olhos das *attive* e tinha por testemunhas apenas as *sotto maestre*. Ao contrário das outras, Maddalena já assistira aos acessos temperamentais de Vivaldi, especialmente quando ele tentava conciliar uma nova temporada operística com suas obrigações na Pietà. Fazia muito tempo que ela chegara a um ponto em que sabia que a melhor reação era se ocupar com qualquer tarefa que pudesse ser executada de momento, e esperar que ele se acalmasse.

A *sotto maestra* de cada grupo sentava-se a sós com Vivaldi para passar cada nova peça musical, antes de se iniciarem os ensaios. Quando chegava a vez de Maddalena, em geral ela estava tão assoberbada com seus vários deveres, que não tinha chance de pensar em como fora diferente o tom das reuniões dos dois quando ela era mais nova. E assim, certa manhã, foi uma surpresa quando ele pousou o violino no colo e lhe disse que não sabia o que faria sem ela.

— Quando toquei isto em Pádua — disse-lhe, referindo-se a uma composição —, os músicos ficavam sempre meio tempo atrasados, e era uma luta fazê-los tocar o que eu tinha escrito.

Seus olhos se abrandaram e ele acrescentou:

— Com você é sempre melhor. Eu conto com isso.

A ternura de sua voz pegou Maddalena desprevenida e, por um instante, o muro de defesas que ela havia erigido contra o compositor — o profissionalismo, as responsabilidades, a maturidade — desapareceu, fazendo-a tornar a se sentir como a jovenzinha que vivera pelos elogios e as confidências dele. *Isso foi naquela época, e agora é agora,* disse a si mesma, procurando eliminar pela força de vontade a inquietação que fazia seu coração palpitar. *Não quero mais me importar com ele daquela maneira.*

Vivaldi tirou o violino do estojo.

— Está vendo alguma coisa diferente? — perguntou. Maddalena levou alguns segundos para notar que ele havia alterado seu instrumento, fazendo o braço descer quase todo até o cavalete. — Percebe o que isto faria? — indagou, pegando o arco e tocando o tom mais agudo de um violino comum, depois saltando de um intervalo para outro até seus dedos não poderem continuar. — E olhe para isto — disse, correndo os dedos pela madeira do arco, para mostrar como ele fora achatado. — Andei fazendo umas experiências em casa. Tente fazer isto com o seu — disse, saltando para lá e para cá, da corda mais grave para a mais aguda.

— Não posso. Sabe que o arco vai saltar na mesma hora.

— Mas não o meu! — exclamou o músico, com o rosto vermelho de animação. — Vou mostrar a Veneza uma coisa tão incrível, que no dia seguinte eles vão acordar e se perguntar se foi um sonho. Espere só, Maddalena Rossa, espere só.

O CONCERTO ESTAVA chegando ao fim, na capela escaldante, quando Vivaldi iniciou a *cadenza* de que se gabara com Maddalena. Ela começou de forma bem rotineira, com uma rápida sucessão de notas que levaram a alguns compassos do que soou como uma giga campestre. O *maestro* tocou uma breve frase musical, repetindo-a em tons cada vez mais agudos, subindo sem parar, cada vez mais perto do cavalete, e virando o arco até os sons já não serem os do violino, mas os de pássaros chilreando numa árvore. Buscou a corda mais grave, acrescentando uma única nota que foi um pio sincopado, antes de trazer o violino de volta suavemente e conduzir o resto da orquestra aos exuberantes compassos finais.

— Gostou? — perguntou a Maddalena, mais tarde.

— Acho que prendi a respiração durante toda a *cadenza*.

— Ótimo — fez ele, fechando o estojo do violino e lhe dando um tapinha triunfal.

Foi um alívio para Maddalena o *maestro* não haver notado que ela não tinha respondido a sua pergunta. A *cadenza* menos fora uma obra de beleza do que um desafio ao ouvinte, mais brilhante do que agradável. Passou dias ecoando nos ouvidos dela.

VIVALDI TIVERA RAZÃO. Sua *cadenza* tornou-se o assunto do dia em Veneza. Mas, embora ele houvesse chegado à Pietà, na semana seguinte, com o passo ligeiro e os ombros eretos dos vitoriosos, logo tornou a se afundar no trabalho.

O casamento de Chiaretta seria dali a alguns meses, e as oportunidades de compor para ela iam escasseando. Para sua última apresentação em público, Vivaldi estava escrevendo um papel em um novo oratório. Todos os cinco papéis dos solistas em *Juditha Triumphans*, masculinos e femininos, teriam que ser cantados pelas *figlie di coro*. As demais cantoras formariam um coral de hebreias, se tivessem a voz aguda, ou de soldados inimigos da Babilônia, se o timbre fosse grave. Todas as instrumentistas e cantoras do coro, inclusive muitas das jubiladas e *iniziate*, seriam incluídas, para que o poderoso exército de Nabucodonosor e a heroica resistência de Judite não soassem insubstanciais. As paredes da Pietà ecoavam com os sons das *figlie*, que tocavam não apenas o sortimento habitual de madeiras e cordas, mas também percutiam tambores e sopravam clarins.

Dois meses de concertos estavam marcados para preceder esse *grand finale* em novembro, e a tensão das mestras do coro era maior do que qualquer outra coisa que Maddalena já experimentara. Vivaldi estava à beira do colapso. Dias antes do concerto de abertura da temporada, uma enfermeira entrou na sala, pé ante pé, e pediu num sussurro que Maddalena a acompanhasse. O *maestro* havia deixado o ensaio cerca de uma hora antes e tinha sido encontrado no corredor, aparentemente sem respirar. Fora levado para a enfermaria, onde as enfermeiras o tinham reanimado com essências aromáticas, mas, tendo ouvido dizer que Maddalena entendia mais da maneira de tratar os acessos do padre, haviam mandado chamá-la.

A cor de Vivaldi já voltara ao normal e sua respiração estava melhor quando ela chegou. As enfermeiras estavam arrumando seu material, mas, no momento em que Maddalena entrou, foram chamadas para atender um paciente que estava sofrendo convulsões. Dispararam do quarto às pressas, deixando sua parafernália. E, de repente, Maddalena e Vivaldi ficaram a sós.

— Não há ninguém que se importe tanto comigo quanto você — disse ele, ainda meio arfante. — Olhe só como veio depressa.

Maddalena não foi sentar-se a seu lado, embora ele lhe fizesse sinal para isso. Dirigiu-se à bancada das enfermeiras, onde começou a dobrar as toalhas úmidas e a separar os vidros e as caixas de remédios aromáticos em grupos bem-arrumados. Desde o retorno do *maestro*, ela nunca conseguira ficar a sós em sua companhia sem alguma tarefa que os mantivesse ocupados.

Ele não está precisando de mim. Eu deveria simplesmente pedir licença e me retirar, pensou, mas a curiosidade a manteve à espera do que ele diria a seguir.

— As enfermeiras são muito competentes. Eu diria que cuidaram muito bem de você — comentou Maddalena.

— Elas são enfermeiras. Fariam a mesma coisa por qualquer um — retrucou Vivaldi, expirando tão alto que Maddalena interrompeu sua tarefa e se virou. Ele a observava. — Eu moro sozinho, a não ser por um criado que prepara meu jantar e cuida da limpeza, mediante um salário — disse-lhe o *maestro*, que se levantou e se ocupou ajeitando a roupa e evitando deliberadamente fitá-la. — Muitas vezes eu me pergunto como seria se eu não tivesse feito os votos, se eu tivesse alguém que cuidasse de mim por escolha própria.

Por que ele está me dizendo isso?

— E assim, quando chego à Pietà... Talvez eu não devesse lhe dizer isso — interrompeu-se, dando as costas a Maddalena. — Fico ansioso por vê-la. Você é a pessoa mais verdadeira e mais sincera que conheço.

A jovem viu os olhos dele contemplando-a, parada à sua frente, apoiando as costas na bancada.

— E agora eu a vejo, tão amadurecida e prendada, e... — Os olhos de Vivaldi brilharam e sua voz se embargou muito de leve, mas de maneira inconfundível. — E eu me sinto muito orgulhoso.

Sentou-se e tornou a fazer sinal para Maddalena sentar-se a seu lado, mas ela continuou onde estava. O *maestro* espalmou as mãos nos joelhos, começou a balançar o tronco para a frente e para trás, em pequenos movimentos nervosos, e disse:

— Não me entenda mal. O que passou, passou. Mas não posso deixar de invejar o homem que vier a tê-la como esposa.

Eu deveria ir embora, pensou ela. *Deveria censurá-lo por ousar tamanho atrevimento, e depois deveria me retirar.*

Vivaldi levantou os olhos, consciente do longo silêncio da jovem.

— Falei demais.

— Sim, acho que sim.

— Perdoe-me. Depois de meus acessos, é comum eu me apanhar sendo mais franco do que seria em outras circunstâncias. Como se eu reconhecesse, talvez, que o próximo poderia assinalar meus últimos momentos neste mundo, e eu não quisesse deixar meus registros incompletos.

— Talvez.

— Maddalena, olhe para mim — pediu ele, levantando-se para fitá-la, mas sem se mover na sua direção. — Não direi mais nada, prometo. Mas quero que saiba que valorizo os momentos que passei na sua companhia mais do que quaisquer outros na minha vida. Eu ficaria numa tristeza irreparável se o que acabei de dizer a fizesse sentir-se constrangida na minha presença.

— Não. Não fará — disse Maddalena. — Estão precisando de mim no ensaio.

E, sem mais que um aceno da cabeça, virou-lhe as costas e saiu do quarto.

Durante a meia hora seguinte, ela errou suas entradas, enganou-se ao ler a partitura e acabou baixando o arco. Inventando uma dor de cabeça, pediu para se retirar. Deitada em sua cama no quarto silencioso, não conseguiu decidir se o que mais a incomodava era o que Vivaldi tinha dito ou o fato de ele haver prometido nunca mais voltar a dizê-lo.

MADDALENA NÃO compartilhou com Chiaretta nada do que Vivaldi dissera. Lembrou-se de como, em algumas ocasiões do passado, ele tornara incômoda a relação dela com a irmã, e não quis reviver o que seria melhor deixar para trás. Mas fazer confidências a Chiaretta teria sido difícil também por outra razão. Antes mesmo do encontro na enfermaria, um silêncio constrangido se instalara entre elas por causa de uma briga entre Chiaretta e o *maestro*.

O papel principal de Judite precisava de uma voz suficientemente dramática para que a plateia a imaginasse decepando uma cabeça com um golpe de espada, e a voz de Chiaretta era doce demais para isso. Ela concordara em que seu último papel não fosse o papel-título, mas o conflito começou de verdade quando soube que Vivaldi não compusera nem mesmo o segundo papel mais substancial para sua voz. Vagaus, o criado eunuco do general de Nabucodonosor, Holofernes, seria interpretado por Barbara. Chiaretta estava convencida de que Vivaldi já a vinha preparando para ocupar o seu lugar.

A jovem ficou perplexa:

— É minha apresentação de despedida, e vou fazer a criada? — indagou, brandindo a partitura diante do rosto do compositor.

— Sinto muito — disse ele. — Não posso correr riscos com um papel maior. Você não tem tempo para ensaiar. Até esse lhe será difícil, receio.

— Eu leio à primeira vista melhor do que todas elas — contrapôs Chiaretta. — O senhor poderia ajustar um pouquinho a extensão. Eu poderia fazer o papel da Barbara, ou cantar o Ozias. Ele só aparece no final, são menos coisas para aprender. E eu seria a última. Seria lembrada.

— É verdade — disse Vivaldi, meneando a cabeça. — Mas não se trata apenas do número de notas que você tem. Que impressão você quer causar? Quer que a plateia a escute cantar o papel de um criado? De um eunuco, ainda por cima?

Chiaretta teve de admitir que queria que sua impressão final fosse a de uma mulher atraente, e o assunto ficou resolvido, ao menos em caráter temporário, quando Vivaldi a remeteu à história apócrifa e assinalou ter inventado o personagem de Abra para dispor de um papel minimamente adequado a ela.

A segunda explosão de Chiaretta veio quando ela viu a partitura de suas quatro árias e quis cantar apenas as duas primeiras. "Maçante" foi seu veredicto sobre a terceira e "deplorável" foi a palavra mais gentil que ela reservou para o último trecho musical que viria a cantar em público.

— Ele jurou que escreveria o papel para mim, mas escute só isso! — explodiu Chiaretta uma noite, ao examinar toda a última ária no quarto das duas. Maddalena, que passara semanas lutando para ser a pacificadora, teve de concordar que o trecho lembrava as marchas que os meninos do vilarejo inventavam quando brincavam de soldado.

Chiaretta mal conseguia chegar ao fim dos ensaios sem baixar a voz ao nível de um rosnado e parar por completo, irritada, antes de terminar. Maddalena tentou fazer a irmã ver as coisas do ponto de vista de Vivaldi, compreender que havia uma história a contar e que ela recebera um dos muitos papéis a serem desempenhados, mas Chiaretta a desancou por defendê-lo.

As solistas receberam apenas suas próprias partes para ensaiar, e a guerra tornou a eclodir quando Chiaretta viu de que maneira todas as peças do oratório se encaixavam. Sua ária final era seguida por uma que seria interpretada por Barbara. Uma *figlia* chamada Giulia interpretaria Ozias, o governador da sitiada cidade hebraica de Betúlia, e faria a ária e o recitativo finais.

— Estas são as últimas notas que cantarei! — gritou Chiaretta, atirando a partitura no chão, em seu ensaio particular com Vivaldi. — Eu as odeio! E o senhor piora tudo, por fazer a ária seguinte tão melhor que eles me esquecerão antes que eu tenha tempo de recuar um passo da grade!

— Chiaretta, como poderia uma criada cantar as últimas palavras de um oratório? A história é importante — disse Vivaldi, com a ênfase categórica usada para explicar realidades desagradáveis a uma criança. — Os personagens são importantes.

— A plateia não se importará se a cabeça decepada de Holofernes sair cantando — rebateu Chiaretta. — Eles vêm ouvir as cantoras.

O rosto de Vivaldi enrubesceu.

— Eles vêm ouvir a música — disse ele. — O que importa é a composição inteira, não apenas você.

Chiaretta se recusou a comparecer ao ensaio seguinte e, quando Vivaldi usou uma substituta em seu lugar, sem tecer comentários, ela mandou avisar que não cantaria nada na produção.

— Caterina anda se pavoneando por aí, agindo como se realmente fosse a Judite e eu fosse sua criada. E você não viu como a Barbara dá risinhos irônicos? — disse Chiaretta, soluçando nas próprias mãos, sentada com a irmã no quarto das duas. — E Giulia também. Por que ele fez isso comigo?

Maddalena sabia que a ameaça de Chiaretta de não se apresentar era vazia. Se assim fosse, sua última apresentação já teria ocorrido numa missa da semana anterior, e nunca mais voltar a cantar seria totalmente insuportável para ela.

— Sua irmã tem sido impossível — disse Vivaldi a Maddalena no intervalo de um dos ensaios gerais, enquanto Chiaretta bufava de raiva em seu quarto. — Mas ameaçar não cantar? Isso é ridículo! As *figlie di coro* fazem o que lhes mandam fazer. Decidir se um papel é suficientemente bom para elas? Isso não seria diferente das divas da ópera — estremeceu ele. — E depois, qual é a probabilidade de a Congregazione abrir mão da oportunidade de ganhar dinheiro com uma apresentação de despedida, só para mimar as vaidades de sua irmã? E também é improvável que a nova família dela veja seus acessos de raiva com bons olhos — acrescentou. A irritação de sua voz teve um toque de amargura e raiva ao dizer: — Não. Ela cantará.

— Você fala como se não gostasse mais dela — comentou Maddalena.

— Não é nada disso. Eu sinto uma pena terrível dela. E de mim, e de você, e de todos. Você nunca mais tocará com ela. Eu nunca mais poderei compor para ela. Ninguém que vier à capela ouvirá a voz dela. E isso não é nada, comparado ao que deve ser para a Chiaretta saber o que ela estará perdendo. Ela tem um talento que mal teve tempo para desenvolver, e uma década de fama, ou talvez mais, que jamais verá.

Vivaldi abanou a cabeça:

— Não. Mesmo nestas últimas semanas em que ela andou tendo acessos de raiva e insultando minha música, lamentei por ela. Fiquei pensando no que eu faria se a Igreja me dissesse que eu não poderia tocar violino — fez uma pausa e completou: — Sinceramente, não consigo imaginar. Deus me perdoe, mas acho que preferiria morrer.

OS SONS VAGOS DOS tambores e clarins ficaram mais altos à medida que Chiaretta e Maddalena foram andando pelo corredor, em direção à escada que levava ao balcão da capela. À porta que dava para a escada, Chiaretta parou um instante.

— É a última vez que vou subir essa escada.

Maddalena não disse nada. Levantou a mão e fingiu ajeitar a manga da irmã, só para ter uma razão para tocá-la. Uma menina de uns 10 anos veio pelo corredor, carregando uma jarra de água. Olhou fixo para Chiaretta até chegar ao lado dela e, nesse momento, baixou a cabeça, murmurou um pedido de licença e começou a subir a escada.

— Eu devia ser assim — disse Chiaretta, vendo a menina proteger a água para não deixá-la derramar nos degraus enquanto subia. — Naquela vez que subi a escada de fininho e encontrei a Michielina. Faz tanto tempo, que mal consigo lembrar.

— Precisamos subir — Maddalena precisou repetir. Os lábios de Chiaretta estavam entreabertos e seus olhos se arregalaram, depois se espremeram de forma quase imperceptível, como se os pensamentos fossem tão numerosos e contraditórios que houvessem travado uma batalha até não sobrar nenhum. Ela respirou fundo, como se fosse falar, porém não fez mais do que estender a mão para Maddalena e puxá-la para junto do peito, num longo abraço.

As duas enfim subiram ao balcão. Embaixo, a capela já estava quase lotada. Maddalena começou a afinar o violino, mas parou por um instante.

— Claudio chegou? — perguntou.

— Não sei — respondeu Chiaretta, espiando por uma fresta na cortina preta de filó. — Não o estou vendo.

Não havia olhado, realmente. Para ela, era como se o público estivesse se reunindo para assistir sua execução.

— Acho que cometi um erro — disse baixinho, sem saber ao certo se queria ser ouvida.

— Este lugar está mais abarrotado que o paraíso! — exclamou Anna Maria, sorrindo para as duas e envesgando os olhos, antes de se sentar diante do cravo. Enquanto as outras instrumentistas iam entrando e ocupando seus lugares, ela começou a correr os dedos pelo teclado. As cantoras vieram a seguir e se alinharam no espaço mais próximo da grade. Mecanicamente, Chiaretta juntou-se a elas. O último a entrar no balcão foi Vivaldi, trazendo seu violino. Para as notas de abertura, parou num ângulo em que pudesse ser visto pelos naipes dos metais e das cordas e, quando as *figlie* menearam a cabeça, indicando estarem prontas, ele ergueu o arco para lhes dar o sinal.

Os metais fizeram retumbar uma fanfarra, situando a cena em dois campos em guerra, antes que Maddalena e as outras explodissem em movimentos frenéticos dos arcos, sustentadas pelos violoncelos e violas de gamba. Ao final da sinfonia, todos os instrumentos tinham-se feito ouvir. Os tímpanos foram percutidos até os atris chacoalharem. As madeiras fizeram soar seus agudos, enquanto, ao fundo, um conjunto de alaúdes, bandolins, teorbas e arquialaúdes era furiosamente dedilhado.

A música extinguiu-se e Vivaldi iniciou um solo impetuoso, ao qual se juntou a *maestra* Prudenzia como violinista principal, seguida por Maddalena como segundo violino. Juntos, eles teceram uma história de empolgação crescente, que terminou num retumbante *crescendo* final de tambores e metais.

E então começou a narração da história. Depois de Holofernes reunir a tropa, seu criado entrou para lhe dizer que uma bela mulher do acampamento israelita queria conhecê-lo. Caterina deu um passo à frente e, sem um só compasso de recitativo, começou a cantar. Sua voz foi suave e fluente ao cantar os temores e esperanças de Judite, acariciando cada frase com graça e um toque de melancolia.

Embora o frio de novembro já tivesse começado a se infiltrar pelas janelas e corredores da Pietà, o balcão lotado não tardou a ficar quente. As *figlie* que não tinham outro papel senão engrossar o som dos coros começaram a recolher os pedaços de partitura já tocados e a usá-los para abanar as instrumentistas, que reluziam de suor.

E então, a música voltou-se para Chiaretta.

— *"Ne timeas non"* — cantou ela. — "Não, não temas." — Acompanhada ao cravo por Anna Maria, sua voz pairou sobre a capela, as notas subindo e descendo, chegando e partindo com perfeita fluência. Maddalena descansou o violino no colo e observou a irmã. Embora Abra estivesse cantando sobre a beleza de Judite, pareceu a Maddalena que não só a melodia, mas também as palavras eram perfeitas para sua irmã. — *"Cedit ira, ridet amor"* — cantou Chiaretta. — "Ao ver a beleza de teu rosto, a ira cede e o amor põe-se a brilhar, e todos aplaudem teu nobre espírito."

Antes que ela terminasse, a violinista ao lado de Maddalena desfaleceu, e um estardalhaço de tímpanos ao fundo sugeriu que outra instrumentista havia sucumbido ao calor. As *figlie* menores trouxeram toalhas embebidas na água de baldes providenciados às pressas, para que as instrumentistas e cantoras as passassem na testa quando tivessem alguns compassos de descanso.

Chiaretta mexeu os pés para frente e para trás, enchendo os pulmões e exalando o ar em suspiros silenciosos, enquanto aguardava sua vez. Judite chamou Abra para lhe dar apoio em sua hora de aflição.

— "Qual pomba-rola eu me dirijo a ti, amiga em quem tanto confio" — cantou Caterina, arrulhando como a própria ave. A música era tão linda, tão perfeita, que, apesar da inveja, Chiaretta sentiu-se sucumbir a ela. Terminado o solo, uma das *iniziate* mais novas entregou a Caterina uma toalha com que enxugar o suor e, exausta, ela afundou o rosto no tecido, sem notar o olhar de adoração da menina.

Vivaldi dera a Chiaretta uma ária espetacular com que responder, mas, para horror dela, no recitativo que levava a esse trecho, sua voz soou insegura e meio estrídula. Ela lutou para abrir a garganta, enquanto Maddalena executava a melodia que lhe caberia retomar. A última vez que as duas se apresentavam juntas teria de ser perfeita, e a voz dela se firmou. Em menos de um minuto, a ária de Caterina ficou para trás e a plateia passou a ser toda de Chiaretta.

O acompanhamento de Maddalena silenciou e a voz de Chiaretta elevou-se sozinha pela capela, com a profunda desolação do adeus. Tudo que uma voz poderia prometer foi cumprido, com suas notas a se altearem e caírem, a gorjearem e trinarem. Ela cantou como se fosse capaz de voar do balcão, sair direto pelos fundos da capela para se alçar ao paraíso, e em seguida voltar à terra e levar a ária a seu final.

— Abra! Abra! — clamou Judite, minutos depois, uma vez cortada a cabeça de Holofernes. Chiaretta deu a seu personagem vida e alegria, pelo sucesso da missão de sua ama e dela própria, deslizando a voz para cima e para baixo como se estivesse ébria de felicidade. A seguir, lançou-se na detestada ária final, dela extraindo cada compasso agradável em sua interpretação. Respirou fundo pela última vez e fez sua voz elevar-se de novo, dizendo-lhe adeus enquanto ela ascendia aos caibros. E então, acabou-se.

NA SEMANA QUE restava antes do casamento, cada movimento feito por Maddalena e Chiaretta, cada passo dado pelas duas pareceu artificial. Embora Maddalena houvesse saboreado o luxo de poder praticar apenas na companhia da irmã nos meses anteriores, tocar seu violino no quarto das duas, agora, era como torcer um braço quebrado, e ela o manteve trancado no estojo.

Uma noite, Chiaretta começou a cantarolar, depois calou-se.

— Continue — pediu Maddalena.

A irmã a olhou com um sorriso abatido.

— Acho que preciso praticar não ter nada para praticar — disse. Pôs de lado a peça de roupa que estivera consertando e as duas foram se deitar em silêncio.

O VESTIDO E O VÉU de noiva de Chiaretta foram estendidos num quarto anexo ao gabinete da prioresa. Maddalena estava escovando o cabelo da irmã, que ficaria solto, de acordo com a tradição veneziana, quando Antonia e sua mãe chegaram. Antonia, cuja cintura começava a engrossar com a primeira gravidez, bateu palmas de empolgação enquanto o vestido de Chiaretta era atado. Até Giustina foi apanhada na emoção do momento, ao ajudar a prender no pescoço da noiva uma herança de família, uma joia em forma de pingente que ela mesma havia escolhido.

As mulheres de Veneza sempre se casavam na igreja da família. A Pietà era a família de suas próprias noivas, mas, para controlar a agitação e a imaginação das demais *figlie*, normalmente não se permitia que elas comparecessem à cerimônia. No casamento de Chiaretta, Anna Maria e o resto do coro receberam permissão especial para assistir ao sacramento em silêncio, no balcão. Apenas Maddalena pôde ficar no recinto da capela, com a família imediata de Claudio. Eles se posicionaram numa pequena área iluminada por velas, perto do altar, enquanto toda a capela à sua volta permanecia mergulhada em sombras. A voz inexpressiva do padre desapareceu na penumbra, à medida que ele foi resmungando a missa nupcial.

Uma vez oficialmente pronunciada esposa de Claudio, Chiaretta cruzou a nave escura e silenciosa de braço dado com ele.

Bernardo correu à frente para abrir a porta e o casal saiu para a luz dourada do sol, que tudo inundava. A Riva estava lotada de espectadores que se acotovelavam para ter um vislumbre da noiva.

— Chiaretta! Chiaretta! — gritaram eles, repetidas vezes.

Embora tivesse o rosto coberto pelo véu, a jovem pôde ver os rostos das pessoas ao atravessar a calçada salpicada de flores. *Eles estão chorando*, percebeu.

E então, ao embarcar em sua gôndola, ela ouviu a outra coisa que os espectadores diziam:

— *Addio!* — gritavam. — Adeus, Chiaretta! *Addio!*

A gôndola, ornada desde o *ferro* até a popa com fitas e flores, afastou-se pela água que milhares de pétalas coloriam de cor-de-rosa, amarelo e vermelho, e foi ficando cada vez menor, até desaparecer de vista.

Para Maddalena, parada no cais deserto, foi como se a embarcação fizesse a travessia do Estige, tamanha a semelhança com a morte.

Parte Quatro

MÁSCARAS

1716–1719

Quatorze

CHIARETTA ACORDOU sozinha em seu quarto de dormir, na manhã seguinte ao matrimônio. Sentou-se, afastando as cortinas da cama, e viu a pálida luz solar que entrava no quarto por uma janelinha envidraçada. *Perdi as orações*, pensou.

— *Domine, labia mea aperies* — murmurou enquanto se benzia, e então parou, sem saber se a manhã já ia tão tarde que ela devesse rezar a Terça, e não a Prima. Afastou a colcha de veludo para se levantar da cama e continuar as orações no genuflexório de madeira que ficava num canto do quarto. A sensação dolorida entre as pernas a fez encolher-se e, ao baixar os olhos, ela viu uma mancha de sangue nos lençóis.

Ajeitou a colcha por cima do lençol, para esconder a mancha, e tornou a se sentar na cama, esquecidas as preces diante de sua situação assombrosa. Na Pietà, Maddalena devia estar murmurando incentivos a uma *attiva* em luta com uma nova técnica, e Anna Maria estaria alvoroçada com a necessidade de que as partituras fossem copiadas a tempo para o ensaio. Essa doce familiaridade lhe trouxe um aperto no peito. *Acabou-se*, pensou consigo mesma. *Não tem mais volta.*

A prioresa lhe dissera mais ou menos o que esperar na noite de núpcias, mas, sozinha no quarto, Chiaretta reexaminou os detalhes, intrigada, como se não tivesse certeza de que aquilo realmente lhe acontecera. Na Pietà, os trajes eram simples, mas, na hora em que Claudio tinha feito o vestido de noiva escorregar-lhe da cintura e a ajudara a despi-lo, o espartilho ainda lhe dera a sensação de estar quase inteiramente vestida. Quando Claudio o afrouxara, ela havia como que respirado pela primeira vez desde aquela manhã. Parado às suas costas, seu marido a tinha estreitado com força, depois a virara de frente para si e a abraçara com tanta firmeza, que, ao se afastar e deixar os seios de Chiaretta à mostra, ela não havia se sentido tão vulnerável e exposta quanto tinha esperado.

Claudio a levara para a cama sem tirar as demais peças de sua roupa íntima, levantando-se em seguida para apagar a vela. Ao voltar para o leito, estava nu e havia pressionado contra ela aquela coisa inimaginavelmente grande que lhe tinham dito que romperia o lacre de sua virgindade, tornando-a esposa dele, oficial e completamente. Fora necessária uma certa persuasão para Chiaretta relaxar a ponto de permitir que ele se pusesse entre suas pernas e, em seguida, enquanto murmurava palavras tranquilizadoras, em meio aos gemidos de medo da noiva, ele a havia penetrado com mais força, até Chiaretta gritar e sentir a queimação do marido em suas entranhas. Tinha sido menos doloroso do que ela fora avisada — mais um susto que qualquer outra coisa —, e, quando Claudio havia começado a gemer, ela sentira um medo pavoroso de que algo no interior de seu corpo o estivesse machucando. Quando o marido ficara tenso e, em seguida, desabara ao lado dela com um gemido, por um instante ela havia pensando que talvez Claudio estivesse morto, até ele estender a mão e enxugar a testa no lençol.

— Você está bem? — perguntara ela, ao que Claudio tinha caído na gargalhada.

— Eu é que devia lhe perguntar isso — dissera o marido. — Será que a machuquei muito?

Chiaretta havia respondido que não, mas, inesperadamente, tinha começado a chorar e, por mais que ele quisesse saber por que, ela não soubera explicar.

Claudio a aninhara entre os braços até ela adormecer. E então, quando acordou, ela viu que o marido havia saído. Não tinha a menor ideia do que fazer a seguir. Foi até o *prie-dieu* e se ajoelhou. *Santa Mãe de Deus, por favor me perdoe se hoje eu não rezar direito. Não estou me sentindo eu mesma.* Pressionou as palmas das mãos contra o rosto e deixou a frieza delas se transmitir para a pele acalorada.

— Por favor, ajude-me a ser uma boa esposa para o Claudio — murmurou. — E me ajude a compreender este mundo em que escolhi viver.

Ao lado do genuflexório havia um grande baú dourado. A tampa estava aberta e Chiaretta viu a bolsinha com os pedaços do pente de marfim descansando sobre uma pilha de roupas de cama. Pegou-a e segurou-a por um momento, apalpando as duas formas em seu interior, depois beijou-a e a escondeu perto do fundo do baú, longe de olhos estranhos.

Apesar de sua promessa, Chiaretta teria dado à irmã o pedaço dela, ao sair da Pietà, porém Maddalena não o quisera. Na primeira ocasião em que Chiaretta lhe mostrara os pedaços de marfim, Maddalena os havia contemplado por um longo tempo e em seguida os devolvera, dizendo que não queria tornar a vê-los.

— Eles só me farão ficar pensativa. Prefiro não ser lembrada disso.

Mas Chiaretta queria lembrar-se. Já se sentia suficientemente esquisita entre os Morosini. Ajudava um pouco saber que seu passado era tão povoado de seres humanos reais quanto o de qualquer outra pessoa. Ela só não sabia quem eles eram.

Ao afundar os pedaços do pente no *cassone*, Chiaretta apoiou a outra mão num conjunto de fronhas debruadas de renda que Maddalena fizera para ela de presente de casamento. Ao vê-las, sentiu uma onda de medo das mudanças que sua saída da Pietà representariam na relação com sua irmã. Ainda assim, ao correr os olhos pelo quarto, seu futuro não lhe pareceu sombrio, apenas desconhecido. A cama era tão grande e confortável que era como dormir numa nuvem, e a sala de estar contígua, que Claudio lhe dissera que também lhe pertencia, era maior do que o quarto que ela e Maddalena haviam dividido até a véspera. Claudio tinha seus próprios aposentos no mesmo andar e, como seus pais moravam no piso inferior, o *portego* para o qual davam os aposentos de ambos pertenceria somente a eles. E Claudio? Chiaretta teria de aprender a lidar com uma vida em que tudo, inclusive os hábitos de seu marido, era novidade. Mesmo assim, ela havia esperado que ele estivesse presente quando ela acordasse.

Da maneira como Antonia lhe ensinara ser exigido das noivas da aristocracia, ela puxou o cabelo para cima e o prendeu no alto da cabeça com uma fina argola de ouro.

— Chiaretta Morosini — disse para si mesma em voz alta, diante do espelho. *Tenho um sobrenome.* — Chiaretta Morosini — repetiu, procurando sorrir como sorriria ao cumprimentar o mundo.

Pôs um vestido simples, que lhe tinham dito que seria adequado para os dias em que ela não se aventurasse fora de casa.

O decote redondo era debruado com uma fita entremeada de fios de ouro e acentuada por minúsculas contas de vidro. Da costura logo abaixo do busto descia até o chão a volumosa saia de seda, e as mangas justas, num tom de azul escolhido para lhe destacar os olhos, estufavam-se em balão na altura dos cotovelos, para facilitar a movimentação dos braços. Depois de amarrar os laços de um par de sapatos de sola macia, Chiaretta abriu a porta.

O *portego* estava em silêncio. A luz natural fora quase extinta pelo cinza escuro de um dia chuvoso.

— Claudio? — chamou ela. O eco morreu sem resposta. Chiaretta bateu na porta do gabinete do marido e, não recebendo resposta, abriu-a e viu que as lamparinas estavam apagadas.

Atraída pela luz da janela na extremidade do *portego*, Chiaretta foi até a sacada que dava para o Grande Canal. Passaram gondoleiros, aparentemente sem notar as gotas de chuva que caíam na água, chamando uns aos outros. A jovem respirou fundo e experimentou a estranha sensação de estar sozinha ao ar livre.

— O que está fazendo aí? — indagou Giustina Morosini, parada no *portego* e fazendo sinal para que Chiaretta entrasse. — Você está tiritando — comentou, de um modo que, ao menos por essa vez, mais pareceu de preocupação que de crítica. — Claudio passará o dia fora, a negócios — informou, antecipando-se à pergunta da nora. — Você está bem?

— Sim — apressou-se em responder Chiaretta. Em seguida, percebendo que Giustina se referia ao que havia ocorrido entre ela e Claudio na noite de núpcias, enrubesceu.

— Agora que sei que você se levantou, instruirei as criadas para trocarem a roupa de cama — disse Giustina, fazendo sinal para a escada que descia ao *piano nobile*. — Você virá comigo e ficará escutando, para saber como falar com elas no futuro.

Tocou uma sineta e explicou:

— Zuana virá num minuto. Nossos criados ficam longe dos olhos, mas você verá que não estão fora de alcance e atendem prontamente.

— A roupa de cama do quarto da *signora* precisa ser trocada — disse ela à jovem criada que entrara no cômodo, apressada. — E trate de fazer a cama direito, para que não fique mancha alguma.

Quando a criada saiu às pressas e ela se virou para Chiaretta e viu seu rosto vermelho, falou:

— Ora, ora — suspirou —, eu a embaracei! Bem, você aprenderá que não há como impedir os criados de saberem o que fazemos. O importante é que guardem os segredos. Você pretende fazer o desjejum em seus aposentos?

Chiaretta não fazia ideia de qual deveria ser a resposta:

— Não sei. É isso que...? — *É isso que se faz?*

Giustina a interrompeu.

— Faça como quiser — disse, com um sorriso forçado.

— Eu... eu... — gaguejou Chiaretta. — Desculpe, mas não sei o que quero.

— Está bem — disse Giustina, cujo tom seco deixou implícito que Chiaretta a estava fazendo perder tempo. — Hoje pedirei à Zuana para levar o desjejum em seus aposentos. Depois disso, você decidirá sobre o almoço.

— Zuana?

— A criadinha que estava aqui há pouco. Ela é sua. É muito jovem, mas creio que a achará adequada.

Giustina não disse mais nada e, no silêncio que se seguiu, Chiaretta ouviu um rápido diálogo murmurado entre duas criadas no andar de baixo e o ranger da dobradiça de um armário, ao se guardar alguma coisa. Do lado de fora, em algum lugar, um sino de igreja tocou.

— Claudio virá almoçar? — indagou Chiaretta, rompendo o silêncio da maneira mais agradável que pôde.

— Duvido, embora ele possa nos surpreender. Afinal, é o dia seguinte ao seu casamento. Mas é frequente ele almoçar fora, não deve contar com ele.

Chiaretta julgou ver a insinuação de um risinho de troça no rosto da sogra, como se ter mais informações sobre o filho do que a nora fosse uma arma que ela pretendia manter polida e pronta para usar. *Do que foi que Antonia chamou a mãe? De loba.* Era provável que Claudio e Antonia tivessem feito o melhor possível para ajudar, mas, se não estava no temperamento de Giustina ser mais gentil do que aquilo, Chiaretta teria de aprender a lidar com ela sozinha.

Apesar de fazer pouco tempo que estava de pé, de repente ela se sentiu exausta e pediu licença para voltar ao quarto. Deitou-se na cama, com os olhos ardendo tão intensamente que fechá-los chegava a doer. Ouviu então uma batida leve na porta.

— *Madonna?* — disse uma voz baixa.

Chiaretta abriu a porta e viu Zuana com uma bandeja.

— Seu desjejum — disse a moça, como se respondesse a uma pergunta. Notando os olhos vermelhos de Chiaretta, indagou: — A senhora está bem?

— Sim. Eu devo pegar a bandeja?

Zuana deu-lhe um sorriso divertido.

— Não, *madonna*, eu a ponho na mesa para a senhora.

Arrumou um lugar para Chiaretta comer e desapareceu, sem nada além de um aceno da cabeça.

Acabrunhada até com as coisas mais simples que não sabia, Chiaretta olhou fixo para o prato à sua frente. Mastigou sem sentir o sabor de nada, baixou o guardanapo e se enroscou na cama, notando que os lençóis estavam limpos. Quando acordou, a comida já fora retirada, sem que ela tivesse ouvido ruído algum.

AO ANOITECER, Claudio ainda não havia chegado. Chiaretta embrulhou-se num xale que tinha encontrado no baú e foi até a *loggia* contemplar as últimas nuvens de chuva que vagavam em direção à lua. Um barco com um grupo de músicos seguia uma gôndola, na qual Chiaretta pôde discernir a silhueta de um casal abraçado.

Quando outra gôndola passou pela *loggia*, ela ouviu a melodia de um de seus solos na Pietà. Começou a cantar, a princípio quase num sussurro, mas, desavisada, sua voz logo se elevou. O gondoleiro voltou e se posicionou bem abaixo da sacada. A luz de seu candeeiro dançou nas águas escuras do canal quando ele começou a cantar em dueto. Uma garça-dorminhoca somou seu grasnido à canção, ao passar voando.

— O que está fazendo? — reverberou a voz de Claudio no *portego*, e suas botas estalaram no piso de mármore quando ele se aproximou. — Saia daí! Será que não entende? — Puxou o braço de Chiaretta com tanta força que ela deu um grito. — Eu lhe disse para jamais cantar em público!

Arrastou-a da *loggia* e fechou a porta atrás de si, o sobrolho carregado de raiva.

— Cante dentro de casa para mim, para minha família. Cante quando eu disser que pode cantar. Mas, até lá, mantenha a boca fechada!

O rosto de Chiaretta, branco de pavor à tênue luz do *portego*, levou-o a afrouxar a mão. Claudio baixou a voz e tentou explicar:

— Eu fiz um contrato de caução. Assinei um juramento. Sabe o que isso significa?

Ela fechou os olhos com força, abanando a cabeça.

— Chiaretta, uma denúncia é uma coisa terrível. Eu poderia passar o resto da vida na prisão. Poderia perder meus negócios. Há quem chegue até a perder a vida...

Engasgando-se com um soluço que explodiu de suas entranhas, Chiaretta soltou-se dele. Correu para o quarto e bateu com a porta ao entrar.

NO DIA DO CASAMENTO, depois que a gôndola de Chiaretta desapareceu entre as outras embarcações perto do Palácio do Doge, Maddalena entrou de novo na igreja. As velas ao redor do altar já tinham sido apagadas e, à medida que seus olhos se acostumaram com o breu, foram atraídos pelo balcão, onde ardia um único lampião a óleo. A silhueta de uma figura solitária recortava-se contra a luz tênue.

— Anna Maria? É você? — murmurou Maddalena.

— Maddalena? Onde você está? Não consigo enxergar nada.

— Estou sentada num dos bancos. Vou me levantar. Está me vendo agora?

— Muito mal. O que está fazendo?

— Só estou sentada aqui, pensando.

— Vim praticar o órgão. Você se importa?

— Não.

Maddalena deu um suspiro e tornou a se sentar. Por hábito, benzeu-se, mas não lhe ocorreu nenhuma oração, apenas um vazio tão negro quanto a própria capela.

Ela ouviu o banco arranhar o piso quando Anna Maria se sentou e, logo depois, as primeiras notas chiadas romperam o silêncio. Maddalena apoiou os cotovelos nos joelhos e pôs o rosto entre as mãos. O som opressivo do órgão irritou-lhe os nervos como a língua explorando uma dor de dente.

A jovem se levantou e saiu furtivamente da igreja. Caía a noite e a neblina ia se acomodando no pátio. *Era assim que o pátio estava na primeira vez que o vi*, pensou com seus botões, fechando os olhos e recordando. No interior da capela, o órgão calou-se. Por um momento, o tempo parou e não houve futuro com que se preocupar, não houve vida a contemplar sem Chiaretta. Então, a música recomeçou. Os pés de Maddalena moveram-se sem ser mandados, dizendo-lhe que era hora de ir.

A VIDA DESAPARECERA do quarto em que ela havia dormido com a irmã. Ela própria iria embora, pois já fora instruída a voltar aos cômodos em que moravam as *maestre*. *É melhor cuidar logo disso*, pensou, indo recolher suas coisas no *cassone*. Dentro dele, esquecido na correria, estava o caderno de desenho de Chiaretta. Maddalena sentou-se na cama e afagou a capa antes de abri-lo.

> *"Hoje falei com a Antonia e ela vai na festa. Disse que vai ter jogos e mais comida do que eu já vi na vida toda."*

> *"Andei pela margem desse canal e vi um martim-pescador."*

> *"Eu não sabia o que eram algumas comidas."*

Maddalena retrocedeu algumas folhas, sabendo o que encontraria. "A Susana quebrou o arco e a Luciana deu a ela o que eu uso", escrevera ela própria. "Mandou-a deixá-lo no armário, para eu poder usá-lo também, mas ela não pareceu dar a menor importância a isso."

Virou a página. "A Luciana é um diabbo saído do inferno."

Maddalena afagou a marca que Chiaretta fizera no caderno com essas palavras. Depois, levantou-se e enxugou os olhos. Ao alisar o cobertor sobre o qual estivera sentada, notou um fio de cabelo dourado. Colocou-o entre as páginas do caderno e deu um beijo na capa, antes de sair e fechar a porta.

AS PAREDES DE PEDRA do cômodo em que moravam as *maestre* e as *sotto maestre* eram cobertas por tapeçarias esgarçadas, que protegiam um pouco do frio, e o aposento era pequeno o bastante para que a estufa a carvão cuidasse do resto. No centro havia um tapete e, sobre ele, diversas cadeiras e uma mesa. Anna Maria estava sentada na cama de Maddalena e deu um pulo para cumprimentá-la.

— Aonde você foi? — perguntou, passando o braço em volta da amiga e levando-a para uma das cadeiras. — Eu a chamei quando terminei de tocar, mas não havia ninguém lá.

— Eu fui buscar minhas coisas e... — Maddalena sentou-se e se encolheu, apesar de não ter sentido dor alguma — estou aqui, acho.

Levantou-se e deu um sorriso pálido a Anna Maria, enquanto guardava o caderno de Chiaretta no *cassone* ao lado da cama. Quando fechou a tampa, uma onda repentina de lembranças forçou-a a arriar na cama como se alguém a houvesse empurrado. Ela cobriu o rosto com as mãos e começou a chorar.

CHIARETTA FICOU ajoelhada no *prie-dieu* até sua vela se apagar. Depois, tateando pelo quarto desconhecido, achou a cama e se deitou nela, fitando a escuridão. *Aqui não é meu lugar*, pensou. *Este nunca será meu lugar*. Mas, agora, o que era possível fazer? O erro dela seria o bastante para Claudio anular o casamento? Ele praticamente dissera que Chiaretta era um perigo para sua vida. E, se anulasse o casamento, para onde ela iria? Não de volta para a Pietà, não depois do ocorrido na noite anterior. *Talvez eu pudesse me mudar para longe, ir para um lugar onde pudesse cantar. Eu daria um jeito de me sustentar, talvez arranjasse trabalho como cantora de ópera. Tenho umas economias na Pietà. Posso dizer a elas para me darem o meu dinheiro e ir embora de Veneza.*

Pela primeira vez desde que acordara de manhã, ela sentiu algo diferente do medo. Mas o plano não funcionaria, e Chiaretta sabia disso. A Pietà nunca lhe entregaria suas economias para deixá-la fazer algo desse tipo. E, mesmo que as entregasse, o que ela faria?

É só eu chegar perto de um gondoleiro e dizer para ele me levar... para onde? Para fora da cidade? Chiaretta nunca andara sozinha em Veneza, não segurara moedas na mão nem uma única vez na vida. E, ainda que saísse da cidade, para onde iria? Ela sabia os nomes de alguns outros lugares — Roma, Milão, Florença —, mas não onde ficavam. Continuou deitada na cama, censurando-se por tudo o que não sabia, até pegar no sono.

ALGUMAS HORAS depois, Chiaretta acordou e deparou com Claudio sentado numa cadeira junto à cama.

— Eu estava observando-a dormir. E me sentindo um idiota — disse ele. Estendeu-lhe a mão, convidando-a a se sentar. — Você é a primeira pessoa que conheço que não foi criada do mesmo modo que eu. Terei que parar de supor que compreende coisas sobre as quais não tem o menor conhecimento.

Chiaretta sentou-se na beirada da cama.

— Eu lamento muito — murmurou.

Claudio a puxou, fazendo-a ficar de pé:

— Vamos para meu quarto. Zuana não pôde atiçar o fogo da sua lareira porque ficou com medo de entrar quando você não quis responder — explicou. Passando o braço em volta da esposa, guiou-a para a porta. — Lá está mais quente e as lamparinas estão acesas.

O gabinete de Claudio tinha um revestimento de madeira, ornamentada por desenhos em vermelho e dourado. Uma estante cobria uma das paredes e uma janela com pesadas cortinas de veludo ocupava outra. Uma pequena lareira emitia luz suficiente para iluminar o retrato de um homem de ar severo, pendurado acima do console.

— Meu tio-avô Francesco — disse Claudio, ao ver Chiaretta olhando para o quadro. — Comandante da frota veneziana quando não estava ocupado sendo o doge — acrescentou, apontando uma cadeira. — Esse é o lugar mais confortável para se sentar. Posso pedir um chá, se quiser.

Chiaretta balançou a cabeça, sentando-se e ajeitando o roupão no corpo, enquanto Claudio continuava:

— Mantenho esse retrato aqui para lembrar a mim mesmo quem eu sou. Fazer parte de uma das antigas famílias de Veneza torna-me um pouco de todos os que me antecederam. Pelo menos, todos os Morosini, bons ou maus — disse, sentando-se e chegando a cadeira mais perto de sua mulher.

— Claudio, eu...

— Você não tem que dizer nada — interrompeu ele, segurando-lhe a mão. — Não fui um cavalheiro. Tive uma conduta vergonhosa e é você quem merece um pedido de desculpas. Eu só gostaria de começar melhor agora.

— Só que eu não sei... — A voz de Chiaretta se extinguiu.

— Não sabe o quê?

As palavras saíram aos tropeços:

— Se você acha que cometeu um erro. Se você me quer. Se eu sou capaz de fazer isso.

Claudio levantou-se, postou-se atrás da cadeira dela e se debruçou, envolvendo-a nos braços.

— Eu não a teria pedido em casamento se não tivesse certeza de que você é capaz de ser minha esposa em grande estilo. — Baixou a cabeça e afundou o rosto no pescoço dela. — Você é tão forte quanto linda — disse, beijando-a repetidas vezes, até ela lhe dar um tapinha na mão e lhe dizer que parasse de fazer cócegas.

— Assim é melhor. Quero vê-la sorrir — disse Claudio, contornando a cadeira e pondo Chiaretta de pé. — Você é minha esposa — afirmou, olhando-a nos olhos —, e eu me sinto muito orgulhoso e muito feliz. E Veneza inteira está com inveja. — Sorriu.

O FOGO ESTAVA quase apagado e a luz do alvorecer começara a se infiltrar no cômodo quando Chiaretta e Claudio se sentiram cansados demais para continuar a conversa. A mãe dele, os dois concordaram, seria difícil de se contornar, enquanto todos morassem na mesma casa. Mas havia nas famílias um entendimento de que cada andar da residência era separado e particular, e era tão improvável que Giustina invadisse o espaço deles sem aviso prévio quanto seria se o casal entrasse no dela sem se fazer anunciar. A situação daquela manhã tinha sido inusitada, e Giustina não faria dessas aparições um hábito. Se o fizesse, Claudio, e não Chiaretta, cuidaria do assunto.

Talvez a situação mudasse, mas procurar aproximar-se de Giustina nesse momento não traria benefício algum a Chiaretta, os dois concordaram. Provavelmente, ela acabaria se sentindo pior a cada tentativa. Embora Giustina pudesse considerar-se encarregada da educação da nora, o melhor seria Chiaretta tornar-se o mais inacessível que pudesse para o tipo de lição oferecido pela sogra. No dia seguinte, Claudio daria um pulo na casa de Antonia e lhe pediria que fizesse visitas com a máxima frequência possível, para passar algum tempo com sua mulher. Chiaretta poderia aprender com a amiga como se fazia tudo e, quando a gravidez obrigasse Antonia a se recolher para o trabalho de parto, Chiaretta poderia fazer-lhe companhia na casa dela.

— Só espero que ela não a transforme num monstro — riu-se Claudio, fazendo Chiaretta levantar. — Mas, por enquanto, preciso levá-la para a cama. Eu a fiz passar a noite toda em claro.

No quarto de dormir, ele tirou o roupão de Chiaretta, revelando seu corpo sob uma fina camisola de seda.

— Ahh! — Suspirou, correndo os olhos pelo corpo da esposa que lhe estendia os braços. — Eu seria um canalha se me deitasse de novo com você tão depressa — disse, cobrindo-a com a colcha. — Agora, durma. Tudo vai funcionar. Dê tempo ao tempo.

Quinze

A MÁSCARA ERA DE COURO, esticado e moldado com as feições de um gato, e pintado em tons perolados de branco e azul. Uma rede filigranada de ouro e arame brotava feito asas de anjo do dorso do nariz, como se o próprio gato estivesse de máscara.

— É linda — comentou Chiaretta, deslizando os dedos pelas pérolas falsas e pelas minúsculas contas de cristal que adornavam as bordas. Entregando a máscara a Claudio, pôs-se de pé e virou de costas: — Você me ajuda a colocá-la?

Quando ele terminou de amarrar a fita, Chiaretta foi até o *portego* olhar-se num dos espelhos de moldura dourada nas paredes. Na Pietà, ela só se via no espelho quando estudava *maniera* e nos minutos que antecediam os concertos, quando as *figlie* circulavam entre si um espelho manual. Dois meses depois do casamento, ela ainda estava se habituando à sensação de se ver com suas roupas e penteados novos, ao passar pelo *portego* ou ao se olhar no espelho de sua penteadeira, que era de vidro revestido de prata na parte posterior. *Essa sou eu de cabelo solto*, ou *Essa é a minha aparência quando acordo de manhã*, ou *É assim que eu sou quando ando*, pensava ela consigo mesma, menos por vaidade que por curiosidade e admiração.

Chiaretta postou-se diante do enorme espelho e ficou vendo a figura mascarada copiar seus movimentos. Sentiu um leve enjoo, como às vezes acontecia ao embarcar ou desembarcar de uma gôndola, quando as águas do canal estavam agitadas. Desatou a máscara e a sensação desapareceu, e em seguida levou-a ao rosto e tornou a afastá-la, repetidas vezes, num lento processo de tranquilização.

Ela fica mesmo bonita com meu vestido novo, pensou. O corpete de prata cintilante e brocado verde-azulado destacava seus seios redondos, acima da saia feita de vários metros de tafetá de seda, que farfalhava com seu andar.

Virando-se à procura de Claudio, para que ele lhe repusesse a máscara, Chiaretta assustou-se ao ver um homem de chapéu tricorne sobre um capuz e uma capa pretos, que a observava de uma pequena distância.

— Minha *bauta* a amedrontou? — disse a voz do marido, irreconhecível de tão abafada pela borda da máscara branca e lisa que se apoiava em seu lábio superior.

O sangue fugiu da cabeça de Chiaretta, que apoiou a mão numa cadeira para se firmar, apanhada de surpresa pela lembrança repentina do homem de máscara branca de tantos anos antes.

— Não gosto disso — disse ela.

— Que bobagem! Todos adoram o *Carnevale*. Só é preciso um tempinho para você se acostumar.

— Mas, e se nós nos separarmos? Como vou encontrá-lo?

Claudio havia tirado o chapéu e a máscara, parando diante dela com um capuz de seda que lhe cobria toda a cabeça, exceto por uma pequena abertura no rosto. Ele se inclinou para beijá-la.

— Algum outro homem de *bauta* porá você na sua gôndola e a levará para a casa dele, e eu nunca mais a verei.

Ficou observando, para ter certeza de que Chiaretta sabia que era brincadeira, e então acrescentou:

— Isso não vai acontecer. Você ficará grudada no meu braço. Ou, melhor ainda... — Desapareceu no quarto dela e voltou com o quadrado de seda púrpura em que a máscara tinha sido embrulhada. — Ajude-me a dobrar isto e prendê-lo no chapéu.

Quando Chiaretta lhe entregou sua máscara de gato, para que Claudio tornasse a amarrá-la, ele abanou a cabeça.

— Essa é para festas — disse, sumindo em seu gabinete e retornando com uma *bauta* igual à que usava. — Você tem que usar esta.

Ajudou-a a vestir o capuz com a pelerine e, depois de lhe amarrar a máscara branca simples, voltou ao gabinete e retornou com um chapéu tricorne idêntico ao seu.

Chiaretta contemplou sua imagem e sentiu a náusea voltar. Duas figuras a fitavam no espelho. Uma era alta e, a não ser pela máscara branca, vestia-se de negro da cabeça aos pés. A outra era menor e usava uma saia de tafetá por baixo da pelerine. Ela fechou os olhos e exalou o ar pelas narinas. Em resposta, a máscara se aqueceu e, ajeitando os ombros embaixo da *bauta*, Chiaretta lembrou a si mesma que, desde que não se olhasse no espelho, ela era apenas ela mesma.

Segurou o braço de Claudio e os dois desceram a escada juntos e seguiram para o cais. Chiaretta olhou de relance para a roseta púrpura presa no chapéu do marido, quando os dois embarcaram na gôndola. Ao vê-la, foi tomada por uma onda de afeição e teve vontade apenas de voltar correndo com ele para o quarto, para que os dois tirassem as fantasias e fizessem amor.

O gondoleiro soltou as amarras e eles partiram pelo Grande Canal em direção à Ponte Rialto. À sua volta, na escuridão, outras embarcações deslizavam pela água, cheias de figuras de preto e máscaras de um branco vampiresco à luz dos candeeiros.

O LUGAR A QUE CLAUDIO a estava levando era uma surpresa que ele não queria estragar. Somente ao ver a fachada radiosamente iluminada do Teatro San Giovanni Grisostomo foi que Chiaretta compreendeu que iria à sua primeira ópera — não no Teatro Sant'Angelo, mas como convidada de um camarote no mais suntuoso teatro de Veneza.

— Tenho medo de que você fique totalmente mimada e nem queira ir ao meu pobre teatrinho, depois de ter visto este! — disse Claudio, quase aos gritos, para se fazer ouvir acima das pessoas que apregoavam bebidas e guloseimas e dos vendedores de ingressos. — *Scenario!* — chamou, levantando uma moedinha para atrair a atenção de um rapazola que vendia programas.

Ao atravessarem o saguão, Chiaretta viu que a maioria dos presentes usava capas idênticas às deles e as mesmas máscaras brancas, embora umas pessoas as usassem negras, com cenhos franzidos ou globos oculares protuberantes.

— Quem são aqueles? — perguntou ela, resmungando as palavras sob a borda da máscara.

— Personagens da *commedia dell'arte* — respondeu Claudio. — Daqui a um ano você os reconhecerá todos.

— E quem é aquele pássaro? — indagou Chiaretta, apontando com a cabeça para uma pessoa que caminhava meio trôpega na direção deles, com uma máscara que tinha óculos pintados e um longo bico.

Claudio levantou ligeiramente a máscara para falar com mais clareza:

— Durante a última peste, um médico encheu sua máscara de ervas, achando que elas o impediriam de adoecer ao tratar dos pacientes.

— E funcionou?

— Não por muito tempo, mas todos gostaram da máscara.

A pessoa que usava a máscara de médico esbarrou no ombro de Chiaretta ao passar e pediu desculpas com voz suave e aguda, antes de seguir adiante.

— Era uma mulher? — perguntou Chiaretta, admirada.

— Em Veneza, nunca se sabe — respondeu Claudio, virando-se para examinar a figura que já desaparecia numa esquina. — Ela, ou ele, está de *pianelle*. São aqueles tamancos altos ridículos que quase ninguém mais usa. As mulheres de hoje preferem molhar os pés a andar sobre plataformas, e eu, pelo menos, fico contente — comentou, envolvendo os ombros da esposa. — Gosto de você da altura que é.

Chiaretta deu o braço ao marido ao chegarem à escadaria. Depois de subirem vários lances, ela se viu num corredor em curva. Havia homens de libré parados diante de dez ou mais portas douradas e, quando o casal chegou a uma delas, o criado os introduziu no interior.

O camarote dividia-se em duas partes. Ao fundo, logo ao se cruzar a porta, um divã e uma poltrona que fazia par com ele dispunham-se ao redor de uma mesa em que havia cartas de baralho espalhadas. Sobre um aparador, num dos lados, estavam várias garrafas de vinho e bandejas de prata com queijos e conservas. Numa das paredes havia um espelho que refletia a visão do palco, para que os que estivessem muito ao fundo do camarote pudessem vê-lo diretamente. No meio do camarote havia uma cortina aberta, que permitiu a Chiaretta ver o peitoril dourado do balcão e cerca de meia dúzia de cadeiras estofadas de veludo vermelho.

Os donos do camarote ainda não tinham chegado, porém, minutos depois, Claudio foi saudado por um homem que retirou a máscara para se revelar. Era Marco Grimani, da família a que pertencia o teatro de ópera, fazendo a ronda dos camarotes para cumprimentar os amigos.

— Eu soube que você estaria aqui — disse a Claudio — e queria conhecer sua esposa, a famosa Chiaretta della Pietà.

Fez uma mesura para ela e segurou sua mão, comentando:

— Maldito *Carnevale*! Durante anos tentei ver seu rosto, e agora ele está coberto por uma máscara!

— Pode tirar a *bauta* — disse Claudio à esposa, aproximando-se para lhe tirar o chapéu. Desamarrou a máscara e a ajudou a tirar o capuz e a capa pela cabeça.

— *Brava*! — exclamou Marco. — É a prova de que as *putte* são anjos, afinal! — E levantou a mão dela com um floreio, beijando-lhe o pulso.

A conversa foi interrompida pela chegada dos donos do camarote. Enquanto Claudio se sentava no sofá para conversar, Marco escoltou Chiaretta até a frente. Ela olhou para as fileiras de camarotes idênticos, alinhados nas laterais e na parte posterior do teatro. Conchas, flores e folhas em alto-relevo dourado decoravam as pilastras. Figuras humanas entalhadas em mármore sustentavam cada camarote.

Ela se debruçou sobre o parapeito para ver o salão lá embaixo, onde dezenas de pessoas circulavam.

— Onde eles vão se sentar? — perguntou a Marco.

— Não vão, a menos que aluguem assentos. Exatamente como na Pietà. — Marco apontou para algumas pessoas que carregavam bancos para a parte da frente. — Ainda falta uma hora. Aquilo ali estará abarrotado quando o espetáculo começar.

— Mas, como é que eles vão enxergar?

Marco deu um risinho.

— Ninguém presta muita atenção, de qualquer maneira — disse, e apontou para cima. — Olhe para o teto!

Numa das extremidades estavam pintados o brasão dos Grimani e uma figura que Marco lhe disse representar a Glória, cercada por querubins e divindades que seguravam guirlandas de flores. Mais para o outro lado ficava um quadro representando Vênus.

— É lindo — disse ela.

— Ah, você ainda não viu a melhor parte. É uma das maravilhas de Veneza! — gabou-se Marco. Nesse momento, o quadro de Vênus começou a se retrair, enquanto era baixado um lustre de quase dez metros de diâmetro. Quatro ramos de ouro e prata, sobre os quais ardiam dezenas de velas brancas, juntavam-se no centro no brasão da família Grimani, do qual emanavam raios dourados, incrustados com bolas pintadas como pérolas.

— Bravo! — exclamou Claudio, aproximando-se por trás deles e puxando outra cadeira. — Para minha esposa — disse, estendendo a Chiaretta uma tacinha de vinho cor de âmbar. — Os Grimani exibem o melhor espetáculo da cidade, antes mesmo de se iniciar a ópera.

— E, enquanto esperamos, podemos assistir à diversão pré-operística — emendou Marco, apontando para os camarotes do outro lado. — Lá estão os Gradenigo, apreciando o primeiro prato de seu jantar. E o que temos por aqui? — indagou, vasculhando os camarotes com os olhos.

Apontou para um em que um homem de *bauta* punha as duas mãos no corpete de uma mulher mascarada, antes de ambos fecharem a cortina às suas costas.

— Vamos fingir que não podemos imaginar quem são eles — disse Marco. — Afinal, estão usando máscaras. Quem saberia dizer?

— Não faço a menor ideia — repetiu Claudio, levantando as sobrancelhas ao trocar com Marco um olhar que Chiaretta não compreendeu.

Lá embaixo, no salão principal, ela viu dois homens discutindo. Ambos tiraram as máscaras e começaram a trocar murros. Não tardou para que outros se juntassem à briga, até uma pilha de corpos desferir socos e pontapés no chão, enquanto algumas mulheres se abanavam, aflitas, e as pessoas do primeiro andar de camarotes atiravam neles tudo o que podiam encontrar.

Fazia cinco ou dez minutos que a orquestra afinava os instrumentos, mas não conseguia fazer-se ouvir acima da algazarra, até que o maestro fez sinal para os músicos tocarem o mais alto possível. Quando o lustre subiu e o quadro de Vênus tornou a deslizar sobre a abertura no teto, eles tocaram as primeiras notas da ópera.

Chiaretta viu a cortina subir e revelar um cenário que evocava um antigo porto grego. Havia uma nave ancorada num cais no centro do palco, enquanto, num dos lados do proscênio, via-se um templo ao ar livre. Chiaretta viu o pátio de um palácio, com uma escadaria de mármore que levava a um quarto de dormir no mezanino, do lado oposto do palco. De uma forma tão perfeita que parecia não haver nenhuma parede traseira no teatro, o cenário fundia-se com um pano de fundo pintado que retratava um litoral e uma armada naval ao longe.

O público do salão aplaudiu e voltou ao que estivera fazendo. Bailarinos subiram ao palco para apresentar um número e preparar o cenário para a entrada do herói e seu séquito de soldados. Após alguns minutos de recitativo, uma voz rasgou o alarido do teatro e fez o público prestar atenção por uns breves momentos. Embora o timbre estivesse dentro da extensão vocal feminina, lembrando Caterina ao cantar Judite, a voz ressoou na parede dos fundos e no teto com o que pareceu a Chiaretta um volume várias vezes maior.

— Sabe quem é? Você está vendo um dos maiores *castrati* de nossa época — disse-lhe Claudio. — É Senesino. Ele irá para Dresden depois que esta ópera terminar, mas dizem que planeja cantar para Händel, em Londres.

A heroína ia se apaixonar por um homenzinho baixote, com rolos de banha transbordando da gola da roupa? *Ele parece uma noz com braços e pernas*, pensou Chiaretta. Mas, no que o cantor continuou sua ária, a magnitude de sua voz começou a fazer com que tudo, até o amor por uma noz, parecesse possível.

— Pulmões de homem e voz de menino — comentou Claudio. — Mas é um preço e tanto para se pagar.

A voz de Senesino alteou-se, levando a uma *cadenza* repleta de trinados, descidas rápidas e sequências de notas que se tornavam cada vez mais agudas, até a plateia inteira observá-lo. Acionada por um floreio de seus braços gorduchos, a orquestra juntou-se a ele e a ária chegou ao fim, sob uma explosão de aplausos.

Em seguida, o palco tornou a se encher de soldados e de mulheres que lhes acenavam adeus antes da partida para a guerra. Senesino embarcou num navio no centro do palco. A seu redor, fileiras pintadas de ondas moveram-se de um lado para outro e seu navio começou a balançar. Um deus desceu voando dos caibros e os dois fizeram um dueto, antes que a divindade desaparecesse acima do palco. Quando o navio saiu de cena, Senesino elevou a voz. Brandindo a espada, fez a cortina descer, encerrando o primeiro ato.

Exceto por uma batalha naval completa, com canhões, fumaça e um navio naufragado, desaparecendo sob o palco, a plateia ignorou quase todo o restante da ópera. Os assentos do lado oposto do teatro ficaram vazios, a não ser quando Senesino cantou, e, abaixo de Chiaretta, as pessoas dos camarotes dos andares inferiores estavam mais empenhadas numa disputa para ver quem cuspia mais longe sobre o público do salão.

Ao ver os outros cantores lutarem com o barulho, Chiaretta pensou nas plateias extasiadas que se sentavam no salão da capela, enquanto ela cantava no balcão. Naquela noite, uma soprano já havia interrompido uma ária na metade e corrido para os bastidores, gritando para o público parar de atirar coisas no palco, e outra cantora deixara sua voz ir sumindo, como se o esforço não valesse a pena, porém a maioria apenas prosseguiu bravamente.

Por fim, até Chiaretta se entediou e foi se juntar a Claudio, que tinha o rosto enrubescido pelo vinho e perdia alegremente nas cartas. Ela se postou atrás do marido, com os dedos apoiados em seus ombros. Ele ergueu uma das mãos para dar um tapinha na dela.

— Minha sorte chegou — disse aos amigos, e ganhou as três rodadas seguintes.

A cortina desceu pela última vez, o lustre tornou a baixar e a plateia começou a rumar para a saída. Disfarçando um bocejo, Chiaretta pôs a *bauta*, segurou o braço de Claudio e os dois desceram para o saguão e para a rua.

A praça em frente ao teatro transformara-se numa cena turbulenta de foliões mascarados, malabaristas, músicos de rua e vendedores de guloseimas e quinquilharias. Claudio conduziu Chiaretta pela aglomeração e por ruas secundárias, protegendo-a com o corpo das massas de pessoas que tentavam forçar a passagem em ambas as direções.

E então, o casal chegou à Ponte Rialto. Acima deles, o arco de pedra estava abarrotado de gente, fazendo Chiaretta lembrar-se do dia em que tinha assistido às brigas na Ponte dei Carmini, quando era pequena. Canções indecorosas, entoadas por corais embriagados, vagavam pelo ar noturno, mas, naquela noite, uma ou outra pena que se soltasse de uma máscara e uma garrafa vazia de vinho foram tudo o que caiu da ponte.

Mesmo assim, Chiaretta apoiou-se no braço de Claudio e o apertou com força. Queria ir para casa. *Para casa.* O Palazzo Morosini, sua cama, seu quarto e o marido ao seu lado.

MADDALENA OUVIU os sons da primeira noite do *Carnevale* atrás dos muros da Pietà. Mais cedo, estivera no parlatório, vendo grupo após grupo passar por lá. As *figlie* tinham conversado e rido, com os rostos colados na grade, oferecendo doces e tacinhas de vinho aos convidados através da barreira e batendo palmas quando os foliões as entretinham com marionetes e truques de mágica.

Maddalena havia observado para ver se Chiaretta estaria entre eles, quem sabe. Ela estivera na Pietà com Antonia duas vezes desde o casamento, mas a experiência de conversar pela grade tinha sido tão desconcertante para as irmãs, que ambas tinham ficado contentes ao término das visitas. Nessa noite, porém, Chiaretta não havia aparecido e, embora isso não surpreendesse Maddalena, ainda assim ela saíra decepcionada do parlatório repleto e fora se deitar sem ter um vislumbre da irmã.

Dias depois, Vivaldi chegou para uma conferência sobre dois concertos que Maddalena supervisionaria. Apareceu com o cabelo comprido e desalinhado e círculos vermelhos em volta dos olhos. As mãos tremeram quando ele tirou o violino do estojo, e Maddalena viu seus braços estremecerem repetidamente, como às vezes acontecia com os dela, ao acordar de um pesadelo.

— Você está passando bem? — perguntou.

Vivaldi deu de ombros:

— É só nervosismo. *L'Incoronazione di Dario* estreia na próxima semana e a pintura do palco ainda não foi feita, o *castrato* age como se fosse Deus, e os investidores pensam que posso produzir uma ópera sem dinheiro.

Não esperou qualquer reação e prosseguiu com um sorriso conspiratório, dizendo a Maddalena:

— Recebi uma encomenda de dez concertos e os entreguei em três dias.

— Como pôde fazer isso?

— Não dormi! E eles não eram inteiramente novos, mas, enfim, o que significa realmente "original"? Peguei obras que já tinha escrito e as modifiquei um pouquinho, aqui e ali. Todos fazem isso.

Sua risada soou como uma troça disfarçada.

— Às vezes eu só arranco a página de rosto e escrevo outra, dedicando a obra à pessoa que a comprou. Ninguém sabe a diferença. E o cliente a quem os vendi está indo embora de Veneza, de qualquer modo.

Aquilo não parecia muito honesto, e Vivaldi notou a expressão de dúvida no rosto de Maddalena, dizendo:

— Não tenho alternativa. A música paga muito mal. Tenho uma casa e dois empregados. Preciso comer, e eles também. E meu pai não anda bem de saúde e talvez se mude em breve para minha casa.

Levantou as palmas das mãos e dirigiu a ela um olhar desamparado.

— Maddalena, para você, a música pode ser o que quiser: sonhadora, sensual, sentimental, apaixonada, quem sabe? Para mim, ela é um negócio e, quando me sento à escrivaninha para compor, receio que, na maior parte do tempo, eu seja estritamente um mercenário.

Percebeu a expressão sombria da moça e pediu:

— Não me despreze. A escolha não é minha. Simplesmente, a vida é assim.

Suas palavras foram jorrando, cheias de tiques nervosos e gestos extravagantes. Sem dizer palavra, Maddalena pôs na mesa um copo de peltre cheio d'água, ao lado do estojo do violino, e aguardou.

Tenho mais o que fazer, pensou com seus botões, apanhando a música nova que Vivaldi trouxera. *Eu poderia estar levando isto às copistas. Tenho um concerto para ensaiar. Tenho que visitar uma aluna na enfermaria.*

Vivaldi bebeu um gole sem tecer comentários:

— A Congregazione não anda muito satisfeita comigo, porque tenho gastado quase todo meu tempo com minhas óperas.

— Óperas? — repetiu Maddalena, trazendo o pensamento de volta ao presente e procurando parecer mais interessada do que estava. — Há outra, além de *Dario*?

— *Penelope la Casta*. Você sabe, a história da mulher de Ulisses.

Vivaldi bebeu outro gole de água, pensou por um momento e disse:

— Ela é meio parecida com você. Paciente. Sempre esperando.

Esperando? Ele acha que não tenho nada para fazer, além de esperar que ele apareça? Maddalena começou a afrouxar o arco.

— Precisa dormir — disse, tentando controlar a irritação na voz.

Vivaldi inclinou-se para a frente e, apoiando os cotovelos nos joelhos, cobriu o rosto com as mãos.

— Você é sempre muito boa comigo. Acho que tem razão.

As palavras de carinho que um dia tinham sido seu sustento agora a exasperavam enormemente. *Pois vá*, pensou ela. *Vá logo.*

Vivaldi já estava arrumando suas coisas:

— Ainda não estou doente, mas já deveria estar. E eles são todos inclementes. Sem a menor compaixão — disse, fechando com força o estojo do violino. — É melhor eu ir para casa.

De uma janela, Maddalena o viu seguir com a mão no peito pela viela ao lado da Pietà; ela não saberia dizer se por dor ou por hábito. Sentiu um bolo no estômago, como no dia em que havia tateado o interior do armário à procura do arco desaparecido. Vivaldi era um homem difícil, mas, desde seu regresso, a música executada pelo coro tinha sido divina, às vezes tão requintada que era como se o coração de Maddalena pairasse fora do corpo, vivenciando a música sem a mediação de qualquer tipo de fronteira.

— Não falei sério sobre você ir embora — murmurou, mas, no momento mesmo em que o disse, a outra parte dela alegrou-se por ver as costas do compositor desaparecerem numa esquina.

NA OCASIÃO SEGUINTE em que o encontrou, Vivaldi chegou com a notícia que ela não queria ouvir. *Dario* era um sucesso financeiro, mas a ópera em si não tinha recebido grandes elogios, e a atividade de empresário no implacável meio teatral de Veneza era pior do que ele havia esperado. Antes mesmo da primeira apresentação de *Penelope*, Vivaldi tomara a decisão de partir para Mântua assim que terminasse o *Carnevale*, a fim de tentar a sorte por lá. Desligara-se da Pietà por acordo mútuo e estava passando por ali apenas para se despedir.

À noite, deitada sozinha em sua cama, Maddalena recordou a última partida de Vivaldi, que quase lhe destruíra a vida, e achou estranho já não conseguir lembrar do que havia pensado e de por que ficara tão transtornada. *Não reconheço mais aquela mocinha*, pensou com seus botões.

Virou-se de lado e correu os olhos pelo cômodo. *Enquanto eu estiver aqui, você será sempre protegida*, lembrou-se de ouvi-lo dizer; no entanto, ali estava ela, dormindo entre as regentes do coro, e já não precisava dessa garantia.

Mas por que estou me sentindo tão vazia? Desde o retorno de Vivaldi, ela passara vários anos na correria, fingindo não se importar, e ela mesma havia acreditado nisso. Nesse momento, porém, visualizou uma carruagem seguindo pela estrada para uma nova cidade, e Vivaldi lá dentro, com a cabeça repleta de música, e desejou estar ao lado dele.

Ergueu-se na cama, sentando-se para pensar. As cobertas escorregaram para seu colo, deixando os ombros à mostra no ar frio do dormitório.

Ele é o músico mais brilhante de seu tempo.

Ele é padre.

Eu sou uma órfã que toca violino.

Era só isso. O resto era gentileza e sorte, nada mais.

Nada mais? Maddalena duvidou. Ela se tornara adulta e seu julgamento dessas questões era melhor que da última vez que ele partira. Sim, Vivaldi se importava com ela, disso tinha certeza, mas por que se dar o trabalho de ficar acordada pensando nisso, ou no que sentia por ele? Maddalena tornou a se deitar. Era bom estar onde estava e ser quem era. Que diferença fazia, se Vivaldi queria estar com ela? Por que sequer perguntar a si mesma se queria estar com ele? De que adiantaria ela expor o passado à luz e se perguntar se a palavra certa para designar o que tinha sentido por ele era amor, paixão, ou alguma outra coisa?

Ele se fora, e até o fato de pensar nesse homem a arrastaria para o fundo do poço, tão certo quanto as coisas indesejadas e amarradas a pedras iam para o fundo da lagoa.

Que há de errado comigo?, perguntou-se, sentindo as mãos frias e pegajosas ao aproximá-las do rosto. Anna Maria murmurou alguma coisa durante o sono e Maddalena ouviu outra cama ranger, quando uma das *sotto maestre* se virou. *Talvez meus humores estejam em desequilíbrio. Talvez eu deva pedir para me fazerem uma sangria*, pensou, *para me livrar desta guerra em minhas veias.*

Mas ela também se sentiu inundar por outra sensação, uma leveza surpreendente, quase uma tonteira. Vivaldi era estafante, com suas oscilações de humor, os pulmões frágeis, busca do caminho mais fácil, as pequenas fraudes. Agora a vida seria mais fácil, sem ele tomando tanto espaço. Maddalena poderia concentrar-se apenas no coro, cercando-se de música e da nova geração de *putte*. Em poucos anos se tornaria a *maestra*, quando Prudenzia se aposentasse. Haveria mais Elizabetas entre suas alunas, e ela poderia amá-las por sua pureza e simplicidade.

Isso deveria bastar, disse a si mesma, porém, ao imaginar seu futuro, achou que deveria sentir um entusiasmo maior. E então compreendeu. *Quero amar alguém e ser amada do mesmo modo. Não como as irmãs se amam nem como amo as* putte *e elas a mim, mas como...* Deteve-se por um momento, antes de reconhecer o que estava pensando: *como um homem e uma mulher.* Estar perto de Vivaldi talvez a tivesse feito vislumbrar alguma coisa que as pessoas sentiam e faziam, em circunstâncias diferentes. Maddalena só notava a falta de algo em sua vida quando Vivaldi se ausentava. Mas não podia ser amor o que sentia por ele. O amor deveria trazer uma sensação diferente da dor que ela sentia no peito.

Como seria a experiência de se deixar atrair para o interior da aura cálida emanada por outra pessoa, insinuar-se dentro dela e ficar vivendo lá? Maddalena continuou deitada, tentando imaginar. A única pessoa que ela havia envolvido nos braços e estreitado com força tinha sido sua irmã. Agora, Chiaretta se fora, e Vivaldi também. Ela sentiu algo em seu íntimo começar a se fechar, os primeiros movimentos do desespero e da autocomiseração.

— Não! — murmurou no travesseiro. *Nunca mais vou me sentir tão mal quanto fiquei na última vez que ele se foi.* Sentiu seu hálito quente no travesseiro. *Nunca.*

Dezesseis

A BARRIGA DE ANTONIA, já no oitavo mês de gestação, estava grande como um alaúde. Todas as manhãs, Chiaretta levava-lhe em segredo os doces e outros acepipes que o médico e o marido lhe haviam proibido, por medo de seu peso crescente.

— Quando eles tiverem os bebês, eles que se matem de fome à vontade — disse Antonia quando Chiaretta chegou, um dia, quase no fim do *Carnevale*. Fez sinal para que a cunhada tirasse o contrabando dos bolsos e o pusesse em seu colo. Depois, inclinando-se para a frente o quanto pôde, para sair da nuvem de travesseiros dispostos na cabeceira da cama, desfez o embrulho. — Nozes confeitadas! E frutas cristalizadas! — gritou, levando à boca um quadradinho de limão cristalizado. — Você é muito boa para mim, mas será que amanhã pode arranjar um pouquinho de vinho? Daquele doce, de que eu gosto?

— Antonia! — exclamou Chiaretta, dando um tapinha no joelho que se erguia sob as cobertas. — Isso é meio difícil de esconder, e depois, que é que eu vou fazer: ir à cozinha e dizer que preciso de uma garrafa de vinho?

— Por que não? Eles são seus criados. Ninguém vai falar.

— Exceto com a sua mãe.

— Ah, por favor, nem me lembre disso — gemeu Antonia. Apertou a barriga. — Santa Maria, isso dói! Não vejo a hora de acabar. — Reclinou-se, respirou fundo algumas vezes e disse: — Então, conte-me o que meu irmão anda aprontando.

O rosto de Chiaretta toldou-se.

— Ele tornou a não voltar para casa ontem à noite.

— E quantas vezes ele já fez isso?

— Não sei.

— Ótimo. Você não está mais contando. Já é um progresso. Você não disse nada à minha mãe, disse?

— É claro que não!

Na primeira vez que encontrara a cama de Claudio intocada, Chiaretta havia procurado Giustina, em pânico, certa de que ele teria se afogado no canal, ou de que estaria numa cela de prisão depois de ser denunciado e detido. Giustina tinha sido implacável. Chamara Chiaretta de tola e ingrata. Claudio faria o que os maridos tinham o direito de fazer, e ela saberia disso, se tivesse sido criada para ser esposa de um aristocrata. Chiaretta havia jurado que, desse dia em diante, mesmo que Claudio passasse uma semana sem voltar para casa, a sogra não saberia disso por ela.

— Eu não sei dizer se Piero está em casa ou não. E também não me importo — disse Antonia. Seu desconforto a deixava rabugenta e irritadiça, ansiosa por se lançar em histórias sobre a jogatina do marido, suas prostitutas e sua obtusidade imperdoável.

Nesse dia, ela apenas deu de ombros.

— Ajude-me a passar para minha cadeira, sim? — pediu. Depois de se acomodar, começou:

— Acredite, o inusitado é o volume de atenção que o Claudio lhe dá, não a falta dela. Você ainda não tem seus próprios amigos, mas no próximo *Carnevale* os terá, e eu ficaria surpresa se ele a levasse a algum lugar... ou se você quisesse isso. Os maridos não são uma grande diversão.

— Mas eu vejo mulheres casadas o tempo todo!

— Não com os maridos — retrucou Antonia, olhando para Chiaretta como se ela houvesse enlouquecido. — Quando eu voltar a ter meu corpo, vou arranjar um *cavaliere servente*, ou talvez uns dois ou três, para me trazerem presentes e me levarem à ópera e a jantares, e para jogarmos no Ridotto.

— *Cavaliere servente?*

Antonia arregalou os olhos e deixou cair o queixo, fingindo espanto.

— Antonia, não zombe de mim.

— Desculpe-me. Estou parecendo uma velha ranzinza — disse. Fez uma careta e comprimiu a lateral da barriga. — O bebê fica se mexendo, e às vezes dói para valer. Quer sentir?

Pegou a mão de Chiaretta e a pressionou contra a própria barriga. Chiaretta sentiu o bebê se afastar da pressão e se reacomodar do outro lado do ventre.

— Como é a sensação? — perguntou.

— De estar grávida? É um horror, mas acho que vou gostar de ter a minha pequena realização correndo pela casa. — Antonia recostou-se na cadeira e pôs os pés inchados sobre um escabelo forrado de brocado e veludo. — Meu Deus, tomara que seja um menino. Rezo por um menino todas as noites.

— Por quê?

— Chiaretta, *maritar o monacar?* Você não pode ter deixado de notar isso!

Casar ou ir para o convento. *Se o Bernardo fosse meu pai, eu poderia ter sido forçada a ir para um convento, ou a me casar com um homem quase do dobro da minha idade e que eu não amasse,* Chiaretta compreendeu. Não era exagero. Isso fora exatamente o que ele tinha feito com Antonia e a irmã dela. Em alguns aspectos, por estranho que parecesse, ela e Maddalena haviam tido sorte por serem abandonadas. Pelo menos tinham feito algumas escolhas por si.

O tom de Antonia, ao falar de Piero, já trazia um toque de sarcasmo e amargura. Apesar disso, ela exalava otimismo e a ideia de que, embora o casamento fosse uma decepção e uma chatice, a vida não precisava sê-lo. Por trás de todas as suas reclamações perfilava-se o espectro da alternativa — o rosto sem vida de sua irmã, olhando pela grade do parlatório do convento de San Zaccaria, quando as mulheres da família iam visitá-la.

Antonia continuou a falar:

— Quando eu sair do resguardo, vou mandar fazer todo um guarda-roupa novo. Dizem que a cintura nunca volta a ser a mesma, e eu vou custar uma fortuna ao Piero — afirmou. Ela já mostrara a Chiaretta umas 12 peças de tecidos que havia escolhido para si, dentre os mais caros do estoque do marido. — E depois, vou vestir minha *bauta* e exibir todos esses lindos vestidos ao meu amante!

— Amante? Você tem um amante? — espantou-se Chiaretta. O dia vinha se revelando cheio de surpresas. — Então, é isso que eles são, esses... como foi que você os chamou? *Cavalieri serventi?*

Antonia a fitou, assombrada.

— Você realmente não sabe nada sobre isso, não é?

Chiaretta balançou a cabeça.

— O *cavaliere servente* é um homem que está sempre por perto, para levá-la a passear e para lhe comprar lembrancinhas e lhe fazer visitas, de modo a não deixá-la ficar entediada. É muito mais útil que o marido. E eles não têm a expectativa de uma relação sexual. Na verdade, tudo depende de não terem nenhuma.

Estendeu o braço e deu um tapinha na mão de Chiaretta, como quem tranquiliza uma criança.

— E é claro que você sabe o que é um amante, não é?

— Isso eu já descobri, obrigada — disse Chiaretta, que se inclinou para a frente e sussurrou: — Você também tem um desses?

— Ainda não, mas terei. Sinceramente, o Piero... — torceu o nariz, como se houvesse acabado de sentir cheiro de lixo apodrecido, e completou o pensamento envesgando os olhos.

Chiaretta foi até a janela recompor as ideias. *Não quero um amante nem um cavaliere servente. Quero meu marido.*

— Chiaretta? — chamou Antonia, dirigindo-lhe um olhar intrigado, e ela percebeu que devia ter se perdido em suas reflexões por um bom tempo.

— Desculpe. É só que... às vezes eu me pergunto se deveria ter me casado com o Claudio.

Antonia ficou chocada.

— Você parece tão feliz!

— Eu *sou* feliz. Eu o amo. Ele é muito bom para mim.

Quebrando a rotina, Antonia não preencheu o silêncio com pilhérias nem implicâncias, mas esperou que a cunhada continuasse.

— Só quero que o Claudio esteja comigo. Eu não sabia disso tudo. Nada faz sentido para mim. Talvez eu devesse ter ficado na Pietà.

Antonia riu.

— Você não pode realmente imaginar-se como uma velhota lá, pode? E, além disso, agora já está feito — disse. Inclinou-se para Chiaretta, tanto quanto seu barrigão permitia, e sua voz tornou-se solene. — O casamento não é o que você pensa. É aquilo que lhe dá a liberdade de se divertir neste mundo, só isso. Creia em mim, é o que o Claudio está fazendo.

Ao ver o rosto abalado de Chiaretta, apressou-se a explicar:

— O único verdadeiro erro que poderia cometer seria esperar que Claudio fosse diferente dos outros. Ficará infelicíssima, se fizer isso. E é uma perda de tempo não tratar de aprender, você mesma, a jogar o jogo. A vida em Veneza não tem sentido se não houver riscos. Você pretende sentar-se sozinha em sua *loggia* pelo resto da vida, tentando adivinhar qual dos casais das gôndolas é formado por seu marido e a amante dele?

Chiaretta cobriu a boca com a mão.

— Como é que você sabia?

— Foi só um palpite. Eu mesma fiz isso, até decidir que não me incomodava.

O sol da tarde iluminava o outro lado do canal e Antonia precisava repousar. Ao menos por uma vez, Chiaretta ficou contente pelo fato de a hora avançada lhe dar um pretexto para se retirar.

QUEM É ESSA PESSOA que chora o tempo todo?, perguntou-se Chiaretta, voltando para casa na penumbra do *felce*. *Que aconteceu comigo? E o que farei com isso?*

Esfregou a testa para se livrar do tormento de indagar quais seriam os segredos de Claudio. Talvez ele estivesse em casa quando ela chegasse. Talvez não fosse preciso passar outra noite beliscando o jantar e tentando banir as ideias do que ele estaria fazendo. Talvez Bernardo a convidasse para compartilhar a refeição deles. Valia a pena ter que suportar Giustina para dispor de uma dose do bom humor do sogro, ainda que a cadeira de Claudio permanecesse vazia. Mas também era raro Bernardo estar em casa, talvez pelas razões que Antonia tinha começado a explicar.

Claudio havia chegado e seu rosto se iluminou ao ver a esposa. Beijou-a e passou meia hora antes do jantar na sala de estar dela, conversando sobre seus negócios e a próxima temporada de óperas no Teatro Sant'Angelo. Aceitou uma resposta vaga de Chiaretta sobre o tempo que ela passava com Antonia e, em seguida, levantou-se de um salto.

— Quase me esqueci! — exclamou, tirando da jaqueta uma caixinha com duas pérolas grandes, presas a grampos de cabelo. Inclinando-se sobre Chiaretta para colocá-los em seu cabelo, ele beijou as duas orelhas dela, mordiscando os lobos até ela dar um gritinho e se esquivar.

É isso que eu quero de você, pensou ela. *É isso que torna minha vida perfeita.* Sentiu um latejo conhecido nos seios, à medida que seus mamilos endureceram, e levantou o rosto para encostar os lábios nos dele, demorando-se para brincar com a ponta da língua em sua boca.

— Devo dizer aos criados que jantaremos mais tarde? — perguntou Claudio.

— Por favor — respondeu Chiaretta, segurando a mão do marido para se levantar e depois lhe dando as costas, para que ele pudesse desatar os laços de seu vestido.

MAIS TARDE, os dois ficaram do lado de fora, vendo um grupo de música de câmara num *burchiello* fazer uma serenata para alguém na casa ao lado. Um rapaz com um buquê de flores levantou-se e cantou em direção a uma sacada, embora Chiaretta não conseguisse ver se havia alguém nela.

— Foste feita para os beijos — cantou ele. — Um homem morreria em êxtase, se esta noite pudesse ao menos vislumbrar teu rosto. — Elevou a voz e implorou, num coro repetido: — Por piedade, não digas não.

Chiaretta aconchegou-se a Claudio no ar enevoado da noite primaveril.

— O que os pais dela pensarão disso? — perguntou.

— Os pais? Ele está cantando para a dona da casa.

Chiaretta virou-se para olhá-lo, perplexa.

— Isso não é nada, na verdade, é só adulação. Provavelmente, amanhã ele fará uma visita para receber os agradecimentos pela serenata. Trará as flores, já meio murchas, e recitará um poema que escreveu sobre elas, dizendo-as tão humilhadas quanto ele, pelo fato de a amada não o aceitar.

— E depois?

— Nada. Embora ele possa alimentar a esperança de que a dama acabe dizendo sim, ela não fará isso. E, enquanto a mulher o provocar, ele continuará a aparecer. Mas seria um grande erro ela permitir que a coisa fugisse do controle.

— O que o marido dela pensa?

— Ele não se importa. Na verdade, desde que todos sigam as regras, fica contente. Isso deixa a mulher feliz. — Claudio puxou-a para mais perto. — É provável que ela tenha mais de um *cavaliere servente*. Você também os terá — disse, beijando-lhe o cabelo. — Eu até a ajudarei a escolher o primeiro, alguém que não se aproveite de você.

Virou-se para Chiaretta.

— Por que esse olhar triste? Você precisa ter amigos, precisa ter admiradores. É assim que as coisas são. Eu não me incomodo — disse, depois se afastou. — Vamos entrar?

Uma hora depois, deitada em sua cama, Chiaretta ouviu a voz de Zuana no *portego*, dando boa-noite a Claudio. As botas dele clicaram ao passar pelo piso de mármore, e o som desapareceu quando ele desceu a escada em direção ao cais.

NA MANHÃ SEGUINTE, pela primeira vez desde o casamento, Chiaretta não foi ver se Claudio estava em seus aposentos. Em vez disso, sentou-se diante da penteadeira com sua caixa de joias, segurando ora um brinco, ora um grampo ou um pingente, inclinando a cabeça para um lado e outro e sorrindo como que para um admirador.

Chamou Zuana, que lhe penteou o cabelo, pôs-lhe o colar de pérolas, amarrou seu espartilho e a ajudou a pôr um de seus vestidos mais bonitos. Ela teria de usar um véu, mas, por baixo dele, sua pele estaria empoada e com uma ou duas pintinhas pretas e, se ela encontrasse alguém com quem flertar, pretendia fazê-lo.

— Quero visitar minha irmã — disse ao gondoleiro. — Leve-me à Pietà.

O que Chiaretta precisava aprender a fazer não poderia ser praticado num claustro repleto de virgens, mas ela não conseguiu pensar em outro lugar para ir. Sair sozinha já era um começo suficiente.

APESAR DE TER crescido lá, como mulher casada Chiaretta não tinha permissão para entrar em nenhum lugar da Pietà senão o parlatório. Com belos vestidos e o cabelo penteado, sentia um profundo incômodo por estar do outro lado da grade, espartilhada e maquiada como alguém que não era, e separada das meninas de vestido vermelho e branco por ter deixado um homem deitar-se entre suas pernas. *Já não faço parte de lugar nenhum*, pensou, enquanto esperava a irmã descer.

Maddalena parecia mais serena do que ela jamais a vira, e Chiaretta teve a estranha sensação de que era ela que estava do lado da grade ocupado pelas cativas. Suas pintinhas pretas e a maquiagem podiam impressionar as outras *figlie*, mas Maddalena não se deixou enganar por essa máscara:

— O que houve? — perguntou. Embora Chiaretta negasse qualquer problema e tagarelasse ruidosamente nos primeiros minutos da conversa, não tardou para que as duas se afastassem para um canto e baixassem a cabeça juntas.

Chiaretta não conseguiu pensar em nada para dizer. Por onde começaria? Maddalena estendeu a mão pela grade e ela entrelaçou os dedos nos da irmã. Passaram-se uns minutos de silêncio, enquanto ela enxugava de leve os olhos, para não deixar que a maquiagem manchasse.

— Quer que eu vá buscar o caderno para você poder escrever? — indagou Maddalena em tom meigo, com uma provocação apenas suficiente para arrancar um sorriso de Chiaretta.

— Não. Só quero ficar aqui sentada com você, se estiver tudo bem.

Maddalena apertou-lhe a mão.

— É claro.

Passaram mais algum tempo sem falar, até que Maddalena rompeu o silêncio:

— Você sabe que Vivaldi está indo embora, não é? Vai terminar o *Carnevale* e partir para Mântua.

— Claudio me contou. Você está bem?

— Não é como da última vez. Sou uma mulher adulta, uma *sotto maestra*. Agora sei quem sou.

Chiaretta vasculhou o rosto da irmã, à procura de sinais de que isso não fosse verdade, porém não encontrou nenhum.

— Estou falando sério — disse Maddalena. — Não preciso mais dele.

O BEBÊ DE ANTONIA era um menino, que recebeu o nome de Alessandro em homenagem ao pai de Piero. Respeitando o costume veneziano, Antonia foi acomodada em travesseiros altos nos dias que se seguiram ao parto, enquanto um fluxo contínuo de pessoas passava por seu quarto para dar votos de felicidade. O bebê foi entregue a uma ama de leite, que o levava diariamente para visitar a mãe, enquanto esta cuidava de uma tarefa mais importante: recuperar a silhueta.

Meses depois, amarrada em espartilhos mais apertados, Antonia já compensava a perda de todo o *Carnevale* do ano anterior, bem como dos outros festejos da primavera. Piero havia cumprido a palavra sobre o novo guarda-roupa da esposa e, no feriado do dia de São Marcos, em abril, ela parou com Chiaretta para se admirar nos grandes espelhos do *portego* do Palazzo Morosini, quando as duas terminaram de se aprontar para as comemorações.

O primeiro aniversário de casamento de Chiaretta havia chegado e partido, e suas pérolas tinham sido guardadas, mas ela havia esperado Antonia ficar pronta para sair novamente em público e começar a pôr em andamento seu plano de uma vida independente da de Claudio. Antonia tivera razão ao dizer que ele passaria pouco tempo com a mulher em seu segundo *Carnevale* e, não fosse por uma noite na ópera com Bernardo e algumas festas com amigos de Antonia, em pequenos cassinos particulares, Chiaretta não teria visto nada dos festejos que não pudesse ser observado de sua sacada. Agora, estava pronta para tornar a pôr os pés na rua.

Semanas antes, Claudio e Piero haviam anunciado que estariam numa balsa com investidores do Teatro Sant'Angelo, assistindo à regata que era o ponto alto da festa. Como esses cavalheiros não levariam as esposas, os dois tinham sugerido que Antonia e Chiaretta fossem juntas ver os gondoleiros em sua corrida anual pela lagoa.

Antes de sair, Claudio deu a Chiaretta o presente tradicional do dia de São Marcos — um botão de rosa vermelho, conhecido como *bocolo* e oferecido pelos homens às mulheres amadas. Beijou-a, desejou que ela se divertisse maravilhosamente com Antonia, vestiu a *bauta* e saiu. Chiaretta quebrou o cabo do *bocolo* e o prendeu no corpete do vestido, afastando com um dar de ombros uma pontada de culpa por usar a flor para acentuar os seios para outra pessoa. Claudio não apenas sabia o que ela estava fazendo, como tivera uma conversa com Piero a esse respeito. Sua mulher precisava de companhia, dissera ao cunhado. Passava tempo demais sozinha, e seria mais feliz se não perdesse tantas coisas. Piero havia transmitido essa informação a Antonia, não como quem traísse um segredo, mas como um modo de Chiaretta saber o que o marido pensava, sem a necessidade de uma conversa embaraçosa.

Antonia convidara outras duas pessoas para acompanhá-las no *burchiello* que havia alugado por um dia, a fim de que seu próprio gondoleiro pudesse participar da corrida. Elas levariam o espumante e Antonia forneceria o almoço. Os dois convidados eram, dentre os primos de Piero, os homens que Antonia julgava mais adequados para a prática do flerte.

— Luca e Andrea sabem quem você é — disse Antonia à cunhada, quando as duas desceram a escadaria larga que saía dos aposentos de Chiaretta. — Eles a ouviram cantar na Pietà. Andrea toca cravo e tem ótima voz, mas raramente deixa alguém ouvi-lo. Tem que ser praticamente arrastado para tocar nas recepções.

As duas passaram pelo *piano nobile* e Antonia reduziu brevemente o passo para olhar pela porta.

— Ótimo. Minha mãe não está. Não tenho que cumprimentá-la.

Recomeçou a tagarelar enquanto desciam os degraus que restavam para chegar ao cais.

— Luca é uma dessas pessoas cujo maior talento é ser de convívio fácil. Vai gostar dele. Todos gostam.

Chiaretta não estava ouvindo, porque ainda ponderava as últimas palavras ditas por Antonia ao saírem do quarto. "Claudio achou nosso plano para hoje perfeito", ela dissera. *Se é perfeito para ele,* jurou Chiaretta, *vou torná-lo perfeito para mim também.*

— Você me ouviu? — perguntou-lhe Antonia, quando elas pararam no abrigo úmido e bolorento dos barcos, embaixo do *palazzo.* — Qualquer um que a tenha ouvido cantar fica pronto para morrer de amores, especialmente depois de pôr os olhos em você. Lembre-se apenas de duas coisas: não deixe meus primos a beijarem na boca, mesmo que eles tentem fazer isso parecer uma coisa acidental, e nem uma nota dessa sua linda gargantinha. Eles devem passar anos implorando por qualquer coisa que queiram.

Os homens estavam parados no cais, de capuz e segurando as máscaras e chapéus das *bautas*. Luca Barberigo era baixo e meio barrigudo, com entradas na testa que começavam a se acentuar, embora ainda não tivesse chegado aos 30 anos. Um toque de franqueza em seu rosto deixou Chiaretta à vontade. Andrea Corner era alto e solene, de olhos azul-acinzentados e feições angulosas, a ponto de sugerirem cicatrizes que não estavam realmente presentes. A cabeleira era basta e quase negra, sem o menor sinal do dourado ou do ruivo encontrados em muitos venezianos.

Os dois sentaram-se ao sol com as mulheres, e o barco partiu entre as centenas que rumavam para a lagoa. Luca abriu uma garrafa de vinho da região do Vêneto e entregou uma tacinha a cada um.

— À tragédia do casamento — disse. — Ele roubou mais duas das belas mulheres de Veneza.

Antonia fez uma careta para a canhestra tentativa de sedução de Luca, mas ele se manteve imperturbável. Pegou e beijou a mão de Chiaretta, que deixou a mão dele demorar-se e lhe deu um sorriso coquete.

Luca serviu mais vinho, antes mesmo que as taças se esvaziassem, e Chiaretta fez uma pilhéria sobre esconder a sua, para que ele não lhe desse mais bebida. Logo depois brotaram gritos do extremo oposto da lagoa, num sinal de que a corrida tinha começado. Chiaretta viu se aproximarem dezenas de gôndolas enfeitadas de flores e flâmulas. Antonia levantou a máscara e vasculhou a distância, tentando avistar as flâmulas da família de Piero e de sua família de origem. Quando as gôndolas vieram céleres na direção deles, ela distinguiu a flâmula dos Morosini entre as embarcações que estavam na dianteira e chamou Chiaretta para ver.

A multidão gritava à passagem dos barcos e, quando os primeiros chegaram até Chiaretta, a gôndola dos Morosini levava uma pequena vantagem. Quando eles passaram, um homem que dava vivas numa balsa, do outro lado do trajeto da corrida, tirou a máscara e se inclinou para a mulher ao seu lado. Um botão de rosa vermelho caiu da mão dela quando o homem a beijou, antes de tornar a cobrir o rosto. Um vislumbre foi suficiente. Chiaretta sentiu o coração partir-se. Era Claudio.

TERMINADA A REGATA, ela inventou uma dor de cabeça e, para grande decepção de Antonia, pediu que a levassem para casa. Quando Claudio regressou naquela noite, ela ouviu seus passos no *portego* com pavor. *O que posso dizer-lhe?*, perguntou-se, mas ele foi se deitar sem passar para dizer boa-noite.

Quando Chiaretta se levantou no dia seguinte, Zuana havia deixado um bilhete de Luca numa salva em seu quarto de vestir. Ele lhe agradecia a companhia e perguntava se poderia ser seu acompanhante na próxima vez que ela saísse, onde quer que desejasse ir.

Luca era agradável e de convívio simpático, mas Andrea lhe interessara mais. Ele tinha um senso de identidade pessoal que emanava de todos os poros, uma intensidade que atingira o âmago de Chiaretta desde quando ela o vira pela primeira vez. Ele não havia falado muito, deixando a interação social por conta de Luca, mas no barco, o tempo todo, Chiaretta ficara torcendo para que ele empurrasse Luca de lado e se concentrasse apenas nela.

Zuana bateu na porta e entrou com mais um bilhete num envelope lacrado, junto com um botão de rosa vermelho.

"Com um dia de atraso, porém com sinceridade", escrevera Andrea em letra firme.

— *Madonna* quer alguma coisa? — perguntou Zuana.

O coração de Chiaretta batia forte.

— Sim. Estou me sentindo muito melhor. Vou sair esta manhã — disse. Antonia saberia o que ela deveria fazer a seguir.

O conselho de Antonia foi simples: encoraje os dois. Luca seria o *cavaliere servente* ideal — obediente, conveniente e pouco propenso a perder o controle de sua adoração. Seria um bom acompanhante no teatro e na ópera e cobriria os prejuízos dela nos cassinos, como se fosse um prazer ter os bolsos esvaziados. Quanto a Andrea, Chiaretta não tinha notado que ele não conseguia tirar os olhos dela?

— É melhor ainda do que Luca. Para aquele extrazinho... — disse Antonia, imitando um arrepio de excitação erótica. — É melhor do que sexo. Quero dizer, não ter a relação sexual e pensar nela durante todo o tempo em que se está com alguém, não acha? — Olhou para o rosto de Chiaretta, que não entendia nada. — Não, acho que não. Você ainda está apaixonada pelo seu marido.

Mais tarde, Chiaretta sentou-se no balcão do Palazzo Morosini, relendo os dois bilhetes. Como era que Antonia tinha dito? *A vida em Veneza não tem sentido se não houver riscos.* Entrou e tocou a sineta para chamar Zuana. *O casamento é aquilo que lhe dá a liberdade de se divertir neste mundo, só isso.*

— Traga-me papel para escrever e dois envelopes — disse à criada.

Dezessete

As INTERMINÁVEIS FESTAS de Veneza eram algo a ser suportado, no que dizia respeito a Maddalena. Especialmente durante a principal semana do *Carnevale*, grupos de *figlie di coro* saíam várias vezes por semana para se apresentar nas mansões, igrejas e outras instituições da cidade. Desatentas nos dias que antecediam as apresentações, impossíveis nos dias em que elas aconteciam e cheias de risinhos bobos depois delas, as *figlie* transformavam os ensaios num pesadelo para todas as professoras. Todos os anos, Maddalena ansiava pelo início da Quaresma e, até lá, sua única esperança era que, de vez em quando, os deveres pudessem ser suficientemente leves para permitirem alguns momentos com seu violino, numa sala de estudos sossegada.

Quando a Quarta-Feira de Cinzas impunha um fim abrupto aos festejos, a Pietà se reacomodava, como um folião que afunda numa poltrona conhecida depois de uma noite longa na rua. O clima na sala do violino ficava mais calmo, oferecendo um alívio palpável às *figlie*, que, quer o admitissem, quer não, tinham visto o bastante do mundo lá fora por algum tempo. Até as *iniziate*, que participavam da agitação, embora em geral não fossem convidadas, aquietavam-se quando as fantasias paravam de ser alimentadas por novos mexericos.

Nessa Quaresma específica, porém, Maddalena não esperava muitas oportunidades de relaxar. Anna Maria fora promovida a *maestra dal violino* alguns meses antes, quando Prudenzia se tornara uma das duas *maestre di coro* — o cargo mais alto entre as mulheres da orquestra, atrás apenas do diretor masculino e, entre as mulheres, da própria prioresa. Fazia muito tempo que Maddalena, agora com 29 anos, era uma das duas *sotto maestre dal violino*, mas nesse momento se viu sozinha pela primeira vez. Logo nomeariam uma outra e ela passaria a supervisionar apenas as *attive* do naipe de cordas, mas, enquanto isso, tentava executar as tarefas de duas.

Apesar do trabalho envolvido, as alunas iniciantes traziam algo precioso para sua vida. Eram tão pequenas e magras que, às vezes, Maddalena sentia vontade de puxá-las para baixo de sua capa e deixar que elas a abraçassem até sentirem vontade de nascer de novo para o mundo. Algumas carregavam o cenho com a intensidade de guerreiros ao batalharem contra o que suas mãos não lhes permitiam fazer. Outras passavam grande parte das aulas suspirando e arriando os ombros, enquanto as professoras, *figlie* pouco mais velhas do que elas, explicavam algo pela terceira ou quarta vez. Deixadas a sós por uns minutos, algumas, especialmente as mais novinhas, pegavam no sono, abraçadas aos violinos, enquanto os arcos caíam retinindo no chão.

Essa sou eu, pensava Maddalena, observando uma delas, e *ali está Chiaretta, e aquela é Anna Maria*, e ia se movendo pela sala, sorrindo para alguma coisa bem-feita ou pondo a mão no ombro de uma menina que chorasse de frustração ou cansaço. Mas um fantasma do passado ela havia jurado expulsar. Em sua sala não haveria nenhuma Luciana.

Meses depois de se tornar *sotto maestra*, ela viu uma garotinha ser reduzida às lágrimas por sua professora, uma menina de 13 anos chamada Gerita. Sua primeira reação foi o desejo de repreender Gerita severamente, mas ela se conteve. *São todas garotinhas*, disse a si mesma, e chamou a menina de lado depois da aula:

— Por que estava ralhando com a Cornelia?

— Porque ela fez tudo errado. Eu lhe disse o que fazer e ela não fez.

— Você acha que ela tentou?

Gerita parou um instante para pensar.

— Acho que sim. Ficou repetindo uma porção de vezes.

— Brigar com ela adiantou?

— Não — resmungou Gerita, aborrecida. — Vai ver que ela não é muito boa mesmo.

— Mas, se ela aprendesse, seria boa, especialmente para alguém que não está tocando nem ao menos há um ano. Então, o que acha que devemos fazer?

— Não sei. Só deixar que ela continue praticando, talvez?

— Por que não faz uma tentativa? E, se ainda assim ela não melhorar, me avise, e pensaremos em alguma coisa juntas.

Maddalena estendeu as mãos e ajeitou o capuz de Gerita, embora ele não precisasse ser ajeitado, e concluiu:

— Mas procure não deixar Cornelia saber que você está desapontada. Isso realmente não vai ajudar.

Elas só fazem o que lhes é mostrado, pensou, ao ver Gerita sair da sala de exercícios. *Em todos os sentidos: como segurar o arco, como dedilhar, como repreender.*

EM SEU SEGUNDO ANO como *sotto maestra,* chegou a vez de Maddalena ensaiar a orquestra para um concerto. Fazia semanas que o tempo estava frio e nublado, e muitas *figlie* andavam enfraquecidas por resfriados e tosses. A música era um conjunto de composições de Vivaldi, misturando várias peças que o coro já havia apresentado. O primeiro movimento era leve, de ritmo contagiante, mas as *figlie* vinham se arrastando nele. Frustrada, Maddalena estava prestes a despachá-las para praticarem sozinhas, quando lhe ocorreu uma ideia:

— Meninas! — chamou, batendo no atril com o arco. — Quero lhes perguntar uma coisa. — E olhou para todas, uma de cada vez. — É uma pergunta simples. O que as deixa felizes?

Algumas fizeram caretas, outras ficaram olhando, pasmas.

— O que quer dizer? — perguntou uma delas.

— Exatamente o que eu disse. Os gatinhos no pátio? Carne no jantar? O que faz o coração de vocês dar pulos e dizer: "Puxa, isto é que é um bom dia!"?

Gerita, já então uma bela mocinha de 16 anos, empertigou-se na cadeira:

— Eu sei! Eu fico contente quando nos jogam flores no cais.

Outra menina deu um risinho.

— Fico feliz quando nos dão vinho nas festas.

— Fico feliz quando meu cobertor aquece o bastante — disse uma voz quase inaudível. Várias *figlie* viraram-se para Benedetta, uma menina miúda de cabelos pretos, que tocava viola de amor e cujo lábio leporino a deixava tão constrangida que ela raramente falava.

O clima tornou-se solene por um segundo, até as *figlie* desviarem os olhos dela.

— Eu gosto dos fogos de artifício na lagoa! — exclamou outra.

— Muito bem — disse Maddalena. Com a boca curvada para baixo, tocou a música das *figlie* como uma lúgubre marcha fúnebre. Algumas riram. Depois, ela ficou mais ereta. — Fogos de artifício! — exclamou, tornando a tocar a música, só que límpida e luminosa. — Agora, é a vez de vocês.

As *figlie* pegaram seus violinos. As notas foram bem definidas e o ritmo foi animado e, ao terminarem, elas trocaram olhares felizes e reservados, antes de Maddalena chamá-las novamente à ordem.

A *sotto maestra* fez um sinal para Gerita.

— Levante-se e mostre-nos como se sente quando alguém lhe atira flores. Use seu violino.

Sem maior insistência, Gerita começou a tocar, quebrando a cintura e gingando os quadris, enquanto dava um sorriso coquete para as amigas do coro. Depois, fez uma mesura e se sentou, enquanto as outras aplaudiam.

Maddalena escolheu mais algumas e lhes pediu que fizessem demonstrações, e então chamou Benedetta.

— Você está bem quentinha na cama e começa a pegar no sono — disse-lhe. Pegou seu violino e tocou a lânguida abertura do movimento lento. — Você toca a sua parte e eu toco a minha.

Benedetta fechou os olhos e começou. O ar da sala aquietou-se. As frases musicais fluíram de sua viola com a facilidade da respiração, íntimas como um nó crescendo na garganta. *Minha cama está devolvendo o calor que tirou de mim. Minhas pernas e braços desdobram-se como uma flor quando brilha o sol.* Maddalena sabia o que havia na música de Benedetta.

A essa altura, havia parado de tocar e abraçava o violino junto ao corpo, vendo Benedetta terminar. O suspiro da garotinha foi o único som que se ouviu na sala quando ela abriu os olhos e deparou com o resto do coro a fitá-la, ainda completamente absorto na história que ela havia contado.

Terminou a hora do ensaio, mas ninguém quis ir embora.

— A música estará aqui amanhã — disse Maddalena, ao instruí-las a guardarem os instrumentos. — Ela só precisa de vocês.

QUANDO CLAUDIO chamara de perfeito o arranjo com Luca e Andrea, Chiaretta se perguntara como lidaria com esse golpe. Passado um ano, Antonia estava grávida pela segunda vez e nauseada demais para sair, mas os três comemoraram o aniversário de seu primeiro encontro assistindo à corrida de gôndolas no dia de São Marcos. Nesse ano, Chiaretta reclinou-se na embarcação e riu a tarde inteira, correndo a mão pela água e, de vez em quando, olhando para os três botões de rosa em seu corpete.

Em três temporadas de *Carnevale*, ela evoluíra do medo para o entusiasmo e até para certa desinibição.

— Esqueça todas aquelas bobagens que lhe disseram na Pietà sobre Deus querer que você seja boazinha o tempo todo — recomendava Antonia. — Quero dizer, você não preferiria que as pessoas fizessem fila para pedir perdão, em vez de ficar inteiramente só no paraíso por ninguém ter feito nada de errado?

Chiaretta ainda se ajoelhava no *prie-dieu* ao se levantar, mas, a essa altura, já havia perdido a noção dos ofícios diários, substituídos por sua prece matinal, que consistia num pedido de que a Virgem lhe desse um sinal, caso ela a desagradasse nesse dia. Quanto à oração da noite, não raro Chiaretta apenas se benzia ao se deitar e pedia perdão à mãe de Deus, caso ela tivesse mandado algum sinal que lhe houvesse escapado.

— Não me sinto menos religiosa — disse ela a Maddalena, dias depois da Páscoa. — Agora que tenho mesmo que me preocupar com o pecado, presto muito mais atenção a ele.

Maddalena sorriu.

— Aqui não há muitas oportunidades para pecar. E não sei ao certo por que Deus Se impressionaria com o tanto que rezamos aqui, uma vez que nos obrigam a isso — disse. Pensou um momento e completou: — Se eu fosse Deus, só levaria em conta o que a pessoa escolhesse fazer.

Chiaretta pareceu um tanto aliviada.

— Bem, eu me confesso toda semana. É uma escolha. E vou à missa todos os domingos — afirmou. Pensou por um instante. — Exceto no verão, quando vou para o interior — disse, e franziu o cenho. — Talvez eu não vá tantas vezes, afinal. Mas vou todos os dias durante a Quaresma.

Frisou esta última afirmação com a voz animada que Maddalena valorizava como um tesouro da infância de ambas. A *maestra* fez sinal para que Chiaretta aproximasse o rosto da grade e, quando ela o fez, estendeu a mão e lhe afagou a face.

— Você não mudou nada. E não consigo pensar em nenhuma razão pela qual Deus não a amaria tanto quanto nós a amamos — disse, e olhou para a porta do outro lado do parlatório. — Inclusive eles.

Não havia ninguém lá, mas Chiaretta sabia a quem ela se referia. Fazia quase um ano que Luca e Andrea a levavam para visitar Maddalena toda semana, antes de os três irem jantar num dos restaurantes próximos. Nesse dia, como o tempo estava melhor do que nas semanas anteriores, os dois tinham ido dar um passeio no cais, para deixá-la algum tempo a sós com a irmã.

— Especialmente o mais alto — continuou Maddalena. — Você está sempre de costas, e por isso não vê como ele a olha, mas eu vejo.

— Andrea? É Luca que me adora. Mas Andrea... bem, ele parece me achar divertida, só isso. É muito calado.

— Também é muito bonito.

Chiaretta enrubesceu.

— Você gosta dele — disse Maddalena.

— Mais que do Luca, na verdade. Luca é muito divertido e extremamente meigo, mas às vezes é um tantinho grosseiro. — Chiaretta baixou os olhos para as mãos, começou a ajeitar as luvas e disse: — Gosto do Andrea... de um modo diferente.

Maddalena deu-lhe um sorriso inquisitivo.

— Entendo um pouco de nutrir sentimentos por um homem sobre o qual até a esperança de tê-lo é um erro.

Chiaretta levantou os olhos.

— Vivaldi? — indagou. Agora, era ela quem esperava uma resposta, mas, antes que a irmã pudesse dá-la, a porta do parlatório se abriu e Luca e Andrea entraram.

— Brrr! — exclamou Luca. Está frio lá fora, para abril — comentou, aproximando-se da grade. — Posso roubar esta gentil senhora, só por uma semana?

Maddalena sorriu.

— Só se eu tiver sua palavra de que a trará de volta em segurança.

— Em segurança — repetiu Luca, batendo os sapatos como um soldado. — E com pontualidade.

Ajudou Chiaretta a se levantar, enquanto Andrea segurava a capa dela.

— Está pronta para jantar? — perguntou-lhe Andrea, numa voz tão baixa que transformou uma pergunta rotineira em algo privado e terno.

— A-hã — confirmou Chiaretta, balançando a cabeça e virando-se para Maddalena, para evitar o olhar dele. A mudança na expressão dela foi ligeira demais para ser notada por qualquer outra pessoa, exceto sua irmã. As sobrancelhas se uniram e os olhos se espremeram, tal como costumavam fazer quando ela ficava no balcão da Pietà, esperando para cantar uma música nova pela primeira vez — decidida, autoconfiante e com um pouco de medo.

NA FESTA DA ASCENSÃO, em maio, Antonia sentiu-se bem o bastante para ir ver o *Bucintoro* num *burchiello* alugado por Luca para esse dia. A embarcação larga, de fundo chato, proporcionara espaço suficiente para que três músicos os acompanhassem, a fim de tocar para os amigos enquanto eles flutuassem pela lagoa, e para que uma criada enchesse suas taças e lhes servisse o almoço. Os quatro sentaram-se sob um toldo vermelho vivo e tiraram as máscaras. O rosto de Chiaretta estava úmido de suor e ela o aproximou de Antonia, a quem entregou um guardanapo, como um sinal para que a amiga o secasse sem estragar a maquiagem.

— Permite-me? — perguntou Andrea. O coração de Chiaretta deu um salto.

— É claro! — respondeu Antonia em seu lugar, entregando o guardanapo ao rapaz com um sorriso matreiro.

Andrea bateu de leve com uma ponta do guardanapo na testa e nas faces de Chiaretta e, quando chegou à boca, desenhou-lhe o contorno. Ela baixou os olhos, constrangida com esse toque, e, ao levantá-los, deparou com os de Andrea a fitá-la. Ele examinou cada pedacinho de seu rosto, e Chiaretta não saberia dizer se isso durou alguns segundos ou alguns minutos. Depois, ele pegou o guardanapo, secou-lhe o pescoço e foi descendo a mão até enxugar o alto de seus seios, junto ao decote do corpete.

Para Chiaretta, a barca era um turbilhão de rostos. O de Antonia dava um sorriso triunfal, o de Luca ficara rígido, na tentativa de não franzir o cenho, e o de Andrea era solene como sempre, porém receptivo de algum modo, como se houvesse uma porta entreaberta pela qual pudessem fugir ou entrar segredos e intimidades.

Após a passagem do *Bucintoro*, a criada começou a servir o almoço e o *burchiello* deslocou-se para uma parte mais tranquila da lagoa, perto da ilha de Giudecca. Havia comida para todos e, quando os músicos se deram por satisfeitos, voltaram a seus lugares para recomeçar a tocar.

— Estou com vontade de cantar — disse Antonia, dirigindo-se a eles. — Conhecem esta: "*Quando fra l'altre donne ad ora ad ora*"?

— Ah, Petrarca — disse um dos músicos, tocando a melodia no violino.

— "Quando entre outras mulheres, aqui e ali, num belo rosto o amor se mostra" — cantou Antonia, e Luca a acompanhou, numa voz que subia e descia conforme os efeitos do vinho e do balanço da água.

— "E quanto menos belo é cada rosto do que o teu, mais cresce o amor que me enamora."

Antonia e Luca haviam chegado o rosto bem perto um do outro, trocando os olhares expressivos dos enamorados, antes de se afastarem às gargalhadas. Antonia virou-se para Chiaretta e perguntou:

— Por que não canta alguma coisa para nós?

— Eu? Não posso. Sabe disso!

— Ora, ninguém mais se importa com isso!

— Ninguém neste barco, pelo menos — concordou Luca, olhando para os músicos. — Vocês sabem quem é essa? — indagou, apontando para Chiaretta.

— Certamente — disse o líder. — É Chiaretta della Pietà. Quem poderia esquecê-la?

— E vocês a denunciariam, se ela lhes desse a honra de entoar uma canção?

O músico olhou para os outros dois e fez um gesto de quem cortava o pescoço. Os outros sorriram e retribuíram o gesto.

— Então, o que será? — perguntou Luca. — Nada religioso, espero.

— Não sei — disse Chiaretta. — Primeiro preciso perguntar ao Claudio.

— Ah, por favor! — adulou-a Antonia. — Ele está sempre em Viena, ou Roma, ou algum lugar. Isso pode levar meses!

— Antonia, eu não posso — apelou Chiaretta.

— Deixem-na em paz — ouviu-se a voz firme de Andrea. — Ela disse que não pode.

Antonia e Luca gemeram, cônscios de que aquilo significava que o assunto estava encerrado.

— Eu canto — disse Andrea.

Antonia ficou boquiaberta:

— Você nunca canta!

— Eu gosto de cantar, só não gosto de me apresentar. Hoje, em homenagem à ocasião... — Virou-se para Chiaretta: — Você conhece Veronica Franco?

— Não, acho que não a conheci — respondeu ela, e se virou para Antonia: — Conheci?

— É pouco provável — disse Andrea. — Ela está morta há mais de cem anos. Foi uma linda cortesã aqui de Veneza, e uma poetisa tão inteligente que deve ter enlouquecido nossos bisavós. Quer ouvir uma coisa escrita por ela?

— Por favor.

Andrea começou a cantar, fazendo sinal para que os músicos o acompanhassem.

— "O desejo faz doer o coração do qual brotam a esperança e a inquietude" — cantou. Sua voz era suave e sonora como um arco deslizando pelas cordas de um violoncelo. — "Por desconfiança, cometo erros que se tornam males duradouros. E de minhas teimosas ilusões vêm mil enganos, que devo depois aceitar como mágoas causadas por mim."

Todos aplaudiram quando ele terminou e, quase num sussurro, Chiaretta disse:

— Foi lindo.

— Meio lúgubre — retrucou Andrea. — Não sei por que me veio essa à cabeça.

— Parece mesmo muito fatalista — concordou Chiaretta.

— Parece, mas creio que tem mais a ver com um alerta — disse Andrea.

— Para não ser apanhado! — fez Antonia, estendendo a mão e tomando um gole de vinho da taça de Luca.

— Não, não é isso — discordou Andrea. — Quando amamos alguém, temos de tomar cuidado com os danos que nossas ideias loucas podem desencadear. É isso que eu acho que ela quis dizer.

Uma lufada de vento agitou a água e Andrea ergueu os olhos para o horizonte.

— Vem temporal — disse a Luca. — Daqui a uma hora estará chovendo. Devemos levar as senhoras para casa.

NUM JANTAR PRIVADO em seus aposentos, dias depois do retorno de Claudio, Chiaretta mencionou o pedido de Antonia de ouvi-la cantar.

Claudio deu de ombros.

— E o que aconteceu? Você cantou?

— Não! — respondeu Chiaretta, chocada com a sugestão. — Eu disse que não podia. Andrea me defendeu e o assunto terminou.

— Parabéns para Andrea! — exclamou ele, erguendo a taça num brinde. — E parabéns em dobro para minha esposa sensata e leal.

Chiaretta percebeu que ele estava pensando e resolveu esperar.

— Veneza está mudando — disse Claudio, por fim. — As coisas já não são tão rigorosas quanto antes. Não direi que uma denúncia não é um fato grave, mas, hoje em dia, não é nada de que a pessoa não possa se safar. É um incômodo, mais que qualquer outra coisa; um incômodo caro, provavelmente, mas ninguém recolherá meu cadáver no presídio por causa de uma canção.

— E a caução? Havia alguma coisa sobre um contrato de garantia com a Pietà, não é?

Claudio esticou o braço por cima da mesa e tocou na mão dela:

— A Pietà nem sugeriria que eu perdesse o valor da caução. Não iria querer antagonizar a família Morosini por uma coisa dessas. Olhe para meu pai. Ele arranja mais dinheiro para o *ospedale* com suas festas, todos os meses, do que aquela ridícula garantia contratual pagaria.

Claudio refletiu por um instante e disse:

— Na verdade, acho a ideia maravilhosa.

— O quê?

— Você voltar a cantar. O que acha da ideia de a Pietà mandar sua irmã aqui para montar um recital com você, apenas para alguns amigos? Se eles disserem que sim, a questão de você poder ou não cantar para outras pessoas ficará decidida, não lhe parece?

— Claudio, faz anos que eu não canto.

O rosto dele se iluminou à luz das velas.

— Exceto para mim. E faz tempo demais que o mundo não ouve sua voz.

Embora as rugas da idade no rosto dele e os indícios de fios grisalhos no cabelo fossem inconfundíveis, nesse momento, na opinião de Chiaretta, ele pareceu o homem mais lindo que já existira no mundo.

E ASSIM FICOU decidido. Pouco antes de os aristocratas de Veneza começarem a partir para suas mansões no campo e lá passarem o verão, várias dezenas de convidados se reuniram no *piano nobile* do Palazzo Morosini para uma noitada íntima, com um recital da antiga Chiaretta della Pietà e sua irmã.

Andrea havia concordado, novamente para extremo espanto de Antonia, em acompanhar as irmãs ao cravo. Na semana anterior, ao visitar o Palazzo Morosini para um ensaio, Maddalena falara com os dois sobre seu projeto de levar Benedetta e Cornelia a sua primeira festa particular. Mestra Prudenzia havia questionado a sensatez de levar Benedetta, em vez de outra menina mais atraente, porém Maddalena fora irredutível: enquanto coubesse a ela a seleção das jovens a se apresentarem, os convites iriam para as que trabalhassem com mais afinco e para as melhores musicistas. E ademais, pensou Maddalena com seus botões, nenhuma *figlia di coro* era mais fácil de amar do que a pequenina Benedetta, com seu rosto meigo e marcado. Se Maddalena fosse uma rica aristocrata veneziana, essa menina seria a pessoa capaz de lhe afrouxar os cordões da bolsa.

Maddalena não havia passado muito tempo frente a frente com Andrea até então, e pôde perceber por que Chiaretta o estimava. Ele era o tipo de pessoa que sorria quando algo era divertido e não sorria quando não era. Observava Chiaretta com uma atenção que não se mostrava cobiçosa nem intrusiva, mas nascia do interesse em que ela ficasse bem aquecida nos cômodos cheios de correntes de ar, comesse o suficiente e parasse para repousar quando estivesse cansada. O efeito em Chiaretta era inconfundível: ela ficava iluminada sempre que Andrea estava por perto.

— Terei que tomar cuidado com o que vamos servir — riu-se Chiaretta, contando aos dois a história das ostras. — Agora eu as adoro, mas elas *são* mesmo uma visão meio assustadora.

— É provável que os peixes com aqueles olhões fixos também não funcionem — lembrou Andrea. — Sempre me pareceram meio acusadores.

— E nada de animaizinhos, tampouco — acrescentou Maddalena. — Numa recepção a que comparecemos, serviram tordos ainda com a cabeça, e uma das *figlie* vomitou bem em cima da mesa. As outras começaram a chorar por causa dos pobres passarinhos mortos, e eu diria que depois fizeram uma embrulhada danada no concerto.

NÃO HOUVE NENHUM incidente semelhante na recepção dos Morosini. Benedetta e Cornelia sentaram-se à mesa de olhos arregalados, repetindo pela segunda e terceira vezes os pratos de que gostaram e trocando olhares furtivos sobre a quantidade de vinho em seus copos.

— Nada de repetir esses aí — murmurou Maddalena, na cadeira ao lado delas. — Não se esqueçam de que têm uma apresentação.

Depois do jantar, Maddalena tocou uma sonata para trio com as duas *figlie* e, em seguida, pediu que Chiaretta cantasse com ela. Ao som das primeiras notas, a plateia se remexeu, como que achando que deveria conhecer aquela melodia, mas sem saber muito bem onde situá-la. E então, Chiaretta começou a cantar.

— "*Salve Regina, mater*" — ressoou sua voz pelo *portego*. — "*Vita, dulcedo, et spes*. Salve, rainha, mãe de misericórdia, vida, doçura e esperança nossa."

Benedetta e Cornelia, que tocavam um *continuo* simples, não conseguiam desgrudar os olhos dela, ao escutarem uma voz sobre a qual tinham apenas ouvido histórias.

Quando elas terminaram, Claudio levantou-se.

— Vocês acabaram de ouvir a música que fez eu me apaixonar por minha esposa — disse. Os homens aplaudiram e as mulheres deram suspiros.

— Sabendo disso, Chiaretta lhes preparou outra surpresa.

Andrea levantou-se e foi sentar diante do cravo. Ele e Maddalena tocaram as notas de abertura e Chiaretta iniciou a ária favorita de sua última apresentação.

— "Ao ver a beleza de teu rosto, a ira cede e o amor põe-se a brilhar" — cantou.

Quando ela terminou, Claudio foi até a janela.

— Venham ver — disse, fazendo um gesto para os convi dados. Ao ouvirem a música, uns 12 barqueiros haviam parado no canal, embaixo da janela. Chiaretta recuou, mas Claudio a empurrou de leve, para que permanecesse ali. — Agora está tudo bem. Está tudo bem.

Quando o grupo retornou a seus lugares, Andrea elevou a voz:

— Há mais algumas surpresas esta noite — disse, olhando para Chiaretta —, e esta é para você.

Sentou-se ao cravo e Antonia e Claudio postaram-se a seu lado.

— Andrea me contou que você tem uma predileção especial por Veronica Franco — disse Claudio —, e nos pareceu que era como se este poema só pudesse ter sido escrito para você.

Andrea começou a tocar.

— *"Occhi lucenti e belli"* — cantaram todos em harmonia. — "Luzentes e belos olhos, como transmitir em um momento tantas coisas novas? Ternos são os sentimentos, doces, pungentes, impetuosos, que penetram neste coração arrasado, desejoso de te oferecer o que quiseres." — Enquanto cantavam, Claudio e Andrea tinham os olhos fixos em Chiaretta. — "Quem se dispõe a viver e morrer por ti quer apenas que teus queridos e lindos olhos sejam eternamente serenos, límpidos e felizes."

Maddalena abraçou a irmã pela cintura. Os joelhos de Chiaretta bambearam e a mais velha estreitou o abraço, para lhe dar firmeza. *Os dois a amam,* pensou consigo mesma. *Se ela ainda não sabia, agora sabe.*

Dezoito

FOI TÃO ATREVIDO o plano tramado num barco a remo no Canal Brenta, naquele verão, que só poderia ter vindo de Antonia. Ela viajara para a quinta dos Morosini para passar o verão, levando os dois filhos, os criados e uma ama-seca, e todos os dias ela e Chiaretta davam uma pequena fugida juntas. Nesse dia, tiveram a companhia de Luca, que chegara de sua pequena viagem à *villa* Barberigo, um pouco mais adiante no canal.

Antonia tocou no assunto pela primeira vez no cais, mas ele foi temporariamente esquecido quando Luca remou de mau jeito para a margem oposta e, em seguida, num zigue-zague executado sem querer, voltou em direção ao cais numa velocidade que por pouco não os jogou todos na água, ao baterem.

— Eu gostaria que Andrea estivesse aqui para segurar minha sombrinha — disse Antonia com um muxoxo, depois que Luca endireitou o barco. — Ou que o Luca tivesse mais ajuda.

— Isso me lembra: você tem visto Andrea? — Chiaretta indagou, tentando parecer desinteressada, enquanto aguardava a resposta.

— Não muito — respondeu Luca. — Ele deu uma passada de um ou dois dias, quando estava fechando negócios em Pádua, mas disse que anda ocupado demais para a *villegiatura* neste verão.

— É aquele investimento na encadernação de livros? — perguntou Antonia.

— Aquilo e mais alguma coisa sobre um processo de impressão de partituras... Diabo! — praguejou Luca, por ter remado para perto demais da margem e ter sido atingido pelos galhos de um salgueiro, que lhe derrubaram a boina da cabeça.

Depois de se colocar novamente no centro do canal, Luca olhou para Chiaretta e indagou:

— E então, o que acha da ideia de Antonia?

Chiaretta deu um gemido.

— Eu tinha esperança de que você houvesse esquecido isso.

— Ora, por que não? — interpôs Antonia.

— Porque é uma loucura. Não posso cantar numa ópera!

— Bem, é claro que não, se souberem que é você — concordou Antonia. — Mas aquelas mulheres ficam tão escondidas embaixo da maquiagem e das perucas, que poderiam ser nossas mães sem que as reconhecêssemos. Desculpe — corrigiu-se, levando a mão à boca —, esqueci que você não tem mãe.

Os comentários irrefletidos de Antonia eram tão frequentes, mas tão bem-intencionados, que tinham se tornado um de seus traços mais encantadores.

— Não é exatamente verdade — retrucou Chiaretta. — Eu tenho mãe, só não sei quem ela é. Portanto, você tem razão: ela poderia estar lá, cantando até ficar sem voz, e eu não saberia. Por outro lado, acho que eu reconheceria a *sua* mãe, mesmo que ela estivesse vestida de rei da França.

— De bigode e barba! — gritou Antonia. — Ora, se não seria uma visão e tanto! Mas, falando sério, por que não, se você tivesse certeza de não ser apanhada?

— Bem, seria uma trabalheira enorme, para começar.

— Você não teria que cantar a ópera inteira — disse Antonia. — Poderíamos descobrir alguma em que a soprano tivesse um longo intervalo entre as cenas, e você poderia trocar de roupa com ela. Depois, quando terminasse, vocês trocariam novamente de roupa e nós iríamos para o Ridotto com o nosso segredinho delicioso.

O chilrear dos pássaros que brincavam à volta deles e as leves batidas dos remos foram tudo o que se conseguiu ouvir, enquanto os dois aguardavam a resposta de Chiaretta.

— Parece mesmo divertido — comentou ela.

— Divertido? — repetiu Luca. — Parece ser tão divertido que, se você não o fizer, morrerei achando que toda a minha vida foi um desperdício.

— Ora, pare de exagerar — repreendeu-o Antonia, dandolhe um tapinha no dorso da mão. — Será apenas um sofrimento desesperador por, digamos, talvez uns dez anos, só isso.

Chiaretta inclinou-se sobre a borda do barco, vendo um sapo saltitar ao lado dele antes de desaparecer na água marrom. Dois cavalos que pastavam num relvado aproximaram-se da margem, na expectativa de ganhar algum petisco. Ao ouvi-los relinchar, Chiaretta soergueu o corpo, trazida de volta ao presente. Antonia e Luca a encaravam.

— Bem? — disseram os dois.

— É bobagem discutir isso. Claudio teria de concordar.

— Talvez fosse melhor ele não saber — disse Luca. — Para o caso de haver alguma complicação.

Chiaretta o fitou, atônita.

— Se pode haver alguma complicação, com certeza ele tem o direito de saber.

Antonia deu um suspiro.

— Você não tem a menor graça. Ademais, e se ele quisesse muito vê-la fazer isso, mas não quisesse saber? Você é que estragaria tudo ao mencionar o assunto. Aí ele talvez tivesse que dizer não, mesmo que não se importasse.

— Prefiro correr o risco.

— Mas e se ele disser sim, você vai?

Chiaretta suspirou.

— Pensarei nisso. Sinceramente, vou pensar.

Antonia bateu palmas.

— Então, minha ideia é a seguinte: convém que seja no Teatro Sant'Angelo. Nenhuma das pessoas que trabalham lá arriscará o emprego dizendo alguma coisa, mesmo que descubra tudo. Claudio é investidor, e ninguém denuncia um investidor e a mulher dele, a menos que seja tão descerebrado quanto um lagostim. E parece que Vivaldi vai voltar para o *Carnevale*.

— Para a Pietà? — *Outra vez, não*, pensou.

Reagindo ao susto na voz de Chiaretta, Antonia lançou-lhe um olhar intrigado e respondeu:

— Ao que eu saiba, não. Ele virá só para a temporada de ópera, presumo. É difícil imaginá-lo de volta à Pietà, agora que está ficando tão famoso. Mas enfim, você acha que conseguiríamos fazê-lo concordar?

— Eu fui terrível com ele antes de sair da Pietà — disse Chiaretta.

Luca inclinou a cabeça.

— É a primeira vez que ouço falar nisso.

— Ele escreveu quatro árias, nesta ordem: maravilhosa; um pouco menos maravilhosa; ridícula; e pavorosa.

— Eu adorei aquilo — disse Antonia. — Especialmente a ária que parecia uma pombinha.

— Eu não cantei aquela. É o que estou querendo dizer. Tive de cantar a que vinha depois...

— Ele vai topar — interrompeu Luca. — Jamais poderia dispensar a oportunidade de ter você cantando numa de suas óperas. Acho que o Padreco Vermelho terá de trocar as calças, depois de ouvir a ideia.

— Luca! — exclamou Antonia, que começou a ralhar com ele, fingindo-se chocada, e foi nessa hora que duas enormes libélulas passaram zumbindo junto a seu rosto e ficaram pairando no ar, perto de sua orelha. — Afaste-as de mim! — guinchou, abanando os braços até o barco balançar. Luca ficou de pé e o barco oscilou com força. — Não! Não! Sente aí, senão vamos virar!

Quando ele enfim tornou a sentar em seu banco, as libélulas tinham sumido e o assunto da ópera, para alívio de Chiaretta, pareceu ter desaparecido com elas.

TODA VEZ QUE Chiaretta pensava compreender a vida em Veneza, algo demonstrava seu engano. Ela não voltou a pensar nem por um momento na ópera, tal a sua certeza de que Claudio rejeitaria a ideia. Foram Antonia e Luca que tornaram a trazer o assunto à baila, na primeira recepção outonal de Bernardo. A princípio, Claudio hesitou ante a ideia de Chiaretta subir ao palco, mesmo que fosse só por uma vez e disfarçada, mas, no final da noite, mostrou-se entusiasmado.

— Você se lembrará disso pelo resto da vida — disse a ela nessa noite, quando estavam deitados na cama. — E é *Carnevale*, de modo que, se alguém disser que a viu, simplesmente diremos que ele bebeu demais e que você estava em casa na tal noite.

Claudio soergueu o corpo, apoiado no cotovelo, e desenhou arabescos na barriga dela com o dedo.

— E, mesmo que você dissesse a verdade, provavelmente os policiais lhe pediriam para mudar sua história, para não terem que se envolver nisso.

— Você iria lá, se eu cantasse?

Claudio deixou-se cair no colchão e exalou um suspiro.

— Não, acho que isso seria um pouquinho arriscado demais. Eu me certificarei de ter assuntos de negócios fora da cidade, mas, santo Deus, como me entristece perder isso!

— Não sei se quero cantar, se você não estiver lá para me ver.

— Eu estarei assistindo. Lembrarei do dia e, na hora que você estiver no palco, sentarei num café, esteja onde estiver, e imaginarei você lá em cima: — Ele prometeu. — Só tenho uma pergunta.

— Qual?

— Tudo bem se eu a imaginar nua?

Claudio a enlaçou com um dos braços e se jogou em cima dela, afundando o rosto em seu pescoço e fazendo barulhos de urso. Chiaretta deu gritinhos de prazer, até ser silenciada pelos beijos do marido.

QUANDO VIVALDI retornou de Mântua para a temporada do *Carnevale* de outono, Andrea e Luca foram procurá-lo com seu plano. Uma semana depois, ainda continuavam a falar sobre o assunto.

— O homem ficou tão feliz que começou a falar latim e a agradecer a Deus, como se *Ele* tivesse alguma coisa a ver com isso — disse Luca, no jantar com Antonia e Chiaretta.

— Luca, você não deve falar assim — ralhou Chiaretta.

— Sobre Vivaldi ou sobre Deus?

— Os dois! Você não tem medo de provocar a ira divina, dizendo essas coisas?

Andrea deu um sorriso divertido.

— Talvez você nunca tenha ouvido o provérbio que diz que primeiro somos venezianos, depois cristãos.

Chiaretta calou-se, sem saber ao certo como responder ao que parecia ser uma ideia perigosa.

— Bem, e que religiosidade há nisso, afinal? — acrescentou Luca. — Ele tentou nos vender uma cópia, mais de uma, se quiséssemos, do que você iria cantar, e, por um trocadinho a mais, faria a transposição para a sua voz. Ah, e depois disse que, por mais algum dinheiro, só nessa apresentação, incluiria umas peças que você já conhece, com letras diferentes para combinar com o enredo, se é que a história merece esse nome.

— E, no começo, insistiu em vir aqui lhe dar aulas — acrescentou Andrea —, mas, quando dissemos que tínhamos mudado de ideia e nos levantamos para sair, ele pediu para deixarmos isso para lá, dizendo ter certeza de que você se lembraria de tudo o que ele lhe ensinou.

Luca deu uma risada.

— Achei que, se ficássemos mais alguns minutos, talvez ele tentasse me vender sua cama, ou seu camareiro, quem sabe.

— Pare com isso — disse Chiaretta, num tom tão atipicamente ríspido, que Luca se calou e todos a fitaram. — O que você sabe fazer que chegue perto do que ele faz? Às vezes, ao ver a música que ele compunha para mim, eu tremia tanto que tinha de largar a partitura. Ainda que não haja muito mais coisas de que gostar nele, é disso que eu me lembro. — Sua voz foi baixando até se tornar um sussurro: — Ele compunha com alguma coisa dentro dele que ia além de tudo o que jamais conheci.

— Como se canalizasse a música da esfera celeste — completou Andrea, assumindo um olhar distante ao falar. — Como se arrancasse a beleza das estrelas e a entregasse a você, dizendo: "Achei isto no céu. Tome. É para você."

E estendeu a mão vazia, como se oferecesse um presente a Chiaretta.

Como ele pode saber disso? Como pode estar tão perfeitamente certo?, intrigou-se ela.

Andrea não deixou outra alternativa a Luca e Antonia senão pigarrearem e começarem a se perguntar que licor gostariam de beber, antes de irem embora.

— Um pouquinho de vinho doce do sul seria bom — disse Chiaretta, desviando os olhos de Andrea, enquanto ele fazia sinal para o garçom.

VIVALDI TINHA APENAS uma ópera na temporada de outono, mas o papel de Rosane em *La Verità in Cimento* era perfeito para Chiaretta. A soprano que interpretaria Rosane teria tempo suficiente entre as cenas para tirar seu traje antes de Chiaretta subir ao palco, no fim do primeiro ato, e recolocá-lo para o segundo. Chiaretta cantaria como parte de um conjunto, teria algumas linhas de recitativo e terminaria com uma ária que encerraria o primeiro ato.

No que dizia respeito a Antonia, Luca e Andrea, nenhum evento na temporada de outono era mais empolgante do que passar as tardes no *piano nobile* do Palazzo Morosini, ajudando Chiaretta a se preparar.

No começo, os receios dela vieram sob a forma de uma resistência vociferante:

— Detesto a Rosane. Zelim é um homem gentil, que a ama e que ela amava até o Melindo aparecer. Melindo é o herdeiro do trono e, por isso, de repente ela deixa o Zelim despedaçado, dizendo-se apaixonada pelo outro. Mas, no instante em que parece que o verdadeiro herdeiro é Zelim, de repente é só Zelim, Zelim, Zelim outra vez?

— É só um pretexto para se cantar — disse Antonia. — Se quer a vida real, fique em casa.

— Mas ela é uma perfeita rameira! — esbravejou Chiaretta, sacudindo a partitura. — Escute isto: "Amo o Melindo, mas, se isso vai custar minha felicidade e se o prazer está com Zelim, então, adeus, Melindo." Quem diz coisas dessa natureza?

— Rosane — respondeu Luca, dando de ombros. — Acho que ela parece engraçada.

— Ora, vamos, Chiaretta, cante a música em latim, se isso a faz sentir-se melhor — fez Antonia, revirando os olhos. — Mas vamos ouvi-la.

Andrea tirou a partitura de Chiaretta e tocou a melodia no cravo. A música rodopiou e ondulou no ar do *portego* e, em poucos compassos, Antonia pôs-se a gingar com as mãos à frente do corpo, como se apalpasse o peito de um amante.

— *Dio mio!* — exclamou. — O padreco escreveu isso?

Antonia postou-se ao lado de Andrea e cantou os primeiros compassos. Ali pelo meio da melodia, Andrea já cantava com ela. Luca segurou o cotovelo de Chiaretta e a empurrou para o cravo.

— Você não quer cantar isso? — perguntou, elevando a voz de incredulidade. — É fantástico!

— Bem, acho que vou tentar — disse Chiaretta. E, antes que ela pudesse hesitar mais, Andrea começou a tocar a introdução.

— "Meu amor, és minha esperança e meu prazer" — cantou ela. Sua voz ecoou no piso e dançou à luz dourada do *portego*. Chiaretta parou no fim do primeiro trecho e se virou para Antonia, na expectativa de aprovação.

Mas Antonia tinha o sobrolho carregado.

— Isso não é um acalanto! A cadela acha que não há ninguém ouvindo, e por isso se gaba de como é sensual e de como deveria poder ter todos os homens que quisesse.

Chiaretta olhou para Andrea em busca de apoio, mas, em vez disso, ele meneou a cabeça.

— Creio que Antonia tenha razão.

— Experimente deste jeito — disse Antonia, que entoou a melodia vibrando no início de cada compasso e encerrando todos eles com um suspiro arfante. — Não soa muito bom quando sou eu que canto, mas é assim que deve ser.

Andrea recomeçou a tocar e Chiaretta imitou a cunhada.

— Muito melhor! — disse Luca.

— Mas ainda não é o bastante — rebateu Antonia. Ergueu os ombros em movimentos circulares, usando os cotovelos para massagear as laterais dos seios e empurrá-los para cima. — Preste atenção.

— *"Amato, ben tu sei la mia speranza"* — cantou, virando-se para Luca. A curva superior dos seios ficou visível no decote quando ela baixou os ombros e inclinou a cabeça para ele. — *"Tu sei il mio piacer"* — prosseguiu. Pondo o rosto a uma ínfima distância do dele, frisou cada palavra com os lábios, como se o desafiasse a beijá-la. — *"Ma per serbare a te costanza, non vuo turbare il mio goder"* — continuou. Virou as costas para Luca e dançou num círculo lento, antes de se virar outra vez para ele. Agora parada à distância de um braço, pôs as mãos nas cadeiras e balançou o corpo. — "Mas não quero interromper meu prazer apenas para te ser fiel" — repetiu, com uma piscadela para Luca.

— *Brava!* — exclamou ele, batendo palmas.

Andrea aliou-se aos aplausos.

— Foi incrível, Antonia.

— Quisera eu que você não fosse mulher do meu primo — disse Luca, passando o braço pela cintura de Antonia e encostando o quadril no dela, num abraço amistoso. — Especialmente quando há um quarto por perto.

Andrea virou-se para Chiaretta.

— O que houve?

Os olhos dela estavam arregalados no rosto solene.

— Não posso fazer isso.

— Por que não? — objetou Luca. — Você enfiou a cabeça de Holofernes num saco, na Pietà.

Enquanto ele e Antonia riam, Andrea fitou-a.

— Você é uma mulher linda e sensual. Deve saber disso, com certeza.

Chiaretta sentiu a pele pinicar e o rosto ficar quente.

— Eu...

Antonia e Luca haviam parado de rir. Todos a observavam, aguardando.

— Não sei por que, na verdade. Nunca fiz isso. Na Pietà, ninguém podia me ver. E a música não era assim.

— Você terá de aprender a representar — disse Andrea. — Pelo menos um pouco.

— Luca, você se lembra daquela gorda de uns anos atrás, que ficava parada feito uma vaca no palco, e esperava que acreditássemos que era tão sensual que os homens seriam capazes de morrer por ela? — perguntou Antonia. — Ela voltou a Veneza algum dia?

— Acho que não. Não depois de alguém jogar um banco em cima dela no último ato.

— Pare, Luca — disse Chiaretta. Ela já vira um número suficiente de cantores serem impiedosamente vaiados nos teatros de ópera de Veneza, e a lembrança começava a fazê-la reconsiderar a situação.

Andrea levantou-se.

— Todos convencemos a Chiaretta a fazer isso, e não acho certo ficarmos em cima dela, contando histórias que só podem assustá-la. — Encarou Luca e Antonia. — Temos um trabalho a fazer.

Antonia segurou a mão da cunhada.

— Desculpe-me. Às vezes ainda esqueço que, de certo modo, você não é realmente daqui, não é de Veneza — disse, e olhou para Andrea. — Toque outra vez.

Embora em momento algum conseguisse esquecer a presença dos dois homens, logo depois Chiaretta conseguiu deixar o constrangimento de lado, o bastante para mexer a cabeça, os ombros, os quadris e a boca segundo os padrões da ária. Pouco a pouco, o embaraço foi se desfazendo, até desaparecer.

— Você está gostando disso! — comentou Antonia certa tarde, depois de vê-la saracotear e saltitar pelo *portego*, enquanto praticava seu recitativo.

A cunhada deu-lhe um sorriso malicioso.

— Nem acredito no quanto estou me divertindo!

— Pois então, vamos experimentar o *ensemble*.

Chiaretta pegou a partitura e pôs-se a folheá-la, sem dizer palavra.

— Já a toquei em casa — disse Andrea, adivinhando seus pensamentos. — Não é apenas lindo, é sublime — completou, e começou a tocar.

— "*Aure placide e serene...*" — elevou-se a voz de Chiaretta, tal como a brisa tranquila sobre a qual cantava. Sustentou as notas agudas por um instante, antes de deixar a voz baixar suavemente e passar a melodia para os outros.

— Tu ecoas meus lamentos — cantaram todos no final, numa harmonia tão perfeita que chegava a doer. Ao terminarem, a música pareceu ficar suspensa no ar por um momento, antes de se extinguir.

— *Mater Dei* — murmurou Chiaretta, baixinho. — Isso é... — Deixou a voz morrer. Palavra alguma seria capaz de descrever a beleza do que haviam acabado de cantar.

— Nunca houve música que penetrasse tão diretamente em minha alma como esta — murmurou Andrea. — Nunca.

Seus olhos cravaram-se nos de Chiaretta. As harmonias lúcidas e imaculadas haviam despido todo o fingimento, deixando-a tão nua que, em vez de desviar o rosto, ela se apanhou retribuindo o olhar.

Olharam-se por mais tempo.

Antonia pigarreou, rompendo o encanto.

— E então, o que achou? — perguntou a Luca.

Fugindo à regra, ele ficou sem fala. Fez sinal com o queixo para Chiaretta, que havia coberto o rosto com as mãos, enquanto Andrea a puxava para si e a embalava em seus braços.

UMA MANHÃ, duas semanas antes da apresentação, Zuana foi ao apartamento de Chiaretta dizer-lhe que Andrea a esperava no *piano nobile*. Nenhum ensaio fora marcado para esse dia e, com medo de que tivesse havido algum problema, Chiaretta ajeitou as mechas soltas do cabelo e vestiu um penhoar adequado para receber em casa uma visita frequente. Em seguida, desceu apressada e encontrou Andrea sentado ao cravo, examinando umas partituras.

Ao vê-la de penhoar, com o cabelo despenteado e uma expressão apreensiva no rosto, ele se levantou do banco.

— Desculpe-me por ter vindo sem ser esperado. Assustei-a, não foi?

— Aconteceu alguma coisa?

— Não, na verdade, houve algo maravilhoso. Achei que gostaria de saber sem demora. Isto é um presente para você, do *maestro* Vivaldi. — Ele lhe entregou a partitura. — Inteiramente grátis, devo acrescentar — disse com um sorriso.

— "*Di due rai languir costante*" — disse Chiaretta, lendo o título em voz alta e começando a correr os olhos pela música. — É encantadora. Mas não estou entendendo.

— É uma coisinha que ouvi os gondoleiros cantarem. Vivaldi sofisticou um pouco a melodia e usou a letra numa ária para você. Topei com ele ontem à tarde, perto do Broglio, e ele me perguntou se eu poderia vir entregá-la, pois não estava passando bem.

Chiaretta pôs a partitura numa pilha arrumada sobre o cravo.

— É um presente muito gentil e vou examiná-lo assim que puder, mas só depois da ópera.

— Não. Vim até aqui porque ela não pode esperar. Ele a escreveu para que cante na ópera. Isso, é claro, se puder aprender mais uma peça musical.

Chiaretta pegou a partitura e recomeçou a examiná-la.

— Não sei...

Andrea estendeu a mão para que ela lhe entregasse as páginas, à medida que as terminava, e começou a trabalhar a música no cravo.

— "O suspirar constante por um par de olhos deveria ser um prazer, mas é um tormento" — ele foi cantando, enquanto recomeçava a melodia. — "Arqueiro do amor, atenua meu ardor e deixa-me mais contente." Não são muitas palavras para decorar, é quase tudo vocalização, e a melodia essencial é simples.

Chiaretta entregou-lhe as últimas folhas da partitura.

— Talvez ele não se dê conta de como estou sem prática.

— Talvez ele só se dê conta da oportunidade de ouro de ouvi-la cantar mais uma vez algo que tenha escrito só para você. Se eu estivesse em seu lugar, ficaria imensamente lisonjeado.

— E estou. Mas isso não parece a Rosane. Não entendo como se encaixa.

— Não tem importância. As óperas vivem mudando: um *castrato* diz que quer cantar algo da ópera do mês passado em Roma, porque combina melhor com a sua voz, ou uma diva se queixa de que suas notas estão agudas ou graves demais, ou de que quer algo mais dramático ou mais terno, quem sabe, e o pobre compositor tem que concordar. Dessa vez, para quebrar a rotina, Vivaldi está fazendo isso porque quer.

Chiaretta começou a tocar as teclas de uma extremidade do teclado do cravo.

— Acho que não faria mal tentar — disse, sentando-se ao lado de Andrea no banco. — E, se eu vir que é demais, direi a ele que não posso.

Sentara-se tão junto dele, que sentiu o vago aroma de lavanda e murta em sua roupa, e pôde ver onde se haviam acumulado partículas de poeira nas costuras de seu casaco. Desde o dia em que ele a envolvera nos braços, Chiaretta sentira-se grata pela presença constante de Antonia e Luca, pois não queria ficar sozinha com Andrea. E agora, de penhoar e sem pensar no que estava fazendo, tinha sentado tão perto dele, que chegou a sentir-lhe a pressão da coxa na sua.

Levantou-se depressa.

— Eu viro as páginas — disse, postando-se junto ao banco e estendendo a mão ao lado dele para ajeitar a partitura.

Com a mão direita, Andrea tocou uma versão simplificada do acompanhamento das flautas, enquanto a esquerda executava o *continuo* das cordas. O som lembrava uma árvore repleta de pássaros canoros, chilreando um coral alegre, enquanto as pessoas abaixo deles dançavam, e Chiaretta ficou tão apaixonada pela peça que implorou a Andrea que ficasse um pouco mais para praticar.

Por fim, ele teve que ir embora.

— Volto amanhã, se quiser — disse, levantando-se para pôr a capa e o chapéu.

O som de um pigarro os assustou e, ao se virarem, eles depararam com Giustina no outro extremo do *portego*. Ela veio andando na direção dos dois:

— Eu me perguntei quem estaria aqui — disse, vasculhando Chiaretta com os olhos e notando seu penhoar e o cabelo solto.

Chiaretta sentiu um aperto no peito. Que horas eram? E por que ela não havia pensado em subir e trocar de roupa, antes de eles começarem?

A boca de Giustina era uma linha fina. Ela cumprimentou Andrea com gélida cordialidade e não disse uma palavra a Chiaretta.

— Devo me desculpar. Hoje eu abusei terrivelmente de sua hospitalidade — disse Andrea. Virou-se para Chiaretta: — Vou deixar-lhe a partitura aqui e voltarei amanhã, se quiser.

Chiaretta assentiu com a cabeça, perturbada demais para falar.

GIUSTINA OBSERVOU O rapaz se afastar pelo *portego* e, depois que ele se foi, voltou-se para Chiaretta.

— Não admitirei isso em minha casa.

Chiaretta abriu a boca para se desculpar, mas se conteve.

— Não sei do que você está falando.

— Quero dizer que, se meu filho entrasse aqui agora e a visse de roupa de dormir com outro homem, você imagina que ele ficaria satisfeito?

Não fiz nada errado e não devo nenhuma explicação a ela.

— Esta casa também é do meu marido... e minha. Creio que ele confiaria em que sei me comportar. E, permita-me acrescentar, esta não é minha roupa de dormir.

Giustina estreitou os olhos, mas não disse nada, continuando a encarar a nora, que lutou para não ser a primeira a desviar o olhar. Depois, falou:

— Uma coisa é ter amigos homens. Isso é esperável. E Andrea tem a aprovação do meu filho. — Olhou para uma porta que estava aberta no *portego* e emendou: — Preciso sentar-me, e gostaria que me acompanhasse.

Chiaretta a seguiu até uma saleta. A lareira estava fria, as lamparinas, apagadas, e uma janela pequena e alta não fazia mais do que lançar sombras pelo cômodo.

— É bobagem chamar os criados para acenderem o fogo. Não vamos demorar — disse Giustina, fazendo sinal para que Chiaretta se sentasse na cadeira em frente. — Vi como Andrea a olha, muito antes do que aconteceu hoje, e, embora ele saiba o que é apropriado com uma mulher casada, está claro que tem... — fez uma pausa, sem saber ao certo como enunciar seu pensamento — suas paixões.

— Andrea não me demonstrou paixão alguma.

— Ele é um cavalheiro. O que não significa que não tenha a esperança de obter um sinal de que você lhe seria receptiva.

— Eu amo meu marido, Giustina.

Na penumbra, Chiaretta não pôde ver a expressão do rosto da sogra, mas a ouviu inspirar e expirar com um suspiro que parecia conter uma mescla de contrariedade e resignação.

— Em Veneza, muitos amam mais de uma pessoa. E, desde que guardem seus segredos, isso não tende a causar nenhum sofrimento. Mas não se iluda, Chiaretta, os indiscretos pagam caro por sua indiscrição.

— Está sugerindo que fui infiel?

— Quero deixar muito clara a gravidade do erro que você estaria cometendo.

Chiaretta levantou-se e disse, procurando disfarçar a raiva:

— Agradeço seu interesse por mim, mas não preciso que me digam isso.

— Ah, é mesmo? Sabia que o divórcio é possível em Veneza e que o adultério é uma das causas dele? E sabia que as mulheres divorciadas raramente dispõem de recursos para viver por conta própria? E voltar para a sua família... creio que isso seria um pouquinho problemático para você, não é?

Chiaretta sentiu o sangue subir-lhe pelas faces e deu graças pelo fato de o aposento estar escuro demais para que Giustina visse o efeito de suas palavras. *Será que eu poderia ser abandonada?*, indagou-se, mas não quis dar à sogra a satisfação de responder a sua pergunta.

— Obrigada pelo conselho. Mas, como teve a gentileza de assinalar, hoje ainda não tive tempo para me vestir.

Virou as costas e deixou Giustina sentada no escuro.

— NÃO SEI POR QUE ELA ainda é tão detestável com você — comentou Antonia, duas semanas depois, quando elas enveredaram pela entrada dos artistas para a apresentação de Chiaretta. — Ela sabe que o que está dizendo não é verdade.

— Antonia, já ouvi pessoas falarem em divórcio. Ele *é* possível.

— Não no seu caso. Se ele a levasse a ser abandonada, o tribunal não permitiria. Ela só está tentando assustá-la.

— Bem, pois conseguiu. Cheguei até a pensar em não cantar, mas depois resolvi que não podia deixá-la surtir esse efeito em mim.

— Você se tornou uma verdadeira Morosini! — disse Antonia, com um sorriso. — Vamos procurar seu camarim.

— O *maestro* Vivaldi disse que viria ao meu encontro — retrucou Chiaretta, olhando com ar confuso para o labirinto de corredores e portas à sua frente. Cenários e adereços entulhavam as passagens por onde ela e Antonia seguiram em fila indiana, no que presumiram ser a direção do palco. A luz era tão fraca que as duas haviam tirado as máscaras, na vã esperança de enxergarem um pouco melhor. Encostaram-se num pano de fundo pintado, à passagem de dois ajudantes de palco que iam no sentido inverso, carregando um tapete enrolado embaixo dos braços.

— Com licença — chamou-os Antonia. — Onde é o camarim da *signorina* Strada?

— Em frente e à direita — respondeu um deles, olhando para trás.

Antonia encolheu os ombros e continuou a andar. Chegaram a um corredor mais largo, onde meia dúzia de pessoas vestidas a caráter conversavam com dois policiais. Antonia repetiu a pergunta e um dos guardas deixou o grupo para conduzi-las ao camarim da diva.

— As senhoras são amigas dela? — perguntou o policial.

— Não... — ia começando Chiaretta, mas o "sim" de Antonia abafou sua voz.

Quando já levantava a mão para bater na porta, o guarda estancou e disse:

— Espere um minuto. Eu a conheço... a senhora é Chiaretta della Pietà, não é? Eu a vi no parlatório no *Carnevale* e algumas vezes na Riva, quando saíam.

— Não, o senhor está enganado — Antonia se apressou a dizer. Chiaretta nunca tinha ouvido medo na voz de sua amiga até então. O próprio coração batia depressa demais para que ela respondesse.

— Esperem aqui — disse o guarda. — Eu volto num minuto.

— *Sancta Maria* — sussurrou Antonia. — Acho que talvez estejamos encrencadas.

Chiaretta olhou para os dois lados do corredor:

— Devemos tentar ir embora?

Elas ouviram uma voz conhecida que vinha do camarim de Anna Maria Strada e Vivaldi abriu a porta.

— Ah, vocês chegaram!

Ao ver os rostos assustados das duas, ele as fez entrar. A diva estava sentada diante da penteadeira, fazendo o aquecimento da voz enquanto punha a maquiagem. Acenou para elas com a cabeça, mas não fez nenhum movimento para se levantar.

— A polícia sabe que estamos aqui... — disse Antonia.

Vivaldi apertou o peito:

— *Deus in adjutorium!* — gaguejou. — Eu nunca deveria ter concordado com isto!

Chiaretta havia desabado numa cadeira. *É o Claudio que pode ir para a cadeia. O que aconteceria comigo, nesse caso?* Vivaldi benzeu-se e, embora Chiaretta não estivesse rezando, levou os dedos à testa, por hábito, para fazer a mesma coisa. *Eu nunca deveria ter deixado que eles me convencessem disso.* Tornou a se benzer.

Alguém bateu na porta.

— Devemos atender? — sussurrou Antonia, mas Anna Maria já se levantara. Escancarou a porta com um sorriso, como se esperasse um admirador. E tornou a fazer uma expressão desapontada quando, em vez disso, entraram dois policiais.

— Chiaretta della Pietà? — disse o segundo deles. O estômago de Chiaretta ficou embrulhado. A mão de Antonia no ombro dela apertou-a feito uma torquês.

— Meu Deus, você tem razão! — exclamou o guarda, dando um tapa nas costas do primeiro. — É ela mesma! — confirmou. Pescou uns *zecchini* no bolso e os entregou ao outro. — Você ganhou.

— Meu irmão era louco pela senhora — explicou o primeiro guarda. — E, quando a senhora se casou, pareceu o fim do mundo. Por isso, quando eu a vi...

— O senhor nos matou de susto! — disse Antonia, postando-se diante deles e sacudindo o indicador.

— Ah, desculpe, eu me esqueci...!

— E então, não vão dizer nada? — interrompeu Vivaldi.

— O senhor se refere a ela não poder cantar? — disse o primeiro guarda. — Nós queremos ouvi-la, não prendê-la! Não diremos uma palavra.

O segundo guarda riu.

— Ao menos uma vez, fico feliz por estar trabalhando.

O alívio de Vivaldi foi óbvio.

— Nesse caso, como empresário, eu lhes dou permissão para assistirem ao primeiro ato do meu camarote.

Balançando a cabeça enquanto lhes agradecia, conduziu os dois guardas à porta. Fechou-a quando eles saíram e verificou o trinco.

— *Dio mio* — disse, com as costas apoiadas na porta. Chiaretta cobriu a boca com uma das mãos. — *Dio mio* — repetiu.

CHIARETTA HAVIA assistido a diversas apresentações de *La Verità in Cimento* para decorar as marcações de suas cenas, e uma tarde se encontrara com Vivaldi para percorrer o cenário. Apesar de sua preparação, agora que o palco estava feericamente iluminado e cheio de atores nos bastidores, pareceu-lhe quase irreconhecível.

Anna Maria Strada era maior do que ela, e sua roupa ficou dançando em Chiaretta de um jeito que esta imaginou que as pessoas não deixariam de notar. Felizmente, depois que passasse pelos ajudantes de palco, ela poderia esperar nas sombras, sem ser observada. Quando faltavam poucos minutos, Antonia se retirou, para assistir do camarote com Luca e Andrea. Chiaretta esfregou as mãos e chacoalhou os joelhos para tentar acalmar os nervos, enquanto aguardava sozinha a sua entrada. O suor lhe escorria das axilas e era como se sua cabeça tivesse sido tragada por uma enorme peruca, quente a ponto de parecer que o couro cabeludo estava pegando fogo. A maquiagem, de tão pesada, franzia toda vez que ela tentava mexer a boca.

La Mantovanina, a meio-soprano que interpretava Rustena, a mulher do sultão, aproximou-se antes de sua entrada e parou ao lado de Chiaretta nos bastidores. No palco, o sultão Mamud tinha uma longa conversa em recitativo com sua amante, Damira.

— O *maestro* nos disse que você era uma pessoa de fora da cidade que queria cantar — disse La Mantovanina, baixinho. — Você canta bem?

Antes que Chiaretta pudesse responder, Mamud saiu do palco, e passou tão depressa por ela que foi preciso dar um passo atrás para evitá-lo.

— A vaca idiota me roubou a cena de novo — resmungou ele, antes de desaparecer.

Quando Chiaretta tornou a se virar para La Mantovanina, a meio-soprano já estava no palco, agitada com o plano de Damira de derrubar o filho de Rustena como herdeiro, para favorecer o dela própria. Damira finalmente chegou aos bastidores, deixando La Mantovanina sozinha no palco.

— Ah, você é a que vai cantar no lugar da Anna Maria hoje — disse, olhando Chiaretta de cima a baixo. Deu de ombros. — Quisera eu que cantasse no meu lugar. Estou com uma dor de cabeça terrível.

Em seguida, foi até um banquinho e se sentou, sem dizer mais nada.

— Vinho demais no jantar outra vez, Margarita? — perguntou Girolamo Albertini, acenando com a cabeça na direção de Chiaretta, enquanto se aproximava da diva para lhe massagear os ombros. Ele usava um turbante dourado e uma túnica estampada em cores vivas, por cima de calças vermelhas que se inflavam como um balão antes de se enfiarem nas botas altas. O rosto flácido e rechonchudo confirmou o que sua voz já deixara transparecer: que ele era o *castrato* no papel de Zelim.

Albertini deu uma olhadela em volta e indagou:

— Onde está La Coralli? Temos de entrar em um minuto. A flor delicada está quase morta.

Margarita deu um risinho zombeteiro. No palco, La Mantovanina cantava sobre a alegria, de vida tão breve quanto a flor. Albertini cantou os últimos versos em voz baixa, para desobstruir a garganta:

— "Minha vida avarenta nunca me deu prazer sem igual dose de amargura e sofrimento" — cantou, parando para olhar em volta. — Onde está essa moça?

Nesse exato momento, outro cantor trajado de príncipe turco pôs-se discretamente ao lado deles.

— Atrasada, atrasada, atrasada — disse Albertini.

— Desculpe, desculpe, desculpe.

Embora Chiaretta soubesse que uma mulher interpretava o papel de Melindo, ainda foi apanhada de surpresa ao ver as calças e o busto enfaixado de La Coralli. Sem jeito por haver olhado fixo, desviou o rosto.

La Mantovanina saiu do palco pelo outro lado e Chiaretta sentiu La Coralli empurrá-la por trás.

— Não olhe para o público — sussurrou. — Finja que ele não está aí.

Chiaretta piscou os olhos sob as luzes fortes. *Estou no palco. Eles podem me ver.* A música desapareceu de sua cabeça.

La Coralli agarrou-a pela cintura, como se soubesse que Chiaretta poderia sentir-se tentada a fugir. Então os primeiros sons conhecidos vieram da orquestra e, antes que tivesse tempo de pensar, ela já havia cantado as primeiras notas.

— "Brisas plácidas e serenas" — entoou. As notas saíram bem, mas seu coração batia tão depressa que ela mal conseguia inspirar para projetar a voz.

— "Amenos riachos rumorejantes" — veio a voz do *castrato*, tão imensa que, por um momento, Chiaretta ficou surpresa demais para se lembrar de representar. Depois, arqueou o pescoço e desviou altivamente os olhos dele, fitando Melindo.

— "Galhos encantadores e inocentes" — cantou La Coralli, e, embora fosse estranho flertar com uma mulher vestida de homem, Chiaretta inclinou-se para ela e afagou seu rosto, como vira Anna Maria Strada fazer.

— "Em sussurros e murmúrios ecoais meus lamentos" — a voz de Chiaretta elevou-se sobre as deles, forte, cheia e límpida. *Estou cantando,* pensou. *Estou cantando.*

Os outros saíram do palco e o som risonho das flautas elevou-se da orquestra, dando início à ária que Vivaldi havia inserido na ópera para ela. Por mais que Chiaretta adorasse a melodia cadenciada e alegre, a princípio ficara apreensiva com sua inclusão. Ela estaria sozinha no palco nessa ária e, depois de ouvir falar de bancos atirados em divas que não sabiam representar, fora necessário um certo esforço para convencê-la de que isso não lhe aconteceria.

— "O suspirar constante por um par de olhos deveria ser um prazer, mas é um tormento" — cantou. Ora as flautas tocavam sozinhas, ora ao fundo, ora ainda com ela, como um bando de cotovias pousando numa campina. Ao final da ária, Chiaretta já ornamentava a voz para responder às flautas como lhe aprouvesse. Chilreou e trinou com a mesma confiança com que olhava por cima do ombro de Andrea enquanto ele tocava e, embora as luzes fossem quentes e o salão diante dela estivesse escuro, Chiaretta não pensou noutra coisa senão nos graciosos dedos dele no teclado.

Os baixos de viola de gamba tangeram as últimas notas do *continuo* e, com um único arpejo do cravo, Chiaretta voltou a se transformar em Rosane. *Estou quase acabando,* pensou, e sentiu um peso levantar-se de seus ombros. *É a minha chance. Vá até lá e aproveite.* Aproximou-se da beira do palco e olhou para os vagos contornos do público.

— *"Amato, ben tu sei la mia speranza"* — cantou, esticando o *a* da última palavra como se cada integrante da plateia fosse o amado que ela imaginava.

Afastou-se num rodopio. Fingindo que Luca e Andrea estavam com ela no palco, atraiu e provocou, convidou e rechaçou cada um deles, alternadamente. Depois, quando a orquestra tocou o acompanhamento pela última vez, caminhou até o proscênio e percorreu toda a sua extensão olhando para a plateia e jogando beijos. Ao soarem as últimas notas, saiu lentamente do palco, com a confiança de uma cortesã que deixa uma fila de admiradores em sua esteira.

La Coralli a esperava nos bastidores.

— *Quem é* você? — perguntou, antes de gesticular para que Chiaretta voltasse ao palco. — Vá até lá agradecer.

Torrentes de aplausos vinham dos camarotes para ela.

— *Brava! Bravissima!*

— Eu te amo, Anna Maria! — gritou alguém, e gritos de "Viva La Strada" irromperam por todo o teatro.

Chiaretta parou sob as luzes, sentindo-se minúscula e imensa ao mesmo tempo.

— *Brava,* Chiaretta — murmurou, só para ouvir seu nome uma vez. Abriu os braços, como se quisesse abraçar o público, e com um aceno deixou o palco.

La Coralli continuava à sua espera.

— Quem é você? — tornou a perguntar.

— Eu moro em Veneza — respondeu Chiaretta, e então, recordando as palavras de Antonia num dos ensaios, corrigiu-se: — Eu sou daqui.

Finalmente, pensou, *finalmente isso soa verdadeiro.*

— Você não é cantora de ópera? — indagou La Coralli, abanando a cabeça, admirada.

— Não.

— Por quê?

— Meu marido não deixa — disse Chiaretta, sorrindo por dentro ante sua mentirinha.

— Sorte nossa — fez La Coralli. — Caso contrário, acho que a Anna Maria ficaria sem emprego — acrescentou, e deu uma risada. — E eu também, se você não se importasse de amarrar os peitos e usar calças — disse. Fez um sinal para Chiaretta: — Vamos. Tenho que tirar essa sua roupa.

ANDREA CHEGOU SOZINHO ao camarim de Chiaretta depois do espetáculo. Seus olhos cintilavam.

— Você estava magnífica. Ouviu os aplausos?

— Do palco eles pareceram muito altos, mas antes eu só os ouvira do camarote.

— Mais altos que para qualquer outro cantor. Você chegou até a interromper umas duas brigas. Eles pararam para escutar e, depois, acho que esqueceram por que estavam brigando.

— Gostou?

Andrea abanou a cabeça, incrédulo:

— Por um momento, achei que você tinha perdido a coragem e que era mesmo a Anna Maria, porque não consegui imaginar que alguém pudesse entrar com tanta confiança e, simplesmente... — pôs os punhos fechados junto ao peito, para dar ênfase —, simplesmente prender a plateia como você a prendeu. E aí, é claro, vi que não era ela, porque conheço muito bem a sua voz.

Respirou fundo e, sem tirar os olhos de Chiaretta, soltou lentamente o ar.

— Nem sei de onde veio aquilo — disse ela. — De repente, eu estava lá em cima cantando.

Andrea continuou a fitá-la.

— Onde estão os outros? — perguntou ela, virando-se para a porta para evitar aqueles olhos.

— Luca e Antonia foram para o Ridotto preparar a comemoração — disse Andrea, e riu. A tensão se desfez. — Antonia é uma aristocrata extremamente indelicada, mas com certeza compensa isso com a lealdade aos amigos. Foi a pessoa mais escandalosa do teatro, depois das suas árias. Luca precisou contê-la, ou a coisa ficaria pior, tenho certeza, e não queríamos ninguém se perguntando por que ela se importava tanto, afinal.

Fez uma pausa e perguntou:

— Posso ajudá-la com seu vestido?

Chiaretta já havia tirado a roupa a caráter e recolocado seu vestido, mas não conseguira fechá-lo nas costas. Embora a sugestão de tamanha intimidade a deixasse nervosa, todas as camareiras tinham saído correndo junto com Anna Maria, para ajudá-la a acabar de trocar de roupa.

Chiaretta deu as costas para Andrea, que começou a prender os colchetes e apertar os laços.

— Eu soube dos guardas — comentou ele.

Os guardas. Será que ainda era a mesma noite?

— Parece que isso foi há uma eternidade. Eu já tinha esquecido.

Os gestos de Andrea eram o bastante para sacudi-la de leve, e Chiaretta sentiu aqueles dedos fortes pressionarem suas costas. Fechou os olhos e procurou se concentrar em outra coisa.

— Pronto — fez Andrea, e ela se virou. A expressão dos olhos do rapaz voltara a ficar intensa, e ela sentiu o espartilho apertar-lhe as costelas, ao respirar fundo em segredo.

— Precisamos ir — conseguiu dizer. — Luca e Antonia já devem estar no Ridotto.

Andrea ficou imóvel, fitando o cabelo, os olhos, as faces, a boca de Chiaretta, até desviar o olhar da cabeça para os pés dela, rápida e discretamente.

— Os dois perdendo o dinheiro do Luca, imagino — comentou. — Deixe-me ajudá-la a pôr a *bauta*.

ANDREA PASSOU o braço pela cintura de Chiaretta para guiá-la pela Piazza Sant'Angelo, abarrotada de gente. Havia meninos soltando rojões e duas bêbadas que exibiam os seios, ante os vivas da turba. Bandas improvisadas tocavam em cada esquina da praça, enquanto malabaristas, mímicos e mágicos disputavam o espaço nos degraus da igreja. Os aromas de açúcar caramelado e nozes tostadas enchiam o ar, provenientes de uma tenda onde havia um homem parado, segurando um filhote de urso numa corrente, enquanto crianças davam corridas para provocá-lo.

— Será que nunca se cansam disso? — perguntou Chiaretta, chegando mais perto de Andrea.

Ele estreitou sua cintura com mais força.

— É a última noite antes da interrupção do Natal. Acho que querem ter certeza de dispor de pecados suficientes para contar aos confessores por duas semanas.

Quando eles passavam pela igreja de San Moisè, tomando a direção do cassino, o céu iluminou-se com fogos de artifício.

— Vamos dar uma olhada — propôs Andrea, e os dois passaram pela entrada do Ridotto e completaram os poucos passos que faltavam para chegar à Riva. Os lampiões a óleo nos barcos rabiscavam linhas de luz na escuridão, agitados pelas águas da lagoa. A cúpula de Santa Maria della Salute reluzia ao luar e Chiaretta viu a silhueta da multidão que se aglomerava junto à igreja. Depois, o céu tornou a se iluminar com faíscas douradas, que caíam como brasas no canal e se extinguiam com centenas de pequenos assobios.

Uma chuva de fagulhas caiu perto deles na calçada e Andrea puxou-a para mais perto:

— Vamos recuar um pouco — disse, puxando-a de lado para um canto protegido entre dois prédios, e, embora Chiaretta já não precisasse de proteção da multidão nem das fagulhas, Andrea não se afastou. Ao contrário, pôs-se de frente para ela.

— Chiaretta, tire a máscara. Tenho uma coisa que não posso mais esperar para dizer.

Seus olhos se abrandaram ao ver o rosto da moça e ele ergueu a mão para lhe afagar o rosto. Outra explosão de fogos caiu como uma chuva ali perto, mas ele não pareceu notar.

— Claudio é meu amigo, e você também. Mas eu tenho vivido um sofrimento intenso com o que sinto por você, e só quero dizer que, se um dia você achar que gostaria... Se quiser que haja algo mais entre nós, eu defenderia sua honra com a minha vida.

Chiaretta levou as duas mãos à boca e o encarou. Andrea envolveu-lhe a nuca com uma das mãos e, afastando delicadamente seus dedos do rosto com a outra, puxou-a para si e a beijou. Tinha lábios mais finos que os de Claudio, mas sua língua desenhou-lhe os contornos da boca com uma suavidade que provocou arrepios do mais doce prazer nos ombros de Chiaretta, descendo por seus braços, passando pelo pescoço e chegando ao fim da coluna.

Ele se afastou.

— Perdoe-me — disse. — Roubei-lhe algo que não tinha me oferecido.

Chiaretta elevou-se nas pontas dos pés e o fitou nos olhos.

— Estou oferecendo agora — disse, e tornou a beijá-lo.

POUCO DEPOIS do alvorecer, na manhã seguinte, Chiaretta foi despertada de um sono inquieto por uma onda tão intensa de náusea, que mal conseguiu chegar à bacia para vomitar. Durante toda a semana anterior, havia lutado contra essa mesma sensação, descartando-a como nervosismo por causa da apresentação na ópera e se esquecendo dela na metade da manhã.

Quando Zuana entrou para perguntar se ela queria o desjejum, estancou ante o cheiro que vinha da bacia e a figura da senhora caída de costas na cama, como uma capa abandonada. Correu a retirar a bacia e, quando a trouxe de volta, seca e limpa, Chiaretta estava se sentando.

— Não sei o que deu em mim. Acordei enjoada, mas agora estou melhor.

Seus mamilos pareciam duas brasas, e os seios, feitos de pedra. Ao levar as mãos até eles para tocá-los, Chiaretta se encolheu de dor.

— *Madonna* quer que eu peça à senhora da casa para vir ajudá-la?

Giustina? Por que ela haveria de querer a presença de Giustina? Seu olhar intrigado fez Zuana sorrir.

— Nessas ocasiões, *madonna,* às vezes a mulher gosta de conversar com outra mulher. Ou será que devo chamar seu marido?

Nessas ocasiões? E então ela compreendeu. Sua mão voou para a boca.

— Zuana, isso quer dizer...?

— Sim, *madonna.* É o primeiro sinal.

Todos os pensamentos sobre Andrea desapareceram. *Vou ter um filho.*

Parte Cinco

BÊNÇÃOS

1723-1726

Dezenove

DONATA MOROSINI levantou a máscara de gato azul e branca à frente do rosto:

— Quero usar esta!

— Querida, ela é muito grande. É da sua mãe. Cuidado com ela!

As asas de filigrana dourada haviam entortado um pouco, nos seis anos decorridos desde que Claudio dera a máscara a Chiaretta, mas ela ainda era linda. Besina, a jovem ama-seca, tirou-a da menina, cujo rostinho se crispou:

— Mas é um gatinho! Não gosto da minha. Ela não é especial.

— E não é para ser. Você tem que se parecer com todas as outras pessoas. Ela combina com a *bauta* que seu pai lhe comprou.

— Mas é uma festa. Quero usar máscara! — insistiu Donata. Rodopiou em sua combinação comprida de seda e praticou a nova dança que estava aprendendo, de olhos fechados e contando os passos aos cochichos, concentrada. — Eu tenho 4 anos e vou cantar na festa! — reclamou, com a vozinha estrídula.

— Quase 4, e não vai, não, se não tirar uma soneca primeiro! — disse Chiaretta, entrando com um menino de 1 ano no colo. Colocou-o no chão, segurou-o por um dos braços e enganchou o dedo num fita costurada nas costas do casaco do filho, para ajudá-lo a aprender a andar.

— Vamos ver a Besina! — propôs. O garotinho gorgolejou, o rosto largo molhado pela baba de um novo dente. Continuando a segurá-lo, Chiaretta deslocou-se para a frente, enquanto ele punha um pezinho adiante do outro.

— Muito bem, Maffeo! — exclamou ela, ao passar a fita para a babá.

— Logo, logo, ele não vai mais precisar do *girello* — comentou Besina, levantando-o e colocando-o num andador de madeira polida, com entalhes de folhas e flores. Maffeo foi balbuciando e dando tapinhas nos desenhos do *girello* com os dedos molhados, antes de impulsionar o corpo pelo quarto em direção à irmã.

— É, acho que tem razão. Em mais uma ou duas semanas, ele vai andar. Meu marido voltou da Pietà?

— Não, *madonna*, acho que não. A senhora quer que eu vá me informar?

— Não, mas dê-lhe um recado, diga que eu gostaria de vê-lo antes de nossos convidados chegarem, sim?

— É claro — disse Besina, e olhou para Maffeo, que havia começado a chupar os dedos. — Com licença, *madonna*, mas acho que está na hora de ele comer. Quer que eu o leve para a ama de leite?

— Sim, por favor. Eu ponho Donata na cama.

Chiaretta viu Besina tirar o bebê do *girello* e o pôr no colo, brincando de cavalinho. Maffeo choramingou e a mãe chegou mais perto, alisou-lhe o cabelo e beijou-o na testa. O menino estendeu os braços, mas ela recuou, só o bastante para que ele não a alcançasse.

— Vá com a Besina, meu amor. Vejo você depois do seu soninho.

Donata estava num canto do berçário, balançando suas bonecas no berço de madeira entalhada em que gerações de Morosini haviam dormido quando bebês.

— Eu tenho mesmo que tirar um cochilo? — perguntou à mãe.

— A festa ainda vai demorar algumas horas para começar. A soneca ajuda a passar o tempo.

— Posso dormir na sua cama? — pediu Donata, virando-se e dando à mãe um sorriso sedutor. — Com você?

Chiaretta riu.

— Acho que sim. Talvez eu não durma, mas ficarei deitada a seu lado até você dormir.

Ajudou a filha a subir na cama alta e se deitou depois dela. Donata virou-se para a mãe e Chiaretta aninhou a cabeça da menina em seu peito, junto ao ombro.

— Quando é que a minha tia vai chegar? — indagou Donata.

— Qual delas?

— Maddalena. Quem mais vem? Tia Antonia?

— Talvez.

Antonia acabara de dar à luz seu quarto filho, e a rápida sucessão de gestações, incluindo um parto de natimorto, deixara-a tão pesada e apática que ela raramente saía. *Terceira menina*, pensou Chiaretta, brincando com o cabelo fino e louro de Donata, cuja respiração foi ficando mais leve. A mãe observou os soprinhos da filha, o que significava que ela estava adormecendo.

Antonia tinha precisado de semanas para pensar num nome para a nova filha e, logo depois do parto, mandara levarem a menina, quase sem lhe lançar uma olhadela de relance.

— Material de convento. Piero não vai gostar — havia comentado.

Claudio, pensou Chiaretta com prazer, ficara encantado com a filhinha e o filho perfeitos. Piero não era nem de longe um pai ou provedor tão bom. Antonia não ganhara um guarda-roupa novo depois das duas últimas nenéns, e Chiaretta havia notado, com desânimo, quão manchadas e surradas estavam algumas peças da roupa de cama da recém-nascida. Embora a família de Piero, em épocas anteriores, houvesse figurado entre as mais ricas de Veneza, ele não era especialmente inteligente e não tinha mostrado ter boa cabeça para os negócios. Nos dois anos anteriores, os boatos sobre suas perdas no jogo haviam se intensificado tanto, que Chiaretta tinha dificuldade de encarar Antonia.

Ao circular a história de que, para fazer uma última aposta, Piero ficara de quatro sob a mesa de jogo para catar alguns *zecchini* que havia deixado cair, ele negou. O boato acabou se dissipando, substituído por outro sobre outra pessoa. As máscaras que todos usavam nos cassinos, exceto o banqueiro, davam a Piero a proteção de que ele precisava e, a Antonia, a possibilidade de disfarçar em público, da melhor maneira possível, a desonra crescente do marido. Por essas e outras razões, nos últimos anos ela se isolara e raramente recebia visitas, inclusive dos mais velhos amigos.

Tenho meus lindos filhotes por companhia, pensou Chiaretta. *Antonia vai se recuperar. Um dia, olhará para as filhas e verá a bênção que elas são.* Ao ver suas próprias feições e sua personalidade refletidas em Donata, teve vontade de puxar a filha para si e nunca mais soltá-la. A ferocidade de seu amor às vezes a deixava boquiaberta, e ela fazia questão de que nada a separasse dos filhos, mesmo que a separação fosse o estilo veneziano.

POUCO DEPOIS DE Chiaretta começar a ganhar peso, quando grávida de Donata, uma propriedade dos Morosini numa das praças de Veneza tinha ficado vaga, pois a família que a alugava voltara para a Áustria. Chiaretta havia insistido em que ela e Claudio fizessem dessa residência a casa da família. Levara consigo apenas Zuana para o Ca'Morosini, e Claudio tinha conservado somente seu criado pessoal. Uma nova criadagem trabalhava para eles, sem deveres de lealdade para com o Palazzo Morosini e a mulher impertinente que nele residia.

A casa dava para uma praça movimentada, onde era frequente Besina levar Donata para ver as lojas ou conversar com os vendedores, voltando para casa com os presentinhos que eles lhe ofereciam — uma maçã do fruteiro, uma pena brilhante do chapeleiro. Duas vezes por semana, Chiaretta levava Donata à missa na igreja do outro lado da praça, o que era seguido por uma guloseima numa casa de chá.

O *portego* do *piano nobile* tinha cerca de metade do tamanho do que fora deixado para trás, e era ideal para os tipos mais íntimos de entretenimento que Chiaretta preferia. O *portego* do andar superior era perfeito para sua filha dançar de meias e ouvir a própria voz ecoar no piso do *terrazzo* quando cantava.

Embora pudesse ter escolhido aposentos pessoais maiores, Chiaretta havia ocupado um cômodo de esquina na nova casa. Junto a seu apartamento, havia um outro aposento adequado para um berçário. Besina morava no térreo com os demais criados, mas também tinha uma cama no berçário.

Donata resmungou alguma coisa, dormindo, e Chiaretta se deu conta de que também havia cochilado. Ainda restava muito por fazer nas horas que antecederiam a festa, e por isso ela tirou o braço de baixo da cabeça da filha e se levantou da cama. Bateu à porta do apartamento de Claudio, mas ele ainda não estava. O pai dele falecera no ano anterior, após uma breve doença, e deixara a Claudio o encargo de assumir seu papel na Congregazione. Isso tirava mais horas do tempo do marido do que Chiaretta jamais poderia imaginar. Naquele ano, Claudio também estava trabalhando no Conselho dos Dez, e era comum voltar para casa tão exausto, que caía no sono minutos depois de tirar as botas.

A essa altura, Chiaretta já se acostumara com o fato de que o piso em que as botas dele caíam às vezes não era o de casa. Antonia estava certa. A mulher do barco era uma cortesã e, ainda que, vez por outra, um nobre cometesse a tolice de se apaixonar por uma delas, sua companhia era um divertimento ao qual ninguém dava grande atenção. Claudio não pedia nada a sua mulher senão que cuidasse das carências e necessidades dele e fosse discreta sobre os assuntos particulares. Chiaretta esperava e recebia o mesmo dele. Talvez os venezianos tivessem razão, afinal, em sua convicção de que não esperar que o cônjuge fosse a fonte de toda a felicidade e prazer levava a uma vida mais satisfatória.

Naquela noite, Claudio teria sorte se conseguisse até uns parcos minutos de descanso antes de os convidados chegarem. Entre estes, pouco mais de dez, havia um homem idoso que ele vinha incentivando a se lembrar da Pietà em seu testamento, bem como outro benfeitor que parecia estar deslocando suas preferências para o coro de um outro *ospedale*, o dos Mendicanti. Se tudo corresse bem, um concerto particular conduzido pela ilustre violinista Maddalena della Pietà levaria a dois compromissos favoráveis numa só noite.

Quando já ia voltando para seus aposentos, Chiaretta ouviu os passos de Claudio na escada. Ele transpirava sob a capa negra da aristocracia, no calor abafado da noite de junho.

Chiaretta tirou-lhe a capa e o acompanhou até seu gabinete.

— Você conseguiu? — perguntou-lhe, apontando para um embrulhinho que ele segurava.

— Sim. Eles ficaram com a loja aberta para mim. Onde está ela?

— Dormindo na minha cama. Por que você não a põe no travesseiro?

Claudio entrou no quarto, pé ante pé, e se debruçou por um instante sobre a filha, antes de deixar o embrulho junto ao braço que ela pusera para fora das cobertas. Chiaretta sentiu uma doce fisgada no peito ao observá-lo. Claudio amava os filhos mais abertamente do que qualquer outro pai que ela conhecesse. Arranjava tempo para as crianças sempre que possível, e tolerava ser interrompido em seu gabinete só para ganhar um beijo ou ver um novo dentinho. *Sou muito feliz por ter me casado com ele*, pensou Chiaretta.

Donata se mexeu e abriu os olhos.

— Papai! — exclamou. Sua mão encostou no embrulho e ela se sentou para ver o que era. — Presente para mim? — perguntou, arregalando os olhos. Tirou o papel e pegou uma pequenina meia-máscara de papel machê, cor-de-rosa e dourada, com um cabinho do lado para ser segurada diante dos olhos.

— Sua mamãe me disse que você queria uma de gatinho para combinar com seu vestido novo da festa. Gostou? — disse Claudio.

Donata já se levantara para correr para o espelho, e Claudio se virou para sua mulher e a tomou nos braços por um instante, antes de os dois se separarem e irem se aprontar para os convidados.

CHIARETTA MAL TEVE tempo de se vestir antes de Maddalena chegar da Pietà com um pequeno grupo de *figlie di coro,* todas usando seus vestidos pretos de concerto. Chiaretta viu algumas se deterem num dos extremos do *portego,* como fizera ela mesma quando tinha aquela idade. Maddalena parou no meio do cômodo e se virou para trás.

— Venham — chamou. — Venham conhecer sua anfitriã.

As *figlie,* quase todas com pouco mais de 10 anos, aproximaram-se timidamente de Chiaretta.

— É verdade que um dia a senhora foi do coro? — perguntou uma delas, enquanto seus olhos contemplavam o brocado e o veludo do vestido de Chiaretta e as joias cintilantes presas nos cachos de seu cabelo.

— É, sim — respondeu ela, estendendo a mão para tirar um fiapo solto do ombro da menina. A *figlia* baixou os olhos, corando de surpresa ante o gesto meigo e inesperado.

Donata monopolizou Maddalena desde o momento em que a viu, exibindo a máscara nova e implorando que a tia fosse ver a boneca a quem dera o nome dela.

— O Maffeo quase já sabe andar! — exclamou, enquanto as duas seguiam para a escada que levava ao seu quarto. Maddalena virou a cabeça e deu uma olhadela para Chiaretta, a quem ainda não tivera oportunidade de cumprimentar. Agora promovida de *sotto maestra* a *maestra dal violino*, fazia muito tempo que ela, agora aos 31 anos, quase não mudava de aparência. O cabelo começara a perder parte do brilho daquele castanho-avermelhado da juventude, mas o rosto só exibia tênues rugas superficiais e ainda irradiava sua luz interior. Ela deu à irmã um sorriso desamparado, enquanto Donata a arrastava para longe.

As *figlie di coro* tinham ido até o outro extremo do cômodo, para pôr seus instrumentos num canto, e Chiaretta as observou, enquanto ficava de olho nos criados que serviam o primeiro prato da refeição na mesa. Sentiu a mão de alguém tocar-lhe o cotovelo, virou-se e viu Andrea.

— Olá — disse ele. Chiaretta deu uma espiada para trás, para ver se Claudio estava olhando. — Ele está na *sala d'oro* com uns dois convidados seus. Como vai?

Fazia mais de um mês que Andrea estava viajando a negócios, e Chiaretta não soubera ao certo se ele voltaria a tempo de comparecer à festa dessa noite. Sentiu no ventre a conhecida sensação que sempre se apossava dela ao ver o amante.

— Você voltou — disse-lhe, num murmúrio. Em seguida, tomou distância e ajeitou o corpo e o rosto, dando-lhes a mesma aparência que teriam para qualquer outro convidado. — Posso oferecer-lhe uma taça de vinho? — perguntou, com fingido desprendimento. — Logo? — sussurrou, com o olhar suplicante. — Senti uma saudade terrível.

Virou-se e fez sinal para que um criado se aproximasse de Andrea, e se afastou para receber outro convidado.

DEPOIS DO JANTAR, Chiaretta sentou-se diante do cravo, no outro extremo do *portego*, e Donata ficou junto dela, as duas entoando uma canção infantil para os convidados. Maddalena colocou-se de lado, vendo a sobrinha aproximar e afastar a máscara nova dos olhos enquanto cantava. O tempo diria se, além do cabelo louro, Donata havia herdado o talento da mãe, mas seu sorriso coquete e a voz alta e confiante não deixavam dúvida de que ela possuía o espírito de Chiaretta.

Depois, a anfitriã entoou um solo, acompanhada pela irmã.

— *"Benedetto sia il giorno, et il mese, et l'anno"* — cantou ela. — "Benditos sejam o dia, o mês, o ano, a estação, o tempo, a hora, o instante, a linda terra e o lugar em que primeiro me senti presa aos belos olhos que ainda me retêm" — Chiaretta olhou para Donata, que havia parado ao lado do pai e segurava a perna dele, e deu uma piscadela, para a filha saber que essas palavras se dirigiam somente a ela.

Maddalena tocou um interlúdio e, em seguida, Chiaretta retomou a melodia.

— "E bendita seja a doce dor que senti ao conhecer o amor pela primeira vez, e o arco e as flechas que me perfuraram, e as mágoas que calaram fundo em meu coração." — Ao proferir essas palavras, Chiaretta deu as costas a todas as outras pessoas de sua vida e fitou apenas a irmã, cujos olhos reconheceram tudo o que ambas sentiam.

Depois da apresentação das *figlie*, Chiaretta e Maddalena dirigiram-se de braço dado para a mesa do banquete, onde pratos com pedacinhos de nogado e frutas cristalizadas estavam sendo dispostos para os convivas.

— Ah, Maddalena, isto lhe interessará — disse Claudio, enquanto puxava a cadeira para a cunhada. — Vivaldi vai voltar para a Pietà. A decisão acabou de ser tomada hoje.

Maddalena estendeu a mão e segurou a beirada da mesa. Uma colher caiu no chão com espalhafato e um criado correu para apanhá-la, murmurando pedidos de desculpa que a *maestra* não ouviu. Ela olhou para o vinho que era servido em sua taça. A luz refletida havia transformado a borda dourada numa auréola minúscula e iluminava por dentro o líquido carmesim, mas Maddalena não viu nada.

Benditos sejam a estação, o tempo, a hora... Muitas coisas haviam mudado desde a última vez que ela o vira. Passara-se tempo suficiente para remoldar suas lembranças e guardá-las em lugar seguro. E agora ele ia voltar, para abalar de novo o seu sossego.

Vinte

NO CANTO DA SALA em que Maddalena estava sentada, trabalhando, o carvão da estufa pipocou e estalou, convertendo-se em brasas. Sobre a escrivaninha de madeira havia uma pilha de partituras e, diante da *maestra*, um pedaço de papel em que ela havia copiado algumas notas. O lampião a óleo bruxuleou e ela estendeu a mão para ajustar a chama e aproximá-lo um pouco, para ter um tantinho mais de luz.

Olhou para uma linha da partitura.

— Viola — disse, cantarolando cada nota ao escrevê-la. Vivaldi compusera uma peça linda para Benedetta e, ao mergulhar a pena no tinteiro, Maddalena disse a si mesma para se concentrar apenas na beleza do som que aquilo teria. Instruiu-se a não pensar no compositor, embora a conhecida mão dele lhe saltasse aos olhos a cada página.

Claudio, como depois ela soube, não pretendera implicar que Vivaldi voltaria em pessoa, como *maestro dei concerti*. A Congregazione o contratara para fornecer dois novos concertos por mês, os quais ele poderia mandar pelo correio ou entregar pessoalmente. Ele havia optado pela primeira alternativa e, pelo que Maddalena sabia, não pusera os pés em Veneza nos quase dois anos decorridos desde o anúncio de Claudio na festa.

Não era preciso muita coisa para trazer de volta o bolo no estômago e o peso na cabeça quando ela pensava no compositor. *É só copiar a música,* disse Maddalena a si mesma. *Apenas copie a música.*

Mas, às vezes, não conseguia dar ouvidos a si própria, especialmente em momentos como aquele, quando os dedos enrijeciam de frio e era preciso interromper o trabalho para aquecê-los. Enquanto ela mantinha as mãos perto da estufa, seu pensamento vagou para o modo como Vivaldi e ela costumavam se olhar, com gotas de transpiração na testa, ao terminarem uma peça musical. O jeito de ele se inclinar sobre ela para lhe mostrar a posição dos dedos, com o cabelo ruivo captando a luz e fazendo a sala inteira brilhar.

Maddalena sentia saudade dele, sentia falta da energia crepitante do coro quando Vivaldi tocava com as *figlie*. Chegava até a sentir falta de suas venetas e seus acessos de raiva. Eles eram de se esperar, num homem cujo ser era tão repleto de música que ficava com pouco espaço para as boas maneiras. Vivaldi era um gênio. O coro tocava a música que ele mandava, e tocava bem, mas não era a mesma coisa que tê-lo presente.

Quantos anos ele terá agora? Deve estar mais perto dos 50 que dos 40, pensou Maddalena. Queria saber de que modo a idade o teria modificado. Com certeza trouxera modificações nela. O clamor de seus humores, do tempo em que ela era mais jovem, havia desaparecido, e agora Maddalena exultava com prazeres simples — ver Donata e Maffeo correrem a seu encontro de braços abertos, ou dar um abraço reconfortante em suas alunas quando, diante de um revés, elas lutavam para ser corajosas. Embora a vida fosse estimulante quando Vivaldi estava na Pietà, a presença e a ausência dele eram uma troca equilibrada, concluiu. Menos energia, mais calma. Menos paixão, mais paz.

Não, pensou ela, *seria ótimo se ele voltasse em pessoa, ótimo se os dois voltassem a tocar juntos e ótimo se nada disso acontecesse.*

No começo, Chiaretta se aborrecera com Claudio por ele não ter avaliado melhor o impacto de seu anúncio, mas Maddalena havia assinalado que ele não poderia saber o significado de Vivaldi para ela.

— Se eu explicar, sei que ele irá querer pedir desculpas — dissera Chiaretta, mas as duas sabiam, sem nada dizer, que Maddalena ficaria constrangida por ter seus sentimentos juvenis revelados.

A *maestra* continuou com as mãos acima da estufa, abrindo e fechando as duas como pinças. Esfregou uma na outra para mantê-las aquecidas, enquanto voltava para a escrivaninha.

Apenas copie a música.

— Viola — disse para si mesma, apanhando a pena.

SEMANAS DEPOIS, esperou no balcão da capela por um vislumbre de Chiaretta e Donata, que lá estariam com Andrea para ouvir Benedetta tocar. A própria Maddalena não tocaria, e agora era raro fazê-lo na capela, pois ela só tinha tempo para um ou outro recital nas residências nobres de Veneza. Certificar-se de que todas as *figlie* tivessem boas aulas e fossem bem-tratadas dava-lhe um tipo de prazer diferente de um solo no balcão, e um prazer muito mais duradouro.

Chiaretta, Donata e Andrea chegaram e ela viu Andrea providenciar assentos para mãe e filha. Os três se benzeram e rezaram. *Que estranho eles não serem uma família*, pensou Maddalena. *Que lugar estranho é esta Veneza!* Ela preferia muito mais estar no balcão vedado por uma cortina de filó, onde tudo era muito mais simples, mas também ficava feliz por ver a irmã, e por ela ter a seu lado um homem que cuidava tão bem dela. E um homem que Donata adorava, pelo menos se o seu jeito de inclinar a cabeça e sorrir para Andrea, enquanto corria os dedos pela jaqueta dele, podia servir de indicação para tal afirmativa.

OS TRÊS FORAM VÊ-LA no parlatório depois do concerto. A boca de Donata estava grudenta de côdeas do doce que uma das *figlie* lhe oferecera, e cheirava a mel ao fazer um biquinho para beijar a tia através da grade.

— Benedetta tocou muito bem — disse Donata. — Um dia eu também vou fazer parte do coro!

— Você fala igualzinho à sua mãe quando *ela* estava com 6 anos, minha coisinha preciosa — retrucou Maddalena.

Agora, até Andrea se aproximava da grade para conversar com ela quando os três iam visitá-la. Fazia algum tempo que Maddalena sabia que ele e sua irmã se encontravam uma vez por semana em aposentos que ele havia alugado num *palazzo* à beira de um dos canais menores. Lá havia uma porta que dava para uma pracinha e levava a uma entrada particular. O resto da casa estava desocupado nesse momento, o que tornava o arranjo o mais seguro possível.

Quando Chiaretta lhe segredara pela primeira vez a revelação de seu romance com Andrea, Maddalena tinha ficado sem saber o que pensar. O casamento era sagrado, mas Veneza tinha seus costumes próprios e a *maestra* dava-se por satisfeita por não ter que tentar entendê-los. E não havia necessidade de julgar. Ela confiava em que Chiaretta sabia o que estava fazendo e nutria por Andrea o respeito devido a alguém escolhido por sua irmã. Aquilo realmente não era da sua conta, concluíra Maddalena, desde que não ferisse nenhuma das pessoas que ela amava.

Em suas idas frequentes ao Ca'Morosini, ela via que a relação de Chiaretta com Claudio não parecia estar sendo prejudicada. Se ele conhecia a verdade sobre sua mulher e Andrea, Maddalena não saberia dizer, mas, se estava a par de tudo, não dava sinais de insatisfação. Maddalena gostava do jeito sério de Andrea e de seu coração terno. Também gostava de Claudio, por oferecer a Chiaretta a vida que ela queria e por mantê-la segura. Dois homens amavam sua irmã, e Maddalena dava graças por isso.

Nesse dia, o parlatório estava lotado de ambos os lados da grade. Tinha sido o primeiro concerto da temporada de outono e as *figlie* e seus convidados mostravam-se animados e barulhentos. Donata tinha ido com Andrea ver alguém fazer truques com um baralho num canto, e Maddalena chegou mais perto da grade para ouvir o que a irmã estava falando.

— Eu disse — repetiu Chiaretta, elevando a voz — que o *maestro* Vivaldi foi contratado como empresário de uma ópera no teatro do Claudio, marcada para novembro.

Vivaldi? Em Veneza? Maddalena sabia que ele passava pela cidade de vez em quando, por causa de suas óperas, mas não desde que voltara oficialmente a ser empregado da Pietà. *Ele vai voltar para cá?*

Chiaretta virara a cabeça para localizar Donata e Andrea e não viu a expressão ansiosa que cruzou o rosto da irmã. Virou-se de novo para ela e prosseguiu:

— Segundo Claudio, já não é sem tempo. A Congregazione anda desgostosa com ele. Vivaldi compõe cerca de metade do que combinou escrever.

Chiaretta notou o cenho franzido da irmã.

— Você está preocupada com isso? Não creio que ele planeje passar muito tempo na Pietà.

Maddalena deu de ombros.

— Acho que cheguei a um ponto em que o prefiro a distância — disse. Pensou um instante. — Mas já faz muito tempo. Eu gostaria de vê-lo, e gostaria que ele conhecesse Benedetta e Cornelia, e todas as outras *figlie* que agora tocam sua música.

O coração de Maddalena disparou enquanto ela falava e ela percebeu a tensão em sua voz. *Expectativa ou medo?*, perguntou a si mesma, ciente de que não podia confiar em que chegaria a uma resposta sincera.

A *TAVOLETTA* QUE ANUNCIAVA a estreia da produção de Vivaldi, *L'Inganno Trionfante in Amore*, já estava exposta do lado de fora do Teatro Sant'Angelo quando Chiaretta foi visitar o compositor, muito aborrecida. Ela acabara de voltar de uma ida com Donata ao outro lado do canal, para uma aula de música na Pietà, e soubera, numa breve conversa com a prioresa, que Vivaldi não havia mantido contato com ninguém de lá desde seu regresso a Veneza para os ensaios da ópera, há um mês. Maddalena insistira em que não tinha expectativas, mas Chiaretta conhecia a irmã bem o bastante para reconhecer os sinais reveladores de mágoa, à medida que as semanas iam passando sem uma palavra ou uma visita dele.

— Sujeito insuportável — murmurou consigo mesma, ao cruzar a porta do teatro.

Vivaldi estava agitando os braços e gritando com os atores no palco e, quando um deles se retirou, pisando duro, fez meia-volta, começou a caminhar para a saída e, com um aceno de cabeça, cumprimentou a aristocrata sentada num banco logo à entrada do saguão, sem reconhecer de quem se tratava.

— *Maestro* Vivaldi — disse ela, seguindo-o em direção ao saguão e levantando o véu.

— Chiaretta! Perdoe-me, eu não sabia que era você — fez ele, e inspirou fundo, com uma chiadeira familiar.

— O senhor parece bem — disse Chiaretta, com frieza na voz. Na verdade, ele tinha o jeito atormentado de sempre. A tez era cor de leite desnatado e o cabelo dava a impressão de ter sido cortado, mas Vivaldi se movimentava com a mesma intensidade nervosa de que ela se lembrava, como se houvesse algo poderoso demais para ser contido logo abaixo da superfície.

— Eu devia ter procurado saber de vocês quando cheguei a Veneza, mas tenho andado muito ocupado. Vamos estrear na próxima semana... mas acho que já sabe disso.

— Eu pretendo comparecer — disse Chiaretta, em tom gélido, mas ele não pareceu notar.

— Não está muito bom. É só um *pasticcio*, e fiz apenas o arranjo da música. Já ouviu Anna Girò no San Moisè? Ela é realmente espetacular.

Chiaretta ignorou a pergunta.

— Eu gostaria de falar sobre minha irmã.

— Maddalena? Como está ela?

O tom foi tão displicente que Chiaretta enrubesceu de raiva.

— Está muito bem, mas é difícil imaginar como o senhor pode ter deixado passar tanto tempo, desde que regressou a Veneza, sem tomar conhecimento da presença dela.

Respirou fundo para dizer mais alguma coisa, mas resolveu não fazê-lo.

Uma nuvem de tristeza toldou o rosto de Vivaldi:

— Seu marido decerto deve ter lhe informado da insatisfação da Congregazione comigo, não é? Creio que eu não seria bem-vindo na Pietà, nem mesmo como visita.

— Eles com certeza lhe dariam boas-vindas, se o senhor chegasse com uma música nova.

Vivaldi deu um passo atrás, surpreso com a brusquidão da resposta.

— Receio que isso seja impossível por algum tempo. Pode ver como estou ocupado.

Apontou para o palco, onde alguns cantores e músicos da orquestra conversavam, enquanto os ajudantes de cena montavam o cenário. O olhar de Chiaretta acompanhou o dele e os dois se calaram por um momento, observando. Chiaretta pensou em Maddalena, sozinha em seu quarto, copiando as partituras de Vivaldi. Seria impossível para ele imaginar o tempo de que se dispunha na Pietà para pensar, o quanto qualquer coisa fora do comum repetia-se vezes incontáveis na escuridão das noites insones, como era possível vasculhar no passado os mínimos detalhes esquecidos, e com que expectativa se aguardava qualquer prazer vindouro.

Chiaretta se perguntou se ele estaria pensando na mesma coisa. Como eram diferentes o Teatro Sant'Angelo e a Pietà! Em um ele não parecia inspirar grande respeito, mas no outro, as musicistas o tratavam quase como se ele fosse o próprio doge. *Será que alguém o admira aqui?*, pensou com seus botões. *Não parece.*

— Quando o senhor compunha para minha irmã e para mim, isso significava mais do que lhe é possível imaginar — comentou, surpresa com o tremor em sua voz.

— Fico lisonjeado — disse Vivaldi, tocando no peito como Chiaretta o vira fazer inúmeras vezes, quando tentava cair nas graças de dignitários em visita à Pietà. — Foi muita gentileza sua vir aqui para me dizer isso.

Que homem insuportável!

— *Maestro* Vivaldi, o senhor acha que me desloquei até aqui apenas para lhe fazer um elogio?

Chiaretta engoliu com força para acalmar a voz, pensando em como transmitir o que tinha ido dizer-lhe no teatro.

— Agora minha irmã é *maestra dal violino*. Em parte ela deve isso ao senhor, eu sei. Mas, mesmo depois de todos esses anos, as lembranças de tocar em sua companhia são importantes para ela. Vim aqui apenas para lhe perguntar se têm alguma importância para o senhor. — Deu uma fungadela indignada e desviou o rosto. — Talvez o senhor tenha tido alunos demais iguais a ela.

— Chiaretta, não é que eu tenha esquecido, mas...

Ela o interrompeu:

— Eu disse o que queria dizer. Faça o que quiser com isso.

Virou-lhe as costas e saiu porta afora.

Em menos de uma semana, dois concertos foram entregues à Congregazione, com uma carta solicitando a ajuda da *maestra dal violino* na preparação de um novo trabalho grandioso para a Pietà.

— Teve alguma coisa a ver com isso? — perguntou Maddalena a Chiaretta.

— Estive com ele no teatro, rapidamente. Mas não conversamos sobre isso — respondeu Chiaretta. *Está bem perto da verdade*, disse a si mesma.

Os seios de Anna Girò faziam pressão para cima e para fora do decote do espartilho, como se planejassem uma fuga. Embora ela não fosse gorda, seu corpo dava a impressão geral de carnes avanjatadas que, a maioria concordava, provavelmente não conduziriam à virtude. O rosto era bonito o bastante para ser um instrumento de sedução de homens ricos e influentes, embora, nesse momento, a maquiagem de palco formasse uma pasta tão espessa que seria capaz de disfarçar um caso agudo de varíola. Girò fora anunciada como uma sensação de 20 anos de idade ao chegar de Mântua a Veneza, no ano anterior, para estrelar a *Laodiceia* de Albinoni. As críticas desdenhosas de alguns círculos sobre sua interpretação tinham sido contrabalançadas por louvores tão profusos de outros, que a maioria dos venezianos encolhera os ombros ante a conclusão óbvia a ser extraída: a de que talvez La Girò andasse oferecendo mais do que seu talento musical a alguns dos *cognoscenti* de Veneza.

Apesar das diferenças de opinião sobre a extensão de seu talento, Vivaldi havia começado a pressionar Claudio e os outros investidores do Teatro Sant'Angelo, desde o instante em que chegara a Veneza, para que liberassem o dinheiro necessário para garantir um contrato com a diva. Claudio tinha assistido à estreia veneziana da cantora e não se impressionara a ponto de alterar seus planos de uma viagem de negócios só para ouvi-la cantar pela primeira vez no Teatro Sant'Angelo, e por isso Chiaretta e Andrea estavam no camarote dos Morosini, tendo somente Luca e Antonia por companhia.

No momento, os efeitos de uma quantidade generosa de vinho, ingerida apenas com o primeiro prato do jantar, deixara-os meio altos e bastante cáusticos a respeito do espetáculo que se desenrolava no palco. Anna escancarava os braços para sustentar uma nota prolongada e deu grandes suspiros arfantes para encobrir suas dificuldades, quando a música desceu de repente para um tom mais grave. Embora a jovem fosse contralto e, portanto, não tendesse a gritar nas notas agudas, Chiaretta ouviu as rápidas mudanças de tom feitas pela orquestra, para que ela conseguisse emitir as notas mais graves sem soar como um cachorro rosnando por um osso.

Antonia havia conseguido passar quase dois anos sem engravidar e tinha recuperado parte de seu velho espírito:

— Veja como a mulher abana os braços! Você poderia subir naquele palco hoje e cantar melhor do que ela, sem sequer ensaiar — disse a Chiaretta, quando Anna concluiu uma ária e se retirou majestosamente de cena, sob grandes aplausos.

— Ah, mas nem tudo tem a ver com a voz dela — disse Andrea. — É óbvio que ela é difícil de se ignorar, e seria possível afirmar que é esplêndida se é isso que todas as pessoas dizem — completou, virando-se para Chiaretta. — O que acha?

A única resposta foi um dar de ombros. Chiaretta não estava realmente ouvindo. Na ocasião em que fora ao teatro falar com Vivaldi sobre ele não ter ido levar seus cumprimentos a Maddalena, ao regressar a Veneza, o homem mal pudera esperar para falar de Anna. *Tive que lhe recordar que eu tinha uma irmã,* pensou. *Quem é essa Anna Girò para ele?*

O grupo retirou-se para os fundos do camarote e havia iniciado o segundo prato do jantar quando Luca fez uma referência ao duque de Massa. Antonia, ansiosa por se manter a par de todas as anedotas, perguntou a Andrea por que ele estava rindo.

— Parece que Anna queria um cravo e usou um dinheiro que o seu bom amigo, o duque, lhe dera para comprá-lo — disse

Andrea, erguendo as sobrancelhas. — E digamos apenas que a soma era mais do que suficiente para levar a se questionar a natureza dessa amizade.

Luca cobriu de molho uma garfada de carne e a levou à boca.

— Ouvi dizer que Anna é uma moça muito afável — disse, com olhar malicioso. — Enfim, por algum motivo, o homem que lhe vendeu o cravo achou que tinha sido tapeado e recorreu à justiça.

Luca baixou o garfo, limpou a boca com o guardanapo e comentou, enquanto pegava a taça de vinho:

— Fico surpreso por não ter ouvido falar nisso, Chiaretta. A coisa envolveu seu velho amigo Vivaldi.

O coração de Chiaretta bateu mais forte:

— O que ele teve a ver com isso?

— Ele foi o intermediário. Vivaldi é que foi processado. Parece que o velho duque dera à Anna o dobro do valor que ela pagou pelo cravo. O sujeito que o vendeu ficou com a impressão de ter sido tapeado pelo honorável padre.

— Um escandalozinho divertido, baseado em nada — comentou Andrea. — E daí se ela não gastou tudo o que tinha no cravo? O vendedor concordou com o preço.

— O tribunal também foi dessa opinião, mas isso nos faz pensar em por que Vivaldi se envolveu, para começo de conversa — disse Luca, e inclinou a cabeça, atento à música. — Não é La Girò?

O grupo se levantou para vê-la cantar e a conversa chegou ao fim. Chiaretta postou-se ao lado deles, olhos voltados para o palco, e não ouviu nem uma nota a mais.

Mediante um acordo com a Pietà, Maddalena deveria tomar a providência inusitada de ir à casa de Vivaldi trabalhar com ele. Fazia muito tempo que o compositor andava mal de saúde, e convenceu os Nobili Uomini Deputati de que seria do interesse destes que ele não tivesse que se deslocar desnecessariamente pela cidade durante o inverno. Em casa, ele poderia ter à mão aquilo de que precisasse, enquanto trabalhava no que havia garantido à Congregazione ser a maior obra instrumental de sua carreira. Para adoçar a proposta, o violino usado por Maddalena em suas idas à casa de Vivaldi passaria a ser propriedade da Pietà, quando o trabalho estivesse concluído — um presente caro, que não podia ser desprezado pela entidade, sempre às voltas com apertos financeiros.

Fioruccia, que desdenhara com tanta franqueza do uso de melodias das óperas de Gasparini pelo coro, concordou a contragosto em ser a acompanhante de Maddalena, pois lhe fora salientado que sua antipatia pelos compositores de ópera era a melhor garantia de que não ocorreria nada de imoral. Mesmo assim, levou-se um mês para chegar a um acordo sobre a ida de uma mulher da Pietà à residência de um homem, ainda que esse homem fosse padre.

Vivaldi morava numa área de Veneza que Maddalena nunca tinha visto. Os canais e os *fondamenti* que os ladeavam estreitavam a cada curva, até os prédios decrépitos se erguerem sobre eles como fileiras de mendigos esfarrapados. Uma mulher saiu momentaneamente de casa para despejar o conteúdo de um balde de dejetos no canal, assustando um gato esquelético que correu para se esconder numa viela escura, pouco mais larga que um carrinho de mão. Do lado oposto, dois ratos inspecionavam um montinho de lixo, ignorando os xingamentos de um homem que lhes deu um pontapé ao passar.

É aqui que ele mora?, pensou Maddalena, levantando os olhos para as casas. *Como é possível que saia alguma música daqui?*

Passaram por baixo de uma ponte e entraram num canal mais largo, ladeado por casas bem-cuidadas, cujas cores vivas reluziam à luz do sol refletida na água. *Assim é melhor*, pensou Maddalena, que tornou a sentir um aperto no peito quando o gondoleiro cruzou o canal em direção a outro, pequeno demais para ser margeado por calçadas, e onde a luz que penetrava era tão pouca que seria difícil distinguir a noite do dia.

O gondoleiro parou segundos depois, numa pequena plataforma ao lado de uma casa cor-de-rosa de aparência agradável, embora de manutenção muito precária, que dava para o canal mais largo. Bateu à porta com a ponta do remo e, enquanto os três aguardavam uma resposta, virou-se para elas.

— *Madonne*, está muito frio. Com sua permissão, vou esperar na loja por onde acabamos de passar, onde há uma lareira — disse, apontando para uma pequena cantina do outro lado do canal, à porta da qual dois homens conversavam, batendo com os pés no chão para espantar o frio.

Ao ver a expressão de Fioruccia, o gondoleiro acrescentou:

— Não vou beber, se é nisso que a senhora está pensando. É só para ficar longe do frio. Eles podem mandar um empregado me chamar, quando as senhoras estiverem prontas.

Nesse momento, a porta se abriu. A oportunidade de Fioruccia discutir com o gondoleiro passou, pois um criado lhe estendeu a mão para ajudá-la a entrar. Quando ele içou Maddalena para a plataforma escura, ela sentiu as narinas arderem com o cheiro de mofo no ar gelado. O criado abriu outra porta, que dava para um corredor iluminado por um único lampião a óleo, o qual deixava na tênue penumbra um tapete puído em vários lugares.

— Por aqui — disse ele, apontando uma porta na outra extremidade, pela qual as duas entraram numa sala em que uma pequena lareira atenuava ligeiramente a escuridão e o frio. — Vou avisar que as senhoras chegaram — disse o criado, batendo a uma porta fechada.

Maddalena ouviu uma cadeira se arrastar e passos em direção à porta, que se abriu rangendo as dobradiças.

Vivaldi era mais baixo do que ela se lembrava e tinha o olhar mais toldado. A pele estava flácida sob o queixo e os ossos do rosto mostravam-se ainda mais pronunciados.

— Ah! — exclamou o *maestro*, à guisa de cumprimento.

Maddalena admirou-se por ele não dizer nada sobre quanto tempo fazia que não se encontravam, ou sequer sobre sua alegria em vê-la.

— É um prazer revê-lo — disse ao compositor, mas ele meneou a cabeça, como se estivesse distraído demais para ouvir, e não proferiu palavra em resposta.

Usava um robe curto de lã verde-musgo, sobre o qual o cabelo em desalinho descia-lhe até os ombros. Fioruccia fechou a carranca ante a aparência do padre.

— Desculpe-me — disse Vivaldi, interpretando a expressão dela. — É o frio. Posso vestir minha batina, se insistir, mas ela ainda está úmida da chuva que apanhei ontem.

— Não será necessário — retrucou Fioruccia, olhando com tamanho desdém para os pés de Vivaldi, metidos em chinelas, que ele mandou o criado trazer-lhe um par de meias e sapatos.

O *maestro* fez sinal para que elas entrassem em seu estúdio. O cômodo era quase do tamanho da sala, porém tão atravancado que mal se conseguia andar. As paredes eram cobertas por estantes onde as coisas se empilhavam sem ordem aparente. O espaço dividia-se entre um cravo, uma grande escrivaninha e um atril, e de cada lado dele havia pilhas de partituras e papéis. Junto a uma lareira em que ardia um fogo minúsculo, viam-se uma cadeira rebuscada com o estofamento puído e uma mesinha sobre a qual se equilibravam um bule de chá e uma fatia de pão com os restos oleosos de uma porção de manteiga.

— É impossível arrumá-lo — disse Vivaldi, fazendo sinal para que o criado levasse a bandeja embora —, mas receio que este seja meu jeito de trabalhar.

Foi até o outro lado da escrivaninha, pegou um rosário, murmurou uma prece, beijou-o e o guardou numa gaveta. Com um gesto largo, afastou a bagunça do tampo da escrivaninha para um lado.

Virou-se para Fioruccia.

— Mandei acender o fogo ali fora, onde poderá ficar mais confortável enquanto trabalhamos. Vou mandar meu criado acender o lampião.

Fioruccia franziu o cenho, como se pretendesse resistir a deixá-los sozinhos, mas, com uma segunda olhadela pelo aposento atravancado, deu um suspiro de resignação.

Assim que Fioruccia se acomodou, Vivaldi tirou seu violino do estojo e foi direto ao assunto:

— Lembra-se de quando lhe perguntei que som era este, há alguns anos?

Tocou algumas notas trinadas e fitou Maddalena.

— Pássaros cantando numa árvore — disse ela. — E depois fez um som como se eles levantassem voo e partissem.

As palavras saíram entrecortadas e monocórdias. *Pequena.* Foi assim que ela se sentiu, mais uma vez, sentada no estúdio de Vivaldi, ignorada, enquanto ele se agasalhava com sua música.

— Aquilo me deu uma ideia em que tenho pensado desde então — disse o *maestro*. Ainda segurando o arco, fez pressão com as pontas dos dedos sobre a página de um caderno de notas, para mantê-la aberta. — Escute isto.

Pigarreou e começou a recitar:

Chega a primavera e, radiantes,
Saúdam-na as aves em alegre canto.
E sob uma aragem de Zéfiro
Correm os regatos, murmurejantes.

Fechou o caderno de notas, enquanto tocava a canção dos pássaros, e se pôs a recitar de memória, ao terminar:

Vem a tormenta, cobre o ar com negro manto,
Raios e trovões a anunciar sua chegada.
Mas logo se acalma, e então os passarinhos
Retornam com seu canoro encanto.

Vivaldi tocou uma *cadenza* frenética, que retratava o voo das aves.

— Sabe quem escreveu o poema? — perguntou.

Maddalena abanou a cabeça.

— Não o reconheci.

— Fui eu. Escrevi quatro poemas, um para cada estação, e vou escrever um concerto para acompanhar cada um. Dei-lhe o nome de *As quatro estações*. A ideia lhe agrada?

— Não entendo o que quer dizer.

— Ora, achei que você entenderia, logo você! — disse Vivaldi, o cenho franzido de aborrecimento. — Preciso que compreenda — insistiu. Tornou a pegar o violino e começou a tocar. — É assim.

Executou uma melodia animada e ligeira, batendo com o pé para criar um *continuo*.

— Isso é o que a orquestra vai tocar. Ela prepara o clima para a primavera. Depois, o solo de violino fará isto. — E se lançou no canto dos pássaros. — Em seguida — passou para uma melodia mais grave e fluida —, ouviremos o som de um regato, fluindo no degelo da primavera. E então uma trovoada assustará os pássaros — continuou a explicar. Fechou os olhos e iniciou uma sucessão tempestuosa de notas. — Mas eles voltarão para seus galhos, e terminamos o primeiro movimento assim. — E tornou a tocar as frases iniciais, porém num tom mais suave, com um toque de melancolia.

O humor de Maddalena havia melhorado com a música. Era como se não houvesse passado tempo algum desde a última vez que Vivaldi se sentara para tocar com ela. *Não há nada assim na minha vida. Nada pode tomar o lugar disto,* pensou, aceitando o fato de que, se desejava a música, teria de lidar com o homem egocêntrico e não raro descortês que a criava.

— O problema é como encontrar alguém que a toque do jeito que eu quero — prosseguiu Vivaldi. — Temos a chuva, e um vento que assobia numa porta, e um homem caindo de bêbado, e um cachorro latindo enquanto o dono dorme.

A respiração dele havia começado a falhar e suas palavras saíam em frases curtas, entre golfadas superficiais de ar.

— Você é a única pessoa que conheço capaz de compreender. Todas as outras vão discutir comigo, ou simplesmente tocar o que quiserem. Preciso de alguém que sinta isso, e que faça os outros músicos o sentirem também. Maddalena Rossa...

Os dois viraram a cabeça ao som de uma voz estrídula do lado de fora da porta. O ronco de Fioruccia na sala tinha sido interrompido pela voz de uma mulher mais jovem.

— Quem é você? — Maddalena ouviu a voz perguntar a Fioruccia, antes de a porta do estúdio acabar de se escancarar.

— Anna! — elevou-se a voz de Vivaldi, alarmada.

A mulher estava de peruca e com um chapéu rebuscado que nada tinha a ver com o estilo veneziano. O rosto parecia maquiado para uma festa, e a parte superior de um de seus mamilos começara a saltar do decote do vestido.

Ela apontou o queixo na direção de Maddalena e fechou a carranca para Vivaldi, com as mãos nas cadeiras:

— Quem é essa?

O padre respirou fundo, mas o ar travou-lhe a garganta e ele tossiu até quase sufocar. Suas inspirações viraram acessos de tosse em staccato e ele apertou o peito e despencou numa cadeira.

— Paolina! — gritou Anna. — Venha depressa!

Em poucos segundos, outra mulher, poucos anos mais velha do que Anna, entrou às pressas no aposento. Vestia uma roupa semelhante, mas havia tirado a peruca, e o cabelo castanho e emaranhado, grudado ao couro cabeludo, dava a seu rosto empoado e cheio de ruge a aparência de uma máscara carnavalesca.

Ela não pareceu notar Maddalena nem Fioruccia, que a essa altura estava totalmente desperta, parada junto à porta.

— Ele está mal? — perguntou Paolina.

— Acho que sim — respondeu Anna. — Vou chamar os criados.

Paolina foi até um armário e tirou uma bolsinha. Salpicou uma colherada de ervas num lenço, amarrou as pontas e esfregou o conteúdo entre as palmas das mãos, para liberar o odor.

— Inspire — disse, segurando o sachê diante do rosto de Vivaldi e sustentando as costas dele com o outro braço. — Anna está trazendo o vapor.

Vivaldi meneou a cabeça, de olhos arregalados, mas não disse nada.

— Segure isto — disse Paolina a Maddalena em tom brusco, entregando-lhe o sachê. Parada tão perto, Maddalena viu que os lábios de Vivaldi tinham ficado roxos. Paolina voltou com um emplastro e, quando afrouxou o casaco e abriu a camisa fina do *maestro*, Maddalena viu sua pele ser sugada entre as costelas, conforme ele lutava para respirar.

O cheiro de cânfora e mostarda encheu o ar, quando Paolina lhe aplicou o emplastro no peito. Quando Anna voltou, com um criado que carregava uma bacia de água quente e pedaços de pano fumegantes, Vivaldi já respirava com mais facilidade. Mesmo assim, Paolina ordenou que ele se curvasse para a frente e respirasse pelo pano aquecido até este esfriar.

Em seguida, ela voltou ao armário e vasculhou uma caixa em que havia pelo menos uma dúzia de pacotes etiquetados de ervas e pós.

— Lavanda, alcaçuz, gengibre, camomila, hissopo — foi dizendo baixinho.

Virou-se para o criado que tinha trazido as toalhas e a tigela:

— Ferva água com uma colherada de mel. Não, ponha duas colheres. Depois, traga-a para mim num bule de chá. Eu faço o resto — concluiu, escolhendo dois pacotinhos.

Maddalena pôs-se de lado e viu o criado de Vivaldi levá-lo de volta ao quarto para trocar de roupa, enquanto Paolina preparava as ervas para o chá.

Quando as mulheres ficaram sozinhas no estúdio, Anna tornou a se virar para Maddalena.

— E quem é você? — perguntou, com o ar de posse de quem está em sua própria casa.

Fioruccia já havia segurado Maddalena pelo braço antes que ela pudesse responder. Seus ombros arfavam quando ela a conduziu pelo corredor e pelo pórtico escuro até os fundos da casa. Ao abrir a porta, ela viu apenas a água do canal mais abaixo e voltou furiosa pela residência, exigindo ser conduzida à porta da frente.

— Com muito prazer — disse Anna, com um sorriso zombeteiro e uma mesura exagerada. — Siga-me.

Do lado de fora, elas foram assaltadas pelo frio, antes de conseguirem parar para vestir as capas. Fioruccia irrompeu cantina adentro e pôs o gondoleiro de pé, derramando o caneco de vinho quente que ele tinha na mão.

— Leve-nos para casa — ordenou.

DENTRO DO *FELCE*, Fioruccia fechou as cortinas e se jogou no assento. Fazendo o sinal da cruz, moveu os lábios numa oração, roçando os dedos uns nos outros como se houvesse contas de rosário sendo desfiadas entre eles.

Quem eram aquelas mulheres?, perguntou-se Maddalena. Elas sabiam onde estava tudo e davam ordens aos criados como se morassem lá. Mas não era possível. Vivaldi era padre. Um padre que havia rompido seus votos, isso parecia óbvio. A essa altura da vida, Maddalena já vira um número suficiente de homens e mulheres interagindo entre si para reconhecer que aquela tal de Anna não tinha nada de aluna, de amiga superficial.

Por que ele não a havia escolhido, a ela, Maddalena, para romper seus votos, se o voto de celibato não lhe era sagrado? A traição deixou-a tão aturdida, que ela ficou paralisada em seu banco.

Em sua mente rodopiaram imagens dela e de Vivaldi como marido e mulher, ou como amantes sentados lado a lado numa carruagem, viajando para uma nova cidade, ou partilhando chá e biscoitos em seus roupões caseiros diante de uma lareira. As imagens se transformaram em sua cabeça e ela viu Vivaldi e Anna na carruagem, Vivaldi e Anna diante da lareira, e soube que aquelas imagens provavelmente correspondiam à verdade. Por que ele lhe dissera que a queria, mas que os dois nunca poderiam ficar juntos, e depois tinha mudado de ideia e passado a levar aquele tipo de vida com aquela outra mulher?

Eu deveria odiá-lo por ser tão falso comigo, pensou. *Ele é um hipócrita. Eu deveria dizer que ela pode fazer bom proveito dele.*

E então lhe ocorreu uma revelação, com tamanha rapidez que Maddalena tapou a boca com a mão para que Fioruccia não a ouvisse arquejar. *Talvez não tenha sido por ser padre que ele desistiu de me beijar. Vai ver que foi por eu ser quem sou.*

Se os dois houvessem se tornado amantes, o que aconteceria? Ela não poderia sair da Pietà, a não ser como esposa ou freira, e os padres não podiam casar-se. Se Vivaldi deixasse o clero, a Pietà não permitiria que ela se casasse com um homem que havia largado a batina. Seria imoral e, pior ainda, aos olhos da Pietà, o escândalo seria terrível. Se Maddalena fugisse com ele, que tipo de vida levaria, indo de cidade em cidade com um empresário de óperas, sendo alvo de cochichos onde quer que fosse e não podendo tocar profissionalmente, por ser mulher?

Ele agiu como se estivesse protegendo seu emprego, mas, na verdade, estava me protegendo. Era a minha honra que ele defendia.

Sua cabeça girava. Ela acabara de ver alguém apanhado em flagrante e desonrado em sua própria casa, alguém cuja dissimulação lhe dera amplos motivos para desprezá-lo, mas só conseguia pensar em como parecia haver entendido tudo errado durante todos aqueles anos — a razão de Vivaldi não ter lhe mandado uma carta na primeira vez que fora embora, de tantas vezes ter fingido ignorar sua presença, de não tê-la visitado ao regressar a Veneza. Qualquer outra pessoa o descartaria como o mais desprezível dos homens, depois da cena vulgar a que ela havia assistido, e no entanto...

Maddalena teve dificuldade de deixar que as palavras se formassem em sua cabeça, as palavras que tantas vezes ela havia rechaçado.

Eu o amo.

Não posso ficar com ele, mas o amo assim mesmo.

Fioruccia havia parado de rezar.

— Espero que tenha recobrado o juízo com respeito àquele homem — disse, cuspindo as palavras. — Sem-vergonha, isso é o que ele é! Sabe o que dizem, não sabe? Não sabe?

Maddalena abanou a cabeça, porém mal chegava a ouvir. Estava imaginando Vivaldi, perguntando a si mesma no que ele realmente havia pensado em todas aquelas ocasiões em que ela concluíra que ele não a notava, em todas as vezes que chegara à conclusão de que ele não se importava.

— Francamente, como uma pessoa pode chegar à sua idade e continuar tão ingênua? — prosseguiu Fioruccia. — Convivendo com meretrizes! Hah! Aquele homem é uma vergonha para a Igreja. Eu não sei por que deram a você a liberdade de ir à casa dele.

Sua voz baixou para um resmungo sobre as prostitutas da Babilônia e a queda de Veneza, e Fioruccia virou-se para a lateral do *felce*, como se quisesse retirar-se por completo da presença de Maddalena.

O sangue pulsou em grandes latejos acelerados nas têmporas da *maestra dal violino*:

— Por favor... — implorou ela.

— Por favor o quê? — sibilou Fioruccia. — Não contar? Hah! — casquinou, e mais uma vez Maddalena sentiu sua vida escapar-lhe das mãos.

Vinte e Um

— Foi uma crise e tanto — disse Claudio a Chiaretta, passados um ou dois dias, quando os dois faziam a ceia em seus aposentos depois de as crianças dormirem. — A acompanhante ainda continua de cama, embora eu suspeite que isso é mais para aumentar a importância de seu mexerico do que qualquer outra coisa.

— O que Maddalena disse?

— Não disse muito. Falou que era frequente Vivaldi ter esses ataques e que ela não sabia quem eram as mulheres, mas que uma delas parecia ser enfermeira do *maestro* e havia lidado com a situação com muita competência.

Claudio pensou um instante.

— Eu vi essa "enfermeira" — disse, tomando um gole de vinho. — Paolina Girò, irmã de Anna. Elas são uma dupla e tanto. Chamamos o *maestro* para falar com ele, e o homem insistiu em que a relação é inteiramente profissional. Elas alugaram sua própria casa na vinda para Veneza, mas temos informações de que entram e saem da casa do Vivaldi livremente, a qualquer hora, como se morassem mesmo lá. A coisa pode se tornar um grande escândalo.

— Maddalena envolvida num escândalo?

— Não, ela não. Estamos cuidando disso. Mas um padre com uma cantora de ópera e a irmã dela... é tudo um pouco demais para o gosto veneziano, embora eu tenha certeza de que estão todos se estapeando para serem os primeiros a ficar chocados com cada detalhe minucioso.

Chiaretta empurrou a comida para lá e para cá no prato, sem conseguir engolir. Claudio não reparou.

— Mesmo assim, creio que Vivaldi terá que ser dispensado — prosseguiu. — Não que isso tenha grande importância. Mal estamos conseguindo receber uma nota dele, com todas as encomendas que ele vem arranjando noutros lugares. E talvez ele preste um pouco mais de atenção ao Teatro Sant'Angelo se o demitirmos da Pietà.

Chiaretta não estava escutando.

— Sei que amanhã é dia de aula e que elas não devem receber visitas na Pietà — interrompeu —, mas preciso ver minha irmã. Preciso saber se ela está bem. Isso pode ser arranjado?

MADDALENA FICOU deitada na cama, sem conseguir dormir, repassando cada detalhe daquela tarde com o desapego horrorizado de quem esperasse ver o sangue brotar numa ferida. A mulher que Vivaldi chamara de Anna havia entrado displicentemente na casa, como se ali fosse seu lugar. E depois havia aparecido a outra e assumido o papel que um dia coubera a Maddalena. Tinha feito tudo com muito mais habilidade, mexendo numa gaveta aqui e num pacotinho ali e dando ordens aos empregados para irem a tal ou qual lugar. Tinha aberto a camisa de Vivaldi e Maddalena vira o peito nu de um homem pela primeira vez. E não de um homem qualquer, mas de um cujo coração os acontecimentos do dia a tinham feito enxergar a fundo e, com isso, confrontar o que se escondia em seu próprio coração.

Aquilo tinha todas as características loucas de um sonho. Fioruccia havia corrido para o gabinete da prioresa quase que antes de a gôndola ser amarrada no cais, sem sequer esperar que Maddalena desembarcasse. A *maestra* tinha certeza de que qualquer horror que a acompanhante alegasse ter sofrido seria mais do que compensado por sua alegria exultante de ter tamanha história para contar.

O que está feito, está feito, disse a si mesma. *Saberei como agir ao ver o que acontece em seguida.* E embora, em geral, Maddalena preferisse ponderar sobre os problemas a rezar a respeito deles, benzeu-se, deitada na cama. *Mesmo que isso o expulse para sempre da minha vida, não quero perder a música,* murmurou. *Só me deixe ficar com a música.*

— O QUE ACONTECEU? — perguntou Chiaretta, assustada com a falta de sono que se evidenciava no rosto da irmã, quando as duas se sentaram frente a frente no parlatório.

— Não sei — respondeu Maddalena. — Duas mulheres chegaram, como se morassem lá, e, quando dei pela situação, uma delas fazia uma mágica atrás da outra para curá-lo, e a outra agia como se eu tivesse culpa de alguma coisa.

— Claudio me disse que a Congregazione vai cancelar o contrato com Vivaldi e proibir que ele volte a ter qualquer associação com a Pietà, em qualquer época.

— Não! Eles não podem fazer isso! — exclamou Maddalena, empurrando a cadeira para trás e se pondo de pé. — Não!

— Maddalena, você está se ouvindo? Você deixou que aquele homem a maltratasse durante anos. E agora o está defendendo?

O tom de Chiaretta foi tão agudo que suas palavras pareceram estilhaçar-se feito vidro entre as duas.

— Não é isso. Você não sabe — disse Maddalena.

Chiaretta estava agitada demais para ouvi-la.

— Você está com um aspecto horrível. Ninguém acredita que você seria capaz de fazer nada errado, mas olhe o que ele fez!

Abanou as mãos à frente do corpo, como se dispersasse uma pestilência que se insinuava no espaço entre as duas.

— Ele nunca deveria ter lhe pedido para ir à casa dele, sabendo que aquelas mulheres poderiam aparecer! Fico surpresa por não ter sido denunciado há muito mais tempo. Um padre e sua cantorinha de ópera sem talento, e a irmã dela de quebra, também?

— Não o estou defendendo. Sei que a situação parece ruim. Mas, Chiaretta... — Maddalena fez um olhar suplicante — ...a música!

Chiaretta abanou a cabeça devagar, fuzilando a irmã com os olhos, sem dizer mais nada.

— Ele estava me mostrando uma peça antes de a mulher chegar — disse Maddalena. — Acho que talvez seja a maior obra musical já escrita até hoje, se o que ele tocou para mim...

Maddalena não era dada a exageros e, apesar de não ter terminado sua repreensão, Chiaretta resolveu escutá-la.

— Quero tocar aquela música, mais do que qualquer outra coisa que já desejei na vida — disse, e juntou as mãos. — Você pode me ajudar?

Chiaretta detestou ouvir isso, mas escutou a paixão na voz da irmã.

— Você sabe que talvez seja tarde demais. Eu gostaria que houvesse um jeito de ajudar você sem ajudar Vivaldi, mas imagino que não exista — disse, levantando-se e ajeitando o vestido. — Vou falar com Claudio.

Dias depois, Maddalena foi chamada para uma conversa particular no gabinete da prioresa, que lhe informou:

— A Congregazione dedicou um tempo enorme à questão do *maestro* Vivaldi e me pediu para lhe comunicar sua decisão. Queremos deter o controle das primeiras apresentações do novo trabalho dele, e ele nos disse achar que não pode ir adiante sem saber se você tocará o primeiro violino. Por essa razão, decidimos deixá-la continuar a trabalhar com ele.

Maddalena soltou a respiração que vinha prendendo, e o fez com tão evidente alívio, que teve de fazer força para não se encolher diante do olhar penetrante que recebeu em seguida.

— Você é apegada demais a ele — observou a prioresa, após um minuto de silêncio. — Isso não fica bem.

— Prioresa, imponha as restrições que quiser ao meu trabalho com ele. Também não quero sofrer embaraços. Só quero tocar aquela música.

A prioresa baixou os olhos para a escrivaninha antes de tornar a fitar Maddalena.

— Você sabe, querida, que qualquer tipo de paixão, mesmo pela música, tem potencial para afetar seu julgamento, e agora é claro que o *maestro* não está em condições de proteger sua reputação — disse. Inclinou-se para a frente, para fitar Maddalena com mais atenção. — Você é imensamente talentosa, mas talvez deva se conter um pouco mais.

Não tem nada a ver com se conter, pensou Maddalena. *A música tem a ver com entrega.*

A prioresa chegou mais perto, como se fosse revelar-lhe um segredo.

— Abrir a temporada de outono com essa obra nos dará uma vantagem de um ano sobre os outros *ospedali*. A Congregazione está planejando recepções para os doadores depois dos concertos, e o marido de sua irmã ofereceu-se para patrocinar a primeira apresentação na *villa* dele, neste verão. Nem é preciso dizer que os donativos recebidos por conta desse evento darão uma ajuda considerável ao coro. — E continuou: — A Congregazione acha melhor dar a impressão de que não há fundamento em nenhum boato que possa estar circulando, e a melhor maneira de fazê-lo é manter a associação com dom Vivaldi, pelo menos por ora. Mas haverá normas rigorosas.

A prioresa repassou a lista nos dedos. A despeito de todas as suas doenças, Vivaldi iria ao encontro de Maddalena na Pietà. Paolina Girò forneceria uma lista de suas tinturas, chás, inalantes e emplastros à administração do hospital da Pietà, que os manteria à disposição, caso houvesse algum problema. Na eventualidade de um ataque, Maddalena deveria tocar a sineta para chamar a enfermeira e deixar o aposento quando ela chegasse. Não ministraria pessoalmente nenhum cuidado, para evitar o contato físico. Os dois deveriam trabalhar com um espaço mínimo de duas cadeiras de distância, em todas as ocasiões, num local da sala que pudesse ser visto por qualquer pessoa que passasse pelo corredor. E, mesmo assim, haveria uma acompanhante no aposento o tempo todo.

— É somente a nossa confiança em sua virtude que possibilita isso — disse a prioresa. — Espero que entenda o quanto sua contribuição é apreciada — acrescentou, pondo-se de pé, num sinal de que a conversa estava encerrada.

EM MEADOS DE JUNHO, as irmãs Girò e os acontecimentos daquela tarde haviam desaparecido da cabeça de Maddalena, que trabalhava quase até a exaustão para preparar a estreia de *As quatro estações*. Havia pedido às *figlie* que decorassem os sonetos de Vivaldi, para saberem o que estariam procurando transmitir ao tocarem, e, em alguns momentos, quando sua mente se recusava a descansar, ela recitava os poemas para si mesma no escuro, visualizando a relva primaveril ondulando à brisa, o zumbir dos mosquitos e das moscas no calor do verão, os colheiteiros bêbados e as caças do outono, e as ventanias e o queixo batendo de frio no inverno.

Naquela noite, o sono se recusava mais uma vez a chegar, apesar da exaustão de Maddalena.

— Vamos andando no gelo com passos lentos, olhando com muita atenção, por medo de escorregar — sussurrou. As palavras foram engolidas por um bocejo. — Os passos pesados significariam uma queda, mas temos de atravessar de qualquer maneira, até o gelo se partir e deslizar sob nossos pés.

No dia seguinte, ela faria o coro repassar as oito notas em staccato que imitavam a caminhada sobre o gelo. Elas precisariam ficar na medida exata para preparar o solo fantástico de Vivaldi, imitando a sensação de descontrole de quem escorrega e cai no gelo, mas as *figlie* ainda não estavam com a imaginação suficientemente envolvida para que a coisa funcionasse.

Embora Maddalena ainda não estivesse satisfeita, Vivaldi andava contente por ver como o coro vinha se saindo bem. As instrumentistas eram melhores do que ele se lembrava, disse a Maddalena, e ela era a melhor regente de orquestra com quem já havia trabalhado. Maddalena aceitara o elogio, mas seu coração já não ansiava por isso. Ela passara um bom tempo pensando no que significava o amor em sua idade, e havia concluído que ele não se manifestava em grandes arroubos de paixão, mas numa afeição nova e profunda por alguém que ela agora via ter sido um protetor e um amigo. E, mais do que tudo, o amor a fazia querer que a música de Vivaldi fosse tocada exatamente como ele desejava.

A primeira apresentação, na *villa* de Chiaretta, seria dali a um mês, e até mesmo a música de inspiração mais divina ainda se resumia em horas e horas de trabalho árduo, cordas arrebentadas e dedos doloridos. Maddalena virou-se de lado, fechou os olhos e logo mergulhou no sono.

Vinte e Dois

AS PORTAS DAS DUAS extremidades do *portego* da residência de veraneio da família Morosini foram escancaradas, para incentivar qualquer fiapo de brisa que pudesse entrar no interior do aposento. A umidade dos gramados e dos canais tornara aquele dia de julho sufocante e, no meio da tarde, estava desagradável ficar tanto do lado de dentro quanto do lado de fora.

Chiaretta foi até a escadaria da frente dar uma olhada no céu, na esperança de que uma rápida chuvarada pudesse refrescar o ar antes que começassem a chegar os convidados. Tinha nas mãos uma cópia dos quatro sonetos que acompanhariam a música no concerto da noite e baixou os olhos para o de verão. "Sob a dura estação que o sol incendeia", leu, afastando da testa uma mecha úmida de cabelo, "languesce o homem, languesce o rebanho e arde o pinheiro." Vivaldi captara a experiência com exatidão.

Ela observou um barco a remo atracar no cais do canal. Donata foi a primeira a saltar e saiu correndo pelo gramado. O grupo estava longe demais para que ela o ouvisse, mas Chiaretta viu sua filha ser chamada por Besina, girar o corpo num movimento amplo, com os braços abertos feito as asas de um pássaro, e disparar de volta para a babá. Enquanto isso, o criado que havia remado o barco tirou Maffeo do colo de Besina e o pôs no cais. Chiaretta viu o menino, que mal completara 4 anos, olhar para os pés, adaptando-se ao cais que não balançava sob eles. Em seguida, o garoto saiu correndo pela relva e alcançou a irmã quando ela saltitava o finalzinho da distância de volta para a babá.

Chiaretta percebeu que a ama-seca estava repreendendo Donata por ter saído correndo. Conhecia cada gesto da filha e, ao longe, viu-a baixar a cabeça e mexer um pezinho para a frente e para trás, enquanto aceitava a reprimenda. Depois, Besina disse alguma coisa e Donata tornou a sair correndo, dessa vez encorajando Maffeo a correr ao seu lado. Besina os seguiu, alcançando as crianças quando elas pararam para colher flores de um dos canteiros ao longo da trilha. Uma borboleta voou de uma das moitas e todos correram atrás, já perto o bastante para que Chiaretta ouvisse suas risadas.

Donata parou de frente para a casa, esticando um dedo para oferecer à borboleta um lugar em que pousar, e Chiaretta se escondeu atrás de uma das colunas da varanda. Se a vissem, eles correriam em sua direção, e ela queria observá-los um pouco mais. Besina era uma bênção, jovem o bastante para ter leveza de espírito, mas lúcida quanto às liberdades que podiam ou não ser tomadas na criação de crianças da nobreza. A mãe de Claudio não a havia aprovado, em absoluto, e insistira em que Chiaretta contratasse uma ama-seca amarga e velha, que outra pessoa tinha recomendado. Ela saberia dar a criação adequada às crianças, dissera Giustina, num processo que parecera a Chiaretta pouco mais do que uma versão humana de como domar um cavalo. Primeiro as pessoas tinham um papel, depois uma personalidade, segundo a convicção de Giustina, e qualquer estímulo da segunda só criaria problemas. *Todos acabam tendo uma personalidade, de qualquer jeito,* pensara Chiaretta. *Infelizmente, é muito comum ela ser igual à da sua sogra.*

Donata estava dando pulos para tentar colocar uma flor na mão pendente de uma das estátuas à margem da alameda que conduzia à casa. Maffeo levantou os braços para Besina pegá-lo no colo, para que pudesse fazer o mesmo. No momento, ele era pequeno demais para fazer outra coisa além de perseguir borboletas, dizer "por favor" e "obrigado" e ficar quieto a maioria das vezes em que assim era ordenado. Um dia, porém, aquele menininho de rosto largo e alegre, tão parecido com o do pai, integraria o Grande Conselho, seria membro da Congregazione da Pietà, levaria convidados a seu camarote no Teatro Sant'Angelo e, em todos os aspectos, seria um nobre veneziano. *Em todos os aspectos,* pensou Chiaretta, inclusive numa vida paralela, nas horas vagas, e na aceitação indulgente de que sua esposa também tivesse a dela. Imaginar o garotinho do gramado crescer para enfrentar as decepções e os prazeres imperfeitos da vida adulta era difícil e meio penoso, mas, como todas as outras pessoas, ele teria que enfrentá-los.

Aos 7 anos, Donata vinha passando pela infância numa velocidade que deixava a mãe admirada. Em mais alguns anos, ela teria que decidir seu destino. Claudio concordava com Chiaretta em que, mesmo sendo limitadas, as escolhas de Donata ainda lhe pertenciam, e, se ela quisesse casar-se, teria o direito de ser levada a sério a respeito de quem seria seu marido. *Que mulher de sorte sou eu,* pensou Chiaretta. *Um marido forte e generoso e dois filhos lindos para amar.*

E ela os amava. Por que tantos venezianos consideravam vulgar demonstrar afeição era algo que ela não sabia, e tampouco se importava. Ela teria amamentado pessoalmente os filhos, se Giustina e até Claudio não tivessem sido tão inflexíveis em sua afirmação de que isso era algo que uma Morosini simplesmente não podia fazer. A solução comum a que eles haviam chegado fora que nenhum dos filhos seria mandado para longe para ser amamentado por uma ama de leite. Desde o nascimento dos dois, não se passara um dia sem que Chiaretta conseguisse passar algum tempo longe deles, e essa proximidade dera a Claudio a oportunidade de também se apegar profundamente aos filhos. Era comum ele se deslumbrar, meio tristonho, com o quanto a infância de seus filhos diferia do que tinha sido a sua. Diante disso, Chiaretta sempre sorria por dentro, mas sem dizer nada. Ninguém que tivesse mãe e pai era realmente capaz de compreender o que era não ter nenhum dos dois, mesmo que as ideias de alguns pais sobre a criação dos filhos deixassem bastante a desejar.

Ela viu Maffeo chegar ao primeiro degrau da escada e se esforçar para vencer a altura dos degraus. Donata levantou o vestido até a coxa e subiu os degraus pulando, contando cada um ao avançar.

— Mamãe! — exclamou, ao vislumbrar o vestido de Chiaretta atrás da coluna de onde ela os observava. — Por que está se escondendo?

Postou-se atrás de outra pilastra, olhando para a mãe e rindo. Maffeo correu direto para a mãe e a agarrou pela saia, olhando para Donata como se tivesse vencido uma corrida. Chiaretta curvou-se para envolvê-lo nos braços e o menino viu seu rosto molhado.

— Está triste, mamãe?

— Não, meu amor — respondeu ela, enxugando o rosto e lhe dando um beijo. — A mamãe está muito, muito feliz.

Umas nuvens negras tinham se acumulado e o primeiro trovão estalou como o som de um galho que caísse de uma árvore. As duas crianças chegaram mais perto de Chiaretta, agarrando-se à sua saia. Besina as fez entrar depressa, mas Chiaretta permaneceu na varanda para ver o temporal.

Havia uma pequena balsa atracando no cais. No convés estavam duas mulheres, usando cores vivas de verão e chapéus enormes, com redes que lhes encobriam o rosto. Enquanto elas erguiam os olhos para o céu ameaçador, um homem de batina de padre emergiu da cabine da balsa, o cabelo ruivo aparecendo sob o chapéu tricorne. No instante em que ele saltou para terra, o céu se iluminou com um relâmpago e a chuva começou a despencar torrencialmente. As mulheres desapareceram na cabine, enquanto ele saiu correndo sob a chuva.

— *Maestro* Vivaldi — disse-lhe Chiaretta, quando ele chegou. — Vejo que conseguiu uma carona de Veneza.

Embora tentasse soar como uma anfitriã polida, ela ouviu a acusação em sua própria voz. Maddalena podia extasiar-se com a música de Vivaldi, mas, no que dizia respeito a Chiaretta, o homem estava arruinando a própria vida e, quanto mais cedo acabasse o concerto, melhor.

— Sim, foi uma grande coincidência. Anna... La Girò — apressou-se ele a acrescentar — vai cantar em Pádua amanhã. Ela e a irmã sugeriram que eu as acompanhasse até aqui, e sou apenas um pobre músico...

Pare, pensou Chiaretta, e o interrompeu, virando-se para um criado que estava logo à entrada da casa:

— Leve o *maestro* Vivaldi ao quarto dele e providencie para que sequem sua roupa. Eu realmente preciso me retirar — acrescentou, dirigindo-se a seu convidado, e, sem lhe pedir licença, encaminhou-se para a outra ponta do *portego* e desapareceu na escada.

MADDALENA ESTAVA esperando para tomar chá com Chiaretta nos aposentos dela.

— O *maestro* chegou — informou à irmã.

— Ótimo — retrucou Maddalena.

— Ele chegou de carona com aquelas mulheres.

A expressão de choque no rosto de Maddalena foi tão rápida que escapou inteiramente a Chiaretta.

— Foi conveniente — disse Maddalena, enquanto se recompunha.

Chiaretta tocou a campainha para chamar Zuana e pediu o chá. Depois que a criada se retirou, virou-se para a irmã.

— Como você e dom Vivaldi estão se dando, desde a...?

Fez uma pausa, sem saber ao certo como formular a pergunta.

Maddalena encolheu os ombros.

— Eu estou bem. Não tenho problema algum em trabalhar com ele.

Chiaretta surpreendeu-se ao ouvir a irmã falar com tanta displicência de Vivaldi, ainda que o rubor em suas faces deixasse transparecer ao menos um pouquinho de sentimento.

— Nunca entendi como pode ter tanta calma com alguém que a magoou tantas vezes. Acho que é uma sorte nunca ter se apaixonado por ele. Provavelmente, agora o detestaria.

Maddalena não soube o que dizer e considerou a ideia de deixar de lado o comentário de Chiaretta. Mas, numa situação tão rara, sentada num aposento confortável na casa da irmã, sem uma grade entre as duas e sem ninguém para ouvi-las, de repente teve vontade de que ela soubesse de tudo.

— Quando eu era menina, ele foi como um cruzado, galopando pela Pietà para me salvar — disse, e levantou os olhos para Chiaretta. — E salvou, você sabe. Nunca se esqueça disso. Haja o que houver com essas tais de Girò, nunca se esqueça disso.

Ela não notou que Chiaretta havia segurado sua mão, e prosseguiu:

— Mas acho que, ao ficar mais velha, eu me dei conta de que minha vida pertence a mim. Não é uma extensão da de outra pessoa. Embora a Pietà exija quase todas as horas dela, ainda é a minha vida.

Maddalena notou a mão da irmã e começou a brincar com os dedos dela, enquanto ordenava as ideias:

— Quando fui à casa dele e La Girò apareceu... Parece estranho dizer isso... e não sei explicar exatamente como aconteceu... mas no fundo eu soube pela primeira vez, naquela tarde, que ele realmente se importava comigo. Senti uma enorme lealdade para com ele, mesmo tendo de admitir que, essencialmente, ele é um homem bastante tolo, com um grande talento.

— Então, você o ama, nem que seja um pouquinho — disse Chiaretta, com ar solene.

— Existe algo que se possa chamar de um pouquinho de amor? Não foi assim que eu o imaginei, de modo que é difícil responder a isso. — Maddalena ficou pensativa por um instante e continuou: — Não vejo como ele possa me magoar outra vez, porque não preciso dele, e isso torna mais fácil abrir o coração. E acho que ele não faz a menor ideia de como me é caro.

Maddalena fitou a irmã com um sorriso longo e amoroso:

— Sabe aqueles cavalos a que levamos as meninas outro dia, quando fizemos o piquenique, para que elas os alimentassem? Se você levantar a mão com comida, os cavalos vêm correndo, mas, no resto do tempo, que importância eles dão a você? E, quando alguém tem comida para lhes oferecer, importa para eles de que tipo de pessoa se trata? Para mim, com Vivaldi é assim. Não sinto nenhum desejo especial de tê-lo por perto, mas não consigo me imaginar sem me aproximar dele, sejam quais forem as circunstâncias.

As duas se calaram.

— Preciso descansar — disse Maddalena, retirando delicadamente a mão. — Chiaretta, o que você vai ouvir hoje é a música mais admirável que alguém já compôs, disso eu tenho certeza.

— Hmm. Pode ser, e fico contente por você estar em paz com Vivaldi, mas devo admitir que me sentirei feliz quando ele for embora — disse Chiaretta, e se levantou. — Tenho muito a fazer. Você consegue encontrar seu quarto, ou quer que eu a leve lá?

— Eu encontro o caminho — Maddalena lhe assegurou. — Sempre o encontro.

Ao ver o olhar intrigado de Chiaretta, acrescentou:

— Meu caminho. Foi você quem me ensinou, você sabe.

Um coro estridente de pássaros cantava nas árvores quando os últimos convidados chegaram, sob um céu vespertino azul e branco. Vivaldi tinha insistido em que o concerto começasse quando a plateia ainda tivesse luz suficiente para olhar pelas janelas atrás da orquestra, onde a suave brisa que desordenava as folhas sugeriria a primavera. Se o horário fosse bem-escolhido, eles terminariam o concerto do inverno quando o céu começasse a empalidecer no crepúsculo.

Ele havia trocado o hábito de padre por uma jaqueta de veludo preto sobre uma camisa com debruns de renda, calças feitas sob medida e meias brancas. Maddalena usava um vestido sóbrio no tom vermelho da Pietà, e as *figlie* usavam diáfanos vestidos brancos, com salpicos coloridos de flores de verão presos no corpete.

Vivaldi tocou as notas de abertura com os demais violinos, enquanto a viola de gamba martelava um *continuo*. As *figlie* repetiram uma vez a melodia de abertura sem ele e, em seguida, Vivaldi começou, imitando o som de um pássaro, com Maddalena e Cornelia dando uma resposta alegre.

Atrás deles, dois pintassilgos pousaram num vaso de plantas na *loggia*, inclinando a cabeça e olhando em volta, como se tivessem sido chamados pela música. As nuvens singraram lentamente pelo céu enquanto a orquestra abrandou-se nos sons fluentes de um riacho. A viola de gamba, pesada demais para o cenário, deu lugar a um *continuo* tilintante do cravo. As *figlie* destacaram as nuanças de cada nota, antes de voltarem à melodia principal em tom menor e, com movimentos dramáticos do arco, passarem à descrição de uma chuvarada de primavera. No instante em que começaram a deslizar as notas para os agudos, sugerindo a fuga dos pássaros, os pintassilgos do lado de fora saíram voando e a plateia murmurou, registrando o momento. Vivaldi iniciou seu trecho seguinte de solo, contrastando o voo dos pássaros com os sons ainda agitados da orquestra, até se restabelecer a calma e as aves, ao menos as canoras, regressarem.

Ao se encerrar o primeiro movimento e ter início o segundo, a plateia consultou as cópias dos sonetos que havia encontrado nas cadeiras. Os violinos executaram um *ostinato* suave e ondulante, que sugeria uma brisa leve soprando pela relva, enquanto Vivaldi tocava uma melodia lânguida, que descrevia um pastor esticando os braços e mudando de posição, adormecido embaixo de uma árvore. Apenas o latido de seu cão, tocado pelo violoncelo, rompia a perfeita calma da cena.

A música do verão foi escaldante, evocando o torpor de uma tarde quente, atormentada por mosquitos e moscas. Um cuco, uma pomba-rola e um pintassilgo voejaram e cantaram nas árvores. Um temporal súbito, explosivo e violento, levou o concerto de verão a seu desfecho.

O outono era uma época de celebração. Os violinos tocaram uma imitação estridente de gaitas de foles e as flautas simbolizaram camponeses dançando. O vinho logo deu lugar à embriaguez, e o solo de Vivaldi acompanhou um camponês trôpego que se retirava e desabou no chão sem ser notado, enquanto a festança prosseguia.

Chiaretta e Claudio estavam juntos num nicho. Perto deles, seus filhos postavam-se diante de um afresco recém-pintado, num trecho de parede para o qual Chiaretta havia encomendado uma cena dos dois espiando por uma porta em *trompe-l'oeil*. Donata e Maffeo procuravam não rir, encostados em seus próprios retratos, imitando os gestos da pintura. Claudio os apontou com um sinal, para ver se Chiaretta havia notado, e ela respondeu segurando e apertando sua mão.

Embora alguns membros da plateia ainda consultassem seus programas, a essa altura não eram poucos os que pareciam aborrecidos com o desafio que os sonetos representavam e os sons inusitados e imprevistos que vinham da orquestra. Alguns lançavam olhadelas à mesa do banquete, para avaliar o progresso do jantar. No quarto concerto, o farfalhar de corpos remexendo-se nas cadeiras era inconfundível.

Os baixos foram os primeiros a entrar, seguidos por trinados nervosos dos violinos, que não tinham intenção de compor uma melodia, e sim uma imitação do tiritar de frio. O solo de Vivaldi fez o vento norte rodopiar pela melodia, levando a pernas bambas e ao bater dos dentes. O segundo movimento evocou a sensualidade de alguém aquecido junto a uma lareira, com a chuva caindo do lado de fora, um efeito obtido pelo tanger suave e ritmado das cordas. A peça se encerrou com pessoas caminhando pelo gelo, em busca da proteção de um abrigo antes da tempestade. O violino de Vivaldi gritou e assobiou como o vento uivando pelas beiradas das construções e por entre as árvores. A orquestra amplificou o som, transformando-o numa nevasca que desceu em rodopios para os contrabaixos e tornou a se elevar, até que os violinos retomaram em uníssono a melodia do solo por um instante e os baixos tornaram a empurrar a música para um tom mais baixo. E então, sem que a plateia tivesse um momento sequer para prever o fim, as *figlie* descansaram os instrumentos no colo.

Os convidados permaneceram sentados por um instante, sem compreender que o concerto estava encerrado. Alguns começaram a bater palmas e os demais os acompanharam, polidamente, mas os aplausos não tardaram a se extinguir. Os convidados dirigiram-se à mesa, procurando Claudio para ver se era hora de se sentarem para jantar.

Chiaretta dirigira-se à orquestra com o marido. Abraçou Maddalena, sentindo o calor do corpo dela sob o tecido úmido do vestido.

— Você estava magnífica! — disse. Virou-se para Vivaldi e acrescentou: — Maddalena tinha razão. É admirável.

Chiaretta havia escolhido a palavra com cuidado. *As quatro estações* era uma obra espantosa, mas ela teria que ouvi-la de novo para saber o quanto gostava da peça. E, toda vez que pequenos grupos de convidados murmuravam depois de um concerto, como faziam os dela naquele momento, em geral as críticas suplantavam os louvores. Chiaretta podia imaginar o que eles estariam dizendo. A música que descrevia cada estação era reconfortante a luminosa, mas nunca por muito tempo. Ainda que a mestria das notas discordantes fosse inconfundível, não era agradável aos ouvidos. O verão realmente tinha mosquitos junto com as brisas, e havia muito mais gelo do que lareiras crepitantes no inverno, mas as pessoas não queriam ouvir música sobre essas coisas. Para quem sempre se mostrara tão ansioso por agradar, Vivaldi tinha oferecido a uma plateia que esperava o entretenimento leve de uma tarde de verão uma surpresa e tanto, e não fora uma surpresa inteiramente prazerosa.

Quando Chiaretta se afastou da orquestra para cuidar de seus convidados, a música já estava menos presente em sua cabeça do que dois dos músicos. Sua irmã alçara-se a um nível que Chiaretta não conseguia realmente compreender, ou que jamais tinha imaginado. Ninguém, a não ser Vivaldi, tocava melhor do que ela. Maddalena e Vivaldi eram um mundo de duas pessoas, ainda que um mundo estranho — um padre desonrado, de genialidade inegável, e uma virgem enclausurada que tocava como se soubesse tudo da vida.

Vivaldi passou mal nessa noite. De manhã já estava recuperado, mas a falta de sono e a intensidade da apresentação tinham-no deixado esgotado demais para regressar a Veneza com o resto do coro. O melhor plano, todos haviam concluído, seria ele voltar no dia seguinte com Chiaretta e as crianças, que acompanhariam Maddalena até a Pietà.

Na hora da viagem, o tempo estava fresco o bastante para Donata e Maffeo sentarem-se com Vivaldi no convés da balsa, mas eles não tardaram a se cansar e desceram para comer a pequena refeição que os criados haviam preparado e para tirar um cochilo longe do sol quente. Quando eles se deitaram, Maddalena foi sentar-se com Vivaldi no convés, enquanto Chiaretta permanecia embaixo.

— O que achou? — perguntou o *maestro*, no instante em que ela se sentou.

— Do concerto? Achei que as *figlie* tocaram magnificamente.

— Não foi isso que eu quis dizer. O que achou da reação?

— Acho que alguns compreenderam a peça pelo que ela é.

— E o que ela é?

— Uma obra-prima. Talvez em demasia.

Vivaldi fungou.

— Gosto de algumas melodias. Talvez possa usá-las de novo em algo mais fácil de entender.

— Eu não desistiria tão depressa. Talvez possa dar uma pequena explicação antes das apresentações. Levantar-se com seu violino e tocar alguns compassos, dizendo "este é o cachorro", ou "esta é a brisa".

Vivaldi não pareceu escutar.

— Superestimei as pessoas de Veneza — disse, com a voz tão baixa e desanimada que foi quase inaudível.

— Talvez. Mas superestimar nem sempre é ruim — Num impulso, Maddalena estendeu a mão e roçou de leve o dorso da mão dele. — Fico feliz por ter me superestimado.

Os olhos do *maestro* correram de sua mão para o rosto dela.

— O que quer dizer?

— Escolher-me quando eu era pequena e insistir em que me dessem uma chance. Dê uma chance também às pessoas de Veneza.

— Já lhes dei inúmeras. O coro está em Veneza, você está em Veneza, mas não há muitas outras razões para eu ficar. Minha música desperta uma reação muito melhor em quase todos os outros lugares.

— Minha presença em Veneza nunca o manteve na cidade até hoje.

— E como pode saber?

— Porque foi embora. Duas vezes.

— Também fiquei quando não precisava.

Maddalena o fitou, sem compreender. Ele prosseguiu:

— Houve momentos em que me senti tão humilhado pelo tratamento que me davam na Pietà, que pensei em me demitir, mas não o fiz porque teria mais uma aula com você, ou havia um solo que eu queria escrever para você. Também compus outras músicas em Mântua e Roma para você, mas nunca soube porque outras pessoas as tocaram.

Vivaldi desviou o rosto. Seus olhos acompanharam os movimentos dos cavalos de tiro que puxavam a balsa, mas ele não pareceu vê-los.

— Às vezes eu me pergunto por que não me dei conta, antes de fazer meus votos definitivos, de que eu não servia para o sacerdócio — disse. Inspirou e soltou um suspiro. — De que eu tinha um excesso de paixões erradas dentro de mim.

Olhou para Maddalena com uma expressão tão triste, que ela começou a sentir as lágrimas arderem nos olhos.

— Fiquei inteiramente encantado com você. Ainda estou. A Igreja chamaria isso de "tentação" — disse, e tentou sorrir. — Pronto. Aí está minha grande confissão.

— Eu era jovem demais para entender — retrucou Maddalena, baixinho. — Agora percebo que, todas as vezes em que me magoou, estava tentando se impedir de me ferir ainda mais

Vivaldi inclinou-se para a frente.

— Eu nunca poderia demonstrar isso, mas era exatamente assim — confirmou. Segurou as mãos dela nas suas. — Quando me demitiram pela primeira vez, fui para casa e escrevi uma carta e, ao terminar, percebi que não poderia enviá-la sem criar problemas para você. Eu sabia que você não compreenderia minha partida, mas o que podia fazer? E, quando me recontrataram e seu nome não estava na lista dos violinos, fiquei pensando em como faria para trazê-la de volta, sem parecer que dava muita importância a isso. Foi como um milagre vê-la entrar carregando o estojo do violino. Houve inúmeras ocasiões como essa, em que eu sabia que você devia estar me interpretando mal, mas...

Calou-se e, pela primeira vez, pareceu dar-se conta de estar segurando as mãos de Maddalena. Retirou as suas, mas ela as pegou de volta e as segurou.

— Você é a melhor coisa que aconteceu na minha vida — disse Maddalena. Com uma olhadela para a porta fechada da cabine, acrescentou: — Exceto por minha irmã.

Vivaldi estava com a cabeça quase afundada entre os joelhos, e Maddalena sentiu o sofrimento que emanava dele.

— Você comprou um arco para mim, quando eu nem era *attiva* — sussurrou.

Ele ergueu os olhos. A tentativa de Maddalena de animá-lo parecia ter surtido efeito.

— Eu adorava vê-la tocar. No primeiro dia em que entrei na sala, lembra-se do que eu lhe disse?

Maddalena balançou a cabeça.

— Eu disse que você não tinha medo do difícil. O que eu não sabia, naquele momento, era que o difícil acabaria me incluindo.

Maddalena sorriu.

— Acho que agora tenho idade suficiente para lidar com isso — comentou. Pensou em parar nesse ponto, mas resolveu dizer mais. — Às vezes, quando eu pensava em como a vida poderia ser diferente, imaginava-nos sem a Pietà, sem a Igreja, sem nada a nos preocupar, a não ser a música. Duas pessoas tocando violino e envelhecendo juntas. E dizia a mim mesma que, às vezes, o que parece fadado a acontecer não acontece. Mas agora, aqui com você, acho que as coisas são exatamente como tinham de ser, e isso é bom. Você se tornou um de meus amigos mais diletos, e eu tenho uma vida que adoro.

Os olhos de Vivaldi brilharam ao ouvi-la falar, depois tornaram a se entristecer.

— Eu gostaria de poder dizer o mesmo sobre minha vida.

Os dois se afastaram e ficaram sentados em lados opostos da balsa, deixando a conversa morrer.

Vivaldi acabou voltando a falar:

— Sinto muito por qualquer problema que a minha... — procurou uma palavra — ...que os meus atos possam ter lhe causado.

Espantou um inseto que havia pousado em sua manga e acompanhou seu voo em direção à margem.

— Sabe, as irmãs Girò têm a casa delas. Preciso de uma enfermeira, e você viu que Paolina é eficiente. E Anna... escrevo algumas de minhas melhores peças operísticas para ela. Mas ela é muito jovem e pode ser muito... exigente.

— Eu vi.

Maddalena não tivera intenção de que seu tom fosse tão seco depois da conversa que eles haviam acabado de ter, mas as irmãs Girò não eram pessoas em quem gostasse de pensar.

— Acho que ela o diminui — acrescentou.

Antes que Vivaldi pudesse responder, Maffeo e Donata abriram a porta da cabina.

— Estamos quase chegando — disse Donata. — Nós vimos pela janela.

Chiaretta também subiu, carregando a cesta que fora preparada para aquele dia. Enquanto Vivaldi conversava com as duas crianças, ela lançou um olhar inquisitivo a Maddalena, que lhe deu um sorriso fugaz para dizer que estava bem.

A balsa encostou com um tranco no cais de Fusina e, em menos de um minuto, estavam todos prontos para desembarcar. Vivaldi ajudou Maddalena a descer primeiro. Parada no cais, enquanto ele ajudava Chiaretta e as crianças, ela ouviu uma risada de mulher, vindo da entrada de uma taberna. Dois homens caminhavam ao lado de Anna Girò e sua irmã, ambas usando roupas de viagem.

Anna estancou.

— Tonio? — disse, aproximando-se de Vivaldi com passos trôpegos. — O que é isso? — perguntou, esticando o braço na direção de Maddalena. — Ela, de novo?

Vivaldi olhou em volta, para ver quem estaria assistindo à cena.

— Ela é minha parceira musical — disse, sibilando.

— Aposto que é!

Chiaretta aproximou-se e passou o braço em volta de Maddalena, que ficara imóvel em seu lugar.

— Mamãe, quem é essa mulher? — perguntou Donata.

Anna aproximou o rosto até quase encostá-lo no de Vivaldi e disse, com a voz muito engrolada:

— Para mim, chega. Arranje outra cantora. Arranje outra enfermeira.

A moça oscilou enquanto falava, tão instável que precisou segurar o braço dele para não cair.

— Anna. Annina! — pediu Vivaldi. — Pare!

Anna Girò fez outro gesto na direção de Maddalena, com a prática de uma diva.

— Escolha, Tonio! Ou ela, ou eu.

Chiaretta segurou Maddalena pelo cotovelo.

— Vamos embora.

Maddalena fez que sim, mas se soltou.

— Espere.

Parou bem em frente a Anna, olhando-a nos olhos. A cantora deu um passo atrás, as pálpebras piscando, como se não tivesse certeza do que Maddalena ia fazer.

— *Signorina* Girò — disse Maddalena —, eu não estou à disposição da escolha dele.

Virou-se para Chiaretta e lhe deu o braço. As duas se encaminharam para o cais em que a gôndola dos Morosini as esperava, sem olhar para trás.

DENTRO DO *FELCE*, Maffeo choramingou:

— Eu não gostei dela, mamãe.

— Eu também não.

— Maddalena? — chamou Donata, virando-se no banco de joelhos, para poder ver melhor a tia: — O que quis dizer? Por que não quis que ele a escolhesse? Ele não gosta mais da senhora do que dela?

Maddalena olhou por cima do ombro da sobrinha na direção de Chiaretta, que reconheceu o pedido de ajuda.

— Ele gosta mais da Maddalena, sim, minha querida, mas a vida dela... e a sua vida, e a do Maffeo, e a minha...

— E a do papai e a do Andrea — acrescentou Maffeo em tom solene, como se recitasse a lista de pessoas por quem rezava todas as noites.

— Sim, meu amor. A do papai e a do Andrea também. A questão é que a vida das pessoas pertence a cada uma. Ninguém deve dizer "eu escolho você", se o outro não quiser ser escolhido.

— Mas eu quero ser escolhida — retrucou Donata, que fora sentar-se junto da mãe.

— Eu sei — disse Chiaretta, passando o braço em volta dela. — É bom ser notada, não é? E é bom ver que alguém a considera especial. Mas há uma coisa que é uma bênção muito maior do que ser escolhida.

— O quê?

— Escolher por si.

Parte Seis

ESTAÇÕES

1730–1732

Vinte e Três

O CAROÇO NO SEIO nem parecia digno de nota, a princípio. Embora o cabelo nas têmporas houvesse empalidecido para um cinza translúcido, e apesar de suas articulações ficarem meio rígidas em certas manhãs, aos 37 anos, Maddalena tinha o andar ágil e ainda tocava violino com uma paixão que a deixava zonza e encharcada de suor.

Em menos de três anos, em seu quadragésimo aniversário, ela se aposentaria e se juntaria às *giubilate*. Tocaria, se precisassem de seus serviços, faria parte de um *ripieno* de vez em quando e poderia ficar com o dinheiro recebido das alunas de fora, se quisesse. Seria uma vida agradável, ela supunha, embora fosse difícil imaginar como preenchê-la.

Mas o caroço continuou a crescer e, ao sentir um outro na axila, ela foi à ala hospitalar da Pietà perguntar a uma enfermeira o que seria aquilo. A enfermeira correu os dedos pelo caroço, por cima do vestido de Maddalena.

— Dói? — perguntou.

— Não. Às vezes eu o noto quando começo a tocar, mas, fora isso, não parece ser motivo de preocupação — veio a resposta, num tom inquisitivo que suspendeu o fim da frase. — Só achei que deveria perguntar.

— Esse tipo de problema é causado por um bloqueio do fluxo dos humores — disse a enfermeira. Foi até um armário, examinou uns vidros e umas caixinhas, apanhou alguns e os levou para uma mesa. — Vou fazer uma pomada para você passar. Tem que ser preta, para combinar com a bile que se acumulou no seu seio.

Numa tigela de mármore, ela desfez pedaços de minerais num pó fino e os socou com ervas.

— E, para fazer os humores se movimentarem direito, vou misturar elementos úmidos e quentes, porque a bile negra é fria e seca — explicou. Voltou ao armário para buscar mais alguma coisa — Você nasceu sob a influência de Saturno? — virou-se para indagar.

— Não.

— Ótimo, porque seria muito mais difícil de tratar isso, se tivesse nascido.

A enfermeira voltou com uma tintura preta.

— Abaixe o vestido — instruiu, enquanto misturava o conteúdo da tigela numa pasta áspera e preta feito tinta. — Pode ser que pinique um pouco ao ser absorvida — disse, espalhando a pomada —, mas não se preocupe. Ela tem que chegar até o caroço para poder neutralizá-lo.

Fez uma compressa e amarrou uma tira de tecido em volta do peito de Maddalena, para mantê-la no lugar.

— Você terá que passar a noite no hospital, porque precisamos lhe dar um purgante para limpar seus intestinos. Sem isso, o emplastro não será suficiente.

O local ficou rosado e dolorido, depois inflamado e irritado no correr de um mês, mas a enfermeira viu nisso um sinal de que o tratamento havia exagerado na eficácia e desequilibrado os humores de Maddalena para o fogo, em vez da terra. A pele dolorida e inchada, no dizer dela, estava agora em perfeitas condições para o uso de ventosas.

Um cirurgião local deveria ministrar o tratamento. Ele chegou com um pequeno estojo no qual havia um jogo de bisturis e diversas campânulas arredondadas de vidro. Emborcou uma delas sobre o seio de Maddalena e acendeu uma vela. Segurando-a junto à base da ventosa, esperou que o ar no interior se aquecesse, criando uma sucção que esticou a pele o bastante para criar uma vedação. O calor continuou a aumentar até o sangue começar a formar uma bolha sob a pele de Maddalena e, uma vez acumulada a quantidade certa, o médico afrouxou a vedação com a unha. Pegou um dos bisturis e rompeu a bolha, drenando o sangue num copo e girando-o enquanto o contemplava.

— A ventosa deve ajudar — disse. — Esse sangue está decididamente impuro.

Ao longo dos meses, sachês de manjericão e limão foram postos sob o travesseiro de Maddalena e enfiados em seu corpete. Ela tomou arsênico, mirra, chá de absinto e raiz de mandrágora, moída e dissolvida num vinho reduzido a xarope. Na capela, fizeram-se orações especiais sobre seu corpo prostrado Puseram-na deitada num leito de hospital com sanguessugas sugando seu mamilo. Ela ficou tonta com as sangrias feitas no local prescrito do braço onde diziam que o desequilíbrio específico dos humores de seu corpo seria mais eficazmente influenciado.

Maddalena contou a Chiaretta apenas que estava com uma inflamação no seio. O que mais havia para dizer? Porém toda noite, na cama, ela o tocava com um medo crescente. *Não há nada com que se preocupar,* procurava convencer-se, afastando a mão e colocando-a por cima do cobertor, no esforço de não permitir que ela vagasse de volta para o mesmo ponto. *É só uma coisa com que eu tenho de conviver,* concluiu, provavelmente não diferente de uma bossa no joelho ou uma irregularidade no crânio. *Não dói, e isso só pode significar que não é grave,* dizia a si mesma todas as noites, com a mesma monótona regularidade com que fazia suas orações. *E depois, com todos esses remédios, alguma coisa há de funcionar.*

PASSADO UM ANO, pouco depois de seu trigésimo oitavo aniversário, Maddalena escorregou na escada molhada da capela e quebrou a perna.

— Foi estranho — disse a Chiaretta, quando esta a visitou no hospital da Pietà. — Não foi um grande tombo. Talvez eu só esteja ficando velha.

Quando Maddalena pôde retornar a seus aposentos, Chiaretta parou de visitá-la. Grávida de seis meses, tinha ficado prematuramente enorme e, tal como a irmã, vinha tendo dificuldades para se locomover. A razão se evidenciou dois meses depois, quando ela deu à luz gêmeos, um menino chamado Tomà e uma menina, Bianca Maria. Quando Chiaretta se recuperou, a família foi passar o verão em sua *villa,* onde ela se limitou a se corresponder com a irmã. Pareceu-lhe estranho, mas não uma fonte de preocupação, quando Maddalena lhe disse que andava ocupada demais para visitá-la. Suas cartas não davam qualquer indício de problemas, sempre cheias de relatos animados sobre as *figlie* e seus concertos e de perguntas sobre as crianças.

AO VISITÁ-LA PELA PRIMEIRA vez depois do parto, Chiaretta, horrorizada, viu pela grade do parlatório sua irmã aproximar-se, segurando o braço de Anna Maria. Levou a mão à boca, para que ninguém ouvisse sua exclamação abafada. Maddalena apoiava-se numa bengala e sua pele estava da cor de cinzas de lareira.

Ela está morrendo, pensou Chiaretta, e rechaçou a ideia ao cumprimentar a irmã.

— De bengala? — perguntou, tentando soar despreocupada.

Maddalena sentou-se e deu um suspiro de alívio.

— Por sorte, falta pouco mais de um ano para eu poder me aposentar e ficar o dia inteiro sentada no quarto — comentou, com um risinho. Chiaretta percebeu como aquela simples frase a deixara sem fôlego, mas o tom de Maddalena foi animado, como se ela pretendesse fazer seu comentário ser ouvido como uma piada.

— Eu tenho dito para ela se cuidar melhor — comentou Anna Maria. — Ela não come o suficiente, e isso não é maneira de ajudar a perna a sarar direito.

Chiaretta reconheceu no tom de Anna Maria a mesma irritação que ouvira no seu, naquela mesma manhã, quando Donata empurrara para longe a sopa de lentilha e beterraba que a cozinheira havia feito para curar sua dor de estômago, dizendo que aquilo tinha uma aparência feia demais para ser comido.

— Você é muito teimosa para seu próprio bem — disse Chiaretta, repreendendo a irmã.

Maddalena olhou para as duas com expressão meio carrancuda.

— Não quero falar de mim. Fale-me dos gêmeos! — disse, anunciando que o assunto anterior estava encerrado. — Eles já estão com quê: uns cinco meses?

— Mal posso esperar para que você os conheça. O Tomà é um sapequinha perfeito — respondeu Chiaretta, tentando, apesar do tanto que adorava falar dos filhos, aceitar a mudança de assunto.

— Como a mãe, quando era pequena — riu-se Anna Maria.

— E a Bianca Maria é uma versão reduzida de você — disse Chiaretta a Maddalena. — É o que há de mais doce. Cabelo preto, com um toque de vermelho. E quase não chora.

Chiaretta assumiu uma expressão solene e indagou:

— Você está bem mesmo? Sei como guarda tudo para si.

— Estou ótima — respondeu Maddalena, e inspirou como se fosse dizer mais alguma coisa, porém calou-se. Chiaretta esperou, e a irmã acabou prosseguindo: — Não sei por que me sinto tão mal o tempo todo. Ando tendo umas dificuldades para respirar à noite e não sinto muita vontade de comer. É provável que sejam todas aquelas coisas repulsivas que tenho de tomar para melhorar.

— Você me diria a verdade, não é?

— É claro.

A luz que vinha das janelas começara a escurecer e Chiaretta se levantou para vestir a capa. Maddalena fez sinal para que ela tornasse a se aproximar da grade, e disse:

— A escada. Você sabe como a escada é escura, e como pode ser escorregadia, e dói para subir e descer. Sabe que eu adoro suas visitas, mas, será que podemos nos escrever por algum tempo, até minha perna melhorar?

Chiaretta olhou para Anna Maria, para ver o que ela estava pensando. Sua amiga mantinha o rosto inexpressivo, como se também não soubesse direito por que Maddalena estava fazendo aquela sugestão.

— Mas, nesse caso, como é que você vai ver a Donata e o Maffeo? E os bebês?

— Bem, isso apenas terá de esperar. Mas não por muito tempo.

Chiaretta abanou a cabeça.

— Eu a conheço, Maddalena. Não está parecendo nada bem, e passou o verão inteiro me deixando pensar que estava ótima. Eu quero vê-la por mim mesma.

— Chiaretta, por favor. A dor...

Não sei o que fazer, pensou Chiaretta. Olhou nos olhos de Maddalena como se pudesse obrigá-los a lhe darem alguma ideia. Nenhuma das duas falou.

Então, Anna Maria interveio:

— Eu poderia visitar você de vez em quando, para lhe dizer como ela está — sugeriu.

Maddalena e Chiaretta pararam de se encarar.

— É uma ideia maravilhosa — disse a primeira.

Chiaretta não tinha tanta certeza. Afinal, Anna Maria passara o verão inteiro sem escrever, quando era óbvio que havia alguma coisa errada. Mesmo assim, ela conhecia a irmã o bastante para supor que, provavelmente, ela havia pressionado Anna Maria a não deixá-la preocupada. Desse jeito, talvez Chiaretta ao menos descobrisse alguma coisa.

— Está bem — concordou. — Mas é melhor que não seja por muito tempo.

Chegou a hora de partir e Chiaretta aproximou o rosto da grade para o ritual de despedida. Maddalena beijou-lhe a face e virou a sua para a irmã. Não restava nada entre a pele flácida e os ossos e, mais uma vez, Chiaretta lutou contra o pânico.

— Na próxima semana. Neste mesmo horário — disse a Anna Maria. — Ou antes. Mande avisar e eu virei, não importa o que esteja fazendo.

Anna Maria meneou a cabeça. Tinha o sobrolho carregado e não conseguiu enfrentar o olhar de Chiaretta por mais de um segundo sem desviar o rosto.

EM CASA, DONATA E MAFFEO faziam suas lições e os gêmeos dormiam. Chiaretta foi ao *portego* se olhar no espelho, inclinando-se para examinar seu reflexo. Perto das têmporas, o cabelo estava ficando ainda mais fino e, embora os toques grisalhos não criassem um contraste suficiente com o louro para se fazerem notar, ela percebeu que sua aparência vinha mudando, na casa dos 30 anos. A pele começara a se enrugar em volta dos olhos e os lábios estavam ficando mais finos. O rosto que a contemplava ainda era bonito, porém claramente mais velho e, nesse momento, tenso de preocupação com a irmã.

Claudio não estava em casa para que ela lhe confiasse suas inquietações. Fazia mais de um mês que viajava a negócios. Giovanni Antonio Canal, um antigo pintor de cenários do Teatro Sant'Angelo, agora pintava *vedute* na oficina de Claudio, usando o nome de Canaletto, e suas telas vinham se tornando tão populares em toda a Europa, que Claudio passava mais tempo fora, recebendo encomendas num número cada vez maior de cidades. Sua última carta previra que ele chegaria dali a uma ou duas semanas, e Chiaretta procurou adiar a inquietação com a irmã até a volta do marido, ocupando-se em cuidar dos gêmeos e em supervisionar o filho de 6 anos e a filha de 11.

Maffeo tornara-se um menino moreno e bonito, com o mesmo físico forte e as sobrancelhas espessas do pai. O cabelo de Donata, louro como o de Chiaretta nos tempos de bebê, havia adquirido um matiz avermelhado, em algum ponto entre o da mãe e o da tia. Ela não herdara os olhos azuis de Chiaretta, porém algo mais próximo do tom castanho-claro dos de Maddalena. Contornados por cílios longos e escuros, eles ganhavam um colorido semelhante àquele que Ticiano tanto exultara.

Donata já vinha estudando cravo por mais da metade de sua vida. Quase todas as tardes, sentava-se ao teclado, contente e sonhadora, movendo os dedos com segurança crescente, a coxa encostada na de Chiaretta, e ouvia os sons que emanavam de alguma fonte secreta dentro de sua mãe. Andrea juntava-se a elas com frequência, como fazia Luca de vez em quando, e Donata vibrava de prazer quando todos dividiam o banco com ela e cantavam uma harmonia atrás da outra.

Alguns meses depois da última visita a Maddalena, Chiaretta e Donata estavam sentadas sozinhas diante do cravo quando Zuana entrou, dizendo à patroa que um dos sócios de Claudio a esperava no térreo, na *sala d'oro*.

— Não estou vestida. Peça-lhe para esperar — respondeu.

— Ele disse que é urgente, *madonna*.

Donata sentiu o corpo da mãe ficar tenso.

— Mamãe? — chamou-a.

— Continue tocando, querida — disse ela, ajeitando a saia e checando o cabelo no espelho, antes de sair às pressas da sala.

Havia um homem parado à janela da *sala d'oro*. A luz se derramava no aposento, refletindo-se nas paredes douradas e fazendo brilharem as cortinas de brocado vermelho. O homem sobressaltou-se ao ouvir a voz dela. Quando se virou, Chiaretta viu que ele tinha uma expressão grave.

Maddalena, pensou.

— É sobre a minha irmã?

— Maddalena della Pietà? — disse o homem, confuso. — Não, *madonna*, é sobre seu marido.

MENOS DE UMA HORA depois, Chiaretta chamou Donata e Maffeo ao seu quarto. Com o rosto inchado e a voz quase inaudível, contou aos filhos que o pai deles havia morrido. Em algum lugar dos arredores de Munique, a carruagem em que Claudio viajava perdera uma das rodas. O veículo e os cavalos tinham despencado numa ribanceira e ele havia quebrado o pescoço. Seu corpo estava sendo trazido de volta a Veneza para o sepultamento.

Ela abraçou os filhos durante muito tempo e se levantou.

— Vocês dois vão dormir na minha cama comigo por uns dias, até depois do funeral. Agora, preciso ir à Pietà.

Foi até a penteadeira e se olhou fixo, sem conseguir estabelecer uma ligação com o rosto no espelho. Pegou um pote de ruge e começou a passá-lo nas faces, mas a quantidade era muito grande e foi borrando as depressões de sua pele. Chiaretta o esfregou, sem compreender. Donata aproximou-se dela e segurou sua mão, afastando-a dos borrões espalhafatosos.

— Mamãe, deixe que eu faça isso — disse. Pegou um lenço e esfregou o rosto da mãe até deixá-lo limpo. — É só usar um véu — receitou, com a voz embargada. — Outro dia você volta a ficar bonita.

A PRIORESA INTRODUZIU Chiaretta em seu gabinete.

— Acabamos de receber a notícia. Sinto muitíssimo — disse.

Chiaretta agradeceu-lhe com a rigidez de uma atriz estreante que recitasse sua fala pela primeira vez.

— Sei que há muitas coisas a discutir, mas, neste momento, quero ver minha irmã.

A prioresa retraiu-se quase imperceptivelmente e sua respiração se acelerou.

— Vou pedir que ela desça, mas você sabe que ela não anda bem.

— Eu sei. Ia conversar com Claudio sobre ela quando...

Sua voz se extinguiu e ela começou a chorar, cobrindo o rosto.

A prioresa passou um braço em volta de seu ombro e a conduziu a uma cadeira.

— Espere aqui. Vou dizer à Anna Maria para ajudá-la a descer.

Minutos depois, Maddalena entrou na sala. Chiaretta levou alguns instantes para compreender que aquela figura fantasmagórica apoiada no braço de Anna Maria era sua irmã. Fiapos soltos do cabelo quebradiço tinham se desprendido do coque em sua nuca e se espalhavam feito teias de aranha ao redor de suas faces. Os olhos pareciam imensos no rosto encovado.

— Ela nos fez prometer — disse Anna Maria, quase choramingando.

Chiaretta não a ouviu nem viu a prioresa confirmar a veracidade do que dissera Anna Maria. Atirando os braços em volta da irmã, sentiu os ossos duros de seus ombros sob o vestido molengo. A atrocidade de tudo que estava acontecendo apossou-se dela, que desatou em soluços nos braços de Maddalena.

— Chiaretta, eu...

A voz de Maddalena extinguiu-se e ela também começou a chorar.

Ficaram abraçadas por muito tempo. Depois, Chiaretta recuou e contemplou a irmã. E falou num tom que foi, ao mesmo tempo, uma ordem e um apelo.

— Venha para casa comigo.

Os OBJETOS PESSOAIS de Claudio foram deslocados para seu gabinete, e seu quarto foi preparado para Maddalena, que deveria ser mantida o mais perto possível de Chiaretta. Outra cama para uma enfermeira foi posta numa pequena antessala. A aparência de Maddalena assustou Maffeo, que a princípio se retraiu e, durante uma semana, recusou-se a chegar perto o bastante para beijá-la, mas Donata sentava-se diariamente na cama da tia e lia para ela, e Besina levava os gêmeos para visitá-la uma vez por dia.

Donata transformava o ato de afofar os travesseiros de Maddalena e virá-los do lado avesso num verdadeiro acontecimento. Um dia, quando a tia estava dormindo, os dedos da menina encostaram num saquinho embaixo de um dos travesseiros e ela o puxou.

— O que é isso? — cochichou para a mãe.

Chiaretta tirou os pedaços do pente e deixou que Donata os segurasse.

— É só uma coisa bonita que quebrou. Eu quis colocá-lo aí.

— As florzinhas são perfeitas — comentou Donata, alisando-as com os dedos, como fizera Chiaretta ao vê-las pela primeira vez.

— Ela não sabe que estão embaixo do travesseiro — disse Chiaretta. — Vamos guardar segredo disso. Nosso segredo de mãe e filha.

QUANDO DONATA E MAFFEO voltaram para suas camas, uma ou duas semanas depois, pela primeira vez Chiaretta pôde ficar sozinha. Ela mandara um recado para Andrea, dizendo que não queria vê-lo por algum tempo. Por mais que ansiasse por ser envolvida pelos braços fortes de um homem, queria que esses braços fossem os de seu marido, e, como isso não era possível, quis honrá-lo não se deixando consolar.

Chegado o dia da leitura do testamento de Claudio, Antonia e Piero foram buscá-la em sua gôndola e a levaram ao escritório do advogado. Giustina falecera não muito depois do marido, a outra irmã de Claudio estava num convento, e seu irmão mais velho se reinstalara em caráter permanente na Antuérpia, de modo que o grupo a ouvir o testamento incluiria apenas eles três. Piero e Antonia mal conseguiram sentar-se durante o trajeto. Ficaram a se remexer nos assentos, preocupando-se em comentários curtos e irritadiços com os bens de Claudio e com o que aconteceria se ele houvesse seguido as convenções e confiado a seu irmão, que ninguém sequer conhecia a não ser Antonia, o controle do patrimônio.

No escritório, o advogado pegou o grosso documento escrito em velino. Antonia foi a primeira a ser contemplada. Piero relaxou ao saber que sua esposa receberia uma pequena pensão anual, mas fez uma expressão carregada à medida que o advogado prosseguiu na leitura. Ninguém senão Antonia poderia sacar o dinheiro, e o *commissare* deveria certificar-se de que essa soma se destinasse a atender as necessidades pessoais de Antonia e a cuidar da casa. O insulto ficou claro. Piero não era digno de confiança.

A irmã enclausurada teria continuado a receber o estipêndio anual em vigor até a morte, mas Claudio acrescentou uma pequena soma. Ela viveria o resto de seus dias no quarto bem mobiliado no convento de San Zaccaria, com dinheiro para oferecer festas, comprar perfumes e outros artigos de luxo e se manter bem-vestida.

Claudio não deixou nada para o irmão, declarando que o patrimônio dos dois fora dividido com justiça por seu pai e que cada um era livre para dispor de sua parte como lhe aprouvesse. Sua decisão, dissera Claudio, era deixar tudo para sua família. Atônita, Chiaretta ouviu a leitura das palavras do marido em voz alta:

— "Para minha querida esposa, Chiaretta, que foi o grande prazer de minha vida, deixo todos os meus bens e a nomeio *commissare*. É minha orientação que ela providencie para que nossos filhos recebam patrimônios equitativos, num montante suficiente para permitir que minhas filhas, Donata e Bianca Maria, tomem suas próprias decisões ao atingirem a idade adulta quanto a se casarem ou ingressarem em conventos. Do mesmo modo, meus filhos varões, Maffeo e Tomà, deverão receber patrimônios suficientes para permitir que ambos se casem, deem continuidade aos negócios da família, invistam em novos projetos, como julgarem conveniente, e cumpram suas obrigações para com a República. Possam meus amados filhos varões ser tão afortunados quanto eu, tendo ao seu lado esposas amorosas e capazes; quanto a minhas filhas, se vierem a se casar, espero que tenham cônjuges semelhantes. No tocante à administração de meus negócios por minha esposa, sugiro com veemência que ela aceite a assistência que lhe será oferecida, tenho certeza, por Luca Barberigo e Andrea Corner. Eles são excelentes homens de negócios e confio em que sempre defenderão sinceramente os interesses de minha esposa e de meus filhos."

O advogado continuou a falar, porém Chiaretta não conseguia assimilar mais nada. Claudio lhe deixara tudo — as casas, a sociedade no teatro de ópera, o ateliê das *vedute*, tudo. E a convidara a manter Andrea em sua vida.

Será que ele sabia?

O advogado prosseguiu, porém Chiaretta não ouviu. Quando ele dobrou e guardou o testamento, Antonia e o marido se levantaram.

— Vai voltar conosco? — indagou Piero, com a voz vazia e tensa.

O advogado respondeu por Chiaretta.

— Precisamos conversar um pouco a sós. Providenciarei a volta dela para casa.

Depois que os dois se foram, o advogado pegou outro pedaço de papel e disse:

— Havia um codicilo no testamento. Não envolvia mais ninguém, por isso achei melhor falar dele em particular. Há mais um legado, este para a Pietà.

Ele respirou fundo antes de prosseguir:

— Chiaretta, isto é difícil de dizer. Seu marido teve outra criança, uma menina, com uma cortesã famosa por aqui. Ela não quis criar a filha, e por isso Claudio providenciou a admissão da pequena na Pietà. Zelou por ela da melhora forma que pôde, mas a origem da menina foi mantida em segredo.

— Quantos anos ela tem? — murmurou Chiaretta.

— Creio que é mais ou menos da idade de sua filha mais velha, talvez um pouquinho mais. Receio não estar autorizado a lhe dizer o nome dela nem qualquer outra coisa, exceto que se trata de uma menina sadia, uma *figlia di commun*. — Ele conseguiu dar um breve sorriso e completou: — Ao que parece, ela não foi abençoada com o talento musical, mas é bastante bonita. Seja como for, o codicilo prevê um estipêndio anual para aumentar o dote, e a senhora terá de providenciar o pagamento, já que agora é a *commissare*.

Ficou observando Chiaretta, sentada com o olhar perdido.

— Desculpe-me, mas achei que precisava saber — disse-lhe. Esperou que ela falasse, mas o silêncio persistiu. — Seu marido era um homem admirável, talvez um homem à frente do seu tempo no que diz respeito à confiança que tinha na senhora. — O homem pegou o codicilo, para dar mais ênfase. — Ele a amava. Espero que esse assunto da filha não a leve a questionar isso.

— Não — disse Chiaretta, voltando à realidade do aposento. — Não, não leva. Só que é muito estranho saber que há uma menina na Pietà que tem tão pouco conhecimento de sua origem quanto eu mesma, e que não posso lhe contar nada nem sequer saber quem ela é.

— Foi assim que ele quis. Sinto muito. Imagino que, se a senhora insistir em examinar os registros...

Chiaretta o interrompeu:

— Pretendo honrar meu marido. Ele certamente me honrou.

A expressão do advogado toldou-se.

— A senhora precisará de uma enorme ajuda em muitas questões, não apenas agora, mas por um longo tempo. Não é fácil para ninguém cuidar de tantas coisas quanto as que Claudio administrava, e a maioria das pessoas com quem terá de lidar não está acostumada a dar ouvidos a mulheres.

Ele fez uma pausa e perguntou:

— Pretende pedir ajuda ao Andrea?

Chiaretta notou que o advogado mencionara apenas Andrea, e não Luca. Buscou uma forma delicada de formular a pergunta que queria fazer:

— Meu marido estava ciente de...?

Percebendo seu mal-estar, ele a interrompeu:

— De seu relacionamento com Andrea?

— Sim. Preciso saber, para decidir se devo aceitar a ajuda dele.

— Ele sabia. E, tanto quanto um homem é capaz de aprovar essas coisas, ele achava que a senhora tinha feito uma boa escolha. Creio que tentou lhe dizer isso no testamento. E, é claro, ele também sabia que ficaria a par de um segredo difícil dele.

O advogado inclinou o tronco para a frente.

— Se algum dia se perguntar se foi uma boa esposa, ou se alguma outra mulher competiu pelo coração de Claudio, lembre-se do que ele fez pela senhora hoje. A senhora o modificou. Creio que, se houvesse casado com qualquer outra mulher, hoje o irmão dele é que estaria entrando em cena, para administrar não só o patrimônio dele, mas também o resto da vida de sua esposa e filhos. Em vez disso, a partir de agora, a senhora é uma das mulheres mais poderosas de Veneza.

Ele deixou a ideia assentar.

— Não será fácil, mas, se precisar de mim...

Chiaretta havia enterrado o rosto nas mãos, chorando pelo marido, pela estação, o dia, a hora, o momento, a linda terra e o lugar que lhe tinham trazido tantas bênçãos e tanta dor

Vinte e Quatro

APESAR DO ESTADO DEBILITADO, Maddalena tentou o quanto pôde levantar-se da cama para ajudar Chiaretta, mas até os detalhes mais simples dos cuidados com as crianças e a casa eram demais para ela. Seus ossos doíam tanto que ela não conseguia dar um passo sem gemer, e até a respiração se tornara difícil. Ela voltou para a cama, envergonhada do fardo adicional que vinha impondo à irmã, desejando que a morte chegasse mais depressa para trazer alívio a ambas.

Chiaretta andava tão exausta que estava enlouquecendo. Os parceiros de negócios de Claudio desfilavam pela *sala d'oro* num fluxo quase ininterrupto e, embora ela tivesse pedido a Luca para passar boa parte do dia em reuniões com eles, a fim de avaliar suas preocupações e se inteirar das iniciativas empresariais de Claudio, até os resumos feitos por seu amigo ao fim do dia exigiam mais atenção do que ela podia dar. Chiaretta não apenas tinha dois filhos que choravam a perda do pai, como também gêmeos de menos de um ano, que ela estava decidida a transformar no foco de sua vida, tal como tinham sido Donata e Maffeo. E, ainda por cima, ela estava passando o que sabia serem suas últimas semanas com a irmã.

Eu não consigo, pensava. Chorava todas as noites, empapando o travesseiro de lágrimas. Todas as manhãs, porém, levantava-se e mantinha uma conversa amena, enquanto Zuana lhe arrumava o cabelo e a ajudava a se vestir. Ao longo dos anos, Chiaretta passara a nutrir enorme afeição por Zuana, que também começava a exibir os sinais da idade. Depois, ia ver a irmã. Quando Maddalena estava suficientemente bem, Chiaretta pedia um desjejum leve para as duas e, enquanto esperavam, escovava-lhe o cabelo, afofava seus travesseiros e a ajudava a trocar de camisola.

Após o desjejum, Chiaretta ia ao berçário encontrar-se com os gêmeos. Passava algum tempo conversando e brincando com eles, depois ia à biblioteca ver como estavam Donata e Maffeo, que estudavam com o preceptor. Não raro, o tempo para um tapinha no ombro e um beijo na face era tudo o que lhe restava, antes de passar o resto do dia participando de reuniões com investidores do Teatro Sant'Angelo, supervisores do ateliê de pintura e outras pessoas com quem seu marido mantivera negócios.

Os fins de tarde eram para Donata e Maffeo e, depois de jantarem com a mãe, todos se reuniam no quarto de Maddalena para se entreterem com jogos e música enquanto ela observava. Chiaretta mandava a gôndola buscar Anna Maria pelo menos uma vez por semana, mas a amiga sempre chegava sozinha. Ela lhe sugerira que trouxesse Benedetta e algumas outras *figlie*, mas Maddalena havia rejeitado a ideia. Por mais que viesse a adorar deleitar-se com a presença e a música das jovens pela última vez, ela preferia não vê-las oprimidas por uma lembrança triste, que talvez lhes ofuscasse as lembranças mais felizes.

Chiaretta ainda não havia retomado a relação com Andrea. Seu luto era recente demais para isso. Vez por outra, convidava Luca e Andrea para um jantar em família, tanto por gratidão pelo apoio recebido de ambos quanto por querer que Maffeo visse como os nobres agiam. Os dois haviam prometido acolher o menino sob sua proteção quando ele fosse um pouquinho mais velho, para lhe ensinar o que ele não poderia aprender em casa — como caçar, vencer nos jogos de baralho e tratar as mulheres que por certo o haveriam de adular.

Na condição de mulher, Chiaretta não podia tornar-se membro do Grande Conselho. *Com mais alguma coisa para fazer, eu morreria*, pensava, reconhecendo com clareza ainda maior como fora árduo o trabalho de Claudio. Mas ela nutria um desejo que honraria a memória do marido e a de Maddalena: queria tomar o lugar de Claudio na Congregazione da Pietà. No começo, a prioresa esbravejou diante da ideia. Embora a instituição fosse dirigida por mulheres no dia a dia, a única a trabalhar na direção era a própria prioresa, e ela estava lá mais para ser dirigida do que para dirigir.

Aos poucos, porém, agradou-lhe o que ela passou a ver como uma ideia admirável — uma *figlia di coro*, agora à frente de uma das mais antigas famílias da nobreza, voltando para fornecer à diretoria sua visão singular. Ainda que a Congregazione pudesse torcer o nariz, a prioresa mostrou-se decidida a fazer com que isso acontecesse. E assim, chegou-se a um acordo. Durante muitas gerações, a família Morosini havia contribuído com grandes doações e com o trabalho na diretoria da instituição. Maffeo ainda era pequeno demais para começar a se envolver com isso, e Chiaretta funcionaria como sua representante até ele atingir a maioridade.

— E, quando isso acontecer — disse a prioresa, num momento particular com Chiaretta —, quem sabe?

As atitudes venezianas vinham mudando com tanta rapidez, que talvez ela fosse convidada a permanecer na diretoria por ela mesma e Maffeo pudesse encontrar outra causa.

— Desde que não sejam as Mendicanti — acrescentou a prioresa, com um sorriso maroto.

Restava apenas uma tarefa inacabada e, à medida que Maddalena foi resvalando para mais perto da morte, Chiaretta percebeu que não poderia esperar muito. Estragou pedaço após pedaço de papel, enquanto debatia a ideia de como formular a carta. E então, certa manhã, foi difícil despertar Maddalena, e Chiaretta viu uma mancha de sangue em seu travesseiro. Não havia mais tempo para escolher palavras. Ela tomou da pena e escreveu: "Venha depressa. Maddalena está morrendo."

A CARTA CHEGOU a Vivaldi em Mântua, onde ele trabalhava numa nova ópera. Dias depois, o Padre Vermelho estava parado no *portego* do Ca'Morosini.

— Cheguei tarde demais? — perguntou.

— Não. Mas não vai demorar muito — respondeu Chiaretta.

Vivaldi parecia cansado, mais do que seria de se esperar num homem de meia-idade após uma viagem imprevista e desconfortável. Chiaretta ouviu sua chiadeira característica e indagou:

— Trouxe o que é preciso, para o caso de se sentir mal?

Ele apontou para uma valise no chão, ao lado do estojo de seu violino.

— Paolina preparou o que era necessário.

O *maestro* viu a frieza espalhar-se no rosto de Chiaretta à menção do nome de Paolina Girò e disse, com um travo de amargura na voz:

— Não é verdade o que dizem a meu respeito. São uns mexeriqueiros, todos eles! Não dão a menor importância à destruição de um homem.

Vivaldi inspirou o ar e se encolheu, como se sentisse dor.

— Sou um homem doente. Preciso de uma enfermeira. Anna, por outro lado... — Abanou a cabeça e bufou. — Anna foi um erro do qual pareço não conseguir me livrar.

Chiaretta o fitou, com vontade de dizer quão pouco se importava com os problemas dele naquele momento, mas sem querer gastar a energia que seria necessária para tanto.

— Obrigada por ter vindo — disse-lhe.

— Vim direto da estação de carruagens para cá. Se estiver preocupada com sua reputação, posso me hospedar noutro lugar.

Apesar do tom de autocomiseração na voz dele, Chiaretta tornou a fitar o homem envelhecido, vulnerável e infeliz à sua frente, e anos de irritação e raiva dissiparam-se em meio a uma onda tão imensa de lembranças que engolfou todas as suas outras ideias sobre o compositor.

— Deixe que falem. Você é um velho amigo.

Fazendo sinal para que um criado levasse as coisas de Vivaldi, Chiaretta deu-lhe o braço e caminhou com ele para a escada.

APESAR DE SER um padre sem paróquia, vez por outra Vivaldi estivera à mão para dar os últimos sacramentos a moribundos. Mesmo assim, recuou de susto ao ver Maddalena, reduzida a quase nada no meio da imensa cama. Ela parecia dormir, mas, quando o *maestro* se deslocou pelo quarto, intuiu a presença de alguém e abriu os olhos.

Ao ver Vivaldi, como que através de uma névoa espessa, murmurou:

— A sineta tocou? Estou atrasada para minha aula? — E fez força para se sentar. — Não estou com meu violino. Chiaretta!

Chiaretta correu para junto da irmã.

— Estou aqui. Olhe quem veio visitá-la! — disse, ajudando Maddalena a se sentar e lhe afastando o cabelo dos olhos. — É dom Vivaldi. Ele veio de Mântua.

— Susana levou o meu arco. Estou muito doente para tocar.

A voz de Maddalena era quase inaudível, mesmo no quarto silencioso.

— Ele não veio para isso. Veio visitar você.

Vivaldi chegara mais perto da cama.

— Maddalena? Maddalena Rossa? Sou eu.

— *Maestro*... — murmurou ela, depois tornou a fechar os olhos e pareceu adormecer.

Chiaretta fez sinal para que Vivaldi se sentasse numa cadeira vazia num canto e, depois de ajeitar as cobertas da irmã, foi sentar-se ao lado dele.

— Ela passa horas dormindo, por causa do láudano. Se qui ser descansar, posso levá-lo a seu quarto e chamá-lo mais tarde

— Toca alguma coisa para mim?

O pedido vindo da cama foi tão baixo que nenhum dos dois o ouviu da primeira vez. Maddalena virou a cabeça na direção das vozes.

— Toque alguma coisa.

Chiaretta correu até a porta para chamar um criado e mandar trazer o violino do quarto de Vivaldi. Quando o instrumento chegou, ele o tirou do estojo e começou a tocar os primeiros compassos que havia composto para Maddalena.

— Lembra-se disso? — perguntou. — Você era a terceira violinista, e as outras ficaram muito zangadas.

Um sorriso adejou nos lábios dela.

— E depois veio isto — disse Vivaldi, lançando-se noutra peça que escrevera para ela, rodopiando em piruetas nas cordas agudas, depois deslizando para as tristes e graves. — Eu me lembro de todas — declarou, com a voz rouca e embargada.

Os olhos de Maddalena fecharam-se outra vez.

— Quer que eu toque outra coisa? — perguntou Vivaldi.

— Agora não — murmurou ela. — Preciso dormir.

VIVALDI TAMBÉM estava exausto. Ele e Chiaretta dormiram até o começo da tarde. Ela foi acordada pela enfermeira, que foi dizer-lhe que a respiração de Maddalena estava quase imperceptível e que ela não reagia nem ao ser sacudida. Chiaretta mandou avisar Vivaldi, que chegou minutos depois, com uma sacolinha e um breviário.

— Eu trouxe o que é necessário para lhe dar a extrema-unção.

Chiaretta olhou para a irmã, que jazia imóvel na cama.

— É melhor começar logo.

Vivaldi benzeu-se, assim como Chiaretta.

— *Pax huic domui* — disse ele.

— Que a paz esteja nesta casa e em todos que nela se encontram — respondeu Chiaretta.

Vivaldi deslizou o dedo por algumas páginas e prosseguiu:

— Senhor, eu não sou digno de que entreis em minha morada, mas dizei uma palavra e minha alma será salva.

Ao ouvir a frase conhecida, Maddalena remexeu-se e abriu os olhos.

Vivaldi aproximou-se dela.

— Você tem força suficiente para a Eucaristia?

Ela meneou a cabeça, e Vivaldi pôs um pedaço de hóstia em sua boca. Depois, pegou um pequeno frasco de óleo e lhe ungiu as pálpebras, as orelhas, as narinas, os lábios e as mãos, fazendo uma oração sobre cada um. Ao terminar, pediu que Chiaretta o ajudasse a descobrir os pés dela e também os ungiu.

— O que é isso? — indagou, ao passar o óleo sobre a cicatriz prateada no calcanhar de Maddalena.

— É a marca da Pietà — respondeu Chiaretta, com a voz trêmula. — Elas a põem aí para poderem nos encontrar.

Vivaldi olhou-a por um instante, sem entender o que ela queria dizer.

— *Kyrie eleison* — começou, pondo o óleo de lado, e Chiaretta o acompanhou na oração. Entregou a ela um paninho para que secasse o excesso de óleo no rosto de Maddalena. — Pronto — disse.

Os lábios de Maddalena se entreabriram e seu olhar estava inexpressivo, mas ela pareceu estar tentando dizer alguma coisa.

Chiaretta inclinou-se para perto e discerniu uma única palavra.

— Cante.

Olhou para Vivaldi.

— *Salve Regina*. A última parte.

Vivaldi pegou o violino e começou a tocar o trecho que costumava ser de Maddalena. Chiaretta sentou-se na cama e se encostou nos travesseiros.

— "*Et Jesum benedictum*" — começou. Erguendo o corpo inerte e quase sem peso da irmã, segurou-a no colo, embalando-a ao ritmo da música. — "*O clemens, O pia, O dulcis Virgo*" —

cantou. *Minha serena, santa, meiga e virgem irmã,* pensou, com as lágrimas queimando nos olhos e sufocando a voz na garganta.

Um leve sorriso despontou nos lábios de Maddalena, exatamente como acontecera todas as vezes em que ela havia interpretado essa peça, sua favorita dentre todas as que as duas haviam tocado juntas. Talvez tivesse sido isso que ela tentara dizer ao murmurar algo que Chiaretta não conseguira compreender. Quando Vivaldi concluiu as últimas notas, os ombros de Maddalena ficaram pesados.

— Vá — sussurrou Chiaretta, embalando a irmã para fazê-la seguir a música.

NOTA DA AUTORA

ESTA É UMA obra de ficção histórica, parcialmente baseada em pessoas reais. Os arquivos do Ospedale della Pietà registram uma compra feita por Antonio Vivaldi, "um arco para Maddalena Rossa", e, embora eu não tenha conseguido determinar sua data, essa anotação me deu o primeiro elemento da trama de *As quatro estações*. Uma vez que as *figlie di coro* usavam apenas os prenomes, é provável que tal denominação tenha distinguido essa jovem como "a Maddalena ruiva" numa época em que haveria mais de uma *figlia* chamada Maddalena no coral.

Chiaretta é o nome de uma famosa soprano do coro, só que de uma época posterior. Um dos únicos três componentes da trama que sei ser incompatível com a realidade é eu ter dado a Chiaretta o papel de Abra em *Juditha Triumphans*, papel efetivamente interpretado por uma cantora chamada Silvia. Tentei trocar o nome de Chiaretta por Silvia, mas já havia criado Silvia, a Rata, e a imagem dela ficava reaparecendo à medida que eu reescrevia o texto. No fim, resolvi que Chiaretta me dissera seu nome, e fim de conversa. Achei divertido saber, mais tarde, que um dos livros de registro da Pietà mostra que essa Silvia, em particular, estava na casa dos 60 anos quando cantou Abra, donde se constatou que seu nome, na verdade, era o menor dos meus problemas.

Anna Girò foi uma pessoa real, e seu relacionamento com Vivaldi causou um enorme escândalo, embora se desconheça a natureza dele. Desde a época em que os dois se conheceram, em Mântua, até a morte do compositor, ela e a irmã, Paolina, foram companheiras quase constantes de Vivaldi, apesar de ele afirmar que Paolina nada mais era que sua enfermeira, e que Anna era simplesmente uma das estrelas de suas óperas. As opiniões da época sobre a voz da cantora põem em dúvida se a qualidade de seu canto seria suficientemente grande para justificar esse tipo de atenção.

Anna e Paolina tinham sua própria casa em Veneza, porém algumas anedotas, inclusive uma do renomado escritor Carlo Goldoni, sugerem que elas realmente moravam com Vivaldi. O escândalo bastou para fazê-lo perder algumas encomendas importantes, em função das dúvidas levantadas sobre a honradez de um padre que, a julgar pelas aparências, tinha um relacionamento sexual com uma delas, ou, possivelmente, com as duas. Evitei fazer qualquer sugestão concreta sobre a possibilidade, pois, se Vivaldi efetivamente respeitou seu voto de castidade, criar uma trama que o fizesse agir de outra maneira seria um terrível desserviço para alguém que hoje não poderia se defender.

A outra Anna importante, Anna Maria della Pietà, também foi uma pessoa real, aproximadamente da mesma idade de Chiaretta e Maddalena. Abandonada quando criança, passou a vida inteira na Pietà e viveu até a casa dos 80 anos. Foi a principal violinista de 1720 a 1737, e Vivaldi chegou a compor 37 concertos para ela. Um admirador escreveu um poema enaltecendo o talento da musicista em diversos instrumentos: cravo, violino, violoncelo, viola de amor, alaúde, teorba e bandolim. Sobre seu desempenho ao violino, ele disse:

A brilhante Anna Maria,
Pura encarnação de bondade e beleza,
... toca violino de maneira tal
Que transporta ao Paraíso quem a escuta,
Se é que pode ser verdade haver lá no alto
Anjos que toquem tão lindamente.

A segunda vez que tenho consciência de me haver desviado dos fatos reais foi ao ajustar as datas da vida de Anna Maria. Ela nasceu em 1694, dois anos depois da personagem de Maddalena, mas, por achar que sua história merecia muito fazer parte deste livro, aumentei sua idade, tornando-a um pouco mais velha que Maddalena, para que ela pudesse já estar no pavilhão das adolescentes quando esta chegasse.

O terceiro ponto em que me desviei ligeiramente da realidade foi ao fazer retroceder a data da apresentação de *La Verità in Cimento* para o outono de 1719, quando sua verdadeira estreia foi no outono de 1720. Fiz isso para aperfeiçoar a cronologia do nascimento dos filhos de Chiaretta e da estreia de *As quatro estações*, em 1726. Até hoje, ninguém soube determinar para que ópera Vivaldi escreveu a ária "Di due rai languir costante", mas, como era uma prática corriqueira alterar o material operístico conforme a conveniência dos cantores, não vi problema em usá-la neste texto.

Quanto ao próprio Vivaldi, existe apenas um punhado de relatos. Esse silêncio quase total lança luz sobre a riqueza do meio musical da Veneza do século XVIII, onde nem mesmo um compositor do calibre dele conseguia destacar-se claramente dos demais. Seus problemas de saúde (provavelmente asma, embora alguns sugiram angina) eram reais, mas é provável que nunca venhamos a saber se constituíram uma causa legítima ou se foram uma desculpa conveniente para que ele evitasse celebrar missas, decorrido apenas um ano de sua ordenação. Alguns contemporâneos céticos duvidavam da verdadeira extensão da deficiência do compositor, destacando uma energia incansável para os projetos pessoais, entre eles centenas de composições musicais, sua função de empresário do Teatro Sant'Angelo e seus anos de viagens quase constantes pela Itália e pelo resto da Europa.

Ao que parece, Vivaldi foi um católico devoto, apesar de não ter sido designado para nenhuma paróquia, e era conhecido na região de Veneza como Il Prete Rosso — o Padre Vermelho —, por causa da cabeleira de um ruivo inusitadamente vivo. Embora uma testemunha ocular tenha afirmado que às vezes ele compunha com um rosário nas mãos, sua religiosidade não o impediu de ser um negociante astuto e, no dizer de alguns, inescrupuloso, disposto a vender composições "originais", se bem que de forma ligeiramente alterada, a vários compradores diferentes. Na verdade, essa era uma prática comum entre os compositores mal pagos, na premência de satisfazer a demanda. Vivaldi tendia a ser paranoico e autocompadecido, mas, no clima de Inquisição da Veneza do século XVIII, com seus papéis sociais rígidos e suas oscilações inteiramente caprichosas no cumprimento da lei, talvez seja compreensível que ele se sentisse temeroso e maltratado.

Vivaldi atingiu o auge do sucesso como compositor de óperas, em Veneza, mais ou menos no mesmo período em que escreveu *As quatro estações*. Mas seu estilo já vinha sendo ofuscado pelo dos compositores alemães, muito particularmente Händel e Bach. Vivaldi continuou a compor para seus patronos e, após uma última tentativa de resgatar sua reputação em Veneza, partiu para Viena, na esperança de encontrar dias melhores na corte do imperador Carlos VI. A sorte voltou-se contra ele quando Carlos morreu de repente, deixando-o sem perspectivas numa cidade estrangeira. Vivaldi ali morreu sem vintém em 1741, aos 63 anos, e, num trágico prenúncio do que viria a acontecer com Mozart na mesma cidade cinquenta anos depois, foi enterrado numa sepultura de indigente, sem indicação alguma. Anna Girò, que fora com ele para Viena, retornou à Itália e se casou com um nobre em 1748.

A Pietà existiu até o fim do século XVIII. Quando a República de Veneza sucumbiu às forças de Napoleão, em 1797, muitos conventos foram desarticulados, e instituições leigas como os *ospedali* foram apanhadas no mesmo ardor reformista. Os prédios da Pietà foram destruídos e, atualmente, o hotel Metropole se ergue na área da capela original. Em seu saguão foram preservadas diversas colunas de mármore. Em outras partes do prédio encontram-se alguns remanescentes, entre eles uma escada em espiral, que deve ter sido usada pelas *figlie*, e um poço de pedra no pátio em que elas passavam parte de suas horas de lazer. Nada mais resta do enorme edifício que um dia abrigou uma das maiores instituições de Veneza. Na capela reconstruída ao lado, na Riva degli Schiavoni, uma placa assinala a ligação de Vivaldi com a Pietà e, recentemente, inaugurou-se no andar superior um pequeno museu dedicado ao coro.

A obra de Vivaldi mergulhou na obscuridade por quase duzentos anos. Até meados do século XX, ninguém sequer ouvira falar dele, exceto os estudiosos desse período. Então, na década de 1930, em Turim, descobriu-se uma grande coleção particular de partituras e, na década de 1950, as primeiras gravações de *As quatro estações* tornaram-se muito fáceis de encontrar. Todavia, mesmo com os estudos posteriores, o modo desorganizado e quase acidental de conservação de parte de sua música tem criado problemas para se saber com certeza onde, quando e para quem as peças foram apresentadas pela primeira vez. Embora muitas composições de Vivaldi tenham sido colecionadas e publicadas profissionalmente, muitas outras só podem ser situadas no contexto pelo papel em que foram escritas, presumindo-se que um estoque de papel seria usado antes de se comprar outro. No entanto, anotações mantidas pela Pietà, bem como textos rabiscados em parte da miscelânea de partituras que chegou até nós, confirmam que as composições indicadas neste livro como tendo sido executadas na capela realmente fizeram parte do repertório das *figlie di coro*. Até hoje, ninguém determinou de maneira conclusiva qual foi a história inicial das apresentações de *As quatro estações*, mas a natureza da música levou muitas pessoas a sugerir que ela teria sido encomendada para uma plateia particular. Como as *figlie di coro* faziam muitas apresentações desse tipo, pareceu-me bastante razoável concluir que elas a teriam executado num ambiente como o que descrevi.

Atualmente, Vivaldi assumiu seu lugar como um dos maiores compositores de todos os tempos, se bem que até hoje o conhecimento comum dele se limite a algumas obras, como

As quatro estações e o famoso *Gloria*. Sua música para vozes femininas é um tesouro praticamente desconhecido, e muitas de suas outras composições instrumentais, apenas algumas das quais foram incluídas aqui, são, talvez, ainda mais assombrosas do que *As quatro estações*.

Vivaldi pode ter contribuído para o desenvolvimento das musicistas e cantoras da Pietà, mas elas também deram uma enorme contribuição para seu desenvolvimento. Antes de chegar à Pietà como professor de violino, ele havia ensaiado algumas composições, mas só era famoso como um esplêndido violinista. Deve ter considerado a disciplina, a confiabilidade e a qualidade sistematicamente elevada das musicistas do coral como um recurso precioso, porém, o mundo da Pietà tinha a vantagem adicional da serenidade de um claustro, um ambiente em que as personalidades e a política raramente faziam a atenção desviar-se da música. Aliás, a despeito de seu enorme interesse pela composição operística, nem uma só das óperas de Vivaldi entrou no repertório das companhias atuais, o que mostra com clareza que sua reputação musical decorre dos tipos de música que ele escreveu para a Pietà. Embora ele tenha escrito para outras igrejas, cortes e indivíduos, são suas músicas para orquestra de câmara e suas peças religiosas para corais e vozes femininas, geralmente menos conhecidas, que trazem a marca de sua grandeza.

O renascimento de Vivaldi trouxe consigo um interesse crescente pelas *figlie di coro* dos quatro *ospedali* venezianos. Dentro das paredes dessas instituições, as mulheres podiam florescer como musicistas (e, como se descobriu recentemente, compositoras), enquanto a sociedade veneziana em geral não manifestava um interesse similar por desenvolver um talento excepcional em suas próprias filhas. Infelizmente, apesar de todos os séculos de existência, não se encontrou um único diário escrito por uma residente da Pietà, e pouco mais do que alguns detalhes de livros contábeis e outros livros de registro sobreviveram para contar a história das milhares de vidas passadas ali. Talvez Maddalena, Chiaretta, Anna Maria e as outras personagens de *As quatro estações* ajudem a falar por elas.

GLOSSÁRIO

Attiva, pl. *attive*. Musicista ou cantora do segundo estágio de formação, ou de etapa posterior, que se apresentava como parte do coral ou da orquestra.

Avvogadori di Commun. Grupo de homens do patriciado responsáveis pelo registro dos casamentos entre nobres, de acordo com as leis venezianas, para proteger as linhagens consanguíneas da aristocracia.

Bauta, pl. *baute*. Combinação tradicional de capuz preto, máscara branca e chapéu tricorne usada no Carnaval de Veneza, bem como em outras ocasiões, para ocultar a identidade.

Broglio. Praça que liga a Piazza San Marco à Lagoa Veneziana, hoje comumente conhecida como Piazzetta.

Burchiello, pl. *burchielli*. Pequena embarcação [chata] comum nos canais de Veneza.

Ca', abreviatura de "casa". Residência palaciana. O termo é comumente usado em Veneza em lugar da palavra *palazzo*.

Cadenza [cadência]. Solo complexo e difícil, escrito ou improvisado, geralmente inserido no fim de uma peça musical para exibir o virtuosismo do músico.

Cassone. Baú usado para guardar roupas e objetos domésticos.

Castrato, pl. *castrati*. Cantor castrado antes da puberdade, na esperança de fazê-lo conservar a pureza e o timbre agudo da voz de menino, ao mesmo tempo que desenvolve os pulmões (e, portanto, o volume) de um homem adulto. [Também chamado de sopranista.]

Cavaliere servente, pl. *cavalieri serventi*. Amigo e confidente platônico do sexo masculino que acompanhava uma mulher e lhe prestava serviços pessoais.

Cimento. Prova ou teste.

Commissare. Testamenteiro(a).

Concerto, pl. *concerti*. Composição orquestral em três movimentos, com um instrumento ou um pequeno número de instrumentos de solo.

Congregazione [congregação]. O conselho diretor da Pietà.

Continuo. Fundo rítmico simples, tocado por violoncelo, cravo ou outro(s) instrumento(s), para ajudar a orquestra a manter o ritmo correto sem o regente.

Coro. Literalmente, coro ou coral, porém designativo da orquestra e das cantoras na Pietà.

Conselho dos Dez. Grupo escolhido por um processo complexo pelo Grão-Conselho da nobreza veneziana para servir como principal órgão de governo da cidade durante um período limitado.

Ofício diário. A ordem prescrita das orações ao longo do dia. No livro são mencionadas a Sexta, a Prima, a Nona, as Vésperas, as Laudes e as Completas.

Doge. Título conferido ao chefe da República de Veneza. O doge era eleito pelo Grão-Conselho de Veneza e tinha um cargo vitalício, com poderes primordialmente cerimoniais e pouco efetivos.

Felce. Cabine privada no centro da gôndola.

Ferro. Ornamento de prata na proa da gôndola.

Figlia, pl. *figlie*. Literalmente, filha; usado na Pietà com o sentido de tutelada.

Fondamento, pl. *fondamenti*. Calçada estreita ao longo dos canais menores.

Frotta. Briga pelo território (ver *pugni*).

Giubilata, pl. *giubilate* [jubilada]. Denominação honorífica pela qual era conhecida a integrante que se aposentava do coro.

Humores. Os quatro líquidos (sangue, fleuma, bile amarela e bile negra) que, desde a Antiguidade, eram tidos como determinantes da personalidade e da saúde, conforme suas proporções relativas no corpo.

Impresario. Diretor e produtor de óperas.

Iniziata, pl. *iniziate* [iniciada]. Menina no primeiro estágio da formação musical, antes de ser promovida a *attiva*.

Loggia. Galeria ou sacada aberta e com cobertura.

Maestra, pl. *maestre*. Mestra musical; termo usado para designar o nível mais alto das professoras, instrutoras e supervisoras das *figlie di coro*. As *sotto maestre* [submestras] ficavam um grau abaixo.

Maestro. Mestre musical; termo usado de diversas maneiras na Pietà. O *maestro di coro* trabalhava como diretor-executivo do coral/orquestra. Abaixo dele havia outros, designados de acordo com seus papéis (Vivaldi, por exemplo, primeiro foi *maestro dal violino* e, mais tarde, *maestro dei concerti*).

Maniera. Literalmente, postura, termo musical usado para descrever o estudo e a prática da aparência que se assume ao tocar ou cantar.

Melisma. Estilo de canto em que se usam várias notas para uma mesma sílaba.

Nobili Uomini Deputati. Grupo de três membros da Congregazione que era responsável pela direção da programação musical da Pietà.

Oratório. Composição musical operística executada sem cenários nem encenação teatral ou vestuário próprio.

Ospedale, pl. *ospedali.* Instituição encarregada da criação de crianças órfãs e abandonadas. O nome, que significa hospital, proveio da origem dessas instituições como alas hospitalares.

Ostinato. Pequena frase musical repetida inúmeras vezes.

Parlatório. Cômodo reservado para receber visitas num convento ou num *ospedale,* dividido por uma grade.

Pasticcio. Obra musical que é uma montagem de trechos de diversas origens.

Peota, pl. *peote.* Pequena embarcação comum nos canais de Veneza.

Pianelle. Tamancos com plataforma de madeira, ocasionalmente usados pelas aristocratas de Veneza.

Piano nobile [andar nobre]. O primeiro andar acima do nível da entrada dos palácios venezianos, usado principalmente para receber e divertir convidados.

Pizzicato. Uso dos dedos, em lugar do arco, para tocar violino ou instrumentos similares.

Portego. Amplo aposento com diversas finalidades, que se estende por toda a largura dos palácios venezianos.

Prie-dieu [genuflexório]. Móvel concebido especificamente para a devoção pessoal, composto de um estrado para ajoelhar e uma plataforma plana, semelhante a uma escrivaninha, em que colocar o livro de orações, para lê-lo ou descansar as mãos ou os cotovelos ao rezar.

Prioresa. Título da mulher de cargo mais alto na Pietà, equivalente ao de diretora ou abadessa.

Pugni. Literalmente, punhos, mas designativo dos combatentes das tradicionais disputas territoriais (*frotte*) entre as facções venezianas dos Nicolotti e dos Castellani.

Putta, pl. *putte*. Querubim, termo comumente usado como denominação das *figlie di coro*.

Recitative [recitativo]. Trecho vocal de ópera ou oratório que representa a fala cantada [canto declamatório].

Ridotto. Palácio de jogos.

Rio. Canal pequeno.

Ripieno. Ampliação de uma orquestra ou coro além de seu tamanho usual.

Sala d'oro. Aposento no andar nobre usado como escritório comercial, ricamente decorado em ouro para exibir a riqueza da família.

Solfeggio [solfejo]. Denominação italiana dos exercícios usados para treinar a voz.

Sotto maestra. Assistente da *maestra* [submestra].

Staccato. Maneira de tocar que faz cada nota soar separadamente, em vez de ligada às demais.

Tavoletta, pl. *tavolette*. Cartaz para anunciar concertos.

Theorbo [teorba]. Instrumento musical de braço duplo muito comprido, que permite que as cordas graves se liguem a um cravelhal no alto do braço, enquanto as outras ligam-se a um cravelhal mais abaixo.

Veduta, pl. *vedute* [vista]. Pintura de um cenário ou paisagem venezianos.

Verità. Verdade. O título da ópera de Vivaldi *La Verità in Cimento* pode ser livremente traduzido por "A verdade posta à prova".

Villegiatura [vilegiatura]. Longo período do verão em que os venezianos ricos iam morar em suas residências no interior.

Zecchini. Pequenas moedas de ouro, também conhecidas como lantejoulas, usadas na República de Veneza.

AGRADECIMENTOS

MEUS MAIS PROFUNDOS agradecimentos vão para meus amigos e familiares, que se mantiveram interessados mesmo quando o processo de dar vida às *figlie di coro* pareceu interminável, vago e, possivelmente, infrutífero. Além de Lynn Wrench e James Fee, a quem o livro é dedicado, quero agradecer a meu filho, Ivan Corona, e a Chelsea Huff pelo apoio e pelas sugestões que me deram.

Entre meus colegas, Stephanie Robinson ofereceu-me uma orientação especializada sobre a voz de soprano, Elizabeth Meehan ajudou-me a compreender as técnicas de uso do arco e Catherine Lopez, Judith Krumholz, Helen Elias, Farrell Foreman e Jerry Fenwick me incentivaram ao longo de todo o processo. Outra ajuda no tocante às técnicas do violino veio da violinista profissional Mary Karo, e as informações sobre como evoluiria um câncer de mama não tratado vieram da Dra. Barbara Parker.

A ficção histórica exige muitas pesquisas e, em decorrência disso, há diversas pessoas que jamais conheci, mas cujo trabalho tornou-se importante para a exatidão do livro. Quero registrar as contribuições dos estudiosos Patrick Barbier, Jane Berdes, John

Booth, Stanley Choinacki, Robert C. Davis, Robert Donnington, Joanne M. Ferraro, Wendy Heller, H.C. Robbins Landon, Mary Laven, John Martin, Dennis Romano e Jutta Gisela Sperling. Há outros dois destaques. O primeiro é o professor Michael Talbot, cuja correspondência por e-mail esclareceu diversos pontos fundamentais. O segundo é Philippe Monnier, cujo livro de 1910, *Veneza no século XVIII*, foi uma fonte de inspiração.

No Piccolo Museo della Pietà, em Veneza, o arquivista-chefe, *dottore* Giuseppe Ellero, doou-me seu tempo generosamente para me ajudar a compreender a vida na Pietà. *Molte grazie per tutto l'aiuto che Lei gentilmente mi ha dato.**

Na Voice, foi um prazer trabalhar com a editora Sarah Landis, a diretora editorial Pam Dorman e a diretora de publicações Ellen Archer. A assistente editorial Kathleen Carr providenciou para que tudo corresse bem ao longo do trabalho. Escrever é um esforço solitário, mas publicar um texto requer um trabalho de equipe, e sou muito grata a esse grupo maravilhoso de mulheres. E faço um sincero agradecimento a Laura Klynstra, diretora artística da Voice, e a Jessica Shatan Heslin, designer, responsáveis pela linda capa e pela diagramação interna da edição original de *As quatro estações*.

Devo a Barbara Braun, minha antiga agente, um sincero agradecimento por seu trabalho em prol deste livro.

E, por último, como nunca é tarde para relembrar uma professora, um imenso obrigada a Jane C. Bradford, hoje aposentada da Bishop's School, em La Jolla, na Califórnia. Ela pegou meus rabiscos dignos de aluna do ensino médio e me guiou com tanta habilidade pelo processo de transformá-los em textos de boa qualidade que nem notei como esse trabalho era difícil.

*"Muito obrigada por toda a ajuda que o senhor teve a gentileza de me dar." (*N. da T.*)

A MÚSICA DE *AS QUATRO ESTAÇÕES*

Além de *As quatro estações*, as seguintes peças figuram no romance:

L'Estro Armonico Nº 7 em Fá Maior (p. 137, 146).
Vivaldi escreve para Maddalena um pequeno trecho para terceiro violino.

Nisi Dominus, RV 608 (p. 151-153, 155).
Vivaldi reescreve rapidamente a peça, para que o rei da Dinamarca não ouça apenas a música de Gasparini.

Laudate pueri Dominum em Dó Menor, RV 292 (p. 198-200).
Primeira peça musical escrita por Vivaldi para Maddalena e Chiaretta.

Salve Regina em Fá Maior, RV 617 (p. 201-204).
Segunda peça composta para as irmãs. As *figlie* "dançam" e Claudio Morosini ouve a voz de sua futura esposa (na p. 443, Chiaretta canta a peça enquanto embala a irmã moribunda).

Terceiro Movimento e Cadenza, Concerto Fatto per la Solennità della Santa Lingua, RV 212 (p. 238-239).
A execução da *cadenza* por Vivaldi tornou-se o assunto do dia em Veneza.

Juditha Triumphans (p. 239-250).
Apresentação de despedida de Chiaretta na Pietà, na qual ela interpretou a criada, Abra, e se sentiu ofuscada.

La Verità in Cimento (p. 328-337, 342-347).
Disfarçada, Chiaretta se apresenta na nova ópera de Vivaldi.

"Aure placida e serene" (quarteto) (p. 333).
Encantados com a beleza da música, Chiaretta e Andrea acabam nos braços um do outro.

"Amato, ben tu sei la mia speranza" (ária).
Chiaretta supera suas inibições (p. 330-332) e deslumbra a plateia na ópera (p. 346).

Este livro foi composto na tipologia Adobe Jenson Pro, em corpo 12/16, e impresso em papel off-white 80g/m² no Sistema Cameron da Divisão Gráfica da Distribuidora Record.